丁香有梦

金秋／著

人民东方出版传媒
東方出版社

目录

第一章 上官家族

1.

上个世纪末，活了将近一个世纪的奶奶故去了。

百十来岁的奶奶肇淑芳在她最后的那段日子里，脑子时而清晰，时而糊涂。她每天佝偻着身子，微抿着嘴角，拄着拐棍在屋里漫无目的地踱来踱去。从西窗下走到北墙边，又从东边的五斗橱那里，走到大衣柜的旁边，好像走路是她唯一能做的而且是必须去做的事情。尽管她走得很慢，不时地还得扶住身边可以依靠的东西，但她却是很认真地走着。并且走着走着就会站住，回头看看沙发上的我们，然后没头没脑地问：“她哪儿去了呢？”

开始的时候，我们很关注她的问话，认真地想问她找谁。后来渐渐地明白，她长久以来一直生活在自己的回忆里。我们曾经试图把她拽回到现实世界，多次打断她的问话，但事实证明我们这个想法是错误的，因为回忆像深渊一样令她无法自拔，也令我们无功而返。于是，我们终于明白一切都是徒劳，她的问话通常是可以忽略不计的。

由于过于苍老，奶奶的眼睛浑浊得几乎分不清眼白和眼黑，但她问话时的眼神却是很凝重的，这样凝重的眼神，让你相信她确实是走失了一位亲人。那焦急的表情就像是刚刚弄丢了心爱玩具的孩子，眼睛里满是找回的渴望。

渐渐地我们明白了，她嘴里找不见了的那个“她”，是在她的意识里存在着的。不是久远的那个年代里面的“她”，而让你感觉那个人像是从昨天才从她的生活中不见的，或者是刚刚走失的。

她是那样急切地想找到“她”。

她的这种神情，折磨着你的神经。然而，那一切都是虚无地存在，这又让你无所适从，不知道从何下手，既不知道怎么来规劝她，又不由得同情起她来。

当我们最终明白她嘴里的那个“她”是谁，就没人再理她这个话茬了。她见我们茫然地看着她，知道自己的问话永远没有答案，于是只好又把目光对准窗子，然后拉长自己的目光、再拉长，一直延伸向远方。仿佛那隔着玻璃窗子的远方，就是她那魂牵梦绕的地方。那里，依然还有她数不尽的思念与扯不断的牵挂……还有那个找不到了的“她”。

奶奶在那里望了一会儿，像是对着我们自言自语，而且还无限悲哀地说：“她要是早十年进咱们家，她就享了大福啦，她要是晚一年来咱们家，也不会是这个样子，可偏偏这个时候，四儿就回来了……”

她边说边叹了一口气，摇了摇头，无限悲凉地把眼皮压下来，低低地无奈地摇了摇头，然后悄无声息地继续走着……

奶奶尽管脑袋时而清晰，时而糊涂，但我们知道，她嘴里的那个“她”，的确是个真实存在的人。在我们遥远的日子里曾经生活过，并且精彩过，“她”的那些令人匪夷所思的传奇人生，让时代瞠目、令后人悲悯，也令奶奶此生都为之牵挂。“她”所经历的一切，自始至终都是奶奶心里解不开的心结。况且，这心结一结就是几十年哪！

父亲把奶奶接到城里的时候，她的身体很好，尽管那时候她已经七十多岁了，但从她对衣着服饰的讲究和言谈举止的得体上，你很难看出她是来自乡下的老太太，尽管她的衣服不是街上流行的样式，发式也还普通，但是你一眼就能看出她一定生活在一个体面的人家，端庄而又典雅。用现在的话来说，那叫“范儿”——大家族里面的贵族“范儿”。

那时的奶奶常常给我们讲述她以往的生活，在她的讲述中，我们知道了让她牵挂至今的那个人叫罗山红，是父亲的第二任夫人，也是我的生身母亲，遗憾的是在我还没有成年的时候她就离开了我。

至于奶奶为什么对于上官家的一切都如过眼云烟，而唯独对一个儿媳这般牵挂，确实有点令人费解。

等我把一切谜团解开之后，我的心也是久久不能平静。的确，罗山红的始，或者是末，都有着不可复制的传奇性和悲剧性，她那不算太长的生命中所经历过的点点滴滴，不是讲述一两个感人的故事就可以解释得了的，甚至让我对那个年代产生了好奇。

时光荏苒，当年的一切早已被荡涤在茫茫岁月和历史的长河中了。

虽然罗山红不是我们这个家族中最重要的人物，但也是不可或缺的一员。于是，我的眼前又浮现出了那个遥远的大东北，和那个曾经承载了整个上官家族几百年历史变迁的小镇——古楼镇。

对于上官家族的血统，我不敢抱有任何怀疑的态度，至少当爷爷把族谱打开的时候，指着上面那一个个光耀门楣的名字时，他脸上都会溢出一种极其幸福的表情，而这种陶醉竟能让我们毫不犹豫地认同，那些用狼毫写成的方块字里，上官家族的祖先们竟是一个个显赫一时的“人物”。然而我们更明白，爷爷或者是上官家族老辈人嘴里古楼镇的风光，只不过是上官家院子里面的风光，我知道，至少在当时的那个年代，上官家在古楼镇里是有这个荣耀的。

上官家族的老辈人常常捻着胡须，在高粱成熟和没熟之时，说起古楼镇的老话，老辈人会说：老老年儿（很久以前），古楼镇的上官族人爱在马脖子上挂上一串儿锃明瓦亮的铜铃和一顺儿大红缨子，挂在上官家马脖子上的那种铜铃，和别的地方的铜铃不同，它大而响亮，形状像虎头。拳头大的虎头张着血盆大口，含着锃光瓦亮的大铜球，马儿跑起来，几十里地以外都能听到它清脆的响声……你能从这样的话语中感受到他们的自豪与怀念。

当然，关于马脖子上的铜铃到底有没有老辈人所描述的那样响亮，我们是无从考究的，也不愿意考究的。奶奶说过这铜铃是我们上官家自己铸造的，在铸造铜铃的时候，添加了特殊材料。至于加了什么样的特殊材料，能让这种铜铃的响声不绝于耳，甚至回音缭绕，我们不知道，也不想暗自揣度这里面到底是真的加了特殊材料还是根本就没有加。

奶奶还说，当古楼镇的骏马或者马车在乡间大道上昂首跑过的时候，铜铃就叮叮当当地一路响着，那一顺儿的红缨子就像是晒脸的孩子，助着那些马儿的威风，张扬地疯跑了一路。

2.

有人说四十岁是人的分界岭，正所谓四十不惑，四十岁以前对人生以及对人世间一切事物的看法，都会随着四十岁的到来而改变。我也许是愚钝的，在接近了四十岁的中页，快要迈进五十岁的门槛时，才感觉到这种说法的正确性。比如在这之前，我十分崇拜我那革命了一生，并穿着崭新的军装寿终正寝的父亲，他那彻彻底底的革命主义，也彻彻底底地否认了我们那个家族的兴衰始末。他只用一句话就概括了他对这个家族的整个看法，那就是“腐朽”。

起初，我由衷地敬佩着父亲，用铁锤般的大手亲自砸烂这个家族，他是那样坚定、有力、不徇私情，而又果断出击；是那样大义凛然却又如此悲壮地把一个腐朽、没落的资本主义家庭送上了断头台，还踏上千万只脚，让它永世不得翻身。

父亲做这一切的时候，心里一定在想：我们的祖先是多么糊涂，犯下如此利欲熏心的大罪，我和我的后人一定不能从他们手中继承下这些浸透了农民血汗的土地，我要把这一切偿还给那些受苦受难吃不饱穿不暖的阶级弟兄们，以用来抵偿我的祖先以及父兄们剥削农民所犯下的滔天罪孽，用来证明我早已经献身革命，对革命即便是赴汤蹈火也在所不辞的决心……

我曾经想过，父亲当年一定是豪情满怀地做着这一切，我只恨我出生得太晚，没能亲眼见证父亲慷慨激昂的那一刻，也没能助他一臂之力，把这个万恶、腐朽的家庭彻底捣毁。我曾经真的很遗憾很惋惜。

小时候，我看着那些戴着红领巾走进学校大门的红孩子，我是多么懊恼自己的出身，尽管我的父亲用他的行动，为我们后人在革命事业中争得了一席地位，但我依然忧心自己的出身，要是我也是个彻彻底底的无产者，那我自身该感到多么的洁净而又不掺杂一丁点的污泥浊水。

我经常在夜深人静的时候，痛恨自己的出身：为什么我是带疤瘌结子的资产阶级后代？我为什么就不能生在一个根红苗壮的无产阶级家庭，长成一个无产阶级溜光水滑的无产阶级革命人？凭什么我的祖先要生活在那样的大院里饭来张口、衣来伸手，在家前呼后拥地被人侍候，出门车马劳顿，迎来送往？

但是，现在我不得不对自己当年的想法提出质疑，甚至有时候还为自己有那样的出身而偷偷地自豪过，我想要是父亲能迈过世纪的门槛，亲耳听一听现在的贵族后裔们正高举着血统论的大旗，叫嚣着贫贱与高贵的区别。我想，父亲此时会不会低下头去忏悔自己当年的鲁莽和不分青红皂白呢？毕竟，是他亲手把这个家族推向深渊的！

当年，父亲把整个家业拱手送给了当时的农会，火烧了一部分浮财，如果说他不是捣毁家园的凶手，那至少也算是起到推波助澜的作用吧！

这一年的夏季，我独自一人悄悄地去了一趟古楼镇，走的时候没有和任何人打招呼，此行是我一时兴起，朦朦胧胧竟有些鬼使神差的感觉。

因为我自己也说不清楚到底去那里干啥？是探根寻源吗？老家已没有一位直系亲属在此生活，连一个能说出上官大院来龙去脉的人恐怕都已经没有了。去看看那些旧的屋檐与院落，和那些早已飞入寻常百姓家的堂前燕吗？也许一切早已物是人非了。那些老宅已经由农会会址变成了公社大院，最后成了一所中学。爷爷、奶奶嘴里当年恢弘的气势和独树一帜的非凡也不见了踪影。或许绵密的日脚已经把它们打磨成了一个苟延残喘的老人，苦苦地度命一般地存在着，让谁也不曾留意，老屋柱角、房梁、门框上那些斑驳粗厚的树皮下，和那些满布细若游丝的木纹里，黑黄的木头还在壮心不已地炫耀着它优良材质和曾经的富丽堂皇。

从古楼镇回来，我很长一段时间内，把自己圈定在了一个相对简单而又闭塞的狭窄生活轨道上，每天早起上班，傍晚下班回家，不吃请，不聚会。忘记了自己生活在一个物质高度发达的现代化大都市里，体验起我祖祖辈辈饮食起居的那种乡村舒适恬淡而又简单快乐的生活来。

后来，我渐渐地明白，也许这是一种普遍现象，随着自身年龄的增长，对于自己生命的根性越发地渴望探究，我之所以会在将近知天命的年纪回到古楼镇，也是这样的一种心情吧。

3.

我的祖籍在大东北的中南部抚宁县正北——古楼镇。古楼并不是古老的城楼的意思，它是一个地名，坐落在清廷的肇兴之地抚宁县苏子河畔，这个古老的城镇是清始祖努尔哈赤“七大恨誓天”向明朝宣战，为被害的爷爷和父亲讨伐血债，誓师伐明的出发地。古时候征战都是兵马未动粮草先行，古楼镇就成了努尔哈赤屯兵储粮的地方，家祖就是在这里掌管兵权的官员，财多人广，雄踞一方，成为古楼镇的霸主。

上官家在此地历史悠久，这是有严格的家谱可考的。爷爷上官元谦在他的父亲上官老太爷——我的曾祖父手里接管上官家业，到现在算下来也得有百余年的光景了。

在我的印象里爷爷是一个手里摇着蒲扇，眼睛眯成一条细缝，骨子里透着一种极其刻薄的精明的乡绅。在此之前毫不掩饰地说，我一点儿都不喜欢爷爷，甚至可以说有点憎恶爷爷。而这憎恶，完全是因为我父母的原因，因为从大人们意向不明的谈话和诡秘的神态中，最终我明白了长久以来我和家人，向同事、向组织以至于向我们自己羞于提及的家族史，以及对于我们这个家族在那个红色年代的黑色污点——成分，爷爷就是个现行的反面教材，虽然说这种怨恨只能体现于对个人出身无法选择的懊恼和无奈，而更多的是对爷爷，和当初那个上官家的憎恶。想一想，如果没有地主爷爷，没有那两个石狮子一个漆黑的大门的上官家，我何至于……

其实，我们兄妹几人对于爷爷，绝对不比对我家街对面那个崩爆米花的老头了解的多多少，那个崩爆米花的老头冬天穿着一件绿色军大衣，走路拖着一条残腿，很有无产阶级的悲壮感，我在一次崩爆米花的时候和他闲谈，他说自己是一个抗美援朝的老战士，这条腿就是被美国鬼子飞机扔的炸弹给炸伤的，这当然更增加了我对他的崇敬。

奶奶常常有一种想诉说爷爷和上官大院一切的愿望，用以证明爷爷是无辜的，但是忌惮我的父母，始终是一种欲说又止的态度，这让我有些好奇。曾几何时，奶奶在无意识的闲聊中，说出了爷爷是一个顶天立地的男人，他无愧于天地和自己的良心，还说爷爷不但不是历史的罪人，他对革命还做出过很大的贡献。她的这句些话像一声惊雷，在我的头顶和心中同时炸响，这无疑是为爷爷的境遇或者说最终遭遇鸣不平。我当时立即追问爷爷是怎样的一个人，奶奶却禁言讷口，似乎有什么不便向人道及的苦衷。后来，在我的软磨硬泡下终于忍不住向我娓娓道来，我终于知道了我的爷爷是怎样的一个人，我的家族是怎样的一种境况，就是这些看似平淡无奇的字句，使一个我原来全然不认识的、尘封在老家那一块荒冢之中多年的那个早已淡出我们记忆的爷爷，抖落掉浑身尘土越来越清晰地向我走近。以至于我越来越想说说那个古楼镇，也越来越想说说曾经在我心目中多年的那个腐朽的老地主形象的爷爷，他究竟是怎样的一个人？还有那个长久停留在奶奶记忆中的那个不见了的罗山红。我的那个上官家族在近代家族史上发生了怎样翻天覆地的变化？还有曾经从我母亲复杂的表情中和对她不小心说出的那句“一个阴森森的大院子，那一年就死了那么多的人”的疑问中，我下决心要去寻个究竟，探个明白，我觉着这是我作为上官家子孙应该做的事情。

爷爷去世是在我童年之后，那个长着一双笑眼，坚持守家带地不肯随父亲一起到城里生活的爷爷，或者是由于彻彻底底的革命者的父亲根本就不愿意把一个他认为腐朽至极的老地主放在身边，时刻提醒自己的出身，和不能使自己更彻底提纯的劣根家族。总之，在解放以后，爷爷就把自己封锁在自家的一个老宅子里不肯走出，直到离我们而去。奶奶在爷爷去世后的漫长岁月里，不但把深刻的记忆留在那个年代，而且还把他常挂在嘴边，企图鞭策我们成长和树立榜样，奶奶的做法一直遭到我父母的强烈反对，无论父母怀着怎样的心情，都不愿回首历史。而奶奶受挫后不得不由光明正大、大张旗鼓，转入地下潜移默化式地对我们慢慢熏陶。

在奶奶的描述中，爷爷身材魁梧，一身正气，不管是对长工、下人，还是达官显贵，都不卑不亢，古道热肠，不苟言笑。夏天的时候，爷爷手里老是摇着一把蒲扇，但身上却散发一种令人望而生畏的气场，家人及家里那些帮工没有不怕他、不敬他。如果他站在田垅边喊上两嗓子，就能叫地里的庄稼把式甩开膀子赛过撒欢的骡子。

4.

奶奶把1947年，那个最辉煌、最体面、事情最繁多、也最忙乱的一年，看成是这所百余年历史的地主庄园的最后谢幕，都以她自己的感叹和自豪展现在我们幼小无知的脑袋中，并且还对那让人来不及回味，来不及思考，就如大厦将倾一般轰然倒地连一丝声音都不曾留下的毁灭，给予了总结性的评判，那就是“命”。

那么，1947 年，上官家到底发生了什么？为什么一提到这一年，我母亲的眼神里就流露出复杂的神色？而父亲的脸上又是那样的惊恐和魂不守舍？

在我的调查中，我发现，这一年上官家的第一件大事，该算是我四叔上官子卿从西洋留学回来。四叔的归来，也应该是上官家从辉煌走向没落的交接点和对接处。很有必要说一说这一年的这一天。

1947 年三月初八，远隔重洋海外读书的四叔终于要回到古楼镇了，这件事，对于上官家可算得上是光耀门楣的大喜事。我们上官家祖祖辈辈多为武官，因此，将读书看得极重，正是这一点，才使得我们家族在抚宁县有着极高的地位——书香门第、官宦人家，也让当地人对贵族的那种从骨子里面的艳羡，无时无刻不充斥着。四叔的学成归来，无疑是给这个荣耀的家族戴上了一个金光闪闪的光环。

自从接到四叔从西洋回来的消息，我的爷爷上官老爷和大太太肇淑芳也就是我的奶奶，就开始着手准备迎接，家里简直比过年还要热闹，张灯结彩、粉刷墙壁、置办酒席，并且散下请柬，宴请八方乡里同庆同贺。

请柬早在四叔回来的十几天前就散发下去，家里上上下下全都为了迎接四叔子卿的归来忙活得不亦乐乎，不料，四叔上官子卿进家门的这一天，却有好多的事儿让我的爷爷、奶奶心烦意乱，不知所措。一个本来是光耀门楣的大喜事，险些成了抚宁县人们茶余饭后的谈资和笑柄。

据说四叔是旧历三月初八正午的时候到的家。可是这一天，古楼镇的上官家却从拂晓，天还没亮透，就开始忙活了。

5.

天还没亮，爷爷便睁开了眼睛，这位年逾半百却风姿依然的上官大院的掌门人——上官老爷，就要起床了。

据奶奶回忆说，爷爷每天早上起床可是件麻烦事，像是庙堂里祭祀，有着繁琐冗长犹如仪式一般的序曲。

每天早上，爷爷在朦胧中一翻身从睡梦中醒来，便下意识地去寻找这一生都赖以生存的长烟杆，带玉石烟嘴，以及铜烟袋锅子。这个长烟杆是上官家祖辈传下来的。

这时候，爷爷身边睡着的无论是哪房太太，都要把这烟袋送到他嘴里。

爷爷身子还躺在被窝，嘴里就叼上烟袋，凉丝丝滑嫩嫩的玉石烟嘴刚一插到嘴里，女人便给他捏上一撮由丫环雪鸢，半月前就研磨碎了的一种叫西神梅的上等兰花花瓣，和上好的烟丝两样混合到一起的特殊烟末，装上满满一个铜烟袋锅子后，再用起灯“嗤”地一声把它点燃。爷爷就眯着眼睛美美地吸上一口，一股甜丝丝带有青草味道的烟味儿，从他的嘴里送到他的肺叶里，又顺着奔流的血液浸遍他的全身，再畅快地吐出来。于是，他在心满意足中醒来，像干旱中的秧苗遇到雨露滋润一样，每一个关节都抖擞，都充满了生机和力量。

爷爷的这个习惯由来已久，雷打不动，就像吃奶的孩子入睡前叼着奶头那样固执地依恋，只要是早上这长烟袋杆拿在他的手里，女人们就会替他做好这一切。

爷爷贪恋这一口还是老宅子里面带来的嗜好，那一年，上官家老太爷——我的曾祖父，得了一场大病，当时还年轻力壮的爷爷三天三夜守在病榻前衣带未解，由于着急上火，再加上休息不好，最后落下了偏头疼和干咳的毛病，找了无数个良医，开了无数副的中药汤子都丝毫不见效。家里门房老魏，祖籍是江浙一带的，给了这个偏方，他一试果然奏效，于是便爱上了这带有一种清香味道的烟味儿。如果要是爷爷在哪一房太太那里过夜，又正好被偶尔忘记他这一嗜好，那他就要大发雷霆，闹得全家这一日都惴惴不安。只要早上爷爷能美美地吸上一袋这样的烟丝，上官大院的一天里就会祥和太平，爷爷就不会无故发雷霆之怒，大家也就能顺顺当当地忙各自的事情去了。

爷爷自己也曾经不解，为什么这东西竟比鸦片还让自己上瘾，为此他专门去问过他的岳丈也就是我的外曾祖父——老中医肇丰源。

世代行医的外曾祖父捻着胡须，微闭二目，口若数家珍，他说：“兰花可是个好东西，不但能入药，还能熏茶。《本草纲目》说：兰草，气味辛、平、甘、无毒，其气清香、生津止渴，润肌肉，治消渴胆瘅。”可外曾祖父说到这儿把一口茶水咽到肚子里后继续他的话，“兰花可清热凉血、养阴润肺，治干咳久嗽、肺咯血，配以其他药用，可以疏肝解郁，治头晕目眩，还能专治妇女带下，而且，还能催产哪！这兰花可是好东西，好东西啊！”

外曾祖父一连几个“好东西”的说法，彻底地打消了爷爷对于固执地吸食兰花所产生的那些顾虑。从岳丈那里回来，爷爷对此更是如获至宝，每天放心享用。

爷爷过足烟瘾以后，古老的西式座钟开始敲击着他的耳鼓，一下、两下、三下……座钟上沿儿的灰色小拱门开了五次，那只比蚂蚱大不了多少的灰鸽子也把头探出来五次，咕噜、咕噜叫了五声，爷爷知道此时正是卯时，西洋人把它叫作早上五点。要说那个时候的爷爷也算是与时俱进的人物，自打二叔从外面给他带回来这只洋座钟，他便与那些常年看日头推算时辰的老朽们不一样了，他现在看的是西洋钟表，算计的是西洋的时间，这一分钟一分钟的计时法，可比那又老又笨的时辰计算法精确多了。

每天晚上，这老座钟和那带兰花的细烟末儿还有他这个人是分不开的，他走到哪一房太太的床边，这两样物件就待在哪个太太的炕琴柜上。

6.

我爷爷共有三房太太，我的奶奶作为我爷爷的正室夫人，一直掌管着上官大院一百多号人的衣食住行，是一位名副其实的当家奶奶。其他两位姨奶奶，一位是温婉敦厚的二姨太，另一位是1946年秋上苏子河发大水，打上游冲下来的一个温唧唧湿漉漉的小女人。

奶奶肇淑芳是个大家闺秀，当年抚宁县城最大的百盛堂药铺老板肇丰源的千金。肇家家资颇丰，悬壶济世，书香传家，家里、店铺到处都弥漫着古朴迷人的书卷气和浓郁的药香味儿。生长在这药香世家的奶奶，不但生得标致端庄，并且集药典、诗书、礼教为一身。当年她是那样的一朵花，在那个尘土飞扬的抚宁县城里，开在每一位翩翩少年的心里。

奶奶十七岁嫁进上官家，她恪尽职守、严守妇道、相夫教子，为上官家生下三儿两女，也算是硕果累累、劳苦功高。

奶奶说，当年她进上官家大院的时候，老太爷还健在，那时候的上官家还住在古楼镇后街南园子的老宅子里。后街老宅子有十几间青砖黑瓦的正房和厢房，雕梁画柱，灰色的院墙高高矗立，虽然没有后来的上官家大院富有和气派，但是那时候的上官家也是方圆百里的富裕之家。

奶奶刚刚嫁进上官家，年迈的曾祖父就把管家的钥匙交给了她，一个十七岁不谙世事的小姑娘和丈夫一起摸爬滚打一直把家业造就得这般辉煌、热烈，这其中的苦楚与磨难是可想而知的。

奶奶的年龄已经过了知天命，这个年龄对于女人是个尴尬的年龄，早已经没有了富余的荷尔蒙来答对丈夫的春心，但又不想失去丈夫的宠爱，好在爷爷是喜新不厌旧，对奶奶一直是极其信任和关怀备至。

奶奶也和大多数步入老年的妇女一样极不喜欢被窝里的那点事儿，但是奶奶所不同的是，爷爷每天晚上睡在哪个太太那里，她并不在意。这不是因为奶奶对于我爷爷是否不改初衷，抱有多么大的信心，而是因为我奶奶掌管着这个家已几十年，已经具有了武则天一般的女皇威严，和偌大的一群儿女对她的那种敬仰和爱戴，这不是一般人可以顶替得了的，也不是爷爷是否恩宠有加才能办到的。

尽管奶奶对于这些并不在意，可爷爷还是争取做到一碗水端平，他是个家规森严的当家人，他给太太们定下了侍寝的月例，逢初一、十五，他一定要陪着吃斋念佛的奶奶，这雷打不动的月例不但是显示他依旧对奶奶的重视和关心，其真正的目的是想让另外两个太太心里明白，他上官元谦是非常在意他的结发夫人的，谁要想以宠幸凌驾于大太太之上，那是自找苦吃和万万不能的！除此之外，爷爷上半月睡在二太太那里，下半月就睡在三太太那里。月例是定给太太们的，太太们必须遵守，但是作为老爷的他可就例外了。爷爷不知道受了三太太什么妖术的蛊惑，自从三太太正式娶进家门，他便天天赖在她那里不动窝，好在二太太为人平和，素纸禅心，无心计较这些，便由着他的性子日夜地折腾罢了。

7.

爷爷在三太太这儿抽足烟以后，美美地伸了一个全身舒展的懒腰，身边的三太太黄桃儿像小猫儿一样，似乎还沉浸在昨夜销魂的幻境中，水蛇一样的腰身卷曲在被窝里。

爷爷起床的声音惊动了她，可她还是赖着不愿意动身，噘着小嘴，说了句困死了的话，连眼睛都没睁开，翻了个身，转到一边继续她的美梦去了。

此时的爷爷已经坐起来，看见黄桃儿的身子扭动了一下，心里痒痒的，那种爱意无法言说。可爷爷是谁，他是上官家大院里的当家人，只许别人顺着他、恭维着他，他却没学会给女人溜须拍马讨女人喜欢。尽管如此，他自有一套办法来对付他的女人们，他既能嘴上占着便宜，却又能不失身份的把他的女人哄得乐呵。此时他板着脸对黄桃儿说：“缠了一夜还不起来，还等啥？没戏了！”

爷爷嘴上把这话说得很硬气，但是话里面那种含而不露的挑逗意味暴露无遗。黄桃儿当然能领会他的意思，她怎么能听不出来?

她把娇生生的小脸转过来，冲着爷爷撒娇似地骂了一句:“缺德!”

我敢说，在上官家大院里，只有她一个人，敢对爷爷这样说话。

爷爷听了这话，非但没生气，反而哈哈大笑地跳到地上。笑声里有胜利者的自信，也有挑逗者的诙谐。

一缕晨曦照在窗台上，一只被惊醒的小虫子缓缓地往上爬，爬上木格窗中间那一小块玻璃上，攀着玻璃上大红的窗花，它越爬越高，碰到窗框后“噗”地掉下来。

小虫稳稳身子，又开始艰难地向上蠕动……

爷爷已经在自己穿着衣服，蓝色立领大襟右衽、平袖端的长袍，配上黑色立领、对襟、平袖端、身长至腰的缎子马褂。一身隆重的民国礼服，看出他对于这一天的到来，是做了多么细心而又隆重的安排。

他在那件新衣服面前犯了难了，新纽襻似乎和他故意找别扭，怎么扣也扣不上，手都拧巴疼了，他还是找不到扣门。他只好自己跑到穿衣镜跟前，照着镜子艰难地扣着。

爷爷平日里很少亲自动手穿衣服，以往在别的太太那里，这一切都是由太太们做的，他只要饭来张口衣来伸手就罢了，但是在三太太黄桃儿这里，他就不得不亲自动手料理自己了，即便是这样，他也心甘情愿。

不知怎么，爷爷从心里喜欢这个比自己小了二十几岁的女人，那种喜欢不同于喜欢自己的太太或者是女儿，他觉着那是一种看着就骨软筋麻的感觉，恨不得一口一口把她吃到肚子里。她的一颦一笑、一怒一嗔似乎都牵动着他的心。

要说爷爷也算是个响当当的男人，虽然算不得一世英雄，但也是顶天立地的铁血汉子，在人前，站起来像一座铁塔，吐出唾沫都是钉，可就是在三姨太面前硬气不起来，在这个女人面前总有一种妇人之仁，为什么这样，连他自己也说不清楚。

这个特殊的日子，爷爷生怕起来晚了，耽误家里面迎来送往置办酒席等事项，一大堆要办的事情堆在那里，虽然用不着他亲自动手，自有下人操办，但是哪一项也少不了要他示下，他恨不得一夜不睡，或者是穿着衣服草草地将就一夜才算安心，他甚至觉得连娶了两房儿媳妇都没这样。可是一到了三太太黄桃儿这儿，他心里面的事情就全都放下了，早就脱得和鱼一样光滑，一下子就滑到那一大堆丝绸和温暖柔和的被窝里了。

重新焕发了青春的爷爷，感觉到了他身下的土地和他身下的女人一样的丰腴。女人则在他的身下浅呻低吟，这柔软的叫声却能穿透了上官家高高的院墙，在空旷的田野中激起了回响，连荒漠中飞奔的兔子都羞怯地堵住了长长的耳朵。

爷爷终归是上了年纪，无论是怎样的疯狂，他的精力是有限的，不久就平静下来了。窗外，一阵微风拂过，大片浓稠的绿色在风中起伏，细雨也和着时宜地把一股股新鲜的青草味道送进来，渺渺地荡进人的肺腑。爷爷心满意足疲倦地睡熟了，如藕一样娇嫩的女人却久久不能入睡，她身上撩人心扉的野兽般的气息四处弥漫，不断地刺激男人的欲望同时，也散发着悲凉的气息。好久，她把一长串眼泪，和一长串恨意，留给了烛影中漂浮着如雷鼾声的爷爷和这漫长的黑夜。

缠绵了一夜的爷爷，看着被窝里睡意犹在的三姨太，一丁点没有要起身的意思，他真有点着急了，半是疼爱半是责怪地说："还不快起来，也不看看今天是啥日子，是你睡懒觉的时候吗？"

三太太黄桃儿听了这话，蛇一样盘着的身子立时就舒展开了，蓬松的碎发裹着一脸的倦容，娇嫩的脸蛋上还残留着浓浓的睡意。

她伸了个懒腰，慢腾腾地从被窝里钻出来，丝绸睡衣像水一样地从她身上流淌了下来。

她一边打着哈欠，一边懒散地穿着衣裳。

爷爷穿戴整齐后，挑开门帘走了出去。

8.

管家徐贵正站在三太太的房门口，等着爷爷出来回话。

三太太的贴身丫鬟小安听见睡房里有了动静，赶紧打来一盆洗脸水，放在外间的洗脸架上。徐贵一挥手，小安悄悄地退下了。

爷爷挑帘出门，在他的身后，睡房里一股暖烘烘的被窝儿味儿，顺着门帘的缝隙挤了出来，冲着徐贵扑面而来，险些把他撞倒。但是他还是坚挺地站在那里，不敢有一丝的鄙夷神色。

爷爷用余光瞥见徐贵，连头都没抬径直走到洗脸架旁，徐贵看见他，立即把腰弯成了虾米状，并接任小安的角色，把架上的毛巾拿在手上，随时小心地侍候着。

爷爷的手还没伸到水里就问徐贵："都准备好了吗？"

徐贵赶紧凑上前对爷爷说："三少爷那边捎信儿回来了，唱戏的戏班子已经请到了。"爷爷就问："哪儿的戏班子，根底怎么样？"一捧水扑到脸上。

徐贵知道爷爷对哪来的戏班子来唱戏很看重，他看了一眼爷爷说："三少爷没说请的是哪个班子，就说请老爷放心，一切都办妥当了。"爷爷哦了一声又问："他人什么时候回来？"

徐贵揣摩着说："快到了，因为三少爷知道今天家里事多，一定不会耽搁太久的。"爷爷没有吱声，继续洗脸。徐贵又说，"外面搭着入席的帐篷，苫布不够用了。"

爷爷听到这儿愣了，抬起头，洗脸水顺着他的脸颊流到脖子上，徐贵赶紧递过毛巾，他胡乱地擦了两把脸，把毛巾丢给了徐贵。

爷爷对徐贵是不经常撂脸子的，今天的这个态度让徐贵有些意外。他知道爷爷被这一大摊子的事情搅得有些烦躁了。他还知道爷爷对苫布不够用这事有些意外，因为上官家办事历来都是事先把一切事项预备好的，哪有这般事到眼前才手忙脚乱去筹划的先例？

徐贵急走两步跟在爷爷的背后，赶紧解释说："这些个苫布是一年前三少爷结婚时用的，正好是十桌的料，可是不知怎么，昨个从舅老爷那里拉回来，就短了两张桌的？”

爷爷一边把洗脸时挽起的袖子打开，一边疑惑地问：“能有这事？”

徐贵说：“可不咋地，我还纳闷哪。您看看要不要到严世奎严老爷家去借几块回来？严老爷前几天刚刚娶了儿媳妇，定有闲下来的……”

徐贵的话还没说完，就觉得爷爷的脸子越拉越长，拉得他再也说不下去了。

爷爷没有说话，自己迈着方步走到院子里，清了清嗓子，似乎是说你自己掂量着办吧，关于苫布这等小事是不需要找他来商量的。

徐贵小碎步紧跟在爷爷身后，像一条训好了的看家狗，他心里揣度爷爷的意思。

爷爷站在院子里的桃树下，农历三月，桃花正是盛开的季节，满院子的桃花儿开得肆意而奔放，一片一片淡粉色的花瓣，像娇小的女人睁开了睡意惺忪的眼睛，又像圆嘟嘟粉嫩嫩的美人的小嘴，那般妩媚、那般迷人。

一缕晨曦自东方露出来，慢慢爬过东角楼的空地，照耀在那一棵棵茂盛的丁香树上，风一动，就能听见丁香花荡碎阳光的声音。

爷爷清了清嗓子说：“往年老乔早就来侍弄这些花草了，今年到现在连信儿都没有，不知道他还想不想干了？”

徐贵听了这话：“知道爷爷问的是老花匠，这个老乔自从去年冬季辞工回到老家，到现在还没有消息，徐贵也不知道老乔为啥迟迟不来见工，估计是有啥事耽搁了，他揣摩着说：“听说老乔的母亲病得够呛，熬过了年就算不错了，看来这个春天怕是熬不过去了。”

爷爷听了这话，又用鼻子轻轻“哼”了一声，算是明白了。然后对徐贵说：“既然这样，就赶紧找个花匠顶上，这满院子的花花草草，也不能等着他回来再开花不是？”

徐贵赶紧答应了一声。

早上到院子里看花草清理嗓子，是爷爷多年来形成的习惯，他的这一习惯，让家里大大小小还赖在被窝里的人，都迅速整理好自己，从房间里走出来，依次去办自己的事情。

爷爷一只手抚摸着花枝上嫩绿的叶子，另一只手在湿漉漉的头发上抹了一把，回过头看了徐贵一眼，徐贵看得出来，他的目光中仍带有些许责备的意思。他明白，自己还没有想出怎么解决苫布的事。

我们上官家这位老管家，自打老太爷活着的时候就在府上，掌管上官家业几十年，兢兢业业不辞劳苦。爷爷不但心里有数，而且还很放心。可是今儿这事，怎么有点欠思忖？上官家这样大的门户，在古楼镇乃至抚宁县整个地界儿，跺一跺脚，大地都得晃悠，怎么能轮到到严世奎严老爷家去借东西？

其实，爷爷也不是自己拿大，只是爷爷老觉得和严家粘了边儿，心里就不太舒服。他觉得人家不会以为上官家确实是措手不及才到严家求借，人家会说这严老爷的儿子刚做了县府的要员，上官老爷跟着就去巴结他了。这话要是传出去多难听？莫说严家的儿子做了县府的财政局局长，就是做了县太爷，爷爷也不会拿眼皮夹他一下的。

哼，严家，算什么东西！

爷爷从鼻子里发出一声："哼！"他这一声不是哼给徐贵的，声音不大，但是在徐贵听来，就觉着满是谴责。那分明就是，我堂堂上官家大院，在这一亩三分地上还要巴结谁吗？

9.

上官家待了几十年的管家——徐贵，有一头像银子一样的白发，脸上堆满了憨厚、谦顺的笑容，只有从他那双随时眨巴着的小眼睛里，才能看出那份管家本应该有的精明来。一到上官家办理家宴他便忙得手脚并用，什么人帮厨，什么人清洗碗筷，什么人写礼记账，什么人端茶倒水，客人送来的礼品匣子、白酒和贵重的物品放在哪里，戏班子由谁联络，贵宾该到哪里迎接，事无巨细杂七杂八都要他张罗、安排。事情稍有不慎还得看爷爷、奶奶的脸子，别看他在上官家大院里一人之下百人之上，狐假虎威，他的差事可真就不是人干的！

徐贵此时已经揣摩透了爷爷的心事，他赶忙凑到爷爷跟前，试探着问："要不就把老宅子里面当年给老太爷办事的时候用的那些拿出来应应急？"

爷爷听了这话，没有回答，他正端详着满树的花蕾出神，他突然觉着这一朵朵的小花蕾有点像黄桃儿的嘴或者是……于是他问徐贵，你说这花蕾像什么？

徐贵没有明白爷爷的意思，他看着爷爷："问像，像什么？"

爷爷笑了笑，摆了摆手说："去吧、去吧！"

徐贵走了。

爷爷就是这么个人，对待家里人，不管是老婆、孩子，还是丫鬟、婆子乃至家丁、伙计，他都是直来直去，什么事都写在脸上，恼也好，喜也罢，全能叫你一眼便望出来。可他在外面处事，可就讲个城府和深度了，比如前几天严世奎严老爷娶儿媳妇的时候，酒席宴上，严老爷曾以小女儿娇娇的生辰八字说事，话里话外，说他小女儿严娇娇，比上官家的四少爷子卿晚出生两个时辰，八字那个匹配就不必说了，现如今一个是郎才，一个是女貌，真是……严老爷的话说到这儿，假装矜持，打住，没往下说。但是在场的人，叫个能听懂话的便知，他的下话一定是："天作地合的一对儿！"那表情那神态，那话里的意思，严家那是等着上官家找媒人下聘礼。眼角眉梢带着的意思是，你上官老爷也别端着了，严世奎等着把女儿嫁给你家哪！

爷爷心里明镜似的，他焉能不明白严世奎这话里话外的意思？

但是爷爷有爷爷的心思，他觉得儿女婚事虽然父母做得了主，但是四叔是个留洋博士，他的婚事可是要挑一挑，选一选，挑选个模样俊的，还要家世抵得过上官家的，哪能这么简单地就定了？所以他当时只当是没听懂，嘻嘻哈哈地就将此事岔过去了。

回家以后，爷爷就越琢磨感觉越不对味儿，严家想和上官家攀亲家，是由来已久的。严老爷的儿子几年前就想娶大姑姑上官早霞，结果被江北的马局长先下了聘礼，现在又来打四叔的主意。这让爷爷心里很不是滋味，爷爷心里暗想，严世奎真觉着儿子高升了，就想和上官家平起平坐了？

上官家是什么人家？太爷爷前清的时候，做过朝廷命官。大帅在的时候，又是东北三省的开明绅士，还和大帅一起吃过饭。东北易帜，服从中央，上官家又是抚宁县第一个挂青天白日旗的人家。八年抗战，上官家为国捐躯了三位勇士，全抚宁县的人都知道，上官家是成了精的不倒翁，难道还在乎你个小小的严家？

爷爷突然就觉得严世奎有点小人得志的意味。这种小人得志的东西，最让人瞧不上。

其实，最让爷爷瞧不上的还是这严世奎严老爷的出身。

严世奎严老爷是个卖豆腐的出身，他除了卖豆腐还卖小磨香油。严世奎卖的豆腐是自家豆腐坊做的，做豆腐的是他大哥。严老大半夜起来磨豆子，清早点豆腐，卤水点豆腐，那豆腐又嫩又水灵，块头还大。严老大老实巴交，生意也做得地道，不偷奸不耍滑，古楼镇卖豆腐的能有十几家，可买豆腐人都愿意买严老大的豆腐，宁肯多等一会儿，也要等严世奎的豆腐车来。乡下卖豆腐的都赶着毛驴车，走完这乡赶那乡。严家的毛驴车上，前面装着几盘豆腐后面装着两桶小磨香油，小磨香油是上夹河李家的香油，李家香油真材实料，活儿做得细不愁卖，李家人坐商不走商。十里八乡的都知道李家香油好，却买不到，因为没人愿意为一小瓶香油跑出那么远的路，严世奎就钻了这个的空子，从卖家那里多打回一些，买的多，卖家就饶上几分几厘，再到买家手里挣上几分几厘，卖家和买家都不在意这几分几厘的利巴，也就成全了他这个中间商。

严世奎的两样货都好，腿脚也勤快，赶着驴车清早出门，别人走五六个村子，他走八九个村子，刚一过晌午，这豆腐和香油都见了底。

严世奎手里有了活泛钱，就和哥哥商议扩大再生产，严老大只知道干活，不知道这里面的道道，由着弟弟鼓捣。严世奎到县城里赁间房，把豆腐坊搬到了城里，还带着卖李家的小磨香油。严家的生意越做越大，又想到到李家商议垄断李家香油的零售权，李家遇到这么个大买主，哪有不乐意的，最后李家香油就归他一家独自经销了。

爷爷打心眼里瞧不起严世奎，他觉着这个小市侩靠投机倒把挣个仨瓜俩枣的，就人五人六装起大瓣蒜，还妄想着和上官家攀亲戚，真是自不量力，你严世奎可着抚宁县的一亩三分地打听打听，谁不知道谁呀？脱了卖豆腐的围裙就没人认得你吗？真是的。

10.

徐贵得了爷爷的示下，招呼两个抬架子的人往老宅子里面去了，他一直在纳闷，这苫布舅老爷半月前拉走的时候还是整整开十桌的料，怎么昨个拉回来就不够用了？

徐贵当然不知道，这上官家常年备下的苫布，到了舅老爷家就变了样了。舅老爷家搭帐篷的杆子短，嫌苫布太长，舅老爷觉着这么芝麻绿豆大的事根本就不用和上官家打招呼，于是当即就找人每张截去一段。就这样，这些苫布再回到上官家的时候哪里还能够用？

要说这昨儿下半晌帐篷的架子就搭完了，就等着苫布来了棚上就完活。昨儿晚上苫布回来，往架子上一搭，才知道每张都短那么一截，大家七手八脚地拼凑，才凑够八张桌的。徐贵急得跟个猴似的抓耳挠腮，可是没办法，连夜去城里买是不可能的了，你就是得空去，半夜三更的也没人卖给你，干着急等到天亮，可徐贵还没找到买苫布的人，就瞧见了改刀的大师傅们已经来了，大师傅说等下就在里面过油、切蹾，备下主料。徐贵傻眼了，急得满院子乱转，情急之下才想到了严家。

徐贵不是个不济事的主儿，这上官家大院他掌管了几十年了，家里有什么，没有什么，缺了什么，短了什么，他眼睛一搭就知道，只是有些事他只能睁一只眼闭一只眼，有些事就不得不较真。他早就知道老宅子里面还有些苫布，那是老太爷过世时候搭帐篷用的，这丧事用过的东西再用到这喜事上面，万一老爷有啥忌讳，自己就多一事不如少一事了。

早饭过后，我的奶奶带大少奶奶柯莲（父亲的第一任妻子）迈着小而慢的步幅来到后院，她们尽管心里面有很着急的事情，但却走出了一种很优雅的步子，这是奶奶和家里面那些做太太的一贯步伐。

奶奶身上穿了一件绛紫色高领圈荷叶镶边的长衫，齐平膝盖，顺长衫的四周边沿都镶了桃色的宽辫，辫子中间，挑着金色的细花，和亮晶晶的水钻，脖子上挂着一副珠圈，在素净中自然显出雍容富贵和典雅的气质。

奶奶永远都能在服饰中很好地打造自己，这包括 1947 年之前的富贵人家的太太身份，也包括后来的农村中的普通劳动妇女身份，奶奶永远有一种不可战胜的高傲气质，这其中她对服饰的考究，也是起了很大作用的。

上官府后院的帐篷已经搭建好，搭在一片繁盛的桃树旁边。桃花似乎也在锦上添花，它繁花似锦，开得热火朝天，花瓣雨不时地随着和风，扑扑簌簌地落下，遍地芳香。

上官家到处都是繁忙的景象，佣人们在门框上挂灯笼；爷爷站在大门外面迎接赶早过来祝贺的亲戚、朋友；打头的指挥着几个庄稼把式把客人们带来的车马拉到后街饮水喂料；一大群丫鬟、婆子和赶来帮忙的乡里乡亲帮着摘菜、提水、抱柴禾；五叔上官子强拿着一大串千响爆竹挂在大门外，引得镇子里的小孩们一股脑地跑出来看热闹。

后院的大师傅们在帐篷里面切墩儿、备料、过油，十几门灶子开火，几十把大勺翻炒，一股子一股子油香味儿在清凉的晨风中慢慢扩散到人的鼻孔中勾起食欲。

井沿边，丫环银屏把一大堆新宰杀的猪肉，装到一个新编的柳条筐里，她一手提着筐，另一手扶着井上的摇把子，很费力气地把肉筐挂到井绳上。她在做一件很被人担心，也不被人理解的事，因为挂在井绳上的肉筐稍一不注意就会很快地滑到井下，掉到水里，那样的话，不但肉扔了，甚至连井水都会被污染。淘井可是一件既费工又费力的事情。

走在奶奶身边的大少奶奶柯莲，及时地发现了银屏的举动，她吓了一跳，看见银屏做着极其危险的事情，以为这个小丫鬟疯了，她连忙走了几步来到银屏身边制止道：“快住手！”

银屏被大少奶奶突然一喊，显然有些猝不及防，好像正在做一件见不得人的事情，突然被人当场抓到一样的慌张，手上一哆嗦，井上摇把子跟着紧转了两圈，挂在井绳上的肉筐骨碌碌地往下滑，她吓得赶紧用两只手按住摇把子，好一会儿才稳住急速下滑的肉筐，她抬起头看了一眼大少奶奶，有些嗔怪地埋怨起柯莲来：“大少奶奶，你，吓死我了，吓得我差点把肉都掉到井里。”

奶奶和大少奶奶很茫然也很紧张地看着银屏做着这一切，也着实地被银屏吓了一跳，那焦急的样子，恨不得自己跳到井里去把肉筐给提住。但是，也属于干着急帮不上忙。等到肉筐安然无恙地被提上来，两个人才长长地出了一口气。

奶奶看见一切都妥当了，才把目光从井边转向院落。

大少奶奶柯莲看着面色潮红，由于着急脸上汗水滴落到地上的银屏，对自己刚才鲁莽地一喊，差点铸成大错而有些内疚，她看着理直气壮的银屏，知道自己有些错怪她了，但是尽管如此她还是不能理解银屏的做法，她帮着银屏把肉筐提上来，悄声问：“你这是干啥？”

银屏显然已经从惊慌失措中镇定下来，对自己刚才的态度感到不太自在，手继续往井绳上加固肉筐，嘴里的话温和了许多，她对柯莲说：“做菜的刘师傅怕待会儿天气热肉放坏了，说井里凉快让先挂上。”

柯莲听了这话，这才松了一口气，但还是有些担心地嘱咐千万别掉到水里。

银屏固定完肉筐，小心地把井绳送到井里，找了个东西固定好摇把子，她拍了两下手，笑着说："放心吧大少奶奶，没事的，我都固定好了，找个人守在这里别让碰井上的摇把子就中。"

柯莲明白了她的用意，就招呼院子里面踢毽子玩儿的我的小姑姑熙娟和八叔子廷给看着点，两个正在疯玩的小孩嘴上答应一声，连眼皮都没抬就继续玩去了。

正在柯莲和银屏搭讪的时候，奶奶的眼睛可没闲着，她焦急地满院子寻找徐贵，这个当家的老太太，站在早上满院子的光线下面，显得那样的焦急。其实那时奶奶还不算太老，但我总是习惯把她叫作老太太。她心里惦记的不是搭棚子、排桌子、几门风灶开火、几张桌开饭等这些杂七麻八的事，再说事都有专人管，用不着她这位当家太太来操心。她担心的是去镇上码头接儿子的马车用的是哪几匹马？温顺不温顺？派的车把式是谁？性子毛愣不毛愣？上官家马棚有头牲口眼生，看见道上的人多就惊，家里面还有个一只眼的车把式，人还不错，就是办事不着调，动不动赶着车就睡着了。奶奶担心要是这疯马遇到一只眼的车把式，那后果可就不敢想了。赶巧徐贵正好从老宅子里回来，奶奶叫住他，问了车马、把式的事。

徐贵看着奶奶着急的样子赶紧说："太太您就放心吧，都派了可靠人和好使唤的马匹，四少爷是您的命根子，我哪能不上心了去办事？"

奶奶听了这话，才把悬着的心放回肚子里。

11.

奶奶一回身，发现了正在帐篷跟前的三太太黄桃儿，这个身材瘦弱有着两道弯弯眉毛的小女人，正指挥那些下人往帐篷里面运桌子、凳子。

黄桃儿身段盈润，娇小的身姿在晨光中显得那样的孱弱，让奶奶的心也不禁为之一动。

谁都知道我们家这位三太太，眼疾手快嘴也快，能言善辩，伶牙俐齿，对待下人有些严厉，满院子忙忙碌碌的下人，她觉着个个都是手脚不麻利干活不长眼，要是自己看见了不吱声，由着那些下人们瞎捣鼓，说不定就要出啥乱子。于是，她一清早就前院后院地张罗着，一会儿指挥抬桌子的把桌子往里面摆一摆，一会儿又让搬凳子的长点眼睛，挑好的拿，千万别把瘸腿的少乘的摆出来丢人现眼。

奶奶看着她把偌大一个后院张罗得有条不紊，心里五味杂陈。

上官家的这位姨太太，是一年前苏子河发大水时，爷爷带人从河里捞上来的。当时她的身子很虚弱，在上官家将养了一些日子渐渐地好起来。

临走那一天，她向爷爷、奶奶辞行，双方正欲分手，她却突然跪倒在爷爷、奶奶面前，这一突然举动把爷爷、奶奶都搞愣了，着实吓了一跳。两个人还在纳闷，跪着的黄桃儿却哭得梨花带雨，她说大水冲毁了她的家园，她现在已经是无家可归了，上官家救了她一命，无以回报，可这救命之恩大于天，焉有不报之理？黄桃儿虽然是女流之辈，但也知道受人滴水之恩当涌泉相报之理，哪有受恩不报的？她还说，如老爷不嫌，愿意以身相许，给老爷当贴身丫头，给太太洗脚提鞋，结草衔环，报答老爷、太太一家的救命之恩。她的这些话说得是那样诚恳，且入情入理，让你不得不为之动容，在场的人全都为她有着这样的情怀而感动，连奶奶的眼圈都给她说红了。

爷爷、奶奶万万没有想到黄桃儿会说出这样的话，全都僵在那里，不知如何是好？平心而论，那时候的爷爷虽然没有想纳妾的意思，但是爷爷和这个柔弱如花的女人是那样的投缘，自打第一眼看见便铭刻在心，再也抹不去了，于是爷爷的脸上就有了几分怜香惜玉之色，奶奶读懂了爷爷的心思，当即就决定收下黄桃儿。

爷爷看见奶奶这番善解人意，更加对奶奶感恩戴德，于是黄桃儿也就名正言顺地嫁入了上官家。

后来奶奶对这件事还是有点后悔了，后悔的原因说出来让人费解，即不是黄桃儿对爷爷和这个家不好，而是她对这个家太好了。她对这个家太好了，反倒让奶奶警觉了，总觉得这里面有点不对劲儿的地方，可就是找不到原因，后来终于明白了，是黄桃儿的身份始终不能确定。奶奶派人去了她嘴里说的那个黄家屯，甚至寻遍整个抚宁县，愣是没找到一个熟悉黄桃儿的人。于是，奶奶的心里就有了怀疑，怀疑了却没有证据，没有证据在爷爷面前还不好说什么，所以她只能用冷眼看着，用心琢磨着，时刻提防着。

12.

奶奶在院子里面站累了，正欲随着大少奶奶回房休息。这时候家里面的老妈子柳妈过来了，这位服侍过老太爷和爷爷这一脉祖孙三代的老仆人对奶奶说："老爷传话来，说给祖宗们上香的时辰到了。"

奶奶"哦"了一声说："知道了。"就一个人向前院走去。

上官家祭祀是最有讲究的，它讲究长幼有序、尊卑有别，这种祭祀仪式是非正室夫人所不能胜任的一种纷繁冗长、庄严而又神圣的形式，充分地显示了奶奶作为上官家正室夫人的权力和身份，这也是奶奶和那些同样感受爷爷雨露滋润的姨奶奶们的区别。这和抚宁县的风土人情最为吻合，因为抚宁县人历来讲究等级制度严明。

在抚宁县，诗书宦门者为上等，业农工商者为中等，唱戏、乐户、抬轿者为下等。诗书排在宦门前面，可见这诗礼传家，是多么值得人尊敬的。

上官家虽多为宦者，但多数都是武官，当年曾祖父总感觉美中不足，总觉着上官家是有缺憾的，比不得那些相门耀眼，可能也就是缺啥啥稀罕吧，他巴望着儿子中间出来一两个状元、榜眼的，可上官家子孙们却个个对舞刀弄枪上心，对舞文弄墨不睬。

父亲上官子厚当年曾在奉天城读书，上官家把更多的希望寄托在他的身上，可柳条湖事件以后，父亲就辍学回家。后来不知道受了什么蛊惑，硬要参加抗日队伍，要拿枪打日本鬼子，任谁劝也不管用，还扬言不把日本鬼子赶出东北就绝不回家。家里一听这话着急了，打日本鬼子还有正规军，哪用得着你这文弱书生，为了留住他的心，爷爷就和顾家商议，把早已定过婚的柯家小姐柯莲娶过来，希望用女人的裤腰带捆住他的手脚，让他野了的心再重新归位。谁知，媳妇娶到家，被窝还没焐热乎，他就赶着抗日去了。

上官家最后把读书的指望给了四叔上官子卿。四叔自幼聪明，看书写字过目不忘，从小就显现出过人的才智，深得爷爷器重。尤其是奶奶肇淑芳，看着这个乖巧伶俐的儿子，就是睡着了也会笑醒的。

四叔上官子卿，只是对读书有兴趣，什么书都看，什么学问都上心。他大学毕业，爷爷要他继续求学的时候，他正迷恋郑孝胥、陈衍的“同光诗派”，后来又迷恋上了拜伦。尽管那时候的爷爷一直说，你学到哪里，我就供你到哪里。可四叔心里却明镜似的，他知道，求学，穷极一生都未必学得完，可一直学下去，什么时候是一站？再说，光学不用那也是白学，只落个死读书和书呆子的名号而已，要学就要学些有用的，学些用以报效国家或利于国人的本事，才算没白白苦学一场。他向爷爷阐述了自己的理想。爷爷当时也没想那么多，只一味地让他继续求学，反正上官家要延续书香门第，光耀了门楣就万事大吉。

爷爷、奶奶三叩九拜之后，享受香火的上官家祖宗，在缭绕的烟雾背后，万事不惊、处事不乱地看着这两位虔诚的晚辈。

13.

去抚宁县古楼镇渡口接四叔的车把式卢大柱，早已经把马车套好，等着爷爷、奶奶从佛堂里出来问问还有啥要吩咐的。

他在上官府后门外走来走去，把马鞭子甩得啪啪作响，二两小烧喝得春风得意。

这个卢大柱三十出头，自小营养不良只窜个头没长肉，细眉小眼脸模子没长开，虽然算不上一副歪瓜裂枣样，但也和俊秀不沾边，只有那清瘦的身姿像一株挺拔的海棠，让人感觉还有几分人品。说到他的身形，还真得说上两句，初见到他的背影，你会不由自主地有一种感动，那绝对是艺术家笔下描摹出来的艺术佳品，你会莫名其妙地感觉视觉神经受到一种冲击，可以用风流倜傥或者是玉树临风来形容，你准以为他是唱戏的小生。再看他的前脸你就会觉着他该是个唱丑角的料，至少上官家大院里的那些丫鬟，背地里都说卢大柱，是“看见背面迷死你，看见正面吓死你”，这话虽然听着不怎么雅，但琢磨起来还真有道理。这小子虽然模样不济，却是身轻如燕的练家子，论力气，连那轻易搬走三百斤重物的梁三炮都不是他的对手。

卢大柱是二十年前上官家门前的大雪地里的死倒儿，是爷爷着人把他救活的。

那天早上，门房老魏打开大门送爷爷去抚宁县城里办事，发现门前躺着个死孩子，就跟爷爷禀报。爷爷是一个菩萨心肠的人，大灾荒那年春天他平价粜出二十石高粱，免除了所有佃户的租子，不知道救活了多少人。他尤其可怜孩子，别看他自己生了一大帮孩子，可最见不得谁家的孩子吃苦，荒年他开粥铺赈灾，专门设立一个小儿救助点儿，给遭难的孩子们吃窝头稀粥。他常说，谁都有小有老的时候，人这一生中唯有小的时候和老的时候最难将息，也最需要帮助，所以年轻人要逢老扶老遇小携小，给自己积阴德。爷爷的这些话虽然听起来没什么文化含量，但要是仔细琢磨一下，还真是那么一回事。

他闻听上官家大门外冻死一个孩子，心中很是难过，凑上前去一看，哀叹了一番，转身告诉老魏把他抬进去好生装殓。老魏答应一声就和赶车的张老头走过去抬那孩子，发现那孩子身上还有温乎之气，就用手试了试鼻息，一息尚存，他急忙对爷爷说：“老爷，这孩子还没死，也许还有救！”

爷爷一听这话，十分高兴，赶紧叫人抬到屋里救治。经过三天两夜的折腾，这个十二岁的孩子才算活了过来。一问，才知道他是从山东那边逃过来的难民，来的时候一家子五口，爹妈加上两个妹妹。父母为了能让两个妹妹讨一条活命，就在逃荒的半道上把她们卖给了两户财主。后来到了抚宁县的地界儿，他们三口就以拾荒和乞讨为生，不幸的是，刚进了十月门里，他的父母就双双病倒，一病不起，勉强请来大夫一看，说是得了伤寒病，没救了，腊月没过就全都没了。

爷爷看着这个孩子，心里可怜，知道他没了去处，就将他留了下来。刚开始他在上官家跑腿学舌干点杂活，等长到十七八了，见他的身姿轻盈，伸手也很敏捷，爷爷就把他送到城里的武馆，跟着那里的师傅们学习拳脚，后来就回到上官家大院，做了看家护院炮子手们的头头。

这次徐贵派卢大柱去接四叔有三层意思：一是因这卢大柱是爷爷救下的，无疑就是上官家最听话最贴心也最靠谱的家奴；二来是他有一身的好功夫，人也机灵，半道上碰点啥事他一个人顶好几个；三来是卢大柱是个好车把式，家里面的大小良驹到在他手里，准让他训练得服服帖帖的。徐贵最能体会爷爷、奶奶的心思，所以家里面有什么重要的事情都是派卢大柱前去。

14.

卢大柱的马车上，是他精挑细选的四匹良驹，架在辕上的枣红马虎虎生威，不住地打着响鼻，蹄子不安地在地上刨起一溜白烟儿。四匹马每匹马的脖子下，都佩戴着九只上官家大院特制黄铜铸的虎头铃铛。每只金黄的虎头都张嘴含着朱砂色的铁珠，晃动起来清脆悠扬，气势威猛。

马匹个个精神抖擞，驾辕的枣红马和左套的青花马，比赛似的各自翘起尾巴，屙出了一堆粪便。大便的同时，马儿也开始撒尿。枣红马是骟过的骒马，一时，在滚圆的屁股上，瀑布般地屎尿俱下，一派热气腾腾的景象；青花马是公马，撒尿就像肚子底下吊起了一只黑色的粗水管子在喷水，稀里哗啦，煞是壮观。看来它们确实是吃饱了夜草。

大少奶奶的贴身丫鬟丁香，被临时抽调出来，做了府里的帮手。她身上和头发上被早晨的薄雾和露珠打湿了，她刚刚从菜园子摘菜回来就带着爷爷、奶奶的嘱托来找卢大柱，刚走出后门口，正赶上那几匹马撒野，她一只手掏出手绢厌恶地堵住鼻子，另一只手向卢大柱摆了摆。骂了那几匹马一句："没羞没臊，当街拉尿。"

卢大柱虽然命运多舛，但却是一个没心没肺的乐天派，快三十岁的人，整天嘻嘻哈哈仿佛没有一点愁事，我奶奶回忆起他来就想笑，说他是个"什不闲"。我小的时候不明白奶奶送给他这个外号啥意思，追着问奶奶："叫'什不闲'？"奶奶却笑着说："他身上的每个部位都闲不住，就像个猴子。"我又问："他怎么不闲着？"奶奶又说："这东西天生就是个'什不闲'。"奶奶又说了个"什不闲"，她的嘴角抿着，眼睛眯着，已经沉浸在往日的欢声笑语中。在我一个劲儿地摇晃下，奶奶才把思绪从遥远的古楼镇里拽回来。她这才把袖口上的线头咬断，整理一下衣服说："他看见蜜蜂在倭瓜花上采蜜，他一把就拢住花，用一根草把花瓣扎住，丢在一边，这只蜜蜂最后怎么样他不管也不知道，他只管继续捣蛋；他把啃过的一根骨头放到一个躺在田边睡觉人的裤裆里，又在骨头上放上一只蚂蚁，不一会儿，那只蚂蚁招来了同伙儿，想把骨头搬回窝里，成群结队的蚂蚁把那人咬得直跳。"

奶奶说完这些，把我和弟第妹妹们逗得哈哈大笑。

看着奶奶脸上少有的，唯有在回忆时候才有的欣慰笑容和沉浸在其中的陶醉，我心中暗想：奶奶乃是上官家大院里的一家之主，手下一百多号人马，连每一个家丁、仆人的蛛丝马迹都这般了解，真是了不起，难怪人们说，满族的女人勤劳智慧，未婚前叫"当家姑娘"结婚后叫"当家奶奶"。

卢大柱正在后门外给马匹饮水，丁香就过来了，看见丁香乖巧伶俐的样子，心里痒痒的，他猴子一样地跳上府前的青石台阶，身子险些就把丁香撞倒。站稳之后，把头伸向丁香，顽皮地叫道：“丁香，好丁香，有啥吩咐？”那样子像极了孙猴子，看得丁香直想笑。

丁香没心理他，她用眼皮斜乜了他一下说：“没正经的，还好丁香，丁香是你叫的吗？老爷、太太让我告诉你，好好赶车，顺顺当当地把少爷接回来，听见没有？”

丁香说话的时候，白皙颈上一个比虱子大不了多少的黑痣，随着她说话的频率上下活动，卢大柱站在那里看着黑痣，眼睛盯得发呆，都快要上前去把它当虱子捉下来了。丁香不觉，见他傻愣地盯着自己看，不放心地追问了一句：“看什么哪？告诉你的话，你可记住了？”

卢大柱眼睛继续盯着那黑痣，机械地点了点头，嘴里应道：“记住了！”可还是站在那里不动地儿，丁香被他盯毛了，就觉着自己刚才在菜地里一定是把脸或者是头发弄脏了，于是连忙用手绢把脸和头都擦了个遍，见他还是死盯着看，知道又上了这小子的当了，她用手指点了卢大柱脑门一下，嗔怪他：“看啥？有啥好看的？”

卢大柱听了这话，嘿嘿笑道：“丁香你真好看，你要是给我做媳妇我天天供着你。”听了这话，丁香笑骂道：“好你个断子绝孙的东西，敢占姑娘我的便宜！”

卢大柱听见丁香的叫骂，飞快地跳上马车一路响铃地跑了出去。

15.

我爷爷有三房太太、八个儿子、四个女儿，可以说四角齐全此生无憾，正是由于这一点，使得爷爷这个上官家大院里的掌门人，面对自己的妻儿，总有点自满或者是沾沾自喜，本该一副不怒自威的表情，倒有几分慈眉善目。

上官家的八个男儿中，老大上官子厚、老二上官子良和老四上官子卿是奶奶的嫡亲儿子，奶奶还生下了早霞和熙霞两个女儿。

俗话说龙生九子各有不同，爷爷的这些儿子和女儿中，不但有的完全没遗传爷爷和奶奶们的长相与性格，即便是有的相貌像极了他们的，他们也无从揣度这些儿子或者女儿的骨子里究竟想的是啥？这让爷爷、奶奶很是头疼。面对这些儿女，奶奶最常说的一句就是：儿大不由爹。奶奶的这句话里有对儿女们骨子里隐约透露出来的反叛性格的愤怒，但绝大多还属于无奈。

大少爷上官子厚，也就是我的父亲，个子高大、身材魁梧，却生得儒雅端庄，相貌深得奶奶的遗传，性格却不和奶奶相似，他自学堂里回来，脱下一身灰蓝色的学生制服，换到身上的是灰蓝色的长衫。一年四季的灰蓝色装束，衬托出他性格沉稳、老练，甚至有点冷酷。他言语很少，不苟言笑，乍和他相处的人都感觉到一种沉闷和压抑，但是和他相处久了，就能感觉出他冷酷的外表下隐藏着一种火热的激情。他读书不多，却常常喜欢一个人跑到苏子河边的埠头去看书。这也许是他忍受不了上官家大院那种庸常的生活气息和家里琐事的牵绊的缘故。

他常常感觉到上官家大院里有一种气氛令他窒息，因此喜欢躲到一边独处，这也是他从生活的泥淖中逃脱出来的另一种方式。

苏子河边僻静、阴冷，多荒冢少行人，可见他的性格是多么荒诞、冷漠，他的这种阴冷的性格，让他周围的人感到极为紧张和不舒服，他处理事情的手法怪癖甚至有些残忍和不可理喻，但深究起来，他性格里面隐约保留着爷爷身上的霸气、果断和善良。

1937 年抗日战争爆发后，当支撑上官家半壁江山的两位重要人物不幸遇难，上官家人沉浸在悲痛中时，他毅然决然地拜别了爷爷、奶奶，丢下成婚不到三天的妻子奔赴战场，人们只知道他是为了家仇出走，却没有人洞察这其中更重要的原因。这其中的奥秘直到后来人们才明白。

我奶奶私下解释她大儿子的品行时说：“老大冷是冷了点，但是他的心肠是热的。”

我爷爷却从不避讳个人观点，经常当着众人粗声大气地评判他的大儿子是个白脸的曹操，能成大事，也能坏大事。在爷爷看来，他在父亲身上付诸的所有希望，没有一个是可以实现的，唯独他给起的这个名字——上官子厚，让上官家自他以后，子嗣绵长，人丁兴旺了。

二叔上官子良粗眉横目，看不出相貌到底像父母哪个？但自小就看出与我那行伍出身的四爷爷上官元鹏如出一辙。他一出生，家里面的老太爷就咧着嘴，露出满嘴里仅剩下的两颗国宝级别的黄牙，笑得嘴都歪了：“哈哈！这个肯定是个舞刀弄棒的，将来是个能带兵打仗的！”

爷爷不相信太爷爷的话，非让二叔子良来读书，可事实证明，太爷爷是有先见之明的。二叔子良一看到四书五经就脑袋疼，一摆弄刀枪棍棒就来精神，后来家里一没留神，十六岁那年就跑了，气得爷爷发了昏。此时的太爷爷早已卧床多年，但嘴角流露出的还是那个豁牙漏齿的笑容，扯着嗓子说了句：“蛤蟆没毛——随根了！”大家都明白了这话的含义，暗自偷笑，更加明白这小子根本就不是那读书的料，只是没有人愿意说破而已。

二叔逃跑后，爷爷才明白，二叔和上官家历代热血男儿一样，只能到军营里发展，根本就不是读孔孟、学四书的料，只好放弃了让他继续读书的愿望。后来二叔子良也回过两次古楼镇，不用问，一看那身戎装，家里也就明白了他正做着什么，也都暗自佩服老太爷看人看得准。

二叔第一次回家，是在抗战胜利后的第二年，他带着一队卫兵和两个妖精似的老婆回来招摇一番，说是做了长春警察署署长了。关于他出去后的来龙去脉，他自己讲的跟评书似的，所以他怎么当的兵，怎么到的警察署，就只有他自己知道了。事实上是他在赶跑日本鬼子以后与共军的一小股部队两军对垒的时候，他从望远镜中看到了对方的指挥官是我的父亲——他的亲哥哥，于是他告诉弟兄们，枪口抬高，放了父亲一马。自此后他就感觉这仗不能再打下去了，敢情是兄弟自相残杀，于是脱下军装投奔了政府，改做了警察。

那一次二叔回来，把整个古楼镇闹了个人仰马翻，鸡犬不宁，二叔进得古楼镇就和所有见到的人打招呼，他不管此人是做什么的，从心里也根本就没有什么尊卑之分，反正一路大哥、大叔、二婶子地叫着，叫得爷爷的脸上有些挂不住，好在那些人在这乱了尊卑的叫声中，没有被他拐到国外，还没忘记自己的身份，都毕恭毕敬地回应他的招呼。

他委屈地对爷爷说，刚刚把日本人赶跑了，该休息一下了，可老蒋非让剿共，整天打中国人，他打烦了，所以才当了警察。他还笑着对奶奶说，当警察不用打仗，只维护地方平安就中。奶奶虽然有别于庸常的女人，但还是希望儿子远离刀枪，这一点，奶奶还是支持二叔的。

16.

我这位二叔的性格和哥哥、弟弟们有所不同，他咋呼、爱摆谱、爱显能耐，一进了古楼镇的街就是婶子、大娘地打招呼，其实出去这么多年，多数人都给他叫错了。他带回包着金银锡纸的烟卷，印着洋妞的起灯，一纸箱糖果。镇子里的人全被他给搅动了，几乎全到了上官家大院，院子站不下他就索性站在古楼镇的当街上，一镇子的百姓等他的警卫们给他们发糖果、烟卷。

到了第二天晚上，还有一群群镇外的和二叔年龄差不多的人，都跑到上官家大院来凑热闹。他们大多数是二叔从小玩尿泥的朋友，见他出去这么些年还是老样子，没有官架子，也都放肆起来。一个问他的官咋升那么快，是打鬼子立功不是？他回答那可不，身上挂了四五处花。

“那能叫我们看看不？”有人蹬鼻子上脸问。

二叔这时穿的是军警服，脱掉大衣，里面露出小衫，胸前只有三个扣子。他把衫子一扒，指着肩膀上一前一后两块枪伤：“这是淞沪战役挂上的彩。”又指着左臂，“这是上官州，这是武汉”。

一个人又问：“咋伤了这样多的地儿？”

二叔咧着大嘴笑嘻嘻地说："这算啥，我们有一位班长，从上到下，被鬼子打了一梭子，枪眼十几个，可人愣是没死，打仗嘛，总要挨枪子的，身上没有几个疤，那叫老爷们？"

有人问他和共产党打过没有？

他又说："咋没打过，经常打。不过现在不打了，当了警察就不打仗了。"

"当了警察该打老百姓了。"有人说着就笑了，大家也跟着大笑。

后来大家让他说说故事，他开了几瓶高粱酒，自己拿一瓶对着酒瓶口喝，剩下的人把几瓶酒传递着，你一口我一口，一会眼睛全喝红了。

二叔一个手拿着酒瓶子，一个手指夹着烟卷，吹嘘起打仗的事，败仗也好，胜仗也好，让他一说都神了。边说边喝，又喝一会儿，大家对他打日本还是打共产党全不计较了。

一开始，爷爷对于他们的话，还在他们中间掺和，可越听越不像话就走了，心里说：这东西咋就不像我的儿子？是我儿子吗，兔崽子！

这时，有谁小声问一句："你咋娶了俩媳妇？"

他大声回答："一个够用吗？"

爷爷一听这话，背后又骂了一句："简直就是活驴！"

二叔第二次回家是坐着吉普车回来的，带着一个司机两个警卫，这回可能是因为车里装不下，他带回来一个老婆，以他的性格，有十个老婆他绝不会带回来九个。

吉普车在古楼镇这么一跑，就又把镇子给搅得半个天都黄了。

车一停下，围过来一大群看热闹的人，有人拍拍这个铁家伙，想看看它是怎么走路的，咋还比马跑得快？想它每天吃啥，咋那么有劲儿，一下子就驮了那么多人？

二叔吓唬道："躲远点，这家伙脾气不好，急眼就咬人。"他的话吓跑了几个看热闹的小孩。有一个曾经去过奉天的，在城里见过汽车，他对二叔说："嘻嘻，吓唬谁呀？这家伙是个死的，不给油喝都不走。"

二叔说："就你能，你开一个我看看？"

那人被他将了一军，一吐舌头躲到一边去了，嘴里却还像见过世面的人一样，讲两句关于汽车的性能和原理，引得那些一辈子都没走出过这个地界的人，好一阵佩服。

有人却发现了一个新秘密，又凑过来对他说："这回咋带一个老婆？"

他却笑着说："你咋总关心这点是呢？"

大家笑了，有人又说："是换了新人了吧，模样咋变了？"

他眼睛一瞪，以一个过来人的姿态讲起经验来："啥叫换了？老婆不能老用一个，得多娶几房在家里搁着，想用哪个就用哪个。"

有人反驳他的话："老婆多了那不麻烦也多，要是打起来可要了命了。"

他说："一夫多妻就好比人的脚，男人就是大脚趾，女人好比另外四个脚趾头，老婆少了走路就不稳了，不信你剁下两个脚趾头试试？"

17.

三叔上官子华是二太太莎琳娜所生，应该说他骨子里遗传了他母亲的蒙古血统，他本该生得人高马大且生性凶猛，可他偏生的瘦弱干小，还多灾多病，父母只好把他当作宠物一样搂在怀里，生怕他有啥意外，直到他十几岁了才丢了药罐子，跟着爷爷学习料理一些家事。由于他体质不好，家里不敢死逼他读书，他肚子里的那点墨水仅限于背诵几首唐诗、宋词，算些账目而已。

四叔上官子卿，相貌上是取了爷爷奶奶的优点而生的，眉清目秀、鼻直口方，那肤色和眉眼简直比画上的大姑娘还娇嫩，爷爷从戏文里得知有"貌比潘安"一说，就觉着这四儿子"貌比潘安"了。心里虽然美着，嘴上却骂："一个爷们家家的，长个娘们相，成不了什么大事！"后来，事实证明，我的这位四叔聪明过人，念书识字过目不忘，爷爷只好把光耀门楣的重任交付给了他，并对他说："小子，看你读书是块料，你读到啥时候，我就供你到啥时候！”

四叔果然是个好样的，这书一读就读到了国外，给古楼镇的上官家大院增辉、添色，让石门岭的祖坟冒了青烟。

我的五叔、六叔是庶奶奶莎琳娜生下的一对双，两个叔叔一落地，家里人就发现了端倪，先从人生伊始的哭声说起，五叔上官子强嗓大气粗，哭声如雷，六叔上官子英声音如云似烟、若隐若现，比个女孩儿还秀气。后来五叔成了家里的混世魔王，真本事一点没有，专会调皮捣蛋，六叔却因过早地离开了上官家，遭遇了人生的种种磨难，这也是二太太莎琳娜这一生无处可诉的悲苦之处。我爷爷常常骂莎琳娜一胎生俩讨债鬼，早晚得要了人的命。

我的两个姑姑早霞和熙霞虽然是女儿家，不能为上官家大院争几分天下，但是两个姑姑都嫁了好人家，上官家最讲究门当户对，姑姑们嫁给了家世和财力都不输给家里的大宅门，也算没有辱没门楣。

我另外还有两个叔叔和两个姑姑，他们都是我爷爷和二太太所生，上个世纪上官家鼎盛时期他们还很小。在上官家这条乘风破浪的大船上，充其量也就是个乘客或者是过客身份，在这里不做详细介绍。

上官家不但对自己的儿女要求过分严厉，更对娶进门来的女人要求很高，这些要求，体现在上官家选人上，显得过分苛刻。因为上官家要求嫁进来的女孩儿首先必须是个上等人家的女孩儿，门第和财力要和上官家相当，其次还要相貌端正、温柔贤淑、典雅高贵，这在抚宁县曾经引起过不小的轰动，上官家的这些苛刻条件非但没有引起抚宁县人的反感和鄙夷，相反地却让媒人大为兴奋，许多媒人都是慕名而来的，因为许许多多大宅院里的小姐们，以嫁进上官家为荣。因此，为了能跨进上官家大院，穿上那双水晶鞋，那真是剁脚趾头都乐意。这说明上官家大院的这些逐渐长成的男子汉们，不但出身不凡，而且个个相貌英俊。

上官家对未来儿媳的苛刻要求，在抚宁县这个历来就追逐名利的小地方，起到了极好的炒作作用。

由此，上官家的太太和少奶奶们个顶个的出身显贵且品貌出众。

18.

四叔子卿到达抚宁县城时还不到晌午，那时，东边的太阳已经升得很高，把老榆树拖得老大老大的一团黑影，四叔站在暗影中。他身材修长，体型匀称，一袭银灰色的西装十分得体，黝黑的两道重眉，一双像戏中女子般的凤眼，乌溜溜地盯着码头上船、下船迎接送往的人群，希望在那里发现他所熟悉的身影。

抚宁县的桃花渡在县城的东边，虽然面积不大，但周围的街巷却是青石板铺地，那条又宽又长的清沙河像一条丝带，白亮亮地丢在一边。

渡口的一侧建成了商业旺铺，正对着一条什么样的吆喝声都能听到的小街，澡堂子、饭庄、剃头棚子、裁缝铺和老货店，还有卖炸糕的担子、卖水果的床子、卖棉花糖的挑子，他们姿态从容，像一朵朵一直都开在那里的花儿，芬芳肆意，无拘无束。

四叔站在那里，没有发现家里接他的人，只好站在更高处，等待着被发现。

他向北面的古塔望去，那儿有一所中学，他曾在那里度过几年中学时光，至今他仍然清晰地记得操场上有两根旗杆，东边的那根很高，上面挂着日本国旗，白布上血着一圆落日；西边那根较低，挂着的是伪满洲国的五色旗，蓝白红黑遍地黄，憋憋屈屈地蹲在角落里。按照学校的规定，每天早上全校师生第一件事就是观摩升旗仪式、唱国歌。先升东边的日本国旗，唱日本国歌，再升西边的伪满洲国国旗，唱伪满洲国国歌，而后是向东方鞠躬，拜日本天照大神，再向西边鞠躬，参拜伪满洲国皇帝溥仪。伪满洲国国歌先是郑孝胥作词的《大满洲国国歌》，康德九年又改成日文的，学校唱国歌的时候先唱日文的，后唱中文的。四叔不想参加升旗仪式，也不想唱国歌，他害怕日本国旗下站着的那个佩军刀的小胡子，一看见他就想尿尿。不过那只是在心里想想罢了，却没敢去做。他记得，他的同桌是个又瘦又小的小个子，外号叫猴儿，唱中文《大满洲国国歌》中的那句：神光开宇宙表里山河壮皇猷……老把“皇猷”唱成“黄球”，而且“球”字拖得很长，吓得国文老师经常去捂他的嘴，害怕小胡子听出来，全校师生跟着遭殃。

卢大柱早早地来到了渡口的另一侧，把马车拴到外围的一棵柳树上，自己抱着鞭子站在马车上认真地注视着每一个行人，但他满脑子都是丁香的影子，直到行人渐稀也没见少爷的身影，这才慌了神，他跳下车，拔腿向渡口跑去，这才看见四叔。

见到四叔，卢大柱挠着头皮不好意思地说：“对不起，对不起，让四少爷久等了，我老早就来了，四少爷像幅画似的都把我看呆了，忘了接您的事儿了。”

四叔说：“没关系，只是我想方便一下。”

卢大柱不懂“方便一下”是啥意思，他只知道“小解叫撒尿，大解叫拉屎”，他挠着头嘿嘿地笑着说：“方便、方便，上车吧，上车方便，老爷、太太等急了。”

四叔一听这话，把浓黑的眉毛拧成了一个疙瘩，说：“我想上茅房。”卢大柱这才明白他原来是要撒尿啊。望着四叔的背影，卢大柱暗自笑道：我的妈呀，上茅房就上茅房呗，还方便，留洋的人就是不一样。

等到四叔从茅房里出来的时候，卢大柱已经把马车赶了过来，并催促道：“少爷上车吧，路还很远，老爷太太都等着您哪。”

四叔跳上了马车，笔挺的西装坐在马车上显得有点另类，引来许多人的目光。

19.

抚宁县老县城不大，南北一条大街一通到底，东西两条路。抚宁人街路不分，把这两条路也叫作街，南边的这条路叫作头道街，也叫南街；北面的那条路叫二道街，也叫作北街。抚宁县大小商号多数都集中在二道街上。二道街商贾云集，酒店、旅馆、澡堂子、戏园子、裁缝铺子……上官家的老货铺子和一家客栈，还有奶奶娘家的百盛堂药铺，也都开在这二道街里面。抚宁人知道，这二道街有讲究，是生财聚宝的好地界，凡能在此开得起店的，多数家道殷实且买卖兴隆。

头道街也有商户，但头道街的这些商户大多数都是上不了台面的小商、小贩，他们的铺面很小，里面也很挤巴，商家就在自己的商铺门前支个小摊子，里面和外面的买卖几乎一样，搬出来方便大家，也显得生意火爆。门口卖炸麻花的，里头就有豆浆、豆脑；门口卖酥油果子的，后面就是个小糕点铺子；还有卖青菜、捏泥人、吹糖稀……这些背包、挑担、推车的，也都涌进来，抢占一席之地，不惜打得头破血流，就为挣几个大人孩子的活命钱。

冬季一到，头道街上就比夏季多了两样吃食——烤地瓜和冰糖葫芦。引得那些常去二道街的老爷、少爷，也跑到这里来买些回去尝个鲜。

到头道街来逛街的，大多数都是这抚宁县的中下等人，人杂、事乱，也极容易起哄，像打死人、踩死狗的事情常有发生。

街巷里的树长出了嫩叶，街边的短墙上落着阳光，细草从墙缝里钻出，摆出一副大摇大摆地架势晒太阳，土路被阳光晒得干硬干硬的，来来往往的马车和三轮车跑过去，扬起一溜儿的灰尘，有两辆军用车呼啸着从街里驶出，穿过热闹的二道街，向着城外跑去，紧张的行人，眼光会追着车尾驻足观望，眼睛里满是惊慌与恐惧。

军车跑过的时候，四叔很敏感地往白塔下面的洋灰楼看去，匆匆过去的军车，让他想起出国前洋灰楼上飘着的太阳旗。

四叔是忧郁的，自从太阳旗插到洋灰楼上的那一天，他的语言功能就急剧退化，他的话语很少，即便是在国外的时候也是这样，他的同学和洋教授只能从他那充满忧郁的眼神中去洞察他情绪上的变化。每当夜幕降临之时，他都一个人站在落日的余晖下望着祖国的方向默默地发呆，而他们也能理解，一个爱国而又亡国的人，能指望他的眼神里还有激情吗？

他的那些同学和洋教授也许还不知道，自从一踏上满目疮痍的国土，他那颗冰冻的心似乎也没有转暖。

马车过了石门岭，路上就人少车稀，四匹马便仰起头，甩动颈上一溜儿漂亮的马鬃，带动脖子下那一顺儿的大红缨子，煞是精神，再加上马脖子上的铜铃铛，叮叮当当一路响亮地歌唱，马和人都跑疯了。

四叔坐在马车上，鼻子里满嗅树青、草绿和花香的味道，这味道极是醉人，每吸一口，都让他心花怒放，心旷神怡。最让他心喜的是，他回到了已经光复的故乡土地上，这里的人们可以自由地呼吸，大声地歌唱了，这一片土地不再是别人的了。

他抬眼看着那喷着响鼻、扬开四蹄飞跑的马儿们，心里的那种畅快，有一点春风得意马蹄疾的感觉。

马车过了落凤岭，不一会儿，就开始沿着苏子河边往前走，四叔自小就打河边长大，对这河边的蒲棒草、马齿，还有那犹如少女妙曼发髻一般盛开着的蒲公英，他都熟悉。

他坐在马车上，极目远眺，他把整条河都快尽收眼底了，觉着眼下的这条河比他梦里的那条河还美，简直赛过莱茵河或者塞纳河，它像嫦娥舒展的袖子，飘飘洒洒，缠缠绕绕。他突然萌生出一种疑问，自言自语道：“咱这条河咋叫个苏子河，会不会有啥典故？”

卢大柱没回头，他在四叔的面前有点拘谨，四叔那一身笔挺的西服和雪亮的皮鞋把他的眼睛都晃疼了，他只能直盯盯看着前方的路，一刻也不敢大意。

听见四叔的问话，他也愣了，生活在河边十几年了，还真没考虑过这条河的名字，他阳光着一条黑脸，不假思索地说：“名字都是瞎起的，就像小孩出生，有叫狗剩的，还有叫驴蛋的，你看我这猴样，我爹还给我起个名字叫大柱，我看我该叫个瘦猴才对。”

卢大柱的话让四叔郁闷了，他觉着和这样一个人讨论一条河或者是一个城池的典故，无异于是对牛弹琴。他一个人抬起头望着远处的天际，莽莽原野的上空奔跑着白色的游云。云层重重叠叠，前呼后拥，像是谁把千万座高山峡谷，一块儿抛上了九霄云外。高空的风，恣意地追逐着、戏弄着、撕扯着云朵。那千奇百怪的云彩，一会儿像温顺的猫儿，一会儿又变成昂首抖鬃的吼狮；一会儿变成甩着长袖起舞的仕女，一会儿又变成面目狞恶的罗汉金刚。风，卷着云；云，驾着风，在广漠的湛蓝色的天空中，展示着大东北的粗犷、豪放、暴戾而美丽的性格。

一片像棉花糖一样的云朵飘过之后，四叔把头又转向苏子河，他觉着这条洋洋洒洒的大河，有些像他见过的法国塞纳河，或者是注入加勒比海的美国密西西比河。他拍了一下脑袋，告诉自己已经回到了故乡，怎么恍惚还在西洋。他看着苏子河喃喃地说：“这苏子河像什么？”他是想说这条河是像塞纳河还是像密西西比河。

四叔的话让卢大柱又愣了一下，他心里暗想：这四少爷怎么了？怎么竟问些个不着边的话？卢大柱平时哪有那多余心思去玩赏这条河，这条河除了他每次回到上官大院，让他多绕出五里地，走南岗上的河桥，给他制造麻烦外，别的就再不能引起他多看一眼了。

平时绕嘴弄舌的卢大柱在四叔面前不但显得拘谨，而且还很木讷。其实也不是他木讷，斗大字不识一个的车把式，哪能读懂这留洋海外莘莘学子的心思？在这样一位念过大书的博士面前，他能把一句话说明白就不错了。

他一扬手里的马鞭子，嘴里笑着说道：“河就是河，少爷真逗，河能像啥，河就是像水呗！”

他的话竟让四叔感觉到好无趣，他索性跳下马车，一个人走到河边站下。

20.

苏子河浮着一层绿苔的春水，荡起粼粼碧波，映着近处倒垂的柳条和远处开得火爆的丁香花影，由远及近的一群白鸭，呱呱叫着，把脑袋时而扎进水里捕捉小鱼，时而又像一只只狭小的白篷船，稳稳地撑过来。

四叔的心情一下子舒畅起来，他捡起一粒小石子，顺着水面抛过去，石子在远处水面划了一道浅浅的逐渐扩散开来的波纹，蹦了几下就跳到河里了。

他蹲下，用手撩拨着河水，然后捧起一捧，在脸上拍了拍，一种清凉舒爽的感觉涌遍全身，他闭着眼睛叫了一声："好舒服！"

又弯下腰，痛快地洗起脸来。

四叔下车的时候，卢大柱就把车停在河边不远的土路上，四叔洗脸的这会工夫，他掏出一个烟荷包和一个一扎长的小烟袋，显得极有耐心似的慢慢装上烟末，打着随身携带的火石、火镰，凑上前去，紧着吧嗒两口。然后脖子往后一仰，舒舒服服地冲着蓝天，吐出一口浓浓的烟雾。

卢大柱的一袋烟抽完了，河边的四叔却还没有上岸的意思，他已经信步走上了横亘在苏子河中游的小木桥。这是一座由五根笔直的落叶松捆扎成一排，一段一段链接起来，且每次只能走过一人的小木桥。

卢大柱见状忙跑过来拦住他说："少爷快点上车吧，老爷太太都等急了。"

四叔没有听他的话，过了桥就是古楼镇，难不成非得随着他绕到五里之外的石桥上不行?！

他哪里知道卢大柱的意思，自打上官家把这么重要的任务交给他，他就时刻提着心，不敢有半点马虎，只要是不踏进上官家大门，他是不敢让少爷离开他视线半步的。更何况让少爷自己过河，自己还要绕道回去，万一半路上有个啥闪失，那他的这条小命可就交代了。

可四叔走了，已经走到小桥的中央，回头还向卢大柱挥了挥手说："过了河就是家，我自己回去。”留下卢大柱像一段木桩似的立在河岸。

他的眼睛一直盯着远处的水面，他看见对岸的泡沫好像在波涛滚滚的绿水边镶了一道弯弯曲曲的、黄色的美丽花边，捕捉小鱼的白鸥在吱吱地叫着，在高空中盘旋着。小鱼在水面上溅起了银色的雨点，远处一片盛开的丁香花花香袭人，几个被风吹动的老杨树发出窸窸窣窣的响声，这一切都极为吸引他。

许久，卢大柱看着四叔走过木桥，才赶着车向南岗的石桥那边走去。

21.

上官家大院的筒子席已经一拨一拨地开了，坐席的是上官家的佃户、长工、短工和上官家的远门亲属。

正席还没有开始，或者可以说是刚刚拉开序幕，因为上官家那些尊贵的客人们还没有到齐。主宴会定在晚上，宴会过后还有戏班子唱戏祝贺，所以，午时一过，爷爷和奶奶就已经站在上官家大门外的台阶上迎来送往。

最先来的是县教育局李局长和他的太太，这位身材瘦长的新派人物，窄小的制服领子把他那筋肉发达的脖颈勒得笔直，有些直愣而又稀疏的小山羊胡子神气活现地往下垂着，左眼神经质地眨个不停，还没下车就双手抱拳向门口站着的爷爷拱手道贺：“元谦兄，贤侄学成归来，上官家门楣耀眼啊！”尖而细的嗓音在上官家大门外面响起，让人想到一只被掐住喉咙的公鸡。

“多谢！多谢！”爷爷一手捻着佛珠，另一只手提着长袍小跑着迈下台阶，忙回礼。

麻秆一样的丈夫，却有一个像球一样胖胖的夫人。胖得像庙里的泥菩萨一样的李太太一下马车就摇动着一身香味儿，迈着小碎米步，一扭一扭地走到奶奶身边，伸手就拉住了奶奶那双保养得很好的手，说了句道喜的话。其实，她的热情并没有在她的道贺声中，而是在她那一双肉乎乎的小手上。她一只手拉着奶奶的右手，另一只手在奶奶的手背上轻轻地拍着，那副热情有余诚恳不足的表情，让不知情的人以为她们是久别重逢的老朋友。其实她和奶奶是初次见面。

奶奶那张浸染了大半辈子风霜的脸，温和而高雅地笑着，也永远笑出一种不同凡响的气度。奶奶的客套话没落音，身后就又响起了一个如洪钟般的声音，让奶奶和李夫人立即把头转了过去，来人边笑边说：“哈哈，嫂夫人哪，小侄儿光宗耀祖，我们能不来讨杯喜酒喝吗？要是上官家的酒不够喝，咱就赖着不走了。哈哈哈！”

话音是伴着笑声同时响起，让人感觉上官家的这场喜宴绝对与他有很大的关系。

一听见这笑声，奶奶就知道是警察局的刘局长来了。这位年过半百、脑门上的头发已经秃去，但是下巴和两腮却长了一圈络腮胡子的胖老头，是爷爷最要好的朋友。两个人曾经在日伪时期多次帮助过当地的抗日武装，并用生命掩护过他们，而这一切长久以来只有他们自己知道。由此，爷爷和刘局长的莫逆之交也只有他们之间最清楚有多瓷实。

此时的刘局长正从一匹高大的枣红马上下来，高筒的马靴配上一身警察制服，虽然算不上英气逼人，但也够得上威武。和他一同下马的还有警察局的两个小侍卫跟班。

刘局长一跳下马就把缰绳扔给了身边的侍卫，他哈哈笑着，边和刚刚到来的熟客打着招呼。大马靴跨上上官府门前的青条石阶，背着手，像一堵墙一样一闪一闪地上到了顶端。

奶奶眼睛望着刘局长那像门一样的厚重身躯，怎么觉着他越长越像上官府门前的那对儿石狮子？

尾随刘局长身后的是古楼镇马镇长和夫人，这位掌握着古楼镇一镇生杀大权的小个子老头儿，长着一双不算大的细目，而且永远是一团和气的笑容。爷爷知道那笑容背后的凌冽和奸诈，当年就是他向日本人告密，使自己差点因此命丧黄泉，多亏刘局长（也就是那时候的保安团团长）

的掩护才化险为夷。爷爷和刘局长本以为这位亲日派会在光复后遭受人民的审判，却不料，此人摇身一变，成了古楼镇的一镇之长，爷爷这才知道此人的厉害，从此便与他面和心不和地交往着，并且处处提防着。

马镇长的到来，立即让爷爷觉得一桌好宴席上飞来一只苍蝇，不但让人恶心，还搅了雅兴。当初爷爷虽然不得不派人把大红的请柬送到马府上，却还一直巴望着他有事绊着不来才好。如今他带着夫人前来，爷爷只好装出十二分的欢迎姿态，拱手行礼道："马镇长，您能大驾光临，真让我这茅檐草舍蓬荜生辉啊！"

身穿长衫的马镇长一听这话，一回头，眼睛看了一下正在和爷爷寒暄着的李局长，那种惊讶的表情立即让人感觉他听见了一件最不符合事实的话，或者是一件非常稀奇的事，他对着李局长眨了眨眼睛，颇为疑惑地用手指着爷爷，哈哈地笑着说："你瞧瞧、瞧瞧，这上官老哥儿多不实诚，他这上官大院要还是茅檐草舍，我那间小屋只能叫窝棚了。"

李局长听了这样的话，立即附和说："上官家现在可还了得，不但有万贯家财，而且少爷们个个出息，真是羡煞死人了！"回身他又对爷爷说道："我说上官老爷，你就别搂着了，我看你该咋显摆就咋显摆吧，我要是有这样的实力，我就站到山顶上吹喇叭，让全天下的人都知道！"

22.

奶奶和马太太打着招呼的时候，突然觉得手里面刚才还热烘烘的，现在却空落落的了。原来紧握着她的那双绵软而又温暖的小手，不知什么时候抽出去了。奶奶还在纳闷，一回头，就发现刚才上官府正门前的那一伙人，都聚拢到了另一侧，李局长、李太太、马镇长，还有刚刚来到的贾东家、张老板和顾老板，一伙人正围着一辆刚刚停下，屁股上还冒着烟儿的半新老爷车。

那辆笨重的老式汽车像一只超大的蚕蛹停在那里，车门打开，一股刺鼻的香味儿迎面飞来，随即一个花枝招展的女人，像破茧而出的彩蝶挤了出来，展翅在阳光下，熠熠生辉。然后又从里面猫腰拱出一个穿着皱巴巴黑灰色中山装的半老男人。

奶奶看出来了，原来是县财政局长的老太爷——曾经是严氏豆腐坊的老板——严世奎，和他那位花枝招展与四叔子卿同龄的女儿严凤娇。

严老爷两只圆滚滚的、土灰色的眼睛，在细窄的眼缝里闪着灰蒙蒙的油亮光泽，两个瞳仁像猫眼似的向上翻着，因此显得无比高傲。光着的秃脑瓜蛋子，像秋阳下晒得发蔫的葫芦。那身皱巴巴的中山装穿在身上极为不适，一看就不是专门为他量身定做的，那种猥亵的样子就像一只烛台上偷油吃的大硕鼠，让人一看就忍不住要笑出来。最为突出的就是他脚下穿着一双脏兮兮不怎么合脚的大皮鞋，像两只大号熊掌，憨实而又笨重。

爷爷突然觉着严世奎的那身衣服穿的不伦不类，还不如穿着卖豆腐的皮裙让人看着顺眼。他觉着严世奎虽然穿着庄严的国服，可他身上依旧是豆腐味儿或者是小磨香油味儿！

严家爷俩下车后，并不急着要进上官家大门，好像要把自己刚从汽车里面钻出来的那种辉煌，无限制地延长下去，用以招来人们无比艳羡的目光。

严世奎手里端着一个小烟袋，眼神颇为流盼。看着身边逐渐围拢过来的那些人，他伸出另一只手，在黑色的汽车拱背上拍了一下，嘴里吧嗒一口烟，吐出了一团浓烟，不十分内行却又不甘心就此偃旗息鼓地炫耀说：“这东西就是好脚力，十匹好马也赶不上它。”周围人听了这话，立即附和似的笑了，笑得有些勉强的味道。

围过来的那几位老学究和他们尊贵的夫人，不知道是真的羡慕严老爷子借儿子光如今出行换了坐骑，还是惧怕严家日后若真的发达了自己连溜须拍马都赶不热乎似的，都急着奉承。贾东家赶紧迎合着严世奎说：“那是，那是，什么马能和汽车相比呀？”

“这匹铁马的价钱恐怕要换一百匹好马也不止哪！”

“咱们抚宁县除了陆县长，那就得数严公子最有实力了！”

“严老爷真是好福气，生了个好儿子！”

在众人的赞叹声中，严世奎厚重的嘴唇已经快要咧到耳丫子上去了，脸上开出了一团酱紫色的老菊花。

严凤娇却极为不齿那些恭维话，她害怕阳光把她那粉嫩的小脸晒黑，在严老爷子和别人炫耀严家今非昔比的同时，她快速地躲到附近的一棵柳树荫下，眼睛极其焦急地看着喋喋不休的老爹，她身穿米黄色的翻领小西服，紧裹着一条肥大蓬松的大石榴裙，脚下是一双黑色攀带的半高跟皮鞋。环翠叮当，每走一步身上的那些珠宝就发出一阵喧哗，招惹身边的人都忍不住向她看去。

严凤娇的这身打扮把奶奶的眼睛晃疼了，她突然觉着这位严家千金，原来看着还算雅静，如今怎么越看越像个地摊珠宝商。

23.

叽叽喳喳的声音分别包围着严家父女，让奶奶立即就有了被边缘化的感觉。

她快步走过去，一把拉住严凤娇的手，眼神上下打量一番，然后笑着夸赞说：“瞧这丫头，真是越长越水灵。”

奶奶的话语十分得体，动作显得亲昵却不卑不亢，在众多的女客面前显现出女主人高贵典雅的身份，是那样的鹤立鸡群。

傲慢的严凤娇极不喜欢别人在她身上评头论足，尤其是上了年纪的老女人，她觉着被老女人夸奖，那不是荣耀而是落伍，她怎么能和这些最没有品味的老女人一个审美水准，这简直就是侮辱她的审美取向。但是夸赞她的是上官府的老夫人，这就另当别论了，严凤娇对上官家还是有最起码的尊重的。

她扭捏地笑了一下，露出了门齿后面的龋齿。

奶奶的话还没说完，那位热情过度的李太太就不知趣地拉着严凤娇的大红石榴裙说：“看这孩子多喜兴呀，出落得跟一朵花似的，要是能给我当儿媳妇，我怕是连做梦都要笑醒了！”

她这句既是投石问路又是讨好的话，在严凤娇这里却丝毫不起作用，相反还遭到反感，她厌烦地扒拉一下李太太的手，嘴里极不满意地叨咕一句：“嘁——！”然后眼皮一翻，自顾地上了上官府的台阶。把那位拍马屁拍到马蹄子上的李太太臊得快要转进地缝里去了，尴尬地张了张嘴，堵在胸口上的一口闷气硬是憋屈给地咽回去了，说了句：“这孩子！”自己给自己找个台阶。

严世奎没有察觉到女儿的无礼已经让李家夫妇很没面子，他看着女儿娇娇的背影，抖了抖掉在衣服上的烟灰，然后从嘴里拿出来个小烟袋，一条细长的唾沫顺着他门牙的缝隙窜出了好远。他也投石问路地冲着奶奶说：“嗯，这话要是从上官家太太嘴里说出来，我们家的娇娇可就脸红喽！”

奶奶听了这话，知道严世奎话里的用意，严家这是挑明了要把女儿往上官府送啊，奶奶平时就知道这位严家小姐的蛮横与傲慢，这样的人嫁到上官家，这个家还会安宁吗？她怎么能允许这样的女孩儿给自己当儿媳，但是，又不好明着拒绝严世奎。

她灵机一动，赶紧接过话说：“我倒是想这样说，就怕还不如李太太的面子大，我们上官家哪敢想娶严家小姐，我们想都不敢想哦！”

奶奶的话既不失上官家的面子，又抬高了严家，还回绝得无可挑剔。严世奎也不是个傻子，焉能听不出来？他站在那里，被奶奶的话噎得干嘎巴嘴说不出什么来。

正在这时，和爷爷寒暄着的马镇长，赶紧过来给严世奎解围。干瘦的小老头笑出一种豁达的气势，适时地将了上官家一军。那架势似乎是对着上官家，却又是面朝着大伙儿说：“这是哪里话，上官家和严家现在可是门当户对，要是连上官家都不敢娶娇娇当儿媳，那我看他严家小姐怕是要臭到家了！”

这话说得刻薄，绵里藏刀，让人极为不舒服。

爷爷很讨厌他这样说话，明摆着这一唱一和的，上官家焉能就范？爷爷的嘴巴也不是吃素的，他一边给上官家找补面子，一边把严家抬到不近人间烟火的位置。他怎么能让上官家吃这样的哑巴亏？他把大拇指竖起来，高高地举到严世奎的眼前，大声地对大家说：“严家如今可是高门大户，上官家哪里敢高攀，上官家的小庙只能供着土地爷爷和土地奶奶，哪能供得起严家这尊大佛！”

爷爷的这番话，摆明了是拒绝人家，要是别人听了，准会拂袖而去，可是严家父女偏就装着听不懂。严凤娇没等爷爷的话说完，就蹭蹭地跑上青石台阶，一脚门里一脚门外，迈进了上官家的门槛。

严世奎抖抖袖子，上了一级台阶，他回头，望着大家伙儿，哈哈大笑，仿佛爷爷的话对于严家来讲一点都不过分，严家现在分明就是高门大户，岂是一桩小庙能供得下的大佛？

笑完，他说：“不管怎么说，我们家娇娇就和他子卿哥哥对脾气，今儿个听说子卿回来，天不亮就起来梳洗打扮了，说啥也要来。”

严世奎这话让爷爷愣了，他不知道自己哪句话，让严老爷错领了意图，这个善于钻营的豆腐贩子，怎么连好赖话都听不出来了？

24.

奶奶领着众位女宾说说笑笑地进了上官府，奔中院的女客房走去。爷爷则引导着男士往上官家的正房待客厅里面去喝茶。

黄太太接着刚才大门口关于严家的话题，发表自己的感慨说：“人的时运要是来了，挡都挡不住，严家年前还在卖豆腐，年后就做了官宦人家了。”说完还“啧啧”赞叹着。

王太太却一脸的不屑，说：“啥叫一人得道鸡犬升天？我看这就是，严家大公子如今是县府的财政老爷，连县长都得给他面子，他老子能不蹬梯子上天？”

刘太太和王太太私下里最要好，她听了这话，朝马太太那里瞟了一眼，然后扯了扯王太太的衣袖，悄悄地对王太太说：“可不敢瞎说，要是传到严家人的耳朵里可不得了。”

马太太感觉刘太太这话有所指，虽然不是指向她，但是她还是觉着这种背地里的话说到明面上了，让人感觉不舒服。她扭了一下身子，急匆匆地想要离开这是非之地，免得将来真如刘太太分析的那样，话传到严家人的耳朵里，自己脱不了扯老婆舌的干系。她懒得和这些长舌妇一样地嚼舌头，紧身的旗袍本来就没有空隙，她这样大幅度地扭了一下，滚圆的屁股险些像球一样地滚了出来。

李太太还在为刚才严凤娇的无礼而生气，脸拉得如同一串酸葡萄，她拉着奶奶的手，悄悄地对奶奶说：“上官家可不能要这样的儿媳妇，小门小户的孩子，没教养！”

奶奶没有说什么，脸上依旧挂着千古不变的笑容，只在她的手背上轻轻地拍了两下，算是安慰。在众多的像瓜瓜鸟一样的女人跟前，奶奶就显出书香门第出身的高贵和淑雅的本色来。她的话语很少，但是很得体，微笑总是挂在脸上，让你感觉到温馨。更明显的一个感觉就是，她的雍容与大度。

走过前院的穿廊，迎面就是上官府女眷的闺房，上官府女眷大多都这在这一处，正院五间正房隶属于奶奶的领地，东厢房是招待来宾的客厅、客房，西厢房是府里丫鬟、婆子住处。靠着前院的东西两边就是姨奶奶的住处，东边是二太太的跨院，西边是三太太的跨院，两边跨院也都是五间大房八间厢房，东边大房住着二太太西边三太太，厢房住着各自的子女或者是宾客，还有她们各自的使唤丫鬟和做粗活的婆子们。再往下手走，就是上官府结了婚的小字辈们的跨院，比如：父亲和柯莲住在丁香苑、三叔和马婧影住在紫薇阁，就连把家安在长春的二叔和他的二少奶奶们也都有一处跨院，叫槐花别院。再往下走就是上官府的后院了，后院比较宽大，东边是一块广阔的大菜园子，西边是十几株繁花似锦的丁香花，后院十几间房子，除了住那些长工、短工外，还有那些下人和炮手，再就是仓库、柴房和牲口棚。上官府的规模虽然算不上太大，但在抚宁县这个地界也还是数一数二的，这一点从那些刚刚进门的女客嘴里的“啧啧”赞叹声中，你就能感觉出来。

奶奶带着她们往自己的客厅走去，经过二太太跨院墙的时候，从那里传来一声瓷器爆裂的脆响，随后就看见三叔子华带着马婧影快步地从二太太的跨院里走出来。

奶奶纳闷了，这个平时柔弱如水的女人，怎么会在今天这样重要的时刻耍脾气，是什么事惹得她那么不高兴?

我们家的这位蒙古太太，本来出身高贵，与世无争，却由于后来的一些世故让她的性情出了一点变故，虽然不经常发雷霆之怒，却也偶尔闹出一点不和谐之音，这一点，爷爷和奶奶是体谅她的，但是现在，奶奶的脸上也有了一些不快。

奶奶的余光里感觉出这些女贵客的脸上都露出一丝诧异的神色，她还分明感觉到攥在她手里的那双柔软的胖手轻轻地抖了一下。

奶奶的脚步停下了，她意识到上官家的威望受到了威胁，她冲着三叔和马婧影问：“哪个不长眼的奴才又打坏了家什？这样不中用的奴才还不趁早打发出去！”

奶奶的这些话无疑是说给这些贵夫人听的，这些人虽然明白奶奶的用意，却没有人愿意戳破上官家面子上的这层窗户纸，只是稍稍静了一下后，又恢复了刚才的说笑，好像什么事都没发生过。

奶奶的声音吓到了三叔夫妇，纨绔的三叔站在跨院门边一愣，他在外面吃喝嫖赌，提笼玩鸟，天王老子都不怕，可是回到家里却处处怵着爷爷、奶奶。一向讨厌婆婆、惧怕奶奶的马婧影，此时找到了打小报告的机会，她快步走到奶奶跟前，想要说些什么，却不料她的这个举动却吓坏了奶奶。

奶奶一看自己的苦心就要穿帮，灵机一动，对着马婧影就说：“快把这些贵客领到客厅休息，好茶好水的照顾周全点。”

马婧影明白了奶奶的用意，答应了一声走过来，领着这些婶子、大娘的往客厅走去。中院里只留下了三叔和奶奶。

奶奶走到三叔身边，用一种很严厉的低声问道：“又怎么了？进上官家这么多年了，连上官府的规矩都忘了？”

奶奶的质问，让三叔低着的头更低了，一缕头发随即耷拉下来，他站在跨院的门边，看上去十分恐慌，像一个做错事的孩子。

三叔抬眼看了一下奶奶，有点结巴地说：“她、她怨我把戏班子请错了，她、她想请金喜班子。”

三叔的声音低得只有他自己听得到。

“她这不是痴心妄想吗？”奶奶说，“你也不想想，你爹那脾气，能随了她的愿？再说就是请了金喜班，难道你爹还能让他在这儿唱？”

奶奶为二太太的固执与偏执有些生气了，她的话，声音很轻，但语气很硬。

三叔嘟囔着说：“她说要是先斩后奏，我爹也就没办法了。”

奶奶一听这话，真是哭笑不得，难怪她想得出来，她还嫌这个家不乱？

奶奶定了定说：“她经常往那边跑，老爷睁一只眼闭一只眼也就算了，还蹬鼻子上脸了？你去告诉她，赶紧收拾齐整了到前边帮着照应着。她愿意闹，过了今天随她闹，要是今天谁让上官家闪了面子，我定不轻饶！”奶奶说完这话，转身走了，把三叔一个人晒在那里。

奶奶的话让三叔吓了一跳，随即明白了在今天这样的日子谁都该有所收敛，更何况是姨太太们了。三叔答应了一声转身回到二太太的房间，果不其然，二太太的屋子里面消停了许多。

奶奶无端地和二太太生了一点气，心里有些郁闷，本想到前院继续招呼客人，谁知深一脚浅一脚地走到了后院。她正埋怨自己年龄大了，心里装不得事了，想抽头往回走，却发现五叔上官子强急匆匆地从后院走过。奶奶想回头看看究竟，却发现了在丁香树下站着的柯莲。

奶奶站下了，认真地看了柯莲一眼，明白这个可怜的女人又有些走神了，对于这个寂寞而又不幸的女人，奶奶是同情而又厚爱的。

父亲的离家出走，给她造成的伤害是显而易见的，这让奶奶总觉得上官家欠她的，在诸多时候，奶奶都给了她无微不至的关怀。

25.

柯莲此时正站在一堆嘈杂的人声里，这个可怜的女人，没有发现身后的奶奶。她正站在丁香花的一种奇异的花香中，把自己都站成了一株丁香。

乌溜溜的黑眼睛包裹在一圈黑晕中，面如桃花的年龄，脸却无丝毫血色。惨白而又透明的肤色，衬着“女服”制衣行里定做的水蓝色的缎子旗袍，显得那般素净而又疲惫，让人不难想起红楼梦中那位葬花的林妹妹。

柯莲是上官家第一个穿旗袍的女人，也是最适合穿旗袍的女人，她身段窈窕，该凸的地方凸，该凹的地方凹。

旗袍是滚边的，线条极好，领边和袖口绣了淡淡的花朵，那花朵淡雅、清丽，一看就是个心灵手巧的秀女把自己整个心思都绣了进去，把穿它的人像花朵一样簇拥着。

“女服”制衣行在抚宁县是最著名的制衣行，活细、针脚密实，专做旗袍，深得抚宁县那些富贵人家的太太、小姐们的青睐。

父亲的这位第一任妻子，是一位书香世家的闺阁小姐，性子好，有修养、有文化，很有点奶奶年轻时候的风范，只是性格上比奶奶还文静、内敛。她的家世极好，祖上是前清的举人，祖父曾是抚宁县县衙的主簿，虽然官位不大，但也透出渊博的学识和儒雅的气质，父亲是抚宁县国立高中的校长，更是远近闻名的学究派。她自小在娘家读诗书、学文化，并且集诗书礼仪、琴棋书画为一身。

在一片祥和中，柯莲站在大堆忙乱的人群外，显得那样的不知所措。一片太阳光照在她的脸上，暖风密集地灌进她的身体，她从内心里长长久久地叹了一口气，突然觉得心的角角落落都开始疯狂地生长着荒草，她甚集能听见荒草生长的声音。

她看见不远处的三太太黄桃儿似乎已经忙完帐篷里面的事情，又穿梭在进进出出的亲友中间，热情地招呼客人，有时候还会发出难抑喜悦的笑声，她觉着那笑声是从心底发出的，好像今天远隔重洋归来的是她黄桃儿的嫡亲儿子，而不是和她没有一点关系，甚至连面都没有见过的四少爷。简直不用怀疑这笑声的含金量和虚假成分之间的比例究竟是多少，反正此时此刻的她无论如何也是不可能笑得那般春光灿烂的。

她看着笑容满面的黄桃儿，轻轻地叹了口气。面前弥漫着渐渐散去的雾气，这些雾气和慢慢飘过来的菜香、人声纠结交缠，像一道屏障把她和这场欢乐的喜事隔开。

她站在这里，没有怀念离家出走多年并少有消息传回来的丈夫上官子厚。那个丧尽天良的上官子厚！她现在一想到他，就只剩下一声叹息和在心里无尽的怨恨。

她埋怨父亲最多的，并不是他在新婚不到三天就离家出走，她怨就怨他走的那天，当着上官家众人的面，没和她说过一句话，这很伤害她，她觉着如果他能嘱咐她，替他好好孝敬父母，那也算给她留在上官家一个理由。可是，他走得竟是那样的决绝，连回头看她一眼都没有。于是，她把自己想象成了弃妇，心里有了这个明确的定位以后，怨气就油然而生。她之所以还能在上官家坚持到今天，也只有一个信念支撑着她，那就是她坚信父亲一定会回来的，即便不是为了她，他也会回到这个生他养他的上官大院里，上官大院走出去的子子孙孙没有一位不恋着这里的一草一木，一砖一石。到那时，她一定会好好地质问他，自己待在上官大院里究竟算什么?!

一个寒战令她脚下一滑，险些站不稳，怨气便又从周身的各个关节冒出来，溢满了整个身体。好一会儿，她才在心底长长地叹了一口气，短暂的气流从嘴里呼出来，无限地拉长，似乎想要把那长长久久憋在心里的怨气，通通地呼出去。

柯莲就这样长长久久地想着自己的心事。

却无意中看到了一场没有吵闹的，女人之间的战争。

马婧影招呼好前院的客人，急匆匆地走进了后院。突然，她站住了，笑容也定格在了脸上。她的目光所及之处，三太太黄桃儿正忙前忙后像一只在百花丛中飞舞的彩蝶。

柯莲分明看见了这位三少奶奶脸上的轻微变化：嘴角轻轻地动了一下，眼神也轻轻地挑了一下，她用眼角溜着这位姨娘，眼神凌厉得似乎会在嬉笑之间突然抽出一把大砍刀，把客人杀得血肉横流。而那位三太太看见刚进院的三少奶奶则嘴一撇,脖一扬,丢给她一个极其轻蔑的眼神，匆匆地走了。

一位是进门不到两年的庶母，一位是刚嫁进上官家一年多的少奶奶，上官大院里的人们不知道为何这两位原本长相、年龄相仿却差着辈分的女人竟然这样，看似平静的眼睛里却能擦出火药味道的女人，是嫉妒还是仇恨？总觉着有一股不安的气息隐藏在这两个女人之间。

柯莲曾想，也许是两个太要强太爱表现自己的女人，根本就不该出现在同一个屋檐下的缘故吧。

大宅院里的女人们争风吃醋的事情太多了，多到她都懒得去想。

26.

上官家的后院一大群远近亲属正围坐在帐篷里面开席，这位嫁进上官大院一年多的三少奶奶，不但具有好岁月、好身段、好容貌和好的家世，她还具有一张巧舌如簧的好嘴，人还没到后院银铃般的笑声透过嘈杂的人声就先行报到，她笑着和那些进进出出前来祝贺的亲友们打着招呼，那样子仿佛自己才是这一家之主，要不是突然看见那位秀气逼人的三太太，她一直会把脸上的笑容坚持到所有人离开后院。

马婧影出生在邻县的一个富豪家庭，马家的家世与家资丝毫不逊色于上官家，马老爷和爷爷是生意上的伙伴，上官家多次在马家危难之时伸出援手，帮着马家解围，所以马老爷就决定把女儿嫁给上官家，以表自己对上官家的感激之情。

说起这位马老爷，还真是个人物，这位马老爷虽然掌管着马家偌大的家业，但一生娶妻无数，常常是从这张床上漫游到那张床上，以至于有时醒来之际都记不得在哪个女人床上睡的觉，他常说，相同的是床，不同的是女人，或者说相同的是女人，不同的是床。

就这样，原本是个白胖子，走路看不见两只腿的他，到后来瘦成了苞米秸。有人说他光记着床上光溜水滑的女人身子，忘记了餐桌上香喷喷的鸡鸭鱼肉了。还有人反驳道，那不是吃与不吃、补与不补的问题，他现在每天补上一头牛，也架不住见天往外流。马老爷听了这话，非但没生气，反倒大笑了，他说床是欲望的餐桌，餐桌是欲望之床，床和餐桌没有什么不同，不同的是你想享受什么。

马老爷虽然妾侍多，但他只相信大太太一人，他清楚那些后来的女人只不过是看中了他的钱，而不是看中他的人，即便有那么一两个愿意嫁鸡随鸡嫁狗随狗的主儿，死心塌地想跟他白头偕老的，也受了那些浑水摸鱼的女人的害了，马老爷把她们和她们混为一谈。

马老爷这些女人，除了大太太是他娘给他自幼定下的，老二老三是明媒正娶的姨太太外，其余的都是他四处招蜂引蝶招惹的祸根，有的放在家里，有的就养在外宅，他不把她们放在眼里的重要原因，是坚定地认为女人不过是身上的一件外衣，想换就换，想丢就丢，只有结发妻子才是他贴心的汗沓，贴着心，保着暖。

马婧影她娘是马家的大太太，是个精于算计的女人，虽然知道丈夫在外面不检点，今天带回来一个，明天又领回来一个，她却丝毫不生气，因为她管不了，也就懒得去管，她觉得只要是钱财把握在自己的手里，别的都无所谓，反正三个五个是娶，十个八个也是娶，她是正室，马家大半个家财在自己手里，她还怕什么？

我爷爷也知道马老爷生活不太检点，但是具体情况还不太清楚，又考虑马家和上官家的交情，也只好勉为其难地接受了，所以马婧影是自小与三叔指腹为婚。其实与三叔指腹为婚的不是这个马婧影，这个马婧影原名叫“马倩影”，这一点上官家是没人知道的。原本该嫁给三叔的是马家三姨太太女儿，比马倩影大两岁，生得如花似玉，煞是招人喜爱。马家三姨太太受不了大太太的虐待和丈夫的冷遇，悬梁自尽。

到了女孩儿该出嫁的时候，马家大太太听说马婧影的婆家富甲一方，就决定偷梁换柱，用马倩影顶替马婧影嫁到上官家。她把三姨太太的女儿卖给了一户大地主做小，用自己的女儿顶替马婧影嫁到上官家。就这样，马倩影顶替的马婧影，做了堂堂正正的上官家三少奶奶，而那位在老地主宅院之中受气遭罪的，真正的马婧影，却度日如年地生活着。

嫁到上官家的这位假马婧影，深得她母亲的遗传，她嫁到上官家时什么都可以不带来，只有那本《红楼梦》却是绝不会放在娘家，这是她一生最钟爱的唯一一本书，一直成为她的枕边书，每天必读，抱着入睡，已经记不清看了多少遍。她最欣赏和敬佩的人就是大观园中的王熙凤，她曾想，做女人就该像凤辣子，自己如果是凤姐儿，一定会要大观园那些公子和小姐们好好吃点苦头，也不至于一个好端端的大观园，落得白茫茫一片真干净。

最初嫁到上官家的她，觉着这个上官大院像极了大观园，她真想像凤姐儿那样大展身手，把上官家彻底改变。怎奈上官家的奶奶太强势了，让她无缝插针也无计可施。后来，父亲出走，二叔常年在外，爷爷放手把上官家的家业交给了三叔打理，她的那种被压抑着的野心也就随之日益膨胀。在别人看来，她只不过是一位协理丈夫持家的少奶奶，和别的少奶奶没啥两样。其实，她一直在巴望着爷爷、奶奶早日蹬腿归西，自己真正掌管这上官氏一门 。

27.

上官府各房的丫鬟全部被临时抽去干杂活，大少奶奶的丫鬟丁香正在厢房刷洗客人用的茶具，被奶奶房里的丫鬟银屏从里面叫出来。

丁香甩了甩湿淋淋的手，问银屏干啥？银屏在丁香的耳边小声说了两句，丁香就丢下没洗完的茶具往后院跑。

她急匆匆穿过中院，又跨过了后院的角门，看见大少奶奶还站在丁香树下，赶紧跑到她面前，气喘吁吁地对她说：“大少奶奶，你怎么一个人在这里？你让我好找。”

柯莲正想着心事，突然被打扰，吓了一跳，赶紧扯回思绪，看了一眼满头大汗的丁香，嗔怪道：“吓死我了，啥事这样猴急？看你这一身的汗，我还能丢了不成？”

丁香一听大少奶奶这话，赶紧解释说：“是太太让我来找你。”

柯莲疑惑地看着丁香。

丁香说：“是这样，严老爷家的凤娇小姐来了，在你的房间，太太吩咐让你先陪陪她。”

柯莲一听这话就更愣了，她十分不理解这位拈酸吃醋的严家小姐怎么会突然跑到自己的房间。

她问：“她怎么跑到我那里？不是有女客待的地方，她怎么不去？”

丁香说：“她嫌那些老女人太啰唆，家长里短的絮叨个没完，就自己跑到咱的丁香苑了，正巧被太太看见了，就吩咐让你陪着她。”

柯莲答应了一声就随着丁香往回走，心里嘀咕，都说这个严凤娇是个新派人物，让我陪着她，我都不知道和她说些什么，就我这种固守田园的老思想，还不被她笑话了？尽管如此，柯莲还是回到自己的房间，与严凤娇有一搭无一搭地闲聊起来。

爷爷亲自引导着客人来到客厅。

这间挂有老祖宗上官国恺画像的大客厅，一直是一个神圣而庄重的地方，家族决议重大事情，惩罚不肖子孙，都在这里进行。过去家族在这里开会，只有已婚的爷儿们才能参加。被请到这个客厅，当然都是这古楼镇乃至抚宁县最有头有脸的人士。

马镇长等人一落座，下人立即就端上一盏盏刚刚沏好的雨前龙井，茶叶在水中自由地伸展，上下漂浮着。

马镇长端过茶，揭开杯子，用杯盖把伏在水面上的茶叶往一边一拨，薄薄地吸了一口，然后放下杯子，对爷爷说："剑鹏（爷爷的字）老兄啊，少爷荣归故里，衣锦还乡，真是一大喜事，对于少爷今后的前程，你有何打算？"

爷爷也喝了一口茶，心里揣摩马镇长这话里的意思，他想，莫非这老东西是来探探上官家的底细？

他可不能让这些人摸着上官家的真正门路，眼下的上官家比不得从前，抚宁县不知有多少人盼望上官家败落。如今四叔学成归来，不但能在县府、市府里谋得重要差事，而且上官家也可能就此重新飞黄腾达，这才是他们最害怕的。四叔将来的去向，是很多抚宁县人难以揣摩的心病，这一点爷爷当然明白，于是他模棱两可地对马镇长说："真是感谢马镇长对小儿的关心，可有些事情现在还不好说。齐家、治国、平天下，那得看他是什么志向，他愿意在家和我一同治理家业，那我巴不得他留下来，他要是想出去闯一番事业，我也拦不住。"

爷爷不但嘴里这样说自己的儿子，心里也是这么想的，儿子在外闯荡那么多年，性子就是一匹野马呀！他虽然在陆县长那里给他谋下一个要职，但他要是硬要走，谁也没办法的。

马镇长似乎不理解爷爷此时的心情，看着是随意聊谈，话里却像是步步紧逼似的追问了一句：“你到底是愿意他留下来，还是愿意他走出去？”

爷爷突然觉着这口里的茶水寡淡无味儿，他不想把四叔去留的话说得很满，那样就没有在人前回旋的余地。

他放下茶盅，站起来走到窗边看着远方，满眼翠绿在阳光下散发着活色生鲜的气息，这让他的心充满着对将来的渴望。

他像是对着马镇长一个人，又像是对着正房里所有人说：“我倒是满心愿意他留下来帮着他三哥料理家业，如今我老了，这里里外外就子华一个人张罗，顾了东边就顾不了西边。上官大院和近千垧地就够他一个人忙活的了，抚宁县城里，西边的锦州，北面的沈阳、长春，都有自家的分号，都需要人管理，子华一个人浑身是铁打能得多少钉儿？我是巴望着他能留下来呀，可是他上回来信却说要到南京去发展……”

爷爷说完这话，立即引起一阵喧哗，感叹声和赞许声不绝于耳，似乎人人都觉得上官家四子，是条腾飞的龙。上官家原本就是武宦世家，如今又有这文曲星下凡，还要到南京发展，那可是了得？南京那是什么地界儿，要去就去得了的？不得了，不得了。

爷爷的这番话最先让马镇长震惊，他想：上官家要是靠上了南京这棵大树，别说我这个小小的镇长，怕是连抚宁县的县长都不在这上官老爷子的话下了，这上官老爷子原本眼睛就长到头顶上，将来眼里还会有谁？想到这里，他赶紧接上话说：“你要是真想让他留下来也好办，只怕是你老东西连做梦都想让儿子把你也带到南京去，皇朝腹地，沾一沾龙脉的荤腥。”

面对马镇长的挖苦，爷爷虽然可以置之不理，但他知道，抚宁县有一些人嫉妒着上官家发达，于是爷爷又摇了摇头说：“留得住人留不住他的心，他要是想走，早晚还得走出去。”

马镇长听了这话，把头摇得跟拨浪鼓似地，手一拍桌子说：“剑鹏兄好糊涂啊，给他就近娶一房媳妇，他的心不就留下来了吗！”

马镇长的话一出口，立即引起爷爷的反感，爷爷心一惊，他抬眼看了看马镇长，琢磨着他说这话的意思。他认为错看了马镇长这个瘦弱的老头，还以为他是来摸上官家的底细，想不到他今儿个是赶着来给儿子提亲的，只是不知道他所指的是哪一家姑娘？千万别是严世奎家的千金就好。

果真，马镇长下面的话，不但证明了爷爷的猜测，而且还被爷爷不幸言中。马镇长看了一旁抽烟的严世奎。

严世奎假装此事与己无关，他见人们已经把目光对准了自己，就觉着不太自在，走也不是，待也不是，于是站起来抖了抖身上的烟灰，背着手走到屋子的角落，看着地上一大坛陈年佳酿，说：“上官兄还有好酒，今天一定不醉不归。”

马镇长没有理会严世奎的闲话，又看了大家一眼，似乎在征得大家的支持，然后对爷爷说：“严世奎严老爷的千金凤娇小姐与你家少爷同庚，品貌相当，如果你要是有意，这个大媒我做了。我在严兄面前拍过胸脯，说咱哥俩的交情，你一定会给我这个薄面的。”

马镇长说完，哈哈哈地大笑了起来，笑得爷爷的脸都有些僵硬了。

爷爷想，如今这严家可是鸡犬升天了，连镇长都替他们办事，看来这严家还真是不能小瞧啊！镇长虽然不是什么大官，但自古以来民不跟官斗，看来严家此事势在必得，上官家这次如不答应此事，卷的可不光是严石奎和马镇长的面子问题。

爷爷正不知道怎么回答马镇长的问话，他答应此事，就等于降贵纡尊承认严家这个小商小贩和上官家平起平坐的地位，他若是不答应此事，怕是今后上官家要经常遇到一点小麻烦呀，“君子不和小人斗”这句古语可就要应验了。

在场的那些老朽们不知道爷爷的真正想法，一味地奉承，教育局李局长赞叹道：“这可是件天大的好事，要是上官家和严家联姻，那抚宁县的地盘还能搁得下谁呀，你说是不是呀，老马？”

马镇长挣得了支持，自然是喜上眉梢，他觉着这两家结为秦晋之好，是打着灯笼都难找的大好事，你上官兄关上门自己偷着乐吧。这样的好事，要是落到别人家，怕是要拿出一份大礼重重地谢我。

马镇长光顾着等谢媒的美事，哪成想爷爷说出的话给他搂头扣顶地浇了一盆冷水。

爷爷怎么都觉着这严家和上官家不能相提并论，别说严家儿子现在是县府的要员，即便是省政府的长官，那严凤娇一脸的苦瓜相，还有那一说话就顺着两颊往下掉粉渣的俗气样，也配不上他那貌比潘安的四儿子。想到这里他硬着头皮，搪塞说：“犬子出去三年有余，谁知道他如今是什么想法，要是给我带回来一个洋妞那也说不准。”

在场的众人可不知道爷爷的想法，他们以为爷爷当不了这个家，听了这话全都大笑了起来，商会的贾会长穿着做工精细的米黄色蚕丝绸衫，黑色绸裤，一抬足一摆手那绸衫绸裤就忽悠悠地抖，四十多岁年纪，头发黑如墨染油亮如同蜡，脸色红润，双目清明，他指着爷爷笑着说：“我说你老哥儿乐糊涂了吧？自古婚姻父母之命媒妁之言，没有你的允许，那堂堂的留洋博士，就能给你带回来个洋儿媳？哈哈哈！”

马镇长听了这话立即火上浇油，他说：“你个老面瓜，连儿子的主都做不了，真是个面瓜！”

爷爷礼貌地斡旋着，正在这时，和爷爷关系密切的警察局刘局长替爷爷打抱不平，他看着众人，拿着手绢擦了擦脚上雪亮的军警靴，别看他是个行伍出身，头发早早就谢了顶，但他却是个极其讲究形象的人，他站起来，正了正制服上的皮带，清了清嗓子说：“谁说咱上官老哥是面瓜啊，虽然元谦兄没在枪林弹雨里闯过，但也是入过龙潭虎穴的。你们难道不知道？他们上官家那位相貌赛过天仙的二太太，那就是他在土匪窝里抢出来的！”

众人听了这话全都张着嘴惊呆了，有一两个略知一二的忙附和道：“对、对、对，是有这事。”

刘局长这话说得没错，我们家里的那位蒙古女人正是爷爷从土匪窝里救出来的。这里面说来话长，它涉及我爷爷一生中最不堪回首的往事，这段往事衬托着我爷爷内心极其软弱的一面，让他每每回忆起来都深感自己是多么懦弱和无能和多么儿女情长而无地自容。尽管这段往事中有爷爷的苦乐和悲喜，掺和着爷爷多种感情元素。

那是二十几年前的事情了，曾祖父病逝孝期已过，爷爷决定北上内蒙古去从事贩卖药材和倒腾马匹这双向的买卖。但，这一次长途跋涉的旅行，是实施爷爷扩大家业的第一步规划，事实证明，以他的胆识和魄力，不足以完成他的这一宏伟大业。我之所以这么去看我爷爷这个人的胆识和谋略，那是因为他刚一出师就遭到了败北，他败北的一个重要原因是他在张北那个地界遭遇了土匪刘拐子，刘拐子的人马把他像捆小鸡一样地捆了个结实，一只胳膊也因此脱了臼，绅士风度的长马褂也被土匪扒掉了，也因此遭遇了美丽的蒙古女人莎琳娜，和莎琳娜做了一辈子冤家，也生了一大帮孩子。

28.

爷爷一直到老还记得土匪刘拐子那张脸和那个人，那是一张被大太阳快要烤糊了的大圆脸，一头乱腾腾的头发，身躯魁梧健壮，五官像富有经验的铁匠锻打出来又丢进炉子里烧红，再一样样砸在活力四溢的大脸上，活脱脱一尊阿尔泰风格的青铜雕像。他披着一件旗帜般威风的英国呢大氅，穿一条又破又脏的咔叽布宽裆窄腿马裤，舌檐耷拉的八角帽斜扣在硕大的后脑勺儿上，腰间铁锤似的吊着一支匣子炮，走路东高西低地不平，却比常人跑得还要快。目光炯炯，眼珠子到处乱盯，盯谁谁都撑不住，身子骨儿弱点儿的，咣当一声就得往后倒。他这种八面招风的样子令爷爷一见到他立时脑袋上就冒出了汗。

刘拐子没收了他所带来的钱财，还想害他的性命，究其原因是让爷爷哭笑不得的，因为爷爷看到他那张脸了。

他当时手里拿着马鞭子，绕着爷爷像驴拉磨似的走了两圈，然后用马鞭子指着爷爷的鼻子对爷爷说：“你必须死，因为你见过大爷的尊荣，凡是看过我脸的人都活不过当天。”

爷爷当时或许想骂他不讲理，他觉着看见土匪的脸是今生最倒霉的一件事，这有些被强奸的意味。爷爷真想夺过他手上的鞭子，狠狠地抽他一顿，然后骂道：“以为我自己愿意看？看了我还做恶梦哪！”可是爷爷被捆粽子一般的捆着，怎么也动不了。

刘拐子看见他那副表情，笑了一下，又黄又长的两只大门牙，像兔子的牙一样立在上嘴唇里面下嘴唇外面，不笑的时候很难发现其中的奥秘，他这一笑，竟让爷爷恶心了好久。

刘拐子笑完说：“你小子运气不错，今天十五，老子忌讳初一、十五，这两天不杀人，让你多活一天。”

爷爷听了这话，从心里骂了他一百遍，心说：既然都当了土匪，还装啥孙子？别说初一、十五这两个吃斋念佛的日子你不杀人，你就是从今天开始，永远都不杀人了，佛祖、神仙或者是阴曹地府里面的冤魂，都不会饶过你！

当天晚上，抢了钱财的土匪们大摆筵席庆贺，把爷爷一个人丢到山上一间茅草屋里，只留下一个土匪看守。

月光打一小块窗棂缝隙里挤了进来，窸窸窣窣像一条白亮的丝带在他的脸上掠过，又落到了那个看守他的土匪脸上。望着这样的月光，爷爷知道此时外面的夜空中，一定有一个又大又圆的月亮，它被似有似无的月晕包裹着，睡眼迷离，多少透着点神秘。

多好的月夜啊，可惜被那些土匪的叫喊声和笑骂声给撕成了一条一条的了，爷爷心里面想。这些在酒精刺激下的土匪一定个个笑得青面獠牙，脖子喊成老树桩了，应该和鬼是一个样子。

一想到这里，爷爷的心里一阵酸楚，也许明天自己就要变成鬼了，青面獠牙相貌可憎。

他突然觉得活着真好，感觉自己忙忙碌碌大半辈子了，怎么却没有考虑到生与死的问题？看起来这生和死离得这么近，或许只隔着一层窗户纸。昨天自己还是个志满意得的大活人，可过了今天晚上，自己还能不能看到明晚的月光，还真说不上来。

一个面对死亡的人才能真切地感觉到活着是一件多么美好的事情，庸常的时候，我们只知道活着，无论是轰轰烈烈还是碌碌无为地活着，从没有人认认真真地思考过关于活着还是死去的真正意义，因为活着是天经地义的事情，那是因为自己感觉离死亡还有很远的距离，所以才那样心安理得地活着。甚至于有的人由于这样或者那样的原因，轻言厌世，我敢说他是没有真正经受过生与死的考验，没有真正经历过等死的过程。

死或许不可怕，但是知道自己的死期，一分一秒地靠近死亡的时刻，我不相信有人会对这个世界，对自己的亲人，一点点留恋，一点点依依不舍都没有，面对死神的靠近而不动容，笑脸面对死亡。反正这一刻，爷爷流泪了，我虽然藐视贪生怕死的人，无比敬佩视死如归的英雄，但是对于爷爷脸上的泪水，我是有着强烈的同情感和深深的理解。爷爷作为五尺多高的男子汉，会面对突然飞来的刀枪挺身而出，毫不犹豫地迎上去，那是一种豪迈，一种人生中偶然显现的英雄气概，但那是受到现实的那种气氛或者是出于对亲人的保护才能做到的，而不是每个平常的人分分秒秒都在等待的时刻。

眼泪对于一个男人来说比血还金贵，男人面对刀枪棍棒，宁可选择身体受苦，也极少有人选择流泪屈服，那时候的爷爷不仅仅是对即将逝去的生命有所留恋，他感觉自己的抱负没有施展，就这么把家里面一大堆烂摊子的事丢给了老婆撒手人寰，他这是心有不甘啊！

虽然是黑夜，看守他的土匪看不见一个大男人在一旁偷偷地流泪的样子，但是他一定感受到，一个濒临死亡的人，那种绝望和悲伤。

爷爷虽然看起来很强大，很冷漠，但是他和所有面对死亡的人一样，有他极其软弱的一面。他首先是想到了他的妻子，那位端庄贤惠而又美丽的女人——我奶奶。

奶奶自从进了上官家大门，十几年了，爷爷都不知道有多少时间没和她好好唠唠家常说说心里话了。他这时候才感觉自己原来是有好多话要和她说，他想和奶奶说一说孩子们的琐事，想嘱咐一下奶奶今后对待儿女千万别像他那样冲动，动不动就用家法惩治，他在心里面对奶奶说：子厚虽然十几岁了，虽然任性、孤僻，一条道跑到黑，但他心里面一定有许多的苦楚无处述说，这一点，是不言而喻的，虽然不知道他一个生在福堆里的富家大少爷，为什么心里那样苦？他的苦来自哪里？但是还是要多多体谅他；子良调皮、常常捣蛋搞得家里大乱，可以多和他讲一讲道理，千万别动家法惩治他，他还小，经不起皮肉之苦；早霞，爷爷一想到这个刚刚会给他递鞋子拿烟袋的小女儿，心不免又柔软了一下，该给这个孩子说个人家了，一定得是上等人家，虽然心里有一万个不舍，但是女孩子出嫁是早早晚晚的事情，早一天定出去，早了了这份心思，只可惜这件事不能亲手去办，也不知道这个丫头的命，是富贵还是贫穷？一定要给她选个好人家才对得起她呀！……还有，靠南坡的那几十垧地虽然贫瘠了一点，但那是祖业，千万别卖掉；门房老魏的老婆还留在南边，他早就想把她接过来，和我叨咕了好些天，我因烦他磨叽，又害怕那南边的女人比爷们更难缠，所以没有答应他，现在看来这事做得欠妥当；家里那匹老马的年龄比我也小不了多少，别看它老了，干不动活计，可它是咱上官家的功臣，咱要养它到老，给它送终，千万别把它杀了；顺丰粮店还欠着麦收时候的麦款，坎上朱老七的地租今年免了吧，朱老七的老婆刚死，留下一大群要吃要喝的孩子……

或许爷爷和绝大多数死期将至的人一样，只有面对死神才能总结这一生的得失，才能知道还有那么多的事情没处理完留下的遗憾。

人生只不过是从生到死走过的一段抛物线，爷爷感觉自己这么快地就走到了终点，也明白了人这一生忙来忙去，只为的是赶着去死，他甚至还觉着，假如早一点让他明白这些，他一定守着妻儿，老守田园地生活。一定不会去争、去抢、去夺。这时，他悲哀地想：争有什么用啊？日有广厦千万间，夜宿一席之地；家纵有良田千顷，不过日饱三餐。还能吃到肚皮外头去吗？现在看来，一亩地两头牛，孩子、老婆热炕头的生活，比什么都幸福，何必这么挣命似的活着。

爷爷这么一想，就想出了冷汗。

他终于想明白了一件事，原来要不是自己这么忙不迭地想要去挣钱，哪能遭遇这个遭天杀的刘拐子？

爷爷长叹一声，唉！

心里想到，忙来忙去看来原来是自己忙着赶死去呀！只是那时候没有感觉到罢了，想到这里他自己又恨起自己。

门外也许是落了雪，爷爷感觉风打在门上沙沙地响，雪花打在窗户上，很像是淘气的孩子扬起一把沙子在上面。

其实，回顾自己一生的得失，和遗憾自己没完成的事情，那都不是让爷爷最闹心的。此时最让爷爷烦心的是，他不知道明天一早这伙土匪用什么方法结束他的小命，是用刘拐子胯骨上当啷的那只盒子炮？还是对面那个土匪手里的长枪？

这个问题一直折磨着爷爷。

爷爷最害怕土匪用刀来对付他，爷爷是个怕见血的男人，平时家里面杀鸡宰羊的时候，他都躲得远远的。有人私下里说爷爷是个蔫葫芦，没有血性。这一点我不敢苟同。

我一直纳闷，爷爷的性格怎么那么不像上官家那些拿枪的男人？上官家的男人几乎都是手里拿着刀枪，那么热衷于打打杀杀。而我的爷爷手里始终一把蒲扇，脸上始终堆着一脸菩萨般的笑容，不管是面对外场上的达官贵人，还是家里面的长工、佣人，爷爷都是先哈哈哈地笑着，然后点着头，轻轻松松、从从容容。

爷爷的这个形象一直影响着我对爷爷性格的判断，我一直以为爷爷不过是一个笑面虎似的老地主，或者是个万事不得罪人的老面瓜，但我却从奶奶的嘴里知道了爷爷还是个很有骨气的男人，比如闹日本鬼子的年代，爷爷在那么恐怖的年代里，资助过山上抗联战士，还带领过古楼镇百姓抗击过日本鬼子的收粮队、开拓团，怎么能说爷爷没有血性？

爷爷听说土匪杀人都用刀，一想到凉飕飕的大马刀架在脖子上，心里就闹得慌。

他沮丧地想，要是土匪真对自己用刀，那自己可就遭了罪了，一下子砍不死还得再砍，那还不把自己大卸八块了？想到这里他觉着还是用枪少受点罪。用枪痛快，对着脑袋就是一下子，脑袋就开花了，就成了倒瓤的西瓜了。倒瓤就倒瓤吧，那也比多挨几刀强啊。

也许是爷爷对于怎么死法的恐惧，他突然想问问对面那个土匪，土匪都怎么处决人，是用刀还是用枪？

试想一下，人活到了这份上，自己跑出了一千多里地，最后的夜晚竟然是在这山上，由一个土匪陪着，还想问一问他自己明天会被怎样处死，爷爷此时的心情那是何等的酸楚。两滴清冷的泪水流过，他绝望了。

29.

爷爷被那种想法鼓噪着，憋来憋去，还是觉得得问问。

一个将死之人的最后请求他不会不答应吧？古时候处决犯人之前还得给一顿壮行的酒饭，他就不相信眼前这个土匪真的就没有丁点人性。

爷爷刚要张嘴问那土匪，突然意识到，这间茅屋的气氛其实是很沉闷的，对面坐着的土匪虽然看不清脸面，但却能感觉得到心事重重，要是冷不丁问句话，那个抱着枪的土匪也许被吓到，然后会恼，说不定会过来实施暴力，临死前被打个遍体鳞伤，那可就犯不上了。

想到这里，爷爷的脑袋转了个弯，他觉着还是要给那土匪一点提醒，先弄出点动静，把他的注意力吸引过来。于是，爷爷假装把身子往后面墙上一靠，故意用脚把旁边的劈柴柈子弄出声音来。

果然，爷爷脚旁稀里哗啦的声音，令对面麻袋包上面坐着的土匪警觉地站起来，眼睛直瞪瞪地看着他，枪栓拉得咔咔响。

爷爷的心立刻就抖了一下。

“干什么，找死啊！”土匪骂道。

从土匪的声音爷爷判断：这个土匪不超过三十岁。

爷爷故意清了清嗓子，想给自己的问话打个提前亮。

对面的土匪借着微弱的月光，看清了对面的那个肉票只是想往后挪动身子,并没有想起来反抗或者是夺路而逃的意思。他又坐回原来的地方，怀里依然抱着那杆枪，面部表情依然是愁苦的。

不远处土匪老巢里，又响起吆五喝六的行酒令声，肆虐的大笑声。

爷爷灵机一动，假装无限惋惜地对这个土匪说：“真是对不住你，人家都在喝酒吃肉，劳你在这里守着我。”

土匪听了这话没有反感，抬起头，看了看爷爷，摇晃了一下酸疼了的脖子，依旧抱着枪坐在那里。

不知道什么缘故，他竟然对爷爷说了话。

他说：“反正我也吃不下，这牙都快疼死我了。”

爷爷这才发现，他的脸老是苦着，还以为他是因为轮不到喝酒吃肉给闹的，原来是牙疼。

爷爷很同情地说：“牙疼不算病，疼起来要了命。”

土匪说：“可不是吗？都疼了三四天了，还不如死了好受。”

爷爷听了土匪这话，从心里苦笑了一下，他想：在将死之人面前，说活着不如死了好，真是饱汉子不知道饿汉子饥，看来你小子还没有尝到等死的滋味。这才是吃啥啥不香，喝啥喝不下的滋味，人要是知道了自己的死期，那可就后悔以前的日子没好好活过呦。怎么说也是好死不如赖活着。

爷爷暗自想，他真想对土匪说：要不咱俩换换？

一个比死还痛苦的人能回答得了什么？爷爷不再想问他了。

爷爷痛苦地把头靠在身后的山墙上，闭上了眼睛。

也许是被爷爷的话提醒了,那一厢坐着的土匪好像此时的牙更疼了。

他站起来，在屋子里像一只烦躁的狗熊来回地走动，咚咚走动的脚步声让爷爷心烦意乱。

不一会儿，土匪竟然用手掌自己打起嘴巴子来。

噼噼啪啪的声音让爷爷心里更加烦躁，他对土匪说：“别打了，待会儿牙不疼了，脸又该疼了。”

这话让土匪有些震怒，把牙疼的怨气都发泄到了爷爷的身上，他又把枪端起来，咔咔地拉动枪栓，对着爷爷骂道：“我哪儿疼管你屁事，再说话我就开枪打死你！”

土匪拉动枪栓的响声并没有吓倒爷爷，心里说：真他妈的是个土匪，连好赖话都听不出来。

对于爷爷来说，死是不可避免的，早死一会儿和晚死一会儿也没多大区别，要是真的这一枪崩死，倒还省事了，连问都省了。

他把捆着的身子往后面靠了靠，倒真觉着这牙疼对土匪来说，不如死了好受。他有点心软了，说：“我要是不说话，你的牙还得疼，我告诉你一个法子，也许就会好点。”

土匪听见这话，安静了许多，好像有点将信将疑地看着他，眼光里似乎还是相信多一点。

爷爷说：“用指尖掐住合谷穴。”

土匪问：“何为合谷穴？”

土匪的这句问话，让爷爷有点吃惊，他听出这个土匪说话文绉绉的，好像还有点文化？他纳闷了，感觉真是世道变了，这样的人也来当土匪？但是不管怎么说，狼窝里遇到一只羊，总比遇到一只狼要强得多。于是他想，多半这样的土匪都是个军师之类的，属于狼群中瘸腿、瞎眼，站在后面支招儿那一类，不过，他还真有点敬佩这样的土匪，至少他还是个读书人。此时他想起了曾祖父临死时嘱咐他的话，咱老上官家祖坟里没埋过读书人！可见上官家是那样地敬佩读书人，哪怕是土匪窝里的读书人。

爷爷对土匪说，合谷穴就是拇指和食指中间靠里一点，左边牙疼，你就掐住右边的合谷穴，右边牙疼你就掐住左边的合谷穴。

土匪听了他的话，真是饥不择食，有病乱投医，死马全当活马医，照着自己手背上的合谷穴穴位就猛掐过去，立时就感觉疼痛消去了一大半。

土匪安静了，爷爷知道他的疼痛减轻了，他突然感觉死到临头还能帮助别人，尽管这个人是个土匪，心里坦然了许多。

过了一会儿，爷爷问那土匪，感觉如何？是不是好点了？

土匪说，好了许多。

土匪的牙不那么疼痛了，也不再烦躁，说话的方式也温和。

爷爷说："事到如今我也不想把我的绝招带进棺材，我还有个法子能让你根除牙病。"

土匪听了这话，很是高兴，他问爷爷："这是真的？"然后又颇为怀疑地问："我冒昧地问一句，你是医家？"

爷爷说："我岳丈是开药铺的，近朱者赤，我也略通一点医道。"

土匪点了点头，说了句："难怪。"

爷爷又说："这儿没有纸笔，你得用心记好了。"

土匪说："你说吧。"

"石膏八钱、荆芥一钱、丹皮一钱、防风一钱、生地一钱八、青皮一钱，共七味。"

土匪说："你再说一遍。"

爷爷又把刚才的方子重复了一遍。

土匪说："我记下了。"

好一会儿，两个人又恢复安静了。

爷爷不知道，对面这个土匪，的确是一个肚子里有点墨水的土匪，不但如此，他还是个家学渊源的书香世家出身，只不过家里出现了一点变故，属于被逼上梁山那伙的。

自打上山，这个“秀才土匪”才感觉当土匪的日子真他妈的不是人过的，不用说这刀尖舔血，砍砍杀杀的日子难过，且和一帮不懂人语，如同牲口一样的土匪在一起，就度日如年。这些土匪，大字不识，人话都说不好，更别说交心，简直是和野兽为伍。

这个秀才土匪和爷爷交谈了几句，突然就觉着自己又重新回到了人间，他觉着和人对话真好。

一种久违了的感觉找到了，于是他的那颗还不曾泯灭的良心，开始有些活动，他也想和爷爷说点什么。

爷爷和土匪两个人，一个有心，一个有意，就搭讪着唠起嗑来，先是你一句我一句的扯些闲嗑，后又从时局讲到将来。爷爷是个将死之人，俗话说“人之将死其言也善”，他说出话来句句都能让这个土匪感到无比温暖。

谁说“祸从口出病从口入”？要不是爷爷和土匪两个人唠得这么热火，土匪怎么能发恻隐之心。

秀才土匪此时心生一种报恩的理念，他站起来往爷爷跟前凑了一点，对爷爷说：“悬壶济世是你们医家的医德。我也是读书之人，今日落草实属被仇家逼得没有了活路。如今受你大恩，无以回报，要说我救你出去，这事难倒我。如果你有啥未了心愿，我愿意日后替你去办，这一点我还能做得到，你信我！”

爷爷听了土匪这话，感动匪浅，他连说：“我信你，信你。”可他更知道这个土匪的自身能力，求他放了自己，自己和他还没有这过命之交。如他真是个重情重义之人，自己还真有事相求。

于是爷爷眼含热泪说：“大恩算不上，如今小命休矣，也算寿路已到，我不怨天尤人。只是我客死异乡，求不上魂归故里，只是家人将永远蒙在鼓里，我不愿意他们此生翘首以待等我归家。如果你真心想帮我，那就替我回家报个死信儿吧！”

土匪说：“这事好说，只要我不被乱枪打死，我一定去，你要是信得过我，你把你的家宅住址告诉我。”

爷爷没有犹豫，凭直觉他是一个有点良心的土匪，也许是爷爷对这个土匪真的很信任，他并没有过多地考虑什么，只是不知道这个土匪是否能做得到，现在只好死马当作活马医。

他沉思片刻报出了家址，随后说：“我身上还有一块玉佩，藏在棉袄的夹层里面，这是我家传之宝，能保远行者平安归来的信物，我死后你记着找出来，我家人见到此物会重重赏你！”

土匪听了爷爷报号后，感叹了半晌，又沉思了半晌，说：“你也是大家宅院里面的当家人，如今却遭此大难，真是命中注定啊！只是你家离此太远，就是一匹快马也要跑上一个月，更别说我要步行。你再看看近处有没有你的亲属，受人之托忠人之事，我也好尽早了了这桩心事。”

爷爷听了这话，心里那种悲哀又多了几分。

他突然想起张家口带兵的四爷爷上官元鹏。

自己长途跋涉来到此地，还没倒出工夫去瞧瞧他，就被这该死的土匪……唉！

想到这里，他长叹一声，眼泪又流了下来，他悲切地说：“唉——！要说近处也有亲属，我胞弟上官元鹏随吉鸿昌扼守大境门，可怜我今日竟要死在他的辖地，真是心有不甘哪！”

土匪听了爷爷这番话，大吃一惊。

在这口内、口外，谁人不知道吉鸿昌和上官元鹏的大名，那可都是天大英雄啊！

他惊得站起来，连连后退几步惊诧地问道：“吉将军手下的飞虎大将，可真是你的胞弟？”

爷爷见土匪吃惊的样子，很纳闷，随后又长叹一声说：“将死之人还说些假话骗人干啥？一母所生，手足兄弟。”

土匪在那厢立了好一会儿。

突然土匪在屋子里来回快步地走了几圈，嘴里自言自语地说：“太险了，真是太险了。”

他回过身对爷爷说：“看你也不是一般人家出来的人，我没看走眼。我仰慕飞虎是个大英雄，你若能保举我在他的麾下，我今日豁出命救你出去。”

爷爷死也没有想到，这个土匪竟然说出这话。他也大吃一惊，从墙边勉强坐起，心中狂跳：看来我命不该绝！

他试探着对土匪说：“你真能救我出去？”

土匪点点头说：“稍安毋躁。成与不成老天说了算，总比在这儿等死强。”

要不是浑身绑得结结实实，爷爷感激得想要跪下给他磕三个响头。

土匪给爷爷松绑时，对爷爷说：“一会儿那些家伙就会喝得酩酊大醉，我们那时可出山门。我知道后山有一条小路可以躲过岗哨，下半夜就带你出去！只是你可否在令弟面前美言？”

爷爷说：“这有何难，别的事我不敢答应，要说此是定保万无一失！”

土匪做了个要他小声的动作。

悄声说了句：“好！我把命豁出去了。”

他推开门，探头向外看了看。关上门，走过来告诉爷爷要耐心等待。

爷爷会意地点了点头。

两个人都躺在屋地的草垛上边，看着天边的月亮，等那边的土匪安定下来。

硕大的圆月真是不懂得人心思，依旧清清冷冷、慢慢吞吞地挂在柳梢头。

爷爷倒在草地上，心里感激着土匪，他说：“我这是受你救命之恩，还不知道你是何许人也，姓啥叫啥，要是今日不能如愿，我就是到了阴曹地府，也会想着报答你！”

土匪咽了口吐沫说出了自己上山的缘由，他说：“我叫张廷江，家住万县张家庄，父亲是个教书先生，虽然小门小户但也算是书香门第，我自幼随家父识文断字。只因当地一家财主老爷为富不仁，看上了我那娇小怜人的胞妹，要纳她为妾，那老财主不但年事已高，且还时常抽风。他不知何时讨取我妹妹的生辰八字，非说我妹妹能给他冲喜，娶了我妹妹他不但能延年益寿，抽风病还会不治自愈。我父母乃至我们全家知道他们不是个善良人家，决不答应。怎奈人家财大气粗强抢豪夺，趁我们不备硬把我妹妹抢到喜堂上，我妹妹誓死不从，一头撞到案头上，顿时血流如注，当天晚上就咽了气。父亲知道此事后，找他们要人，他们非但不讲理，还出手将父亲打个半死，我和弟弟气不过找上门去，他们乱棍将我胞弟打死，我也被他们打个半死，被扔到荒郊野外。我爬回家后和父母商议到公堂上去说理。谁知他们家在县府里使上了钱，县长见财起意，说我妹妹是自己碰死的，与他家无关，我和弟弟是私闯民宅，打死无论。就这样我们输了官司。我爹爹身有重伤，一见这样判决，就当场口吐鲜血，回家半日就气绝身亡，我娘随后也吊死在房后的歪脖树上。我没有走那条绝路，我当时想，我得把我的家人安葬了，还得找他们去报仇，于是我就苟活于世，且隐姓埋名寻找报仇的机会。在一个月黑风高的天里，我用一把大火烧了他们家，随后就投了刘拐子。”

30.

爷爷和张廷江是后半夜逃出来的。到大境门守军这里，已经是清晨了。

太阳虽然还没升起来，但是寒风却变得柔和了。

后半夜下了一场大雪，使得路上费了一点周折，好在吃饱喝足的土匪们还在梦中，没有发现他们逃跑的踪迹。

我爷爷的胞弟，我的四爷爷上官元鹏，人称飞虎大将。那天早上，他刚刚起床，就喊着副官要了烟泡，刚刚躺到榻上，想美美地吸上一口，卫兵就急三火四地跑进来，气得他刚要发脾气，卫兵把爷爷求救的事情报告了他。

他一听是山上的刘拐子截了他的亲哥哥，还要害他性命，就一咕噜爬起来。

四爷爷的性格和爷爷大相径庭，爷爷是外刚内柔的性格。四爷爷的性子像爆竹，沾火就着，而且还一蹦老高。小的时候曾祖父就老说他出马就一条枪，从不问青红皂白。

四爷爷也没慰问一下哥哥和那位舍命救哥哥的土匪，就火速召集了一个警卫连的兵力准备上山，他提枪上马这会儿工夫，我爷爷跑了过来。

爷爷没见过这阵势，看见弟弟这阵势就着急了，他拦在马头前，像是求救地对四爷爷说："老兄弟，咱人都回来了，也不缺胳膊少腿的，拉倒吧。"

爷爷是个怕见血的爷们，他这是怕弟弟上山有个好歹的，怎么说这子弹也不长眼，也不能眼睁睁地看着亲弟弟为了自己冒险。

四爷爷哪里就听他的劝说，带兵打仗这么些年都是脑袋掖在裤腰沿儿上的，眉头都没皱过一下，他还会怕几个土匪不成。

他听了哥哥的话，把手里的枪一挥说："你别管！这帮瘪犊子早就该收拾，连我上官飞虎的哥哥都敢劫，还有他们不敢干的事吗？"

他说话两眼发横眉发直。

爷爷从没见过弟弟这般虎威，吓得赶紧说："你这是干啥呀？我这不全须全尾的回来了吗？也没少根头发，拉倒吧，再说我还有事和你说。"

四爷爷一见爷爷这般，火腾地一下就上来了，他一瞪眼睛，冲着我爷爷喊："我说二哥，你咋还替土匪求情，再说了，你不也说山上还有和你一起来的几个人嘛？不救啦？躲开！"

爷爷一听这话，一拍脑门子，可不是吗？真是吓得什么都忘了，山上那还有一个从家里带来的伙计，临时顾的四个车把式。也不知道此时土匪对他们下没下手？他用眼睛看着弟弟，一方面希望弟弟去救人，另一方面又担心弟弟的安危，这下可难了心。

四爷爷看出他的心思，对他说："有话咱回来说，收拾这帮瘪犊子用不了多大工夫，他们没多大尿性，也就是吓唬吓唬老百姓。二哥老实在兵营待着，我要不把他们连根儿铲了，他们不知道还要祸害多少人哪。"

爷爷听了这话，想想也是这么个理。留下这帮土匪真不知道多少人遭殃。

他搭在马头上的手耷拉下来了。

在一旁的警卫连连长，听见哥俩的对话跑过来，给四爷爷敬了个军礼说："团长，我带人去，杀鸡焉用宰牛刀，这点小事用不着劳您亲自出马！"

四爷爷冲着那位连长一瞪眼："少废话，上马！"

警卫连长吓得赶紧跑回马上。

爷爷见劝说不动弟弟，他也要亲自跟着弟弟前去，至少眼睛看着事态的发展，要比窝在这里干着急强。

他说："老兄弟，你要是非去，我也不拦着，那就带上我吧。"

四爷爷胯下的马也和他一样的脾气，早急得四蹄刨地耐不住性子了。

四爷爷刚想发号施令，听见哥哥的请求笑了。他笑得吹胡子瞪眼，拉过想要奔跑的马头，说了句："胡闹，这是打仗，又不是逛庙会，你跟着干啥？"

站在一边的张廷江，也想在飞虎将军面前立个头功，他对四爷爷说："我也去，我和这位大哥熟悉进山的路，各位军爷也少跑些道。"

四爷爷想，这也好，有个熟悉地形的会省不少事，于是对手下说："找两匹快马，找几个枪法好身手快的，好生保护着。"

手下人答应着，赶紧找来两匹快马，爷爷和张廷江也上了马。

四爷爷一挥手，自己身先士卒跑在了最前面。

31.

山上的土匪，昨夜的酒全喝多了，个个喝得骨酥筋麻，睡到日头照腚还没起来。

一个土匪揉着惺忪的睡眼，来换张廷江的班。

他推开茅屋的门，发现屋里的看守和肉票都不见了，捆人的绳子丢到屋里的乱草上，他吓得哇哇乱叫报告了刘拐子。

刘拐子昨夜也喝多了，做了这么多年的土匪，也没劫过这么多的好东西，这些钱和东西都能让山上的兄弟们好好歇一阵子了。

酒喝到下半夜，刘拐子由几个小土匪架着回到屋里。他的身子太高太大，又太魁实，几个土匪的酒也都喝得顶了脖，勉强把他送回来，累得都倒在他的屋里横七竖八地睡着了，而且也都睡得东倒西歪没个人样。

那个报信儿的土匪一路慌慌张张地跑来，跑到这儿嗓子喊得像瘪了嗉子的鸡，光剩下张嘴了。这一路下来，却把所有的土匪给搅动了。

刘拐子还在梦中吃肉，一大块肥亮亮油腻腻的肥肉夹到筷子上，他咧开大嘴刚想吃，就被吵醒了。人醒了脑袋却还想着那块肉，吧嗒吧嗒嘴，揉着惺忪的睡眼，埋怨有人搅了他的好梦，火气十足地骂道：“你妈死了还是着火啦，火烧屁股似的乱叫啥？”

土匪报说：“昨儿那人跑了。”

刘拐子一听这话一咕噜爬了起来。一夜倒头就睡，睡得脖子都硬了，脸上压出一大片红色的皱褶，嘴角淌着涎水。

他用手往脸上一胡噜，冲着土匪们就喊：“跑了还不快去追，在这儿瞎嚷嚷！”

屋里土匪都刚刚被喊醒，昏头涨脑的还在睡梦中，谁也没想动地方，其中一个说：“早就跑了，哪儿追去？下半夜就跑了。”

刘拐子听了这话，觉得不对味。

“嘿嘿！”

刘拐子看着他乐了，敢情你小子自己往盔里钻哪，这回别怨咱爷们嘴刁，咱就是屁股抹酱子——讹人的。想到这里，他嘴一歪，故意冲着刚才说话的那个土匪咆哮道：“你他妈的怎么知道下半夜跑的，你是他们一伙儿的？”

那个土匪听了这话，吓得小脸蜡黄，结结巴巴地解释说：“谁、谁能这大天老亮地跑，等、等着咱追呀？”

刘拐子听了这话，觉着也是这么个理儿。哪儿追去？只要他不是个傻瓜，他一定会早跑的。跑了就跑了，算他捡条小命。

刘拐子哪里在乎一个偷跑下山的小老百姓，谅他也没有多大能耐，再继续纠缠一个跑了的人毫无意义，还不如做梦吃肉。他又想起刚才梦里的肥肉，那肉好香，可惜没吃到嘴里，都是这帮臭小子们坏我的好事。想到这里，他喊了句：“跑了就跑了吧，继续睡觉。”说完又倒头睡下。

那个报信儿土匪看见刘拐子这个样子，真是又好气又好笑，纳闷这个屁股眼子大得能把心都拉出来的主儿，怎么还能睡得下去，亏他还是刀尖舔血拿命换饭的，这样没心没肺，十个脑袋怕是不够丢的。

可怎么他的脑袋长到今儿，还没掉下来？真他妈的老天照应着。

躺在炕上的刘拐子可并没真睡着，他心里琢磨，跑了一个老百姓能咋的，还能搅起啥大浪来？少杀一个人就算咱少作孽了，老天不让他死他就活着呗。却不料地上的那几个土匪嚷嚷上了，他们问后山上还有几个绑着的怎么处理？他们嚷嚷得刘拐子睡不着了，睡不着了肉就吃不成了。

他坐起来骂道：“别瞎他妈的嚷嚷，都绑到这儿，一并毙了，省心！”

几个人叫嚷着往后山去，刚跑到拐弯处就撞上了我四爷爷上官元鹏的部队，枪还没来得及上膛，人就下了地狱。

几声枪响惊动了刘拐子这一伙儿土匪。

刘拐子这下子睡意全无，他惊慌失措地从炕上跳起来。大声问：“哪里放的枪？”他的声音如劈柴断竹。

屋子里面的土匪全和他一样，摸不清状况，也没人能回答得了他的问话，只能跟头把式地往外面跑，一眨眼的工夫全都趴在墙头、草垛和大树边，还没看得清状况就开始放枪。

刘拐子骂骂咧咧地从屋里跑出来，问放枪的土匪："妈的，哪里放的枪？"

一个土匪爬到房上，抻着脖子往下看，看了半天也没看出个子午卯酉。

刘拐子又问："看见了吗？眼睛是他妈的泡啊？"

土匪听见了刘拐子的骂声，知道当家的着急了，赶紧爬到烟筒前，向下一看，这一看可不打紧，把他吓坏了。我的妈呀，咋来了这么多当兵的？简直就是从天上掉下来的。

刘拐子等不及了，几下子就窜上了房，他是看着那些能吃不能干的家伙们着急，自己就上来了。

别看他长得像头大水牛，一条腿还瘸着，这东西身手就是快，他几下子就爬到了烟筒边。

烟筒边上的那个土匪看见他也爬上来，抻着脖子向他高喊："看见了，看见了。"还没来得及说清自己看见了什么，就从房上栽了下来。

刘拐子心里一激灵，谁的枪法这么准？

刘拐子毕竟不是一般的土匪，他趴在房上，脑袋紧擦着房顶，半点也不敢抬起，几下子就爬到了烟筒跟前，以烟筒做掩体，极其小心地往房后面的山坡上看，一下子就发现了四爷爷的剿匪部队，呼啦啦漫山遍野都是穿着灰色军装的大兵。

这一看可不要紧，他吓得全身的汗毛像豪猪的针刺一般，根根竖立，几乎要刺破他那件黑黄不分的英国呢大氅。

他立即就有一种灵魂出窍的感觉，头顶迸出一缕轻微但极其恐怖的声音，像是口吹足色银元发出的那种细微振颤的铮铮声。这一定是他的魂魄被击出天灵盖的抨击声。

刘拐子觉得自己的生命曾有过几十秒的中断，那一刻他已经变成了一个灵魂出窍的躯壳，一具虚空的肉身遗体。

几十秒过去，他的灵魂才重新归位，心里说：我的妈呀，咋惹着这些当兵的了？咋都像吃了枪药似的，个个眼珠子都绿的。

历来做匪的都害怕大兵进山围剿，大兵是训练有素的正规军，而土匪就是一群乌合之众，这乌合之众手里的枪就像烧火棍子，怎么对抗得住正规军的枪炮，正规军的枪炮一响，土匪就得尿裤裆。

刘拐子感觉到自己凶多吉少，贼溜溜的大眼睛咕噜噜地乱转，总觉着这次要是能捡条命就算老天帮忙了。

他躲到烟筒边，一挥手，招呼几个弟兄上房，又对着下面的弟兄们挥了挥手，指了指离这间房子最近的那几棵大树，那几个还在地上张望的土匪明白了他的旨意，都像傻猴子一样，蹭蹭几下就窜上了大树。

他对弟兄们喊："都瞄准了给我打！"

话音刚落，树上的土匪就开了枪。

刘拐子嗖嗖几下就下了房，刚一下来，人就没了影，跑得比兔子还快。

要说四爷爷可真是厉害，他的兵不消一会儿的工夫，就捣毁了刘拐子的匪巢。

爷爷心中总算出了口恶气，他在那些没死的土匪中寻找刘拐子，他恨死那个险些要了他的命的瘸子。

他让张廷江也带人找找，看看地上的那些死尸里有没有。

战场打扫完毕，爷爷没有发现刘拐子，张廷江挨个地把死尸翻了个遍，也没有找到。

张廷江带人回来对爷爷说："大哥，八成这小子跑了。"

四爷爷听见了两个人的话，焦急地问："进山的两条路都被我们堵死了，怎么会让他给跑了？"

张廷江说："这小子毒着呢，在他睡觉的屋子里有条暗道，直通后山的另一条路。"

四爷爷一听这话笑骂道："奶奶的，还狡兔三窟呢。"他让警卫连长带人跟着张廷江进暗道抓人。

32.

后来，古楼镇里的人们听见上官老爷提起当年抓住刘拐子时候，都觉着那个身高马大的土匪其实就是熊蛋包，吓得裤裆都尿湿了，全然没有了那杀人魔头的气势。

但是爷爷却始终没有和别人说他在山上的那一夜的辗转反思和儿女情长，只是后来他一点一点和奶奶透露出来的，也就是从那以后，奶奶知道了他对自己的这般心思，更加死心塌地地和他风雨同舟。

其实，那一次最让爷爷意外收获的就是，在匪巢里，他救下了一位貌美如花的蒙古姑娘——莎琳娜。

莎琳娜是蒙古落配的王爷乌干达的小女儿。

据她说，那日她到张家口走亲戚，半道上就被刘拐子劫来。刘拐子看中了她的美貌，硬要她做自己的压寨夫人，可她自恃自己是贵族血统，哪能看得上这样的毛贼，誓死不从。刘拐子没有办法，也舍不得放走她，只好让人把她绑到后山。粗粗拉拉的刘拐子不知怎么的就洞察了女人的心思，他觉着女人就得慢慢驯化，等到哪一天开窍了，再拜堂也不迟。

就这样，莎琳娜成了爷爷他们的意外战利品。

实话说，爷爷当初看到莎琳娜第一眼的时候，他的眼睛都直了。哪里就见过这么美的人，一千个、一万个女人里面，也是难寻的。

她深凹眼眶，宝石般的大眸子毛嘟嘟地乱忽闪，上下眼皮一动，就能把人给忽闪迷糊。高拔鼻梁，鲜红嘴唇，褐色皮肤。

爷爷简直就不知道怎么来形容她了。

尽管如此，爷爷当时还是没有其他的念头，在他心里，莎琳娜就是艺术品，是可以欣赏可以玩味的，要是把她弄到自己的被窝里，那是对艺术品的亵渎，这个他不干，也干不出来。

这个蒙古女人从山上带下来就成了麻烦事，四爷爷问她家在哪里，送她回家。她说自己的家没了，四爷爷只好派人把她送到张家口的亲戚家。

爷爷是眼睁睁地看着四爷爷派卫兵把她送走，忽然心里有一种空落落的感觉。还没等他把冒上来的那股酸水吐出来，卫兵又带着人回到兵营。

四爷爷首先看见他们回来，晃荡荡的三匹马无精打采地走进营房，四爷爷沉不住气了，跑出去劈头就问属下："怎么回事？咋又带回来了？"

卫兵说："她的亲属早在几年前就迁居了，现在没人知道去哪儿。"

"那你就把她带回来了？"四爷爷埋怨道。

卫兵为难了，挠着脑袋委屈着："我不知道把她放到哪里？"

四爷爷不耐烦地一挥手："去吧、去吧。"两个卫兵走了。

四爷爷这回真有点为难了，对付土匪用枪就可以摆平，这偌大的军营里放下这么个漂亮的娘们可就乱了套了，谁知道这些鸟蛋打得啪啪响的光棍们，哪一个把持不住自己，来个吕布戏貂蝉，那他可是自找麻烦。况且吉将军治军严明，连自己的家眷都在张家口城里，军营里哪能容得下一个大姑娘？

他急得满屋子踱步，愁得没法。正在这时，爷爷前来向他辞行，他一拍大腿说了句："有了！"

我爷爷一心惦记着家里，尤其是经历过这一次的生死考验，更知道家的重要性，早想辞过弟弟返回老家，只不过四爷爷常年在外，突然异地遇见亲哥哥，哪能轻易放他回去，爷爷没办法，也只好耽搁些日子。

爷爷耷拉着脑袋推开四爷爷的房门，满脑袋都想着和弟弟怎么辞行，冷不丁听见四爷爷那么激动地自言自语，还真吓了一跳。

四爷爷把爷爷拉到一边问："二哥，你看那蒙古妞儿咋样？"

爷爷被他这么一问纳闷了："什么怎么样？老兄弟，你这没头没脑地说啥哪？"

四爷爷是个急性子，他受不了拐弯抹角磨磨唧唧，看见爷爷一下子没转过弯来，心里就着急，他直截了当地对爷爷说："得，二哥，我也不和你兜圈子了，你觉着这个蒙古女人好不好？你喜欢就带走，再给我添个新二嫂！"

爷爷压根儿就没有想到四爷爷要跟他说这个，心里也没有一点准备，惊得连连往后退了几步，摆手说：“不行、不行，这叫啥事，咱不成了趁火打劫的了吗？再说了，你嫂子和我的感情也不错，我哪能……”

爷爷的话没有说完，四爷爷就打断了他：“二哥你要是肯要她，那就是她的造化，千万别说趁火打劫的事，我嫂子那边我来解释，女人嘛，你就别惯着。”他说着就用手指着桌子上的一套茶具，“这家呀，就像这茶具一样，男人就是这茶壶，这女人哪就是这茶碗，这一个茶壶配几个茶碗都是正常的，更合乎治家之根本的。”

爷爷实在拿这个斗大字不识一箩筐的弟弟没办法，这个比喻也让他稍微开了一点窍，心里也活动了那么一小会儿。在他还在犹豫的时候，四爷爷就大手一挥，这事就这么定了，于是在军营里为二哥办了一个简单的婚礼。

就这样，蒙古姑娘莎琳娜就成了我爷爷的第二房太太 。

第二天，爷爷他们俩辞别弟弟和在弟弟军营中当兵的张廷江以后，回到了古楼镇。当然，这也是四爷爷派兵保护了一多半路程。

33.

卢大柱把马车赶回来，停在了上官府角门外。

银屏和丁香两人提着水桶往门外走，边走边聊，丁香说：“院子里的花草都长高了，你姑父咋还没回来？”

银屏的姑父是远近闻名的花匠，上官大院里的花花草草全都由他侍候。

银屏想不到她要问这个，抬眼看了她一下说：“我姑她婆婆过了年身体就不太好，前几天老爷派我去问过了，我姑说那老太太怕是过不去今年春天，我姑父得在家侍候着，如果老爷等不及，就让临时找个花匠顶些个日子。”

丁香一听这话，欣喜地说：“我正要问这个事哪，我们村里有个年轻的花匠，前天在街上碰见我，让我和老爷、太太说说，想进府给找点活计，我琢磨着你姑父一直没来，就知道家里有事给绊住了，想和太太说说，先让他干着。”

银屏听了这话，笑了，笑得有点诡异，她用手捅了一下丁香说：“我说你咋想起来问这个，这个年轻的花匠到底是谁呀？呵呵呵！”

丁香一听这话，羞得满脸通红，辩解着说：“哪有啊，他是我三婶子的弟弟，和我差着辈分哪。再胡说！再胡说！”丁香嘴到手就到，伸出手来在银屏的脸蛋上拧了一把，骂道，“你咋跟大柱子一样的没正经！”

银屏大叫一声躲过了，说：“逗你玩哪，还当真！”

两个人说说笑笑走到了小角门边，银屏一抬头看见了柳树荫下的卢大柱，惊异地对银屏说：“瞧瞧，说谁谁就来了。”

丁香没抬头，不明白银屏的意思，就问她：“说什么哪？”

银屏往柳树下一指，丁香这才看到马车跟前的卢大柱，立即就明白，她以为卢大柱把四少爷给接回来了，惊喜地对银屏说：“是少爷到家了，你快去禀告太太。”

银屏先是一愣，随后明白过来，她应一声，撂下水桶就跑了，跑得像一只轻巧的燕子。

丁香冲着大柱喊：“喂！回来了？”

卢大柱赶着车，从五里之外的石桥上绕回来的。他把车拴到柳树上，把皮箱搬下来，又回身去取车上的坐垫和毡子。

他悠闲地哼着乡间小调，听见丁香喊他，没抬头，只瞄了丁香一眼说：“叫唤啥，过来，搭把手。”

丁香跑下台阶，过来帮忙，随手接过皮箱，不知那只皮箱里面到底装了些啥，很沉。丁香只搬了一下就放在了地上，她甩着被勒疼了的手，嘴里叨咕道：“呵，什么东西这么沉？”

大柱又瞄了丁香一眼说：“中看不中用的东西，吃啥啥没够，干啥啥不行！”

丁香啐了他一口。

卢大柱得了理似的对丁香说："说你还不乐意，就这么个皮箱，连巴拉狗都提得动，看你那龇牙咧嘴的样儿。"

丁香刚要骂他，就瞥见大门口出来许多人。

银屏扶着奶奶，后面跟着二太太、三太太还有大少奶奶、三少奶奶和几位下人一起站在门外，看来银屏这一路小跑着报信儿，把上官大院所有的女主子都惊动了。

那些人焦急地朝着马车这边看，希望早一点见到海外归来的游子。许多人看见了在车边低头忙碌的卢大柱，却没有发现荣归故里的四叔，他们以为四叔不是走在马车的前面，就是被落在了后面，都用目光四下里寻找。

古楼镇正街上人头攒动，满街筒子走着的人个个都是灰头土脸的乡下人，哪里有风流倜傥的上官家四少爷？

人们迷茫了，这四少爷在哪儿呀？

没等奶奶开口，银屏冲着大柱喊："少爷哪？"

卢大柱一手提着皮箱一手抱着坐垫，正要往台阶上走，听见喊声抬起头，看见一干人等站在那里，心里有些纳闷，迎接一只皮箱用得着这些人吗？

丁香看了大柱一眼，小声说："喂！少爷哪？"

卢大柱更奇怪了，他莫名其妙地看了看丁香，又看了看大家伙儿，一脸的狐疑。

黄桃儿看着愣神的卢大柱忍不住又追问了一句："赶车的，问你话哪，少爷哪？"

卢大柱这才明白，这些人到现在还没有见到少爷。

怎么会这样？难道少爷他没回来？想到这里，他一下子惊得出了一身冷汗，懵了似的立在那里，不知如何是好。

这时候二太太耐不住性子，这个率直的蒙古女人，虽然平时不怎么参与府里面的事情，但见这个赶车的八杠子压不出个屁来，她心里也有些着急，她冲着卢大柱问：“你倒是说话呀？哑巴了？”

一向伶牙俐齿、身手敏捷的卢大柱，站在那里，傻了。他涨得满脸通红，结结巴巴地反问：“少爷，少爷还没到家吗？”

丁香听见这话，就觉得不对味儿，这是怎么说话？少爷不是该和你在一起吗？

她悄悄地拉了一下卢大柱的衣袖子说：“喂，你没接到少爷？”

卢大柱这才从这些人的问话中，搞明白一件事，四少爷上官子卿和他分手后一直没回来。也就是说，四少爷失踪了。

这时候的卢大柱，彻底地懵了，天！少爷跑到哪里去了，按理说他早就该到家了呀。难道，难道真的在半路上遇到了状况？

想到这里，卢大柱立即惊得魂飞魄散，他满脑子都是“少爷没回来，我把少爷弄丢了”这句话。

这怎么可能，怎么可能啊？

他不相信一个大活人，自己眼瞅着走过小木桥，再说过了河没有半里地就到家，自己从五里外绕道河桥上都回来了，他却没了踪影。

可是上官家大门口里堵着那么些人，这些人堆在这里，都是来向他要人的，这也不会有假呀。

他是上官家派出去接少爷回府的最得力人手，是让上官家最放心的人选，想不到，少爷是从他手里走丢的。

卢大柱立即感觉到天昏地暗，面对一句句飞过来的询问，只能结结巴巴地回答说：“四少爷，四少爷非要自己过河，小木桥过不了马车，我只好依着他，自己绕到石桥上回来的。”

说完这些话，他又意识到怎么说自己都逃脱不了责任，于是丢下手里的东西，慌乱地追着说了句：“我去找！”

卢大柱撒腿就想往苏子河边跑。

奶奶听了卢大柱的话，看来吃惊不小，她是被彻底地给吓着了。她的身子先晃了一下，随即就站稳了。

她扒拉开身边的人，三步并两步地下了台阶。

没有人知道她那天怎么跑得那么快，连后面那些年轻的女人都不如她敏捷。

她走到卢大柱的跟前，用手指着卢大柱，好半天才说出话来，她问大柱：“你、你是说，你把他一个人撇到河里不管了？”

卢大柱显然知道了事态的严重性，在原地慌乱了一阵子，不知道怎么回答奶奶，他甚至连解释的想法都没有，随后，他一下子跪倒奶奶跟前，哭着说：“都怨我，都怨我，太太，任打任罚，随您便吧！您先让我把人给您找回来。”

马婧影见状，照着卢大柱的身上，踢了一脚骂道：“别在这儿号丧，还不快去找！”

卢大柱这才恍然大悟，撒腿就往苏子河边跑，边跑边哭着说：“我，我去找，我把少爷找回来，找不回来我也就死到河里！”

太阳闪耀成了耀眼的光球，那么多的阳光散发出细碎的星星点点的光斑，在奶奶身边跳跃，奶奶一下子就瘫倒了，众人赶紧过来扶住她。

三太太黄桃儿麻利，她回身对着一个男佣说：“快去找些人手，到苏子河边找少爷。”随后又叮咛道，“别惊动了客人。”

男佣答应一声就跑进了院子，不一会儿，从角门冲出来十几、二十几个炮手和杂工，一起往苏子河边跑去。

此时的奶奶只剩下一句话：“苏子河那么野性年年都收人哪……”

第二章 父亲的战斗岁月

1.

上官大院里或许没有人知道，父亲上官子厚走的时候像一匹忧伤的骆驼。

父亲的这种忧伤来源于上官家的血统，上官家几乎每个男人的性格中都有忧伤的气质，只是他们的忧伤各有不同罢了。比如四叔的忧伤，怪异而又荒诞，仿佛是从骨子里带来的忧患意识，四叔所做的一切都难以理解；比如上官家先前的长辈上官元鹏和上官元青，他们都属于忧伤的，从他们那双豹眼上，你就能读出他们的忧伤中带有一种血性。

父亲内心的幽怨绵长而深厚，它来源于北大营隆隆的炮声，那一夜，正在奉天读书的父亲在梦中被炮声惊起，他也和炮声一样一夜异常亢奋、达旦稍息。

第二天早上，他背着书包穿梭在没有散尽的硝烟中，像一只惊恐的兔子。

当他那双稚嫩的脚，迈进学校大门的时候，他才得知，从那天开始学校停课了。

覆巢之下，那个破败的学校，有一股浓重的潮湿和清冷的味道，让人喘不过气来。

晨雾下，只有他的身影在挨个教室敲门。

他敲遍了所有教室的门，喊破了喉咙。可是偌大的校园里，只有分不清的晨雾和炮火留下的硝烟带给人的迷茫，根本见不到一个人。但是他依旧奔跑着去寻找每一个可能存在的人，把校园清晨的宁静捣得细碎，企图用他稚嫩的声音来唤醒往日的喧闹。

他的身影把清晨搅得有些惊慌和凌乱。

渐渐的，他感觉有一袭颤音，后来声音变得杂沓，他似乎听到了学校里所有人的呼吸，那种呼吸声开始变得悠长而缓慢，他们似乎在等待，等待更大的一场恐惧的到来。

当他最终低垂着头，慢慢走出学校的时候，他发现教工宿舍后面的小树丛里，站立着一个人，那个人冷冷地站在那里，一动也不动，就像是一个雕像，他长长的头发，也谢绝了晨风的美意。

他与房屋、树木和一只安静的狗，凝立成了一幅不动的画面。

这是父亲熟悉的身影，每天这个身影伫立在讲台上，一个个汉字像一个个弓腰驼背的古人，从他的讲述中走来，让他们在欣喜快乐中获得了知识，这就是他们的国文老师——古哲栋。

父亲走到那个身影的后面，轻轻地叫了一声："古老师！"声音小得像个蚊子，战战兢兢。

古哲栋老师显然没有料到此时会有人出现在硝烟后的学校里，稚嫩的声音穿透他的神经，他猛然回头，愣了一下。

一阵迷茫后，他又显得是那样的惊喜，他对着父亲尖叫了一声："上官子厚！是你？是你吗？"

"是我，古老师。"

父亲的声音还是那么小，小到连自己都听不清。

古老师走过来，一下子就拉着他的手，说：“这时候，想不到你还会来，走，你跟我来！”

父亲根本就没明白国文老师的意思，只是随着他的脚步跑起来，他们一直跑，一直跑。

跑到教室门前的时候，两个人都气喘吁吁的了。

父亲不解地看着他的国文老师，只见他站在教室门前，一阵冷风把他的头发吹乱。

他疑惑地叫了一声：“古老师。”

古老师坚定的声音在父亲的耳边响起：“上课，上官子厚，我们现在就上课。”

“就我自己吗？”父亲怀疑地问。

“对！上课，孩子，请你记住我们的汉字，永远的记住它。”

父亲点了点头，眨着那双明亮的大眼睛似乎有些不解地望着他。

古老师整理了一下头发，又整理了一下衣襟，像每天一样走进教室，他对着满屋子的课桌座椅，对着仅有的一个学生，说了句：“上课。”

像每天上课一样，父亲从座椅上站起来，给古老师行了个鞠躬礼，说：“老师好！”

古老师挥了挥手，示意他的学生落座。

依旧像每天一样，国文老师站立在讲台上，神情不但庄重，而且还很严肃。这天古老师讲的是法国译文《最后一课》。

一片和煦的晨光射进教室，让人立即就感觉到了温暖与明亮。

父亲觉得，那位除了讲台上讲课而平时极少说话的男人，突然变得凝重起来，语言像是洪流一样从他的身体里奔流而出，这是从来都没有过的宣泄。它们像是获得了解放的囚徒，乐于面对一个喜欢听的学生。而在这以前乃至以后，他再也没有如此地讲演，哪怕是面对黑压压的人群或者是学生。

国文课足足上了四十分钟，在这四十分钟里，父亲听得到他讲话时略显激动的声音,他的脸就近在咫尺,有好几次他都想抚摸那跳动的肌肉。

四十分钟里，年轻的父亲一下子就变得强大起来，仿佛自己的身体里重新长出一根很强硬的骨头，支撑着他，让他强大起来。他知道，有了这根骨头，自己再也不能也不会倒下。

《最后一课》讲完了。

古老师十分疲惫地说了句："下课。"一下子又恢复到颓废的样子，仿佛是一个长途跋涉的旅行者那样的疲惫。

父亲仿佛看到了一个白发苍苍的老人，或者是一个垂死的病人。

这时，教室门被撞开了，又一个瘦弱的身影走了进来。

他跌跌撞撞的奔跑,带来了气喘吁吁的呼吸声,和一张流满汗水的脸。

他脆生生的喊声和身影一同撞进房门。

"报到！"

"是张海林！"父亲说。

匆匆赶进教室的张海林是和家里进行了拼死搏斗，才赶来上学的，任何一个家庭，只要还关心孩子、担心他们的安危，他们就不会在"九一八"炮声隆隆之后，硝烟还不曾散去的时候，让孩子离开大人的视线，张海林的家长也不例外。可是，这位班级里年龄最小的学生，却有着无可比拟的求知欲望，他无法接受不来听课的一天，于是，他和家人进行了殊死拼搏才走出家门。

古老师显然是受到感染，他走过去，一把拉住海林，眼睛里噙着激动的热泪，他把张海林和父亲拥到怀里。

古老师泣不成声地对两个年轻的学生说道："日本人向我们开战了，而我们的部队却不放一枪一弹，拱手将国土送给了敌人……我们的将士宁愿选择血流成河，却不愿选择还击……"

古老师的肩膀微微抽动，身子也不由自主地颤抖。

或许此时的两个孩子，还没有意识到事态的严重性和丧失国土的耻辱，他们只感觉古老师的这句话，说得很费力气，好像是用尽了生命最后一点力气说的。

张海林和父亲都恐惧地看着那张由于愤怒和忧伤变得蜡黄的脸，感受到了令人窒息的空气所带给他们的缺氧感觉。他们从此忘记了欢笑，忧伤也从此登上了他们的心头。但是他们还不知道，当三天以后，那个瘦弱的身躯和那张蜡黄的脸，挂在了学校后面的一棵歪脖树上的时候，他们心中的那片天暗了。父亲重新生出来的那根骨头一下子就被人抽走，身子一下子就垮了下来。

几天以后，老家派人来接父亲回家，校园的那片小树林里，父亲对张海林说：“我要走了。”

张海林拉着父亲的手说：“我们的学校没了，我们该怎么办？”

父亲说：“我们还会见面吗？”

张海林说：“不知道，也许会吧！”

父亲和他都重重地点了点头，两个孩子凝重的表情，让人感觉，他们是一对儿经历过沧桑岁月的老人。

许多年以后，父亲依然记得那个凌乱的早晨和那张蜡黄的脸，还有那张挂满汗水的小脸。后来，他一直对自己说：这是我为之奋斗一生的理由！

2.

几年以后，父亲几乎是从上官大院里逃跑出来的，他的这一次出走，是以英雄史诗般的场面开始的，也伴着一个女人幸福生活毁灭的开始。

从北大营的炮声到国土的彻底沦陷，父亲的忧伤一直灌满胸膛，后来他又看到了日本人杀进了抚宁县。日本人侵入抚宁县，让他有一种耻辱感，也让他痛不欲生，打着膏药旗的日本兵荷枪持刀排着队簌簌地在大街上走，走过白塔广场，走过落霞水桥，走过头道街、二道街的每一个商铺门前；一排排刺刀在太阳下闪烁着寒光，一张张面孔带着侵略者那兽性的狰狞。他明显感觉街上的行人少了，人们的脸色沉重了。更让他感到窒息的是，外面的这些变化却丝毫没有影响上官大院的日子，他们的长工照样在大太阳下忙活，娇艳的丁香花和凤尾花照旧开得浓烈似火，沙燕风筝照样在院内升上天空。他的心里堵着一块铅，在屈辱煎熬中度过着苦难的日子。后来他接触了一个地下党——老周，在老周的指点下，他一直悄悄地资助着抗日义勇军的将士，也一直热烈地筹划着奔赴抗日前线。但是，老周却把他像安插一颗钉子一样，安插在了古楼镇那片黑色的土地上。

家里无从知晓父亲是从什么时间接触革命的，一直到爷爷、奶奶洞察到了他心思，企图用一个女人拴住他的手脚和心的时候，依然没有动摇他决意出走的决心。

也许是老天为他安排了一个离家出走的最好理由。

那天，上官家为他举办了一场隆重的婚礼。

喜事过去，满院子的客人都散去。深夜了，一家人刚刚上炕休息，油灯还不曾熄灭,就听见大门外传来激烈的敲门声,那急促的声音听起来，像撕裂锦帛一样，让人不寒而栗。

门房老魏刚刚躺下，听见异常的敲门声，一骨碌爬起来，就跟头把式似地跑出去打开门，一个“人球”一样的滚进院子，吓得老魏往后退了几步。

那个人没等从地上爬起来就对老魏说：“快找你家老爷，我是从冀州来的，是给飞虎将军报丧的！飞虎将军阵亡了！”那人说完这一串话，疲得不行，在地上急喘。

老魏一看，事情非同小可，招呼家里的把来人让到门房里，自己一个人火速跑到上房去禀报爷爷。

父亲的婚礼，让劳累了一天的爷爷身心疲惫，刚刚躺下，就被急爆的敲门声惊得紧张。不一会儿，就听见老魏来敲他的窗子，爷爷刚问了一句：“谁？”

老魏的声音急促而又紧张，说出话来像是带有哭腔，他对着窗子小声喊道：“老爷快起来，四老爷那里来人报信儿了，听说，听说四老爷阵亡了！”

爷爷一听这话魂飞魄散，还没等穿上长裤，他就急着跑了出来。

瑟瑟发抖的老魏，一见到爷爷立即跪倒在地，泣不成声。

敲门声同样惊动了上官家所有的人，紧跟着跑出来的是刚刚当上新郎官——我的父亲上官子厚，他被噩耗惊得头昏脑涨，眼睛死死地盯着老魏，不知所云。

同样颤抖的爷爷看了老魏一眼，想说什么，老魏用手指了指门房，然后起身，小跑着带路。

父亲已明白眼前发生了什么事情，他想扶住惊慌失措的爷爷，不料，爷爷一甩手，对着他说了句：“回去，这儿没你的事！”爷爷的意思是天大的事也别耽搁儿子入洞房。但是，此时，我的父亲怎么还能回到那个根本就不属于他的温柔之乡，他固执地跟着爷爷往门房跑。

老魏的门房有些阴冷，一盏昏黄的煤油灯突突地闪动着小火苗，一盘小炕上，凌乱地摆着一床旧棉被，魏老婆子背站在灯影里手忙脚乱地扣着斜大襟上的扣门，显然是骤然响起的扣门声扰乱了老两口子的美梦。

爷爷赶到门房的时候，看到墙角里站着一个人，父亲也抬眼看去，只见那个人蓬头垢面、衣衫褴褛，像个要饭花子，根本就看不清眉眼与长相。

爷爷一踏进门房，立即就感觉到一股凉飕飕的北风灌满他的全身，他站在那里，认真地看着那个送信人，却怎么感觉那都是一张陌生的脸，因为，他多么希望送信的人走错了门，或者是这个人他根本就不认识。

谁知，他刚进门，来人却先把他认出来，只见那个人看见爷爷，那张布满黑灰的脸立即就颤抖起来，两道清冷的泪水在他的脸上冲出来两道鲜亮的白色甬道。

他抢上前一步，拉着爷爷的手，咕咚一声就跪倒在他的面前，嘴里说道："大哥，我可找到你了，我，我可找到你了！"

爷爷被他哭得莫名其妙，他往后退了一步问："你是谁？"

那人用那只同样是黑灰色的大手往脸上一抹，立即一张比叫花子还浑花的脏脸呈现在爷爷的面前，他说："大哥，是我，我是张廷江！"

张廷江？爷爷先是一愣，一股久远的气息从草原那边传过来。

好一会儿，爷爷才想起眼前这位正是当年在土匪刘拐子匪窝里的救命恩人，他有些不相信自己的耳朵，更怀疑自己的眼睛，定睛看了看，然后一把就将来人抱住，问："你怎么来了？"

爷爷问完这话，立即想起老魏刚才的话，一种不祥的预感立即就涌了上来，随即他迫不及待地问："你不是在元鹏部队服役，怎么大老远跑到东北来干啥？"

张廷江一听这话，立即号啕大哭，他泣不成声地说："大哥，我是来报丧的，飞虎将军被日本人杀害了！"

爷爷一听这话，立即觉得眼冒金花。

屋子里立即产生了一种紧张气氛。

门房的灰色墙皮上，趴着一只灰褐色的壁虎，此时，它挪动一下呆板僵硬的身子，似乎它也感觉这里的空气稀薄，随时都有可能将它窒息。

爷爷惊得往后一连倒退好几步，父亲一下子就扶住了他。

好一会儿，爷爷的眼睛死死地盯着这位来人，他觉着眼前的这张脸是那样的陌生，似乎从来就没有见到过，尽管他潜意识里面感觉那眉眼、那阔口、那四方大脸，都是他留在心底最珍贵的影像，但是他还是冲着他喊："不对，你撒谎，你根本就不是张廷江！"

爷爷的这个反映让在场的所有人都心存疑虑，莫不是这个人真的是打冒枝的？

这种打冒枝的人，多数都是来抢头彩报喜信儿，图的是东家赏个喜钱什么的。可这位是送殇的，他图的啥？谁傻到送死信儿打冒枝，这不是讨揍吗？

父亲和老魏还有随后赶过来的上官家几位男士，你看看我，我看看你，随后又把目光对准了爷爷，如果此时爷爷一口咬定此人不是张廷江，我想，此时的上官家人，会把他揍个半死，即便是打死也是没有地方诉冤屈，因为此时上官家人眼睛里都是充了血的！

父亲第一个就怒了，他一把抓住了来人的衣领，大声地问：“你到底是怎么回事？”

门房老魏看出门道，他从爷爷和张廷江的反应上就已经明白事情的根由了，他一把抓住父亲的双手说：“少爷，少爷别冲动，老爷这是被悲伤蒙蔽了眼睛，他这不是真心话，你一定不要冲动啊！”

此时，我的父亲又何曾不是被悲伤击倒，四爷爷不但是上官家的一根顶梁柱，他也是抚宁县人民的一面旗帜，他让抚宁县人民骄傲。如今的抚宁县人，哪个愿意接受四爷爷这面战旗倒下的事实？更何况上官家人还和飞虎将军血肉相连呢。

父亲终于放开了手，但是却把眼睛瞪出了血一般地看着爷爷和那位自称是张廷江的人。

因为此时，只有爷爷才说得明白，可是爷爷的反应太让人莫名其妙了。

爷爷一直矢口否认他是那个誓守大境门后又随四爷爷征战四方，抗击日寇的张廷江。

爷爷不但如此，还把他一把抓过来，推到门外，像是要把他和他带来的不幸消息一并赶出去。

爷爷一直对围拢过来的家人喊：“快把他赶走，他是假冒的，我不认识他！”

其实，他的这种态度，哪里是在拒绝与朋友相会，他连做梦都想与这位救命恩人相会，他试想过一百多次与他相会的场面，却独独少了这样的一幕。可事到眼前，全然不是他想的那样，他拒绝的不是朋友，他拒绝了的是接受四爷爷阵亡的消息！

爷爷和上官家人的反应，让千里迢迢跑来送信的张廷江很失望，他怎么也想不到枪林弹雨跑出来，九死一生地跑来报信儿，怎么换来上官家这样？他想，姑且不提我当年救过你的命，就我和飞虎将军在战场上冲锋陷阵，把他从死人堆里背回来好几次的交情，你也不该对我这样。他想起当年在刘拐子的草棚子里面的那夜，他和爷爷的对话，他至死也不会忘记他的嘱托，他记得爷爷当年是那样悲哀地请求他：如果你真心想帮我，那就替我回家报个死信儿吧。

张廷江望着爷爷那双死不认账的脸，悲伤交集，他愤怒地对爷爷说："当年不是你求我把你的死信儿送回上官大院？你害怕你的老婆、孩子，不知道你的消息，永远无休止地等你还家吗？现在我九死一生、历尽艰险地把飞虎将军阵亡的消息送回来，你怎么能无情地拒绝接受？是不愿意接受我这个曾经做过土匪，历史上有过不光彩一页的人？还是不愿意接受飞虎将军阵亡的消息？这是我历尽艰险，豁出性命送出来的消息，我就是忘不了你当年求我回家报信儿时的那种表情，那是何等的期盼和苦求，我一生都不会忘记，难道你已经忘记了当年的那些事？"

爷爷已经瘫软在地上，四爷爷阵亡的消息，让他有世界末日的感觉，他全然没有听清张廷江的话语，只是一味地叨咕："你根本就不是张廷江！不是张廷江！……"

张廷江摇着头，悲愤交集，失望夹杂着绝望。

他泪流面满地说："大哥，真的是我！"

爷爷还是固执地否认着他，不知道是不是因为时间过去太久，这张原本就不熟悉的脸让他更加陌生，反正那一天他说什么也不认张廷江这个人。

最后，张廷江含着眼泪倒退着走出上官家大门，他一步、一步，往后稍着走，走的是那样悲愤和无可奈何，一字一句地背诵当年爷爷留给他治牙疼的方子来："石膏八钱、荆芥一钱、丹皮一钱、防风一钱、生地一钱八、青皮一钱……"张庭江疲惫的双脚刚刚踏出上官家大门的一刹那，猛听见爷爷对着他的背影叫了一声："廷江兄弟——"然后就倒在父亲的怀里了。

张廷江走了，谁也不知道送四爷爷上官元鹏魂归故里的张廷江，那夜究竟去了哪里。甚至都没有人问寒问暖问饥问饱。他是那样流着眼泪，失望地走出了上官家大门。

3.

上官府最终还是把给父亲办喜事的红罗喜幛撤下来了，喜烛换成了白蜡烛，门口的红纱灯也换成了白色的，就连新娘子头上戴着的红花都换成了白花，上官家举家哀悼，喜事变成了丧事。

就是那一夜，新郎官的父亲，原本已经被按捺住的抗日怒火又重新燃烧起来，他发誓不把日本人赶出中国去，他绝不回家园！

第二天晚上，父亲在四爷爷的灵前，向爷爷、奶奶叩了响头，然后站起身子，毅然地走出了房门。父亲一只脚迈出家门的一瞬间，整个房屋都摇晃了一下，奶奶尖利的叫声同时响起。柯莲的身子也随之微微颤抖了一下，丁香明显感觉少奶奶把自己的手都攥疼了。

奶奶声嘶力竭地叫道：“子厚吾儿，你一定要活着回来！”

父亲站了一下，没有回头，也没有任何反应。

爷爷似乎使了很大力气，挥了挥早已疲惫不堪的手臂，他眼睁睁地看着父亲走了。

那个时候的爷爷、奶奶早被满腔的悲痛所击倒，全然不知道父亲这一去，今后的生与死，全然与这上官大院没有了关系。父亲从此就像是一枚断了线的风筝，永远地飘荡在不属于上官家的自由世界里。

父亲走得很仓促，走之前没有跟经常和他联系的地下党老周联系，事实上，父亲根本就不知道老周是地下党，他只知道老周是抗日的，他手下有一伙抗日武装，经常跟日本人干。

就这样，父亲怀着国恨家仇和驱逐强敌的信念，走上了革命的道路。

父亲骑着马，沿着苏子河走了三十里，赶到了营盘镇，他在营盘镇刘大头铁匠铺里找到了老周。

老周正在和刘大头打铁，看见父亲，他放下手里的活计，两只大手在围裙上抹了两把。

父亲向老周说明了来意。

老周端过灶台上放着的烟笸箩，蹲到房檐下动手卷烟，他见父亲意志坚决地想奔赴抗日前线，也就没有再说别的什么。

他用嘴舔了一下纸烟的封口处，对父亲说："我手下的几伙抗日武装，大多都是当地山上的绿林好汉，你若不嫌庙小，就先屈尊在这里。"

父亲说："我不想和土匪为伍，他们打一枪换一个地方，这种小打小闹的把戏不是我的性格，我要到抗日的主战场上去，用血肉之躯抗击日寇，把他们赶出中国去！"

老周说："你有这种精神是可贵的，但是你也别小看这些人，他们杀人越货但也精忠报国，个个都是热血爷们。"

父亲说："你别和我说这些，你要是找不到大的队伍，我就去找我的二弟，我二弟上官子良带领着他的团在打鬼子，我相信会找到他！"

老周听了这话，警觉地问："你想加入国军？"

父亲不以为然地说："我不管军队姓什么，只要是枪口对准日本人的，我就参加。"

看着我稚嫩而又倔强的父亲，老周没再说什么，只是随手写了一张纸条递给父亲。

他对父亲说："我介绍你去参加大部队，把这个收好，这是各联络地址和联络接触的暗号，每一站都有人指点你。"

随后他挪动了一下屁股又说，你要去的地方很远，要穿过几个敌占区，到达地方会有人接待你的。

父亲郑重地接过字条，把它揣到怀里。然后又按照老周的意思在铁匠铺歇息两天，等候老周联络消息。

两天以后，他把自己装扮成了农民。

老周为了让他不引人注意，又把他的高头大马换成了平板驴车。

父亲走了，就这样，他踏上了和自己以往生活截然不同的道路，从此他将背叛上官氏家族、背叛祖宗家法、宗教礼法乃至从骨子里面自小所接受到的一切理念，踏上了属于他自己的道路，去拯救劳苦大众，解放全人类。他的这条道路不可谓不正确，不可谓不高尚，但是，这是一条用许多人鲜血铺洒的道路，这条路他走得很艰难，但是，却一直没有回头。

4.

父亲一路走走停停，就走出了抚宁县辖地。

老周是想把父亲送到晋察冀抗日根据地，他知道父亲是个识文断字的书生，不但有满腔的爱国热情，还具有一腔热血和铮铮铁骨。这样的人才如果加入国民党，一定会给日后埋下一个祸根。他只有在抗日根据地，受党的教育和栽培，才能最大程度发挥作用。

谁知，父亲出师不利，刚刚出走半月有余，就发生了状况。

那一天，舟马劳顿的父亲在驴车上睡着了，固执的犟驴在没有任何干扰的情况下，沿着乡土路一直坚定地走下去，直到父亲从驴车上醒来的时候，才发现离自己要去的地方相距甚远。

天色已经渐渐地暗了下来，想要赶回去来不及了，父亲只得顺着乡路寻找想要投宿的地方。

他抬眼看去，远处巍峨的山脉勾勒出鬼斧神工的青黛色曲线。晚霞正以自己魔幻般神奇的姿态展示最后的辉煌。西边的几团雾状云，像技艺高超的魔术师，奇妙地变换颜色，且越来越暗。太阳也撞撞下沉，被墨云遮到身后去了，不一会儿，云后的太阳却像忍受不了在幕后表演的大牌明星，急不可耐地冲到前台，然后又把那些遮挡它光芒的云朵撕碎，让它们四分五裂、五彩缤纷，使它们不断地变幻出橘红、粉红、淡红、淡紫和浅黄，那橘红的像独角兽，淡红的像比目鱼，浅黄的又像三足马……

太阳终于爬下岭脊，迷蒙蒙地像个让南瓜汤泡碎了的鸡蛋黄。

父亲的眼睛看累了，也没有看到一个村庄的影子。

突然，他看到远处北面的山坳里，有几大团烟雾蒸腾而升，最初看见的是黄烟，在慢坡下面慢慢地升起，随后就是大团大团的浓烟滚滚而出，他最初的感觉是大山里的变化多端的气候，竟能如此神秘不测。一个想法萦绕在心，这是什么地界，这么荒凉，这么诡异？不安分的父亲想看看究竟，他手中的鞭子紧着敲打黑驴的屁股蛋，黑驴撒欢尥蹶子地跑了一大程，父亲才看见山坳里有一个村庄在着火，伴着滚滚的浓烟，还传来几声清冷的枪声和人叫马嘶的杂乱声。

父亲跳下驴车，搞不清状况也不敢贸然进村，他自己一个人悄悄地跑到离山村不远的土崖子下面，偷偷伸出脑袋观察。

这个土崖子就是立在村东头的一道怪坡，直上直下，没有成林的大树，一些灌木从崖壁上横生出来，形成了天然屏障。

昏暗的光线下，父亲看到这个村子有几处房子在燃烧，房屋冒着滚滚的浓烟，散发着焦糊的味道，几声凄厉的呼喊伴随着枪声消失。

隐约中，他看见几个端枪的日本鬼子在村子边追鸡赶鸭，所有的鸡都飞成小鹰了。有的在追逐惊慌失措的妇女们，乱得鸡犬不宁。

日本鬼子进村了，父亲立即就想到了。

狗日的日本鬼子！父亲在心里骂道。

枪声让父亲热血沸腾。

枪，让他眼红啊。

没法不眼红，一路上看着日寇烧杀掠夺，只苦于自己没有枪支，只好将气咽回肚子里。

他想趁着夜色，在这荒山野岭搞到一两支枪，也算得不枉走这一大段冤路。

父亲正在琢磨怎么能搞到枪。没留神，一条黑影从村子里面窜出来，飞快地往土崖子这边跑过来，身后不远处尾随着两个端枪的日本兵叽哩哇啦地跟了过来。

鬼子过来了，父亲高兴起来，他是看见日本鬼子身上背着的那两条三八大盖高兴，险些从土山崖子上蹦起来。

前面身影越来越近了，他能清晰地听到脚步噼噼的响声，父亲看清了，跑在前面的是一个身形瘦弱的女人，看不清面相，只看见一条粗黑的大辫子随着她摆动的韵律，来回甩动得像只蝌蚪的大尾巴。

是个姑娘，父亲想。

姑娘后面传来鬼子叽哩哇啦的叫声和淫笑声，父亲怒火中烧。

是先救人还是先抢枪？父亲思想在激烈地斗争着。

最后决定看情况再说。

他用目光飞速地寻找可以逃脱的地方，他认为这里的地形复杂，趁着天黑可以救人后迅速逃离，如果情况好的话，再找机会杀死一两个鬼子，夺到一两支枪。

他迅速地勘察好了地形，这是他和老周接触后，养成的习惯。身后不远处有道坡梁，坡下面是个阴沟，顺着阴沟可以逃走，只是那个坡梁陡得可怕，几乎直上直下没有坡度。

小姑娘跑到父亲身边的时候，父亲一下子跳出来，铁塔般坚定地立在她和鬼子中间，他的突然出现，让那个姑娘和两个日本鬼子都很意外，简直就像地球人见到外星人那样吃惊，他们都不约而同地站住了，也愣住了。

父亲趁着鬼子还没反应过来，一把拉着姑娘，嘴里叫道："快跟我跑！"姑娘首先明白来了救命的天兵天将，她随着父亲向他身后的坡梁跑去，等到鬼子反应过来的时候，他们已经跳了下去，子弹他们从身边呼啸着划过。

一丈多深的坡梁下面长满了蒿草，厚实的蒿草起到缓冲的作用，父亲当时考虑的不多，他只是想即便是摔坏了也比让鬼子追上了强得多。

风驰电掣的感觉和紧张冒险的刺激，减轻了剧烈颠簸带来的痛苦，可是随后就是撕心裂肺地疼痛。

跳下来的惯性让他撒开了姑娘的手，两个人分别落在了不同的地方。

父亲摔下去以后，感到了鼻青脸肿和周身肿胀的疼痛。

父亲一边强忍着疼痛，一边低低地喊着："姑娘，姑娘。"他担心着姑娘的生死，同时更盼望两个日本鬼子也随着他们跳下来，倘若两个日本鬼子尾随下来，就正好中了父亲的计，早已等好了的父亲，一定会抓住石块把他们脑浆砸出来。

可是，两个随后追赶过来的日本鬼子没敢贸然下来，黑乎乎的荒野和茂盛的荒草让他们的脚步有些迟疑，他们站在坡梁上面向下看了看，根本就看不清沟坡下面的地形和下面的人，他们只好胡乱地照着下面开了几枪，又气得对着坡梁上面的小树结结实实地踹了两脚，骂骂咧咧地走了。

子弹在父亲身边嘶叫着，父亲听到子弹钻破夜色，穿过不远处密集生长的高粱叶子、高粱秆，一颗高粱头颅落地的声音。

一时间他屏气息声。

又一粒子弹一路尖叫着，不知落到哪里去了。

脚步声消失了的时候，他试探着叫了她两声，随着父亲的呼叫声，他听见了一声呻吟。

这时候，天已经完完全全地黑了下来，父亲趴在一个土包上，怎么也起不来，他摸了摸疼痛厉害的左腿，触了一手黏腻发烫的液体。

父亲闻到了跟苏子河淤泥差不多，但比苏子河淤泥要新鲜得多的腥气。它压倒了四野薄荷的幽香，也压倒了高粱的甘苦。

他被流弹打中了。

不远处的那个姑娘经过几番挣扎，终于忍着疼痛站了起来。

父亲忍不住疼痛，开始呻吟着叫道："啊……哇！我的腿！我的腿！"

父亲的喊叫，再加上刚才触目惊心的一幕，让那个小姑娘惊慌失措得不知如何是好。

她战战兢兢地问父亲："摔坏了？"声音细小而又缓慢。

"我的腿呀！"父亲低声地哀号。

"摔断了？"

父亲悲哀地说："可能是挨了一枪。"

随着姑娘"嗷"的一声低吼，他看见她低下了头，看不清她惊慌失措的表情，感觉她在嘤嘤地哭泣。

他咧了一下嘴，无限惋惜地说："小鬼子怎么就不跳下来。"

姑娘听了这话，停止了哭泣，惊魂未定地问："你还盼着他们下来？"

父亲没有回答，也不知道该怎么回答。

夜风吹过，阴沟下的荒草低低细语，与不远处高粱成熟时候飘散的甘苦味道交相辉映。

短暂的沉默后。

面对这个救了自己并负了伤的男人，她大胆地向父亲身边挪动，似乎感觉到这个受了伤的男人没有能力加害她。

她挪到父亲跟前问："大哥是哪儿人？我送你回去吧！"

父亲说："太远了。"

姑娘说："别怕，我背着你走！"

父亲烦躁地大声说："远，远你懂吗？很远！"

疼痛让他怒不可遏。

说完这句带有火药味儿的话，他就昏厥过去了。

5.

昏迷中的父亲，一直觉得自己和许多人在一条狭窄的土路上行进，人的脚步声中夹杂着路边碎草的窸窣声响。

漫天的大雾奇浓，无数密集的小水点凝成大颗粒的水珠，他一撮一撮的头发，被粘在头皮上。

他好像又看到一轮明晃晃的大太阳冉冉升起，小麦肃然默立在阳光里，遍地金黄的麦浪在风的摆动下摇曳着，像千军万马，滚滚踏过那一望无际的金色土地，扬起铺天盖地的尘沙。

他努力地使自己睁开眼睛，看到了眼前的房梁上吊着的红辣椒和苞米棒子，还有几张定在墙皮上张牙舞爪的兽皮。

他脑子里一片迷茫，这是在哪里？我怎么会在这里？

一个声音说，他醒了。

然后，无数个脑袋出现在他的眼前。

一个声音又说，别动，你昏了三天了。随后又是几声叽叽喳喳的笑声，父亲在笑声中睡着了。

等父亲完全苏醒过来的时候，才知道自己已经躺在冀北大山里的一户猎人家的炕上。

父亲按照老周的指示，应该由辽西进入热河再转入晋察冀边区。当然，这中间还要靠地下党的指引才能完成。由于父亲生于安逸，受不了车马劳顿之苦，驴车上一觉，睡到了冀北不知名的大山里，不但错过了与交通站的联络，还使得自己出师未捷身受伤，这种懊恼与羞愧是难以形容的。这种对艰苦生活的极为不适应，使得父亲曾经对自己的壮举产生了怀疑，他不是怀疑自己的决心，而是怀疑自己的耐力和持久性。

这家的主人是个猎人，叫罗青山，长着一张消瘦而又憔悴的脸，伛偻着身子搂着那杆老套筒孤寂地朝远处波涛起伏的山峦眺望着，一幅凄凉的灰黑色剪影，看上去活像一个拄着打狗棍歇脚的叫花子。

传说中的罗青山是个百发百中的神枪手，他从来就没有失手过。

被父亲救下的那个姑娘是他的女儿叫罗山红。

八月节前夕，罗青山在绵延起伏的大青顶子上，打回了一只长满黑色鬃毛的野猪，宰杀后让女儿给岳父家送去。

那一天，罗山红正高高兴兴地和姥爷、姥姥享食美味，不想遭遇了一小股日本鬼子的袭扰。

1938 年 9 月，日军为实现“南取广州、中攻武汉、北围五台”的作战计划，在华北集中第 26、第 109、第 110 师团和独立混成第 2、第 4 旅团等部共 5 万余人，以分进合击战术，对以五台山为中心的晋察冀抗日根据地实施多路围攻。

向冀中进发围剿晋察冀边区的日本增援的一小股部队途经此地，十几个伤兵掉队，闯进了这个叫作小杨沟的村子，烧杀掠抢。

小杨沟正值家家户户晚餐时间，绝大多数的村民都在家里吃饭，十几个日本伤兵的侵扰，让他们愤怒，但是手无寸铁的百姓面对寒光闪闪的刺刀只能是敢怒不敢言，几个和他们争抢粮食的村民被他们射杀，小杨沟成了鸡犬不宁的屠场和烟尘滚滚的火场。

两个日本鬼子闯进了罗山红的姥姥家，他们端着枪，像两只饥饿的狗熊，进门就翻箱倒柜寻找值钱的东西。

山红的姥爷上前阻拦，被他们砸了一枪托，姥姥和山红去伸手扶住倒下的姥爷，两个日本鬼子发现了亭亭玉立的小姑娘，立即丢下了手里的家什就扑向山红，这时倒在地上的姥爷一声怒吼，随手拿起一个板凳砸向一个鬼子，另一个鬼子的大腿被姥姥紧紧地抱住了，随即姥姥立即声嘶力竭地喊道：“山红快跑，你还等啥？快跑啊！”

茫然的罗山红被姥姥的喊声唤醒，她只好丢下姥姥、姥爷跑了出去。然后就有父亲舍身救美的一幕。

父亲在无心救美的情况下救了罗山红，罗山红不知道该把父亲送到哪里的情况下，跑回了家，找到了罗父——猎人罗青山。

罗青山带人把父亲接到罗家，又回去救助自己的岳父、岳母，这不必细说。

我现在急于想说说父亲在罗家养伤，乃至伤好的那段日子。这段日子对于后来上官家所发生的一切有着不可分割的因果关系。

这件救人事情虽出自偶然，但也因此改变了父亲。

改变父亲的，首先是那个百发百中的猎人。父亲很快就在罗青山的枪法和飘散的硝烟中嗅到了自己的未来。他把践踏中华大地的日寇看成了一头头野猪，而他自己必将成为那个百发百中的猎人。

他恳求猎人传授给他打枪的技法，猎人问他打枪的目的，他望着窗外挂着的那个野猪头，目光中充满了坚韧和自信，他愤恨地说："我要杀尽那些比野猪更凶残的日寇！"

罗青山说："追逐那头野猪已经让我感到力不从心，我看到了时间无情地把苍老推到了我的面前，打猎变得越来越艰难，日本人的影子无处不在，很奇怪，连动物都感到了内心的害怕，他们跑得比人都快。要找到一头像样的猎物太难了，我真不知道拿什么训练你的枪法。"

父亲说："不是猎物太难寻，而是更大的猎物出现了！"

父亲的回答让罗青山感到了意外，也感到了震惊，那一刻他下定了决心，要把自己毕生的绝技都传授给这个远道而来的年轻人。

他拍拍父亲的肩说："更大的猎物是老天对你的奖赏，就看你有没有能力打到他。"他更觉得父亲的到来对于他是老天送给他的一个礼物——继承他的枪法、他的梦想的礼物。更重要的一点，"他对老伴说，我在小伙子的眼中看到了仇恨和智慧，那是最重要的。"

父亲学习枪法的过程并不是十分顺利，罗青山的身体一天不如一天，他像入冬的花草一样在快速地枯萎，而心悸并没有远离父亲，现实与梦想永远有着不可逾越的距离，父亲也不例外，他在心中把日寇当成了猎物，现实中他连拿枪手都哆嗦，他不能也无法面对跑动中的兔子扣动扳机，他对枪响之后的情景产生了无尽的联想，他害怕血腥的场面出现在他的面前。

罗青山看到急迫却又心慌的年轻人，忧虑咳嗽的夜晚变得更加急促不安。

在这种不安中，他想象着自己变成了一头野猪。

事实上，他是在那个清晨中身披野猪皮闯进他自己家院子的，一个成熟的猎人完全可以辨别真假猎物，但是，年轻的父亲心浮气躁，那时候，他还不算是个猎人，他被罗青山制造的假猎物迷惑住了。所以，当他看到野猪奔向院子里打水的罗山红的时候，他匆匆地摘下了枪，匆匆地打出了他生命中最重要的一枪。

猎人受伤了，面对惊慌失措赶来施救的年轻人，他满意甚至是有些狡黠的笑容挂在脸上，他说："我可以放下枪了，因为有人能代替我去打更大的猎物了！"

父亲问："我算是个好猎人了吗？"

猎人罗青山说："是的，你打出的子弹，会让那些没有人道的猎物看到末日的！还有，你记住这枪啊，是从你心窝窝里长出来的！你的耳朵，你的眼睛，你的呼吸，你的性命，统统长在这枪身上呢。你就是枪，枪就是你。你俩是一个身子一条命呵！"

父亲重重地点了点头。

在父亲日后永远无法向人道及的那段养伤的日日夜夜中，不但猎人罗青山让他没齿难忘，就是那个弱小而又羞涩的罗山红也是让他终生难忘的。

许多年以后，我为了那个罗山红，为了寻找父亲当年战斗过的那个地方，几乎踏遍了那个叫作清泉县周边的山山水水，进行了大量的调查，调查的重点，就是父亲在那个地区打死好多个鬼子，搞得鬼子鸡犬不宁的战斗岁月。

6.

罗山红，一个响亮而又温柔的名字，这个姑娘，差不多一天到晚沉默寡言，走起路来都没有声息。

传说中那个罗山红年幼时常常一个人跑到山下的林子里玩，那里有看不完的有趣东西，比如各种野果、动物，还有那叫不出名字的矮棵子。

她有一种奇怪的本领，能轻而易举地与那些动物沟通。谁不怕狐狸？可是一只长尾红狐，有一次跑到离她一两尺远的地方，她清楚地看到了它隐隐的眉毛、那一双永远汪着清水的眼睛。红狐深藏的悲哀她一眼就记住了，惊讶了半天。这对于她是一个谜，即便不是谜也无从讲起。她与谁说说她在林中看到的一切呢？谁又能相信她的所见所闻哪？草獾顽皮地笑着，长耳兔在四周徘徊，刺猬大白天咳嗽，一只短耳鸮就沉沉地落在她头顶的一个枝桠上。它们总是这么围拢着瞅她，看她不紧不慢地往嘴里送野草莓、桑葚、酸枣和小沙果。它们一蹙一蹙的湿漉漉的鼻头闪闪发亮，很像深秋里成熟的坚果。她从初春开始到林子里来，一直玩到深秋。只有冬雪飘下来之后她才蜷在那个近乎于小窝棚一般的屋子里，像一只冷暖自知的花猫。

说她弱小，其实并不是她长得单薄，而是她那一听见大的声音就有末日感觉的表情，让后来的父亲突然就萌生了怜香惜玉之情。

罗山红十二岁时候的一个清晨，杨母领着小山红去小杨沟看望生病的母亲。

那天，天没亮时，杨母就接到母亲病重的消息，连忙带着女儿赶去探病。

距离小杨沟不到十里远的一个地界叫吕家祠堂，那是一个大家族的祠堂，以祠堂命名的地界在这里只有这一处，在当地很有名气，不幸就在那里发生的。那时候的杨母和山红还不知道这里已经被日本人强行霸占，博大而又闻名于世的吕家祠堂即将被炸毁。

罗家母女踩在村路上的脚步，像一排打开的扣子，被日本人圈起来的土地和吕家祠堂很快就出现在她们的面前。

她们完全没有意识到祠堂边晃动的身影和堆放在祠堂周围的炸药，还有那潜在的危险就在眼前。

那个清晨，她们母女的确听到了不同凡响的声音，她们听到的声音来自她们眼前的吕家祠堂。那是一声巨响，是一种她们从来都没体验过的带着重重气流的暴响。那个炸响了吕家祠堂新的一天的爆炸之声天摇地动，地动天摇。杨母和女儿罗山红被爆炸产生的气流甩出去十几丈，她们的身体在冒着硝烟的砖头瓦块之下足足埋了十几分钟。等到吕家祠堂的村人们踏着那个不眠之夜的尾巴奔过来，他们看到的黑烟就像是一个大大的蘑菇，把黎明前的天空罩得严严实实，气势壮观而恐怖，那是吕家祠堂最后的谢幕演出，但这次演出不算完美，也不算光彩，它是以彻底毁灭为代价的，留在人们心底的记忆是黑色的、抑郁的。

杨母刚被人们从砖头瓦块里扒出来，就见女儿山红从远方，怀里抱着几块砖在黑烟之下趔趄着走来，此时，阳光开始从东边的天际慢慢地爬上来，红色的光亮把天空中黑色蘑菇的边沿染成了黑红色，像是凝固的血液。漏网的光线仍然坚强地照到了山红的身上，杨母一眼就看见了那个瘦小的女儿，浑身黏满了尘土瓦块，衣服已经千疮百孔，那些破烂的小孔中还冒着丝丝的烟气……杨母不顾身体的疼痛，发疯地跑过去扑向女儿，可是当她发现，山红见到她没有丝毫的反应，她知道，这次不幸的遭遇，对于女儿来说简直就是灭顶之灾。

罗山红张着嘴，大而空洞的眼睛大大地睁着，睫毛已经被尘土染成了灰色，一直看着远方，对她的呼唤充耳不闻，对她的哭喊视而不见，只是一味地朝前走，朝前走，朝前走……

杨母大声地叫道：“山红——，娘在这里！”

她的叫声被淹没在浓浓的烟雾之中。

罗山红还是无动于衷地往前走，往前走。

杨母趔趄地跑过去，一把抱过女儿，她感觉女儿整个身体像干草那样枯萎而却少了生命的迹象。

吕家祠堂的人们围拢过来，对这对儿不幸而又仿佛从天而降的母女深感悲哀，年龄大的告诉这位母亲，孩子的魂魄走了，赶紧把她叫回来，再晚了怕是没用了。

杨母抱着女儿，呼唤着女儿的名字：“罗山红——回来，罗山红——

回来。”

罗山红回来，魂兮归来的喊声此起彼伏，经久不息，像是把病菌播撒在了在场的每一个人的心里。

自从那次痛苦的经历中，这个孱弱的罗山红就成了声音的恐惧者，一旦听到突然而来的巨大声音，她就会变成一个没有思想的空壳。

7.

提起罗山红小时候事情的，是清泉县的一个老太婆，叫孟爱芳。孟爱芳，头顶秃得像一个陶罐，面孔都朽了，干手上凸着一条条丝瓜瓤子一样的筋。在她嘴里，罗山红有着孱弱的性格，而在她孱弱的背后，却有着惊天地泣鬼神近乎于神话的传说，那些关于父亲的英勇无畏的故事，那些令人称颂的伏击，都会因为她的形象，而显得不那么血腥，不那么冷酷。就在人们认为，天天跟在他身边的她是他生活中的伴侣时，其实他们那时候，还只是亲密的战友，很长的一段时间，他们的友谊比清晨露珠还清纯。虽然这些传说，除了老太婆那张干瘪得像个面袋子似的嘴，别的就无从考究，但我宁愿相信，这一切都是真的。

在清泉，父亲养伤并战斗过的每一寸土地上，都传颂着父亲与罗山红并肩战斗的故事，我查阅过当地的县志，县志上这样记载：民国二十九年，清泉县清泉镇樱桃沟猎户罗青山之女罗山红与其丈夫上官子厚在清泉组织一支利剑小队，于清泉境内多次伏击日寇，致使日寇闻风丧胆。

从县志上以及世人的传颂之中，父亲和罗山红是一对恩爱夫妻，这一点我也是无从考证，心里话，也不愿意深究。

父亲的第一次战斗，就是用罗青山的老套筒，那是一支汉阳兵工厂生产的老套筒，据说这种枪的枪管钢材太差，射击的时候往往会炸裂，兵工厂又在枪管的外面套了一层钢管，以提高枪管的强度，所以这种枪不但笨重，射击的时候也没有什么准头。

似乎从那个时候起，那个叫罗山红的姑娘就将从此隐去她的性别、隐去她的姓名、隐去她的心灵、隐去她内心的挣扎、隐去她的一切，作为忠实的影子守候在父亲上官子厚的身边。

第一场伏击战斗是在父亲毫无准备的情况下开展的，那天，猎人罗青山把父亲叫到跟前，对父亲说：“现在有更大的猎物等你去打，你敢不敢？”

父亲果断地说出一个字：“敢。”掷地有声。

罗青山说：“有几辆日本军车在傍晚的时候经过娘娘庙，这是验证你是不是个好猎人的时候。”

父亲没说话，径直摘下墙上的老套筒，把他紧紧地攥在手中，眼睛里喷发出复仇的火焰。正在这时，罗山红从外面跑过来站在他面前，这个平日里连踩死个蚂蚁都害怕的小姑娘，此时已经变得英姿飒爽。她头发盘在顶上，腰间系着腰带，腿上打着绑腿，怀里也抱着杆老猎枪，活脱脱的一个巾帼英雄。

罗山红对父亲说：“打伏击，带上我！”

父亲茫然的目光看着她。

“胡闹！”父亲说。

罗青山在一边叼着烟袋，嘴里不紧不慢地吧嗒着，他连眼皮都没抬起来，就对父亲说：“山里的孩子精着哪，她眼尖、耳灵、腿脚利索，应该是你不错的助手。”

父亲说：“这是打仗，带着个孩子怎么行。”

罗青山说：“你少不了她，她会给你做向导。”

茫茫的冀北山区地形复杂，要是没人带领，父亲还真找不到娘娘庙在什么地方，父亲只好同意。

就在父亲点头的一刹那，罗山红将食指送进嘴里，随着一声尖利的哨音，几个几乎同样装束整齐的男人，像是从地底下冒出来的，齐刷刷地站到罗家的屋檐下，他们年龄参差不齐，个头也大小不等，胖大的魁梧，瘦小的精神，最奇怪的是他们中间还有一位驼背，猫腰撅腚像个煮熟了的虾米。

这些人手里提着枪，腰上束着腰带，脑袋上还带着柳条编制的草帽圈，手里的枪有点不太争气，不是老套筒就是猎枪，但是这些人不管手里提着什么，哪怕就是烧火棍子，精神头都不亚于正规军的派头。父亲当时真有点震惊。

望着这些人，父亲一时无语，罗青山对他说："他们都是清泉一等一的好猎人和百发百中的神枪手，你们共同组织一支队伍，就叫'利剑小队'吧，一定会让鬼子闻风丧胆。"

一下子齐刷刷地冒出这么多人，又个顶个的像是早有准备似的，父亲感觉到罗青山的精心安排，他感激地望着这个瘦小而又苍老的老人，忽然发现他的头脑是那样的睿智，他的目光是那样的坚定，他的形象瞬间变得高大了。

"打伏击人越少目标越小，带去这么多人不好撤身。"父亲说。

罗青山笑道："这些人都曾经和鬼子打斗过，对付鬼子有经验。我琢磨了好久，觉着他们该有个领袖级的人物把他们组织起来，这样打鬼子更有力量。我一直观察你，我感觉你有能力带好他们。我看你就带上他们去吧！"

也许父亲被"领袖"这个词击中，昏昏然觉得这也不错，至少打鬼子多一个人比少一个人强，况且，这些人还得听他的，这足以让他这个初出茅庐的年轻人感到一种豪迈与鼓舞，当即父亲就欣然接受了。

五个猎人分别叫作马林、项久盛、李长海、卢老炮和罗锅子，年龄虽然参差不齐，但个个精神。

马林是个猴精的小个子，顽皮的长相，让父亲想起了上官大院的卢大柱。项久盛比马林年龄稍大，憨头憨脑，父亲立即就想起家里面打头的梁春。李长海瘦高，细长的两条腿，站在那里摇摇晃晃，父亲一直在想他像上官大院里的谁？

父亲把他们逐个安在上官家的每一个人身上，仿佛自己依旧在那大东北的庄稼院里一样，从心里感觉亲切、暖和。

父亲一行七人穿梭在冀北的山林里。

事实上，父亲对于这一次的伏击是没有丝毫心理准备的，娘娘庙越来越近，他的心情就越来越复杂，他的手臂有些沉重，大地仿佛有一股强烈的吸引力拽着他向下、向下，身下轻快的雪青马也发出令人不安的嘶叫。骑马走在前面的罗山红不断地提醒他：“抬起头，不要向下看，要向前看。你的样子很令人担心。”

父亲紧张得脸色发青，罗山红说：“很紧张吗？你像是奔丧，而不像是完成一件重大的使命。”

父亲抬眼看了看罗山红，这个只有十四五岁的小姑娘，头上被一条大辫子紧紧地缠着，神情和年龄不相符地严峻，没有丁点阴柔，充满了刚毅与自信。父亲觉着她的青春就这样被战火和血腥屠杀所掩埋，完全没有绽放就已经枯萎了。

8.

他们在距离娘娘庙不到十里，道路两边是延绵不断的山崖上，阻击了这个日寇不算太长的车队。

一队缓慢行走的车队正在靠近他们，当时的父亲由于忐忑，一直觉着自己看不到路上缓缓而来的汽车，在他的眼睛里，他看见了身后的马儿在吃草，阳光慵懒地穿过头顶的树丛，落到他和她还有他们的背上，这是一个完全日常化的景致。

她和他们已经举起了枪，而他还在嘀咕，他对自己的枪法以及对一个完全陌生的将来产生了质疑，充满了怀疑和犹豫，他甚至看到了那个身披兽皮的罗青山。

父亲终于定了定神，看到了一条缓慢爬行的蜈蚣似的车队。在他身边窝着的罗山红一直在等待他的枪声响起，她觉着那个虫子一样的车队就要爬出他们的视线了，可身边的这个年轻人却没有丁点反应，她用手臂轻轻地碰了他一下，他有所反应，被动地打响了第一枪。这一枪是父亲在状态不佳的情况下打响的,枪声沉闷带有哨音,犹如一枚潮湿的炮仗，由于她的碰撞，枪膛里的子弹滑行角度也奇形怪状，在空中有轻微的突起，然后跌落到公路的另一边，尽管如此，他的枪声也就是开火的命令，她和他们立即开枪。

枪声立即引起鬼子车队的警觉，车队立即就停了下来，子弹从车窗和车棚中射出来，毫无目标。随后每辆车都下来几个端着枪的士兵，有鬼子，还有皇协军队伍，黄乎乎的一大片，他们举起枪朝着四周胡乱地开枪射击。

冷静的罗山红开始扣动扳机，她打倒了一个日本人，又有几个穿黄皮的鬼子在他们的射击下倒了下去。

鬼子的汽车队由虫子变成了无头的苍蝇，到处乱撞，车头与车尾碰在了一起，车尾又与车身纠缠不清，那不像是一个下乡扫荡的车队，更像是一场散乱的赛车比赛。

罗山红手里的枪没有一刻停歇，一只只黄色的野猪成了她的靶子，她的子弹愤怒地射出去，嘴里还在数着在她枪响之后倒下去的黄皮野猪，一个、两个、三个，倒在她神枪之下的一共有五只黄皮野猪。

由于寡不敌众，父亲他们只能采取灵活作战的方法，战斗只用了五分钟左右的时间就结束了，他们顺利地撤出了阵地，骑上马的父亲问罗山红：“我打死人了吗？”

罗山红不假思索地说：“五个，你打死了五个鬼子！”

父亲笑了笑，些许豪迈胆边而生。

这场战斗给他向虚幻梦境滑行自信、陡然升起的勇气中布满了杀气，从而伴随着他的一生。

事后才知道，他们的这场战斗，这次小小的袭击给鬼子造成的伤亡并不可观，之所以引起当地日军的注意，那就是这场袭击引起了骚乱，而这场骚乱最严重的是他们押解的一个重要犯人逃跑了，这让驻地的鬼子军官大为恼火。

9.

时间过得真快，转眼已经进入到了1943年年末了，掐指算来，不知不觉中，父亲来到清泉已经四年多了。

四年的对日寇作战，大小伏击已经打了不下几十次，父亲在战火中锻炼、成长，逐渐成为了一名合格的战斗员和指挥员。而全国的抗日战争也已经进行了整整六年。六年间，敌人越来越趋于疯狂，他们对根据地进行了一次次围剿，每一次围剿，都被他们当成垂死挣扎的救命稻草。

太平洋战场上,对日宣战的美军已经从战略防御逐步转为战略进攻，这对于日本来说，无异于是个晴天霹雳般的噩耗。可是，疲于挣扎的日本军国主义，为了稳定中国这个所谓的大后方，继续支援在太平洋地区以及东南亚地区进行的侵略战争。

双线作战的日军，一方面要应付中国境内日趋激烈的反抗斗争，另一方面还要阻挡美军在太平洋岛屿上节节胜利的攻势，兵力上已经捉襟见肘，有消息传来，面对美国向本土的步步进逼，日本军国政府正不断抽调被大量牵制在中国的主力部队进驻太平洋诸岛。

敌人的最后残暴，预示着他们绝不会这么轻易地放弃已经占领的土地，为了防备兵力减少后所产生的动荡，同时也为了维持统治区内的所谓“和平”，日寇采取了集家并村，强迫百姓修筑部落围墙、公路和碉堡。

这一阶段，清泉附近的敌军力量比“大扫荡”时虽有所减少，但仍有日军两个联队及警察讨伐队等共不下七八千人，是抗日武装的二三十倍之多。中共领导的抗日队伍和地方游击队，处于敌之战略包围中。

父亲上官子厚和利剑小队单打独斗的行为，也大大地激起日寇的反感。日寇把他们等同于中共的抗日游击队。他们把父亲和罗山红的画影悬挂于城墙之上悬赏缉拿，一时间，这一对儿貌似夫妻的形象在清泉周围日渐清晰，他们成为了老百姓口中传颂的“影子夫妻”。而他们的利剑小队像许多敌后武工队那样扒火车、炸桥梁、端碉堡，搞的鬼子魂飞魄散。

父亲的斗志越发顽强，他已经从一个热血青年成长为一位身经百战的指挥员，他所领导的利剑小队，像一把利剑直插鬼子的心脏。

在这之前，父亲曾经返回去，寻找失去联络的地下交通站，可是结果令他失望，那个交通站早就不存在了。

那个年代的地下工作，不可能长期潜伏在同一个地方，联系不到父亲的那个联络员其实早在父亲去小杨沟的时候就被俘了。幸亏父亲在驴车上美美地睡了一觉，要是如约而至，父亲一生的历史将要重新书写，或许就此结束也说不定。难怪奶奶经常在背后说他是福大命大造化大的福将，凡事都有老天护着。这话听起来宿命，但仔细玩味父亲的一生所经历的种种事情，也不无道理。

那个地下交通员在金钱美女加上严刑拷打下屈服了，供出了在这里等待一名要去晋察冀根据地的抗日分子，于是鬼子就把这个叛徒继续留在这里等，等待一条即将上钩的大鱼。结果是，父亲在清泉镇樱桃沟养伤、战斗，这个叛徒再加上鬼子的便衣队日夜守候，最后，还是由这个叛徒把一个冒名顶替的便衣队员送到了根据地，潜伏下来。

父亲返回来时候的心情很是郁闷，望着他沮丧的表情，罗山红轻轻地问：“你真想丢下我们就走？”

父亲没有正面回答她，他心里的那种纠结是难以言说的，他一方面想去参加正规军，与日寇面对面的搏杀；另一方面，他又舍不得他亲手带下来的精锐小队，现在他们已经发展成了二十几人，手里的老套筒和猎枪早已经换成了三八大盖和精短手枪，而且这二十多人个个身手敏捷、身怀绝技，这是父亲在罗青山指导下亲自训练出来的。这些人就好比他的手足，断了手足生不如死。

父亲往返寻找联络站的同时，也从心里寻找着身边这些人的真实身份，他怎么都觉着罗青山和利剑小队的这些人的身份是个谜团，罗青山挂在脸上沉稳睿智犹如思想者的表情，和那钢铁般的意志，怎么会是一位普普通通猎人应该有的？那些战场上面不改色沉着应对敌情的利剑小队队员，怎么个个训练有素，那么富有战斗经验？还有那个听见分崩离析声音就崩溃的罗山红，怎么面对日寇没有害怕，沉稳机警地扣动扳机而又没有丝毫的恐惧？

父亲的疑惑一直伴随着他，他虽然和他们共同生活，一起战斗，可是父亲一直感觉做他们的领袖级的人物，还有一定的距离，甚至觉得在他们面前自己像个新兵蛋子。

10.

解开父亲疑惑的是和罗山红的一次生死遭遇。

战火并没有毁灭罗山红的青春，事实上，她的青春在战火的洗礼下绽放得更加如火如荼。四年了，罗山红已经由一个小姑娘，出落成了一位面容姣好、亭亭玉立的大姑娘了，尽管她的脸上和身上经常被鲜血和尘埃遮蔽，但战火和硝烟遮掩不住她那如荷般清秀的面容，她面色如雪，唇红如脂，发黑如乌木，破衣遮掩不住那娴雅的外表，她的美丽脱俗能让盛开的鲜花闭合，能让天上的月亮躲到云层里。

父亲不可抑止地爱上了罗山红，使他爱上罗山红的并不完全是她的美貌。他和她像影子一样坚定地在一起战斗和生活，彼此早已经铸成比血肉凝聚还坚定的整体，彼此之间除了两具至今还不曾相互染指过的躯体，事实上，他们的思想早已经成了不可分割的整体。

那天夜里，父亲和罗山红，去清泉皇协军团长刘大麻子家里敲掉这个铁杆汉奸。

两个人干完活计准备撤退的时候，门外解手的刘大麻子老婆进门，把他们两个堵在门里，三个人正大惊失色的时候，那个女人突然的一声尖叫，惊动了门外岗哨，招来了满院子的皇协军，此时的父亲已是身经百战，且具有很强的应对能力的指挥官，正所谓艺高人胆大，况且身边还有一位和他像影子一样和谐的助手——罗山红，这是一对儿极为默契的“影子夫妻”。当地人都是这么称颂他们的，这使父亲更加有信心，战胜越来越多的敌人。

父亲一看，硬冲是跑不出去了，情急之下退回到刘大麻子的屋子里，躲在门边瞧准那些皇协军的脑袋一枪一枪的给他们爆头，反正刘大麻子家里不缺枪弹，如果不是惊动了大量的鬼子，父亲他们这一次，一定会杀他个痛快。

鬼子的到来使得战斗局面发生了逆转。

那些皇协军不知道他们团长的死活，顾虑伤着团长、太太和他搜刮来的财产，不敢太放肆地朝屋里开枪。而鬼子的到来使这间屋子成了靶子，枪弹乃至手榴弹压制得父亲他们难以还击。父亲他们只好在枪弹的间歇时奋力反抗，专门对准鬼子的脑袋打。

父亲和罗山红百发百中的枪法，令鬼子犬养小队长大为恼火，同时也遭到了更强烈的还击。

父亲非常沉着冷静，和身边的罗山红对望了一眼，似乎彼此都感觉到了这一次非同往次，也许真的就走不出去了。

他们渐渐地明白了，他们壮烈的时刻到来了，于是两个人的手紧紧地攥在一起，身子也贴在一起了，父亲问：“死，你怕不怕？”罗山红回答说：“和你死在一起，我会幸福。”

父亲听见罗山红的回答，心里很是欣慰。

鬼子看见屋子里面的这两个人拒不投降，他们这些人又轻而易举的攻不进去。

他们开始向里面喊话：“里面的人听着，立即停止射击，大日本皇军是不杀俘虏的！”

父亲哪里听得了这样的废话，拿起枪，照喊话的汉奸就是一枪，那个家伙就像一颗软蛋，“噗”地一声，就散了黄了。

趁着这会儿，罗山红手枪一挥，又有几个鬼子倒在了枪声之下。

犬养被气得疯狂，立即声嘶力竭地喊道：“放火，快放火，烧死他们！”

不一会儿，就有几个鬼子拿来松油火把。

犬养的喊声不但吓坏了父亲他们，连他旁边的皇协军都胆战心惊了，两个小队长赶紧过来劝说道：“太君、太君，烧不得，屋子里还有咱们的人，刘、刘团长一家人还在屋子里。”

穷凶极恶的犬养哪里听得进这些，他大声地吼道：“他们让皇军蒙受了损失，必须烧死他们！刘尚，为国捐躯，为大东亚的和平作出了贡献，功劳大大的！”

松油火把“嗞嗞”冒着黑烟，明亮地照在夜空，把鬼子的形象像鬼一样照得张牙舞爪、面目可憎。

手举火把的几个鬼子战战兢兢，不敢靠近父亲他们这间房屋。

刘大麻子家是一处僻静的小院，父亲他们此时战斗的地方，在院子的最里间。鬼子和伪军都知道，屋子里面的子弹长着眼睛，谁要是靠近必死无疑。

那个叫犬养的小队长，看见哆嗦的鬼子和皇协军不敢上前，自己接过火把，把它丢进了旁边的一间屋子里，其余拿火把的鬼子一看，纷纷把火把丢了进去。

大火立即从这排房子的最西边烧起，首先燃烧的是一间厨房，房间里的锅碗瓢盆、水筲、铁桶伴随着这场大火，一声又一声震耳的爆炸声响起来，火光映照着那些黄皮鬼子像地狱里的魔鬼，群魔乱舞。

世界变成了一个充满着喧嚣、火焰和颤抖的地狱，火星汇成一股股激流窜入天空，然后缓缓地、懒懒地穿过火红的烟云降落下来，天空呈现一片可怖的殷红色，大片大片的黑烟像云涛似的旋转着翻滚着挂在火焰的上空。

这些鬼子想用火烧连营的办法烧死父亲他们。这对于他们无疑是最好的一个办法，与其让他们顽抗到底，使自己人遭受不必要的牺牲，还不如让那个死猪一样的胖团长与他们一起火葬。

烟火已经爬到父亲他们的这间屋子来，浓烟和火苗舔舐着门窗。

面对死神的到来，父亲再也控制不住自己的感情，他把罗山红紧紧地抱在了怀里。

曾经，面对这样一个女孩，父亲的爱是那样不可抑制地肆虐着，也压抑着。真是欲爱不能，欲罢不止。他知道他无法爱她，他无法给她一个体面而又圆满的婚礼，更永远都无法给她一个应有的名分，他不能害她。

可他又是多么地爱她，她的一举一动，一颦一笑，都牵动着他的心。许多时候，他多么想和她一起逃到没有人烟的地方，爱她个死去活来，爱她个地老天荒。他真恨家里面匆匆地为他举行的那场婚礼；他真怨那两位断送他幸福，威严而又霸道的父母；他真可怜那个在他出走之时战战兢兢的女人。多少次，他动摇了、也退却了，他无法摆脱上官家对儿媳要求的苛刻，也无法抗争上官大院那张惨白、可怜的女人脸，虽然，那个女人是爷爷、奶奶硬塞给他的，他从来都没有爱过她，并且永远都不会爱她。但，她毕竟和他行过大礼拜过高堂，她毕竟是上官家明媒正娶的正室少夫人，是坐定了上官家大少奶奶这把交椅的，这是谁也撼动不了的事实，他迈不过去这个坎。

面对爱却不能爱，有时候，他想逃走，逃到一个没有人烟的地方来摆脱这两个女人带给他的心灵上的折磨。

现在，面对死亡，面对死神的迎接，谁还能阻止他爱她，他想，今生今世在人间不能和她走到一起，那他们就到阴间做夫妻，做堂堂正正的夫妻，让这场大火做他们婚礼的焰火吧！

父亲这样想，于是，他对这位在心里早已经深爱已久的女人做出了表白，他轻声对她说：“山红，你是我今生最爱的人，能和你死在一起也是我的幸福，我们活着不能做夫妻，死了也要在一起，生生世世相守下去，你愿意吗？”

罗山红郑重地点了点头。

父亲继续表白，“现在我们要回家了，我带你回到古楼镇，在那里，我们甜甜美美的过日子。”

这是父亲从心底萌生出来的愿望。

罗山红嫩白色的脸被火光映照得熠熠生辉，那样美丽、残忍，带有颓废的色彩，眼里闪动着烈焰般吓人的光辉。

这个“爱”字她等了太久了，也太漫长了，而它来得却又是那般血腥，又是那般惨无人道，这对她太不公平了，可是又有什么办法，自从她和他成了一对儿不可分割的影子，自己又何尝不是将生死置之度外。

自从日寇的铁蹄踏进我中华大地，全中国的老百姓哪一个不是和他们玩着一场死亡游戏，可这场死亡游戏对于她来说，来得又是太快了，她不甘心啊！

她紧紧地依偎着父亲伟岸的身躯，不但可以清晰地嗅到他越来越浓的汗味儿，也越来越清晰地听到了那铿锵有力的心跳，她在心里面颤抖地说：也许一眨眼的工夫，这么个活色生鲜的躯体就要化为灰烬，老天，为什么不来救救我们？老天爷如此袖手旁观，眼睁睁地看着一对儿相爱的人就这么死了！但是她嘴里却大声地对父亲说：“这大火烧不死我们，我们会在烈火中永生，做生生世世的夫妻！”

这个女孩对于父亲的爱慕那是由来已久的，当父亲在罗家养伤的时候，罗父就对她说：“这个年轻人身上透着儒雅端庄的气质，他一定受过良好的教育，他骨子里有一种咄咄逼人的正直与豪爽，一定有良好的家庭出身，我看他是你一生的依靠，跟紧他、抓牢他，用你一生一世的情感去呵护他。”她听了这话，心里害羞却甜蜜着，捂着脸逃到没有人的地方，一个人悄悄地欣喜。自此之后，她便像影子一样坚守在父亲的身边，等待父亲说出爱她的那一天。

父亲对于山红的心思，也是了如指掌。好长一段时间，他感觉罗山红常常一个人躲在角落里想自己的心事，她像是被什么东西击中了，每当他走到她的身边，她都不由自主的面色发红并伴有轻微的颤抖。最开始的时候，令他大为不解，他会问："你生病了吗？"

"哦，大概是有点伤风。"

面对这样的问话，罗山红都是用这样的语言来掩饰自己的惊慌。

后来，还是罗青山一语道破了机关，罗青山对大惑不解的父亲说："女大不中留啊，这孩子有心事，怕是有了意中人了！"

父亲听了这样的话，明白了罗山红的心思，他只能选择悄悄地溜走或是沉默。

11.

在这间屋子里，和父亲他们遭遇这场大火的还有一个人，这就是刘家的女佣，叫孟爱芳。她本来是睡在隔壁，被局长老婆的喊声惊醒，从外面跑进来，想看看发生了什么，刚一进里间，就看到了倒在炕上的死尸，还没到看清站在屋子里这两个陌生人的面孔，回头看见夫人倒在枪弹之下，她的脑子就一片空白，随即吓昏了过去。

爆豆般的枪声和手榴弹的爆炸声把她惊醒，她睁开眼睛，看到了屋子里两个人正朝外面射击，她更加害怕，生怕自己被打死，抱着脑袋，躲在角落里瑟瑟发抖。

枪声停止了，大火燃烧起来，孟爱芳明白了，自己将葬身火海，绝望地哭喊，声音歇斯底里，如狼嚎鬼叫。

父亲被她的哭喊声惊得心烦意乱，他大声地呵斥："不就是死吗？有什么可怕的？咱们站直了，让那小鬼子看看，中国人即便死了也是鬼雄！"

孟爱芳根本听不进父亲的话："哇哇大哭着，我不想死，不想死啊！

我家里还有老妈，还有孩子，我不想死啊！……”

罗山红脸色铁青地对她说：“哭有啥用？现在不是你想不想死，这间屋子被鬼子和大火封锁住了，你看我们还能活着出去吗？难道我们还能像老鼠一样打地道，从地底下爬出去？”

这话令孟爱芳更为惊慌，她满屋子乱跑，像没头的苍蝇到处乱撞。边跑边语无伦次地喊着：“地道？地道，地道啊！有、有啊，这儿有地道、有地道！”

父亲和罗山红看着这个早已经吓破了胆的女人，心里充满了悲哀。

女人乱撞了一阵，跑向里间，她抓着刘大麻子死尸的腿，想把他拖下来，可那狰狞的面目和直愣愣的像棒棰一样的大腿，吓得她一下子就惊叫起来。

山红看在眼里，把头埋在父亲的胸前。

一处房梁被烧毁，掉了下来，孟爱芳顾不得害怕，她发疯似地拖着死尸，边拖边喊：“你们快过来帮帮我呀！”

罗山红看着她，悲凉地说：“她疯了。”

父亲似乎明白了什么，他撒开罗山红的手，朝着里间奔去，嘴里说：“也许她知道什么。”

罗山红大惑不解地跟了过去。

三个人把刘大麻子的死尸拖到地上。

孟爱芳掀开炕上的被褥、炕席，土坯炕上立即露出木板，孟爱芳惊喜地说：“掀开它，这可能就是地道。”

父亲和罗山红也惊奇地对看了一眼，心领神会，迅速掀开铺在上面的木板，一个黑洞洞像老虎口一样的洞口出现在他们面前。

孟爱芳不敢跳下去，迟疑着。罗山红抢先朝下跳，看着罗山红安然无恙，父亲对孟爱芳说：“你下去，我断后，然后盖好洞口，免得烟火跑进洞里来把咱们呛死。”

孟爱芳点了点头，跟着下去了。

高高的火焰已经在这间屋子里肆虐地撞击着，“噼噼啪啪”烧坏家具的响声和纷纷落下的杂物让这里变成了火海。

父亲最后一个跳进地道里。

12.

三个人在地道里，弓着腰穿过一个狭窄的小洞门，然后就感觉到了一种舒畅与凉爽。

黑黢黢的暗道里什么也看不见，他们只好试探着往下走，每走一步都觉着很艰难，只觉得自己是在落籽为林的炼狱轨道里蠕动。

这条轨道是那么漫长，漫长得看不见生的希望。

好久，孟爱芳悄悄地问：“我们能活着出去吗？”

父亲说：“那就看我们的造化了。”

孟爱芳摸着自己怦怦乱跳的心口说：“我是在一次送茶水的时候，看见老爷从里面出来的，当时，险些被老爷拉出去枪毙，幸好我跪下来求饶，发毒誓决不吐露半句，老爷才放过我。这一次不知道我的毒誓会不会灵验？”

山红说：“多亏了你发现这个秘密。”

父亲说：“不管我们能不能活着出去，你这义举就能感动佛家，佛家说救人一命胜造七级浮屠，佛主会保佑你和你的全家的。”

孟爱芳如释重负的脸上露出了欣慰的笑容，她说：“那就好、那就好！只要是佛主不怪罪，我就烧高香了。”

本来沮丧到了极点的罗山红绝处逢生，心里那份高兴就不必说了，她从心里说：我就知道老天不会这么快绝我，要不天理不公！令她更高兴的是，她终于亲耳听到他说“我爱你”，她终于能和他真正地在一起了。

眼前这位让她爱得很辛苦的男人，终于说出了她等待已久的心里话：她是多么兴奋，多么幸福。但她的表情若无其事，嘴上却绕到别处说：“刚才的大火快烤死我了，现在真舒服，即便是出不去，我也谢谢你！”

孟爱芳听了这话，又有点不自信了，她不确定地说：“我不知道这条暗道通向哪里，要是我们能活着出去，我就在佛主面前每天烧三炷香，吃一年的素，报答他老人家的大恩大德。”

其实，在孟爱芳的心里，能救出这么一对儿让人羡慕的恩爱夫妻，也许还是传说中令鬼子闻风丧胆的利剑小队的“影子夫妻”，她是多么的自豪啊。

亲眼看见父亲他们沉着应对鬼子，孟爱芳在心里就把父亲他们想象成了传说中的“影子夫妻”。

孟爱芳心里想：那一对儿“影子夫妻”，在人们的传颂之中是那么的神奇、勇敢，自己即便是能亲眼见上一回，都死而无憾了，更别说还和他们经历了一场生死患难，真是三生有幸。

她终于按捺不住心里的疑问，悄悄地问：“敢问二位可是利剑小队的‘影子夫妻’？”

对于孟爱芳的问话，令父亲他们感到尴尬，他们不知道自己怎么就被她当成了传说中的“影子夫妻”了。

他们不知道自己多么的著名，他们简直太出众、太显眼，太一枝独秀两朵争艳，不让人注意都不行。

关于利剑小队的“影子夫妻”，虽然在晋北名声显赫，但那只是人们对于他们出双入对、形影不离的身影，进行的揣度式判断，是没有经过二人证实的以讹传讹，事实上这种传闻加重了那种神秘而又威严的色彩。

父亲听了孟爱芳的问话，很尴尬，原本被山区的大太阳烤成青铜色的脸，憋成了紫茄子。

没有人知道这个问题带给他的窘迫，令他窒息，要不是暗道里伸手不见五指，他一定会溜走，溜到一个没人的地方。这个问题太敏感，也太尖刻，如果以实相告，势必会影响他们在百姓心中的形象，会影响他们在民间口口相传、令人鼓舞的那些打鬼子故事的传奇色彩。

父亲面对这样的问话，又犹如一瓢冷水，兜头盖顶地浇了下来，使得自己曾经被爱涨得发昏的头脑立即就冷静了下来，他又想到了上官大院里的那个新娘子，那张没有血色的脸，于是一种悲哀的情绪袭上心来。但是面对孟爱芳的问话他又不能不回答，回答得太简单明了又怕伤着罗山红，于是他回答得简直简单而又含糊，他说："是，我们是利剑小队的！"

罗山红立即就明白了父亲话里面的含义，她的脸悄悄地红了，也怒了。一遇到这样的问题，她发现自己首先乱了方寸，她从心里何止一百次一千次地想和他做夫妻，可是不行啊，她总觉着他和她之间好像隔着一层什么东西？让她左也不是，右也不是。可这令她无法洞穿的东西到底是什么？她自己也说不清楚，让她很挣扎。

孟爱芳似乎得到她心里想要的回答，满意地笑了。

罗山红心里涌上来一阵委屈，委屈到无法忍受，她实在想揭去隔在他们之间的那层比纱还薄的东西，让事实露出真相，哪怕这种真相令她无法接受，也总好过这样憋着，这样让人委屈着。

女人在这个时候的思维与语言似乎总是相反的，罗山红似乎也不例外，她越是想要的东西，嘴里就越显得满不在乎，似乎又是用这种不在乎来刺痛对方，最好是刺他个体无完肤才好。

"我们是夫妻吗？"她反问。

父亲没有回答，选择缄口不言。

这不是罗山红想要的结果，见父亲不正面回答便说："我们只是像夫妻，实际我们的关系比清晨的露珠还清纯。"

这种回答很坦诚也很赤裸，她的这种坦诚和赤裸让父亲感到怯懦和无地自容。

她感觉出他很窘迫，她需要他窘迫，她多想听他说"我今生今世就爱你"，或者说"我们马上就回去举行成婚大礼。"

孟爱芳听了这话非但没有失望，反而高兴地说："现在是不是没有关系，看你们这样般配，那是早晚的事。今天最高兴的是能和二位相识，真是三生有幸！”

父亲听了这话，抹了一下脸上的汗水，感激地说：“看大姐说的，您是我们的救命恩人，您的大恩大德令我们永世难忘，如若今生不能报答，来生做牛做马也要报答。”

孟爱芳是个爽快的女人，她听见父亲的话，立即就不好意思起来，她红着脸说：“先别说报答的话，咱们能不能活着出去还是个问题。”

父亲却得意地说：“我说过了，即便是不能活着出去，你能有这个壮举，也是值得后人称颂的，值得我们没齿难忘的。”

两个人正说着，走在前面的罗山红突然说：“好像这里有一种怪味儿。”

父亲和孟爱芳立即就停下了嘴巴，把鼻子翘上去仔细地闻着，果真，在他们头顶上方，有一丝清凉凉的骚味气体像迷雾一样地蔓延过来。

父亲揣度着说，这里一定是出口。

罗山红和孟爱芳兴奋起来。

父亲把手放在嘴边“嘘”了一声，告诫她们，先别出声，听听外面的动静。

三个人都屏住了呼吸仔细地往外面听。

此时正值黎明前夕，一切都在熟睡着，包括城里的街道和乡下的田野。

好一会儿，孟爱芳似乎听到了什么，她说：“这里可能是城外，我听见了钟楼上的钟声，好像很远。”

父亲和罗山红听了这话，大喜过望。

父亲悄悄地试探着摸着了头顶上的暗道小门，轻轻地打开了。立即，有一股强大的清晨的清爽气流和着动物身上的那种屎尿骚味儿直冲进来，险些让两个女人跌倒。

上面是一户人家的马厩。

父亲首先上去，他头顶着一缕枯草把两个女人拉了上来。

三个人刚刚上来，正在瞌睡的几匹马看见有陌生人出现，立即就有了窸窣的动静。

机警敏捷就像是换了个人似的孟爱芳，完全没有了原来的惊慌与恐惧，一副大难脱险后的释然。

她对着清新的空气，极其贪婪地吸了一口。

三个人沿马棚的后墙，拐到了院墙下，藏在黑影里，悄悄地走了一阵。

走到前院的时候，孟爱芳突然感觉到有点熟悉，吓得用手捂住了嘴巴，罗山红悄悄地扯了她一下，小声问："怎么了？"

她猫下腰极其小心地说："咱们还在危险中，快走，这里好像是老爷的岳丈家。"

罗山红也轻叫了一声："乖乖，好险，要不是那女人替我挡了子弹，若留下了活口，说不定此时他们还会在这里等着咱哪。"

父亲的脸上终于露出了胜利者的微笑，这一夜的生死考验令他有了一种重新活过来的感觉，他身心都感到了轻松。

他才不怕什么刘团长的岳丈，即便这里真的有几位武林高手或者是二脚毛的护卫，也挡不住他了。他手里的那只短枪和身上沉甸甸的子弹，以他的胆识，让他对付一个连的兵力都无所畏惧。

他高兴地对女人们说："那些瘪犊子还以为咱们早烧死了，哪里会料到咱们从暗道里逃出来，等他们从垮塌下来的房子里发现暗道，咱们早凯旋而归喽！"

父亲高兴地像个孩子，全然忘记了这里还是一户熟睡的人家，而且还是很危险的人家。

罗山红吓得一下子就将父亲的嘴堵住了。

父亲他们像狸猫那样轻巧地找到了出口。

逐渐清晰起来的天空，把灰白色的光亮照在罗山红的脸上，她脸色微红，两片紧抿着的红嘴唇已经有了明显的笑意。

13.

三个人终于成功脱险，在一片松树林里，他们别过了孟爱芳。

心里抹了蜜一样甜的罗山红，此时感到有一股热浪隐隐地向她涌来，烤得她脸蛋灼人，这让她有点不安。她偷偷朝着父亲看去，热切中希望在父亲的脸上也会出现那种胜利大逃亡或者是被爱情灼烤得忘乎所以的表情。她以为他一定能在这个清爽迷人的早晨，给她个愉快的拥抱。

但是，父亲出现在她面前的面部表情，是镇定与冷静，那种镇定与冷静让她感觉到了一种凉丝丝的凉气且不寒而栗。

脸上的灼热渐渐退去，手和身子渐渐冰凉，她感觉他已经忘记刚才的胜利大逃亡，也忘记了他许给她的诺言。

他的肩膀宽阔而又雄浑，身材伟岸而又挺拔，脸色凝重而又成熟，下巴翘起来，似乎在想着什么心事，满头满脸的汗水一直淌个不停，可他一直都没有擦过。

她突然觉得他的样子很吓人，她想让他说几句什么，哪怕是诙谐幽默的或者是不咸不淡的话都行，只要是他说，她都会很欣慰。

但是他一直缄口。

她惊诧于他表情的突然变化，从刚才喜笑颜开的样子，到现在恍若隔世的样子，中间没有任何过度，没有起承，没有接口，她茫然了。

她闭上了眼睛，过了一会儿又悲哀地仰看着灰色的天空，她突然觉得这世界上最难懂的是人心。一个人要想真正看懂另一个人的心，比用沙子搓一根绳子还要难，比用空气铸一把利剑还要难，比用火点燃水还要难，人心是世界上最难懂的迷。

看着身边阴暗茂密得犹如监狱的高墙一般的树林，她感觉自己掉进了一个周围都是陷阱的迷宫，她无力地靠在了一棵大树上。

时间一分一秒地过去，两个人就这样各怀心腹事地站着。

太阳升起来了，透过稀疏的树枝，在地上投射出斑驳的影子。

罗山红调整了自己的心态，她朝着那个呆若木桩的影子走过去。对他喊道：“老天不让我们死，那咱们就回家吧！”

她伸手拉住了他的大手。

父亲从心里打了个机灵。罗山红的小手搭在他的大手上，让他感觉那是一只燃烧的木炭，他一下子就抖掉了。

这个举动让她吃惊地站在那里，眼睛里立刻浸满了快要流出来的泪水。

父亲这才感觉到自己的失态，十分歉疚地抓住了她的手，放在胸前。

此时他心里是矛盾的，同时激荡着无比的爱意与歉疚。

刚刚逃出死神的魔掌，他的神智又恢复了清醒，是那种绝对的清醒，清醒得自己都冒了一身冷汗，他的良知在拷问自己的心灵。

在死神的包围下，他许诺了她一个美满的未来，那是中国几千年传统下所有良家妇女所向往的归宿，他给得起她吗？

父亲伸出大手，把罗山红贴在脸上的一小缕头发给梳拢到耳后，心不在焉地搪塞她：“对，鬼子没有打完，老天是不会收我们的，咱还得接着打。”

他嘴里喷出的热浪，像一把小梳子在她的面颊上轻而舒服地梳过去，她又被他的热情感染了，把头紧紧地靠在了他的胸前，她想在这温暖的胸膛上就这样靠上一辈子。

他突然把手伸出去，把她推到他的对面，双手紧紧地抓住她的肩膀，两只铁钳般的大手把她的肩膀都抓疼了。

她不知道发生了什么，两只眼睛只是惊恐地看着他，她在朦胧中看见了他雪白的牙齿和隐藏在眼光后面的悲哀。

“我们不能这样！”他说。

“怎么了？你说我们不能怎么样？你说，你说！”

她预感到了什么，好像刚从深井里逃出来，又被人推了下去，心一下子就冰凉冰凉的。

她拽住了他的胳膊，身子颤抖不已，眼泪扑簌簌地向他的手腕上滴落下来。

他鲁莽地伸出双臂，把她拦腰抱出来扔在地上。

接着他又紧紧拽住，将她拖到了一块大石头旁边。

她感到鞋子里的尘土和碎石把她的脚硌痛了，寂静而清凉的晨雾梦似的包围着她。

父亲面对爱而不能爱的人，那般犹豫不决和优柔寡断，我是可以理解的。毕竟他出身深宅大院，有过很深的传统家教。可他受过学堂里的正统教育，他的性格该不会那般鲁莽与简单。

我常常这样想，也许是充满了硝烟的战场，拼杀、血肉对抗，英雄般的史诗，牺牲，让父亲的一切都有所改变。我很难想象他那个时候到底是什么样子，他昂首阔步吧嗒吧嗒从大地上走过的脚步，搂着枪踢开身边战死的兄弟横冲直撞地往前冲……也许是大山给了他勇猛、顽强和粗犷的满世界去撒野的性格，总之，他离上官家大少爷的样子越来越远了。

尽管父亲对待罗山红的方式有些粗暴，但是他说话的声音却极其的柔和。

他那富有磁性的声音是温暖的，他的手，那双温柔而有力的手，向上抚摩着她的脸颊。

他说：“我爱你，山红，因为我们两人那么相像，我们的思想我们的行为乃至我们所做的一切，几乎已经变成了不可分割的整体，你要知道，我们无法分开，我们已经成了形影不离的‘影子夫妻’，可是，我给不了你想要的东西，那样会毁了你的。”

他语无伦次悲哀地低下头去，继续低低地说道：“我们这是在战场上跟敌人玩死亡游戏，我不知道会跟他们玩多久，死亡也许很快就降临到我的头上，我不能害你！”

这是父亲的又一种想法，和那种想法并存的，他用它掩盖了真实的想法。

她听见了，可是压根儿没有听懂。她也不想听懂，她只知道，他要把她和他彻底地分开，不是从形式上，而是从心里。

他一直从心里爱着她，现在他决定把她从心里像抽丝一样地一根根抽走，直到完全没有。

她怎么能接受这一冷酷的现实。

她在心里挣扎，在呐喊，在抽泣。

她激动得大声咆哮："你在说什么？你怎么知道我要什么？我什么都不要，我只要你，其余的我什么都不要！我不怕死，死有什么可怕，我们不刚刚死过一次了吗？你忘记了我们同生共死的经历了，忘记我们刚刚逃出死神的魔掌？你究竟想说什么？"

她已经哽咽得说不出话来。

父亲的眼泪也滴落到了她的脸上，他哽咽着说："我说的你不懂，你不可能懂。"

罗山红极其疲惫喃喃地说："为什么不懂？我什么都懂，老天让我生下来就是为了让我在这里等你，这不，你千里迢迢地寻来了，找到了我，这是上天的安排，这也是命运的安排。"

14.

罗山红的话深深地击中了父亲，是呀，自己错失了联络的机会，千里迢迢地来到这深山老林里，遇到这么一位不可抗拒的女性，和自己已经成了不可分割的整体，难道不真是老天的安排？

老天的安排，他无法抗拒，无法摆脱这种命运的安排，他突然什么都不顾了，想顺从天意了。

他从心里说：去他妈的婚礼，去他妈的新娘，去他妈的清规戒律，什么明媒正娶？什么家规礼仪？我就是要爱她，我看谁能拦得住！

这时候的他，再也控制不住自己的情感，把她紧紧地抱在怀里，生怕有人把她从他的怀里抢走似的。

他用双臂搂住她的肩膀和腰肢，她感到他大腿上坚实的肌肉紧贴在她身上，他外衣的纽扣几乎压进了她的胸脯。

这时他的髭须扎着她的小嘴,他在吻她,他用迟钝而炙热的嘴唇吻着，那么不慌不忙，仿佛眼前还有一整天时间似的。

这是一位少女得到的初吻，况且这个吻是她日夜思念的人带给她的，它来得那样突然，那样热烈，而又那样狂野，简直让她喘不过气来。

这样的吻，她等得那样辛苦，似乎她等了一百年、一千年。

这样叫她热一阵、冷一阵地浑身颤抖的吻，使得她像水一样漫浸了一地。

他将她的身子压向后面仰靠着，他的嘴唇从她喉颈上往下移动，直到那个神秘而又极其柔软的地方。

“亲爱的，亲爱的，我爱你，我爱你。”彼此低喊着。

父亲将多年的爱恋与压抑一同发泄给了这个明媚的早晨,淋漓尽致。

罗山红将一生的向往与少女的珍贵一同献给了身上的这个男人，无怨无悔。

一股令人迷惘和惊恐的热潮流遍她的周身，把时间、地点和环境从她的意识中卷走了。她感觉到瘫软而温顺，娇弱而无所依靠，而他那搂抱的双臂又多么令人惬意而不可抗拒啊！

大山在这种火一样的激情中变得那样的酥软，密林在这种爱意下面变得那样的缠绵，就连晨起的鸟儿看见这种场面也惊得睁大双眼忘记了鼓噪。

总之，在那个与死神擦肩而过的夜里，父亲和罗山红真心相爱了，而且爱得那般透彻，没有半点虚假。

父亲就是这样和罗山红真心相爱，自此以后，他的心里装得满满的都是罗山红。只是偶尔想一想上官大院和那位身材修长的新娘，在他的记忆里，还没来得及记住她长相的时候，他就离开她了。

那个只有名分，没有爱情的女人。

一阵翻云覆雨天崩地裂的爱情表达之后，罗山红揭开了他心底上罩着的那层面纱，使他的爱更加明朗与彻底。

她告诉他，罗家世世代代都生活在这大山里，祖祖辈辈都是猎人，他父亲罗青山年轻的时候和一群山里的后生，从大山里走了出去，他们是第一批走出这大山的年轻人，在东北军中服役。日军炮轰北大营的时候，他看到东北军不放一枪一弹宁愿选择死亡也不选择反抗，心里很是悲哀，至此，悲哀的情绪一直笼罩着这个有着强烈爱国之心的勇士。东北军撤到关内的时候，他带着从家乡走出去的弟兄们返回了清泉的深山老林，与日寇展开了游击战。

他常对弟兄们说，门里是家，门外是国，有国才有家，好男儿就当守家卫国！

但是由于长期一种悲壮的情绪笼罩，和身上多处受伤，使得他的身体日渐衰弱。当父亲受伤后，走进这户人家的时候，他从父亲的脸上，看到了自己的昨天和未来，他决定把父亲培养成一个像他一样坚强的勇士，接替他，来完成历史赋予的使命。

于是，父亲就在他的指导下，茁壮地成长起来，迅速地成长为一名英勇的抗日勇士。

父亲听完这样的故事，从心里感叹那些位卑未敢忘忧国的小人物，从心里更加敬佩罗青山。

在这种情况下，父亲也将自己的身世乃至家世，向罗山红全盘托出。

那一天，他的语言像奔涌的大河滔滔不绝，他讲到了家里面父母的端庄与威严，讲到了这个家族苛刻的家规，还讲到了他的那些兄弟姐妹，乃至家里面结了婚三天就离开的妻子，但是他最多提到的是抚宁县二道街里的百盛堂药房和那位悬壶济世的外祖父，他的渊博学识和古朴的家风。唯独没有提起他是上官家的子孙，也没有提及那个大院，他认为在这样一群热血勇士面前，他那个家族实在是卑微得很，也羞于让他提及，他只告诉山红，他的家住在抚宁县。最后，父亲还是忍不住问罗山红："这座大山养育了像你父亲那样豪迈的勇士，我可以理解，但是，你这样一位女孩儿，平时柔弱如水，有时却像山中老虎那样威猛？"

的确，父亲能理解一个弱女子胆小如鼠，可他不理解的是：为什么这样的一位女子一见到日寇，却犹如杀人魔王？

罗山红咯咯地笑了，笑得那样清脆。她笑着对父亲说："我自小就随着父亲打猎，五岁时就开始练习射击，很多时候，父亲为了训练我，将事先侦察好的地形和野兽出没的情况告诉我，每次只给我一粒子弹，只许胜利不许失败。就这样，我就被训练成了百发百中的神枪手。至于我为什么胆小如鼠，那是我的本性，善良、软弱，一个生下来看见花开都要被感动得流泪的女孩儿。可我看见了日寇，就把他们当作了野兽，他们成了野兽，就成了我眼中的豺狼虎豹，就成了我狩猎的对象，我害怕什么？"

父亲听了罗山红的话，倒吸了一口冷气，更让他有了一种感慨，想不到这深山老林里还有这样一户守家卫国的人家，还有着这样一群抗日的勇士，他们这种精神不就是民族精神，像他们这样的人，不就是民族的脊梁吗！中国有了千千万万这样的勇士，看小日本子还能猖狂多久？

也就是那一次，父亲才感到自己生活在上官大院里的悲哀，那样的一群人和这样的一群勇士，该是怎样的一种天差地别呀！至此，他感觉到了渺小与伟大的区别，也更加坚定了他与日寇血战到底的决心。

父亲和罗山红返回樱桃沟的时候，罗母杨母从女儿那欢乐的表情和她一个人躲在角落里失魂落魄的样子，看出了端倪。她悄悄地走到女儿身边轻声问："闺女，把你的心事给妈妈说说？"

罗山红正沉浸在幸福的回忆中，突然被母亲的问话吓了一跳，继而又羞红了脸，轻轻地点了点头。

杨母嘱咐道："这回你可是就要有了婆家的人了，可不比往常了，你一个大姑娘家的要学点女红针线，别老在打打杀杀上用心，不会做针线的拙媳妇，婆婆可是看不上的！"

罗山红听了这话，害羞地对母亲说：“娘，看你，说啥哪！”

杨母似乎没有听到女儿的责怪，她暗自哀叹一声，心想：女儿有了婆家，自然是要和别人走的，自己多嘱咐两句总比到了婆家受气强，于是继续叨咕道：“自古说天堂里的媳妇比不上地狱里的姑娘，将来到了婆家要守家规、守妇道，还要勤快，眼里要有活计，要抢着干，宁要身受苦也不要脸受热，千万不要被人家骂懒婆娘！这一点是最重要的。”杨母说完这话，又刻意叮嘱女儿一句，“你听见了吗？”

罗山红极其幸福地笑了。

16.

尽管父亲坚定了与日寇血战到底的决心，但敌对斗争的状况却越来越复杂。由于日寇集村并屯，樱桃沟和小杨沟等周围的村落被鬼子并拢到了一起，大片的无人区已经形成，父亲他们这个自发的抗日自卫队没有了活动范围，在那个冬日，上了茫茫的大青顶子。

大青顶子横跨辽、冀、蒙三省边界，莽莽苍苍，气势雄浑的崇山峻岭之中，流淌着一条小河。这小河，千回百转，丝带一般缠绕着大青顶子的身躯。

大青顶子是罗青山的打猎范围，自小就随父亲打猎的罗山红，是大山的女儿，她知道哪里山高林密适于隐藏，知道哪个山洞有终年不断的泉水，还知道罗父和那些猎人藏匿粮食和盐巴的地方。就这样，让上山的这些弟兄们足以在这个无人区度过一段艰苦日子。

下雪了，大青顶子的冬天远比山下寒冷，这里山高林密逶迤茫茫，虽然雪花时常在头顶上飘着，但要比起大东北的冬天，这里的冬天还算不得太寒冷。父亲早已经习惯了东北的严寒酷暑，对于山上的恶劣气候还能适应，只是饭碗里日渐稀少的瓜薯粥汤让他终日感觉浑身没有力气。

罗山红和卢老炮，最愁的是做饭。越来越稀薄的玉米面地瓜粥和少盐无油的干白菜团子，已经让这两位火头军难为无米之炊。

这一群弟兄们就数罗锅子食量大，他后背上的罗锅就像是骆驼背上的驼峰，没有人知道它能积下多少食物，吃下去的那些食物是不是还能像骆驼那样，在荒芜的岁月里重新返回胃里进行倒嚼。总之，他吃多少都不觉得撑，时常是吃着碗里的瞧着锅里的。连日来缺米少油的日子早已经刮干了他的肠油，他每天晚上一倒在炕上就想吃猪肘，睡梦中抱着李长海的胳膊就啃，吓得李长海躲他远远的。

那天做饭的时候，李长海悄悄地对卢老炮说："我看罗锅子早晚得吃人，他那副老肠老肚，平时吃十张烙饼才垫底，现在这么熬着，还不把他烤干了，我看够他受的了？"

卢老炮吧嗒一下嘴里的空烟袋，吐一口吐沫说："可不是吗？这小子那年上我家串门，正赶上我妈蒸豆包，我妈和他客气客气，让他尝尝鲜，谁知这老小子还真不拿自己当外人，一口气尝了一屉，要知道，那是我们一家子的嚼咕，可他最后还吧嗒吧嗒嘴说，这只是尝尝、尝尝，要是敞开了吃，你们全家就剩下看着了。"卢老炮说着，搓着手上的干面。

李长海摇摇头说："老这么下去也不是个办法，别说罗锅子，就是咱们也受不了了。"

两个人正在闲聊，就见罗锅子抱着一捆柴禾进门，背拱得像个车轮子。

咣当一声，柴禾丢到地上。

他拍了拍手，捂着早就饿得前胸搭后腔的肚子，愁眉苦脸地蹲到墙角，心里的怨气按不住，咕嘟咕嘟往上冒，嘴里骂骂咧咧："娘的，挨饿真不是滋味，还不如挨打，头昏眼花的，脚像踩了棉花。早知道这样，还不如下山去抢大户，好歹也比饿死强。"

卢老炮听了这话，吸了一下掉在鼻孔外面的清鼻涕，又用脏乎乎的衣袖子抹了一下。

长期在这阴冷无食的深山老林里，许多人都像他那样感冒了。

他囔囔着鼻子说："抢大户？那不是和土匪一样了？"

“那也比饿死在山上强！”罗锅子倔呼呼地说。

“要是能下山，咱就去打日本人，还用得着抢大户吗？”罗山红拉着风箱，呼嗒、呼嗒，一下紧一下慢，听见两个人的谈话插嘴过来。

父亲正在灶边的一条马凳上坐着，手里擦拭着一杆长枪。

起初他对李长海和罗锅子的话不感兴趣，可他听到许多人加入进来，把这话当成议题来研究，他的心就被重重地撞击了一下，一种强烈的冲动潮涌而来。

他来不及分辨那种冲动到底是什么，只觉得自己非常、非常气愤。

他最听不得当土匪这话，当初就是因为老周领着土匪打日本鬼子，他才决定参加正规军的，现在让他带领弟兄们下山抢大户，那还不如像罗山红说的那样，和日本人刀对刀枪对枪地干一场，就是死在日本人的刀枪之下也比落下个土匪的骂名强，至少还算是个勇士，无愧于家国。

我们上官家也算奇怪，每个人自打懂事起，就背负着家国的愿望，好像从我们的骨子里就带来了小家对大国的崇拜与敬畏，一个孤独人对组织的向往。

就像二叔从十几岁起就逃离家庭投身到火热的军营；就像大爷爷上官元奎早年参军后来北伐；就像三爷爷上官元凯和四爷爷上官元鹏保家卫国抗击日寇血洒疆场。

就连我那位身材弱小，没有念过一天书的太爷爷都知道，先有国后有家，他毅然决然地把三个儿子送到军营，他的这种行为至少在平庸人的眼里难以理解，但是在我们上官家人眼里那就是溪流奔向大江大河乃至大海，就像人体中毛细血管里的血液最终流向心脏一样，有着一种向主流社会靠拢的向上激情。

后来，我在一个场合下，听到一位很有名的作家说过一段话，才诠释了我们家族对国家的那份情感。她说，在不在官家里，是不是和遥远的国家有联系，只是人的一种存在感，是孤独的个体生命的本能需求，这种需求，不属于知识分子，它属于世界上的任何一个人，就像一棵树总要参向天空，一条河总要流向大海。

我不知道她的话适不适合所有的人，反正是和上官家那种主流意识不谋而合的。

父亲之所以看不起土匪打日寇，说到底也还是名分问题，与气节无关。这种名分观就像有什么东西深刻在上官氏家族的血液之中，一代一代地传承下去。所以，这也不难理解父亲和罗山红艰难的爱情确立。

让父亲揭竿而起落草为寇，他觉着从根本上就是气节问题，从骨子里就该摒弃的。这就是父亲长期在儒家名分的教义下，进行人伦价值判断的结果。

父亲把手里的枪端起来，放在眼前瞄准正前方的山墙，脸色板得铁青，枪栓拉得咔咔响，咬着牙忿忿地说：“谁要是想当土匪，先问问我的枪答应不答应！”

父亲的声音不大，也不是对准谁，他对的是这样一种倾向，他害怕这种思潮蔓延，使得自己这个不大的队伍改变了颜色。

他的话很具杀伤力，也许他们参加抗日的时候就没有人想过要走这条路，之所以引起这样的话题，那纯属是瘪肚子给折腾的。

大家立即闭上了嘴，罗锅子的脸也腾地一下立即就红了，他看着父亲，张了张嘴，试图辩解又觉着理亏。

虽然是感到了尴尬，他最终还是强词夺理地说了句替自己解围的话，声音却毫无底气。

他说：“山上明天就没粮了，总不能让大家伙喝西北风去吧！”说完这话，便又蹲在了一边。

父亲把十指攥成了疙疙瘩瘩的拳头，眯缝着鼓出的眼睛，看着提着粥桶走进门的马林，脸色煞白。

在这里，没有人知道他是个大家大户出身的人。

一个从来没为生计发过愁的大少爷。

性子柔和的罗山红，最见不得窝里不和，几句话又让这一池春水不平静了。她想，有啥话不能好好说呀？干嘛要吵啊，吵就有的吃了吗？她看着生气的父亲，又看了看墙角蹲着的罗锅子，她赶紧和着稀泥。

她拉了父亲衣角一下说："他就是那么一说，也不是真想抢大户去！"

罗锅子偏偏就是个执拗的性子，他认准的事情十头老牛也拉不回来，罗山红的稀泥不和倒好，这一和稀泥倒更让他抓到了理似的，他低声嚷嚷道："抢又怎么了，不抢吃啥？要是西北风能灌饱肚子，谁还种庄稼！"

父亲不像罗锅子那般直来直去，他毕竟是个读过书的人。他的骨子里那些关于修养、涵养与忍耐，在这风风雨雨的岁月里，被这无情的岁月打磨得虽然所剩很少，但也不是遗失殆尽，况且罗山红已经开始拽他的胳膊示意他别杠下去了，他只好生气地坐到柴禾堆上。

卢老炮正在往木桶里舀熬好了的稀粥，这样的气氛似乎稍有不慎就会爆炸，他趁机把装满一桶的稀粥提到罗锅子面前说："趁热乎快去给兄弟们送去，在这干生气也不当饭吃。"

卢老炮这话说得轻描淡写，似乎也没什么用意，但是这话听起来，在父亲的耳朵里的杀伤力不亚于罗锅子嚷着抢大户，父亲一下子就软了下来。

罗锅子提着木桶就走。随着一阵冷风吹过，身上的破棉衣已经千疮百孔，棉絮像一张张露着白牙的大嘴肆意地笑着。这比什么语言都厉害，重重地刺伤了父亲的自尊心，他很快闭上嘴，垂下了头。

罗山红拉拉父亲的衣角说："走，吃饭去！"

父亲傻愣愣地坐在那里，他无语了，自从想打鬼子的那一天起，他除了一腔热血以外，别的就没有什么了。他一个衣来伸手饭来张口的上官家大少爷，从来都没有为柴米油盐动过心思，哪里还知道巧妇难为无米之炊的难处，和一文钱憋倒英雄汉的道理。在他眼里根本就没有这样的概念，他觉着，只要有雄心壮志，只要有一颗爱国之心，别的什么都不重要。

明天山上就没粮了，这是父亲意想不到的，眼下不是生气的时候，最要紧的是解决粮食的问题。可是这个问题怎么解决，却是个大难题，所有下山的道路都有鬼子兵把守，鬼子封山的目的就是要把他们和所有的抗日游击队困死在山上，这是不言而喻的。

那天夜里，罗青山带着两个猎户，悄悄地以打猎为名上了山，给山上的弟兄们带来了粮食和几件棉衣。这简直就是救了命，罗青山总是能在最困难的时候出现在他们面前，他的到来不但能让利剑小队里的人热血沸腾并说明了山下的情况，更能随时指明他们的方向。他说："日本人封山了，我们这次上山也是九死一生，你们必须要做好过艰苦生活的准备，还要考虑一下怎么度过这样的日子，这是顶重要的！"

罗青山的到来，让父亲他们知道了山下生活也是那样艰苦，这更增加弟兄们对于这种隐匿生活的厌倦。

马林首先发表自己的想法，他说："待在山上是等死，下山也是死，我们干嘛还等在山上，还不如下去轰轰烈烈地干他一场，轰轰烈烈地死上一回，也比在这儿冻死、饿死强！"

父亲自己也对于这样的生活失去了信心，更让他困惑的是这样的日子还要多久？

至于什么时候能够下山和鬼子干一仗，或者说这样的混吃等死的日子还有没有出路，他的心里也没有数。因为，这一切都没有定数。

总之，鬼子是要打的，什么时候打，怎么打，他也不知道。现在，他只能说："我们在山上不是等死，是在等待一个更好的机会打击敌人！"其实，他自己也知道，这话说出来是多么的没有底气，因为躲到山上几个月了，只是偶尔下去一两个人，弄死一两个鬼子汉奸，这老鼠娶媳妇一般的小打小闹，真是不足以振奋人心，也让人泄气。看来没有一场像样的胜利来振奋抗日的决心，也许这些人就此消磨了意志还不算，更能引起较大的不安，因为他们这支队伍并不是正规军，没有组织纪律或者军令来约束，他们是自发的抗日队伍，说穿了就是和山上的土匪差不多，只不过土匪是杀人越货兼精忠报国，而他们的精忠报国之中的最大因素是守家卫国。家园沦陷，国将不保，会使他们看不到希望，面对越来越强大的敌人，他们自己会越来越萎靡，这是父亲最不愿意看到的事情。

罗山红对他说："我爹带来的这点粮食也不够山上兄弟们吃上几天的，现在最要紧的是去山下搞点粮食，要不，即便不被冻死在山上，那也会被饿死。"

罗山红的话让父亲陷入了沉思，也得到许多人的支持。

最紧迫的是搞到粮食，可这粮食要到哪里去搞？他们犯了难。老百姓家里的日子窘迫，自己还糊弄不饱肚皮，哪来的余粮供给山上，抢大户又被反对，那只有一个办法，就是在鬼子身上打主意。

父亲对大家说："我听说山下就有鬼子的军需守备站，那里不但有粮食，还有我们需要的机关枪和小钢炮，只要是有把子力气，你想拿多少就拿多少！现在的问题有两个，一是这个军需守备站地址在哪里？二是那里守备的敌人兵力有多少？"

一提到抢鬼子的军需守备站，这些兄弟们的眼珠子就亮堂了，好像他们个个都是森林中大型的食肉动物，听说山下有一个食物丰沛的天然露场，就等着他们伸手去拿、张嘴就吃一般，高兴地立即围了过来，指节掰得咔咔直响。

项久盛说："大家先别急，鬼子的军需守备站一定有重兵把手，我们先不要轻举妄动，先下山摸摸情况，然后制定一个作战计划。"

大家一听这话，立即点头称是。

父亲伸手指了指马林和卢老炮说："你们两个和我下去摸摸情况，其余人在家候着。"他知道马林是侦察兵、卢老炮是攀援高手，带上这两个人，必定会有所收获。

"好！"两个人一起回答。

罗山红正在给父亲纳鞋底，见父亲这次点兵没有点到她，急得满脸通红，一着急，大锥子扎到了手上，疼得她龇牙咧嘴，可是她顾不了这些，急忙说："我也和你一起下山。"

没等父亲搭腔，李长海把烟袋锅子磕到鞋底上，嘴里哈着气说："现在到处都是你们的画像，一男一女下山，会引起鬼子注意。”

父亲看着罗山红嘟起的小嘴，心里有些不忍，但还是解释说：“咱别偷鸡不成蚀把米，你先在这里等着，我带马林、卢老炮化装成商人悄悄地下山，先看看情况，回来再做打算。”最后他还说了句，“傻丫头，听话。”说这话的口气像极了一个老父亲对着撒娇的女儿一般。

罗山红噘着嘴，她从来就没有和父亲分开过，父亲单独行动很让她担心。听了父亲的话，她噘着小嘴满心不高兴，但是也毫无办法，只得看着父亲他们下山去了。

父亲他们走了两天了，这两天的时间，每天傍晚，罗山红就站在山坳的小树林里翘首凝望山下的小路，希望看见有人影从山下走来，因为连日大雪已经将世界简化成了银白色，冒雪上山的指定会是山上下去的兄弟。

冬日的暮霭已经重重叠叠地浮动在山坳和远方，山的浓黛和峭拔都变得恍惚，而远处那个叫作碌碌嘴的垭口，笼罩着淡青色的雾气，半隐半现，美如仙境。

这天傍晚，一个骑着骏马飞驰的身影在山口边出现，不消一会儿，同样两个身影一前一后飞奔过来。奔跑的马蹄声虽然听不见，却看见惊飞的麻雀伴着他们一波儿一波儿地飞起又落下。

罗山红一见三匹马向这里奔来，没等看清他们究竟是谁，便高兴地从山坳边的小树林里穿出，飞奔着跑回驻地报信儿。

“回来了！回来了！”她边跑边喊，身影简直比燕子还轻巧。

一群人在她唧唧喳喳的叫声中跑了出来，涌到山坳边向山口看去。

父亲一行三人骑着骏马，在众人的期盼下回到大青顶子山上，马林从马上下来，伸出满是伤痕，冻得圆鼓鼓的伤手，从项久盛嘴里把纸烟抢了过来。

父亲没下马，昂首屹立在马背上，像一个青铜雕像，等待着罗山红围着他和马跑上两圈才肯下马。

刚刚回来的三个人，身上全背着一个包袱，冷眼看去，比罗锅子还像罗锅子。

罗山红果然与父亲有些默契，她围着父亲的马，像孩子一样的跑了两圈，然后抬眼看着他说："你们把粮食搞回来了？嗨，正好山上快没粮了。"

父亲哈哈大笑着从马上跳了下来，以一个胜利者的姿态摸着这个女人的头，话里泛着假惺惺的醋味儿："傻丫头，我还以为你盼着我回来，原来是盼着粮食回来，嗨！白高兴了。"

罗山红听了这话，噘着小嘴假装生气。

父亲说完这话，迈开大步向驻地走去，娇小的罗山红抓着他的手勉强跟上他的脚步，和他并排走着，恋恋不舍像只驯顺的小狗，仰起脑袋看着他的眼睛。

父亲边走边用另一只手从身上解下包袱，然后向后面一甩，包袱被甩在身后，包袱皮就顺着解开的地方裂了一个大口子。

父亲昂着头，对罗山红说："看看我给你带回的粮食吧，我带回来的这种粮食，我保证你宁可饿死都不吃！"

在父亲眼里，罗山红既像女儿又像恋人，他就在这种双重身份下享受这个女人带给他此生还没有享受过的快乐，就是这样。

或许没有经过艰苦卓绝生活的体验，你就很难理解这种简单而又纯朴爱情的美妙之处，它胜过任何花前月下，胜过所有海誓山盟。

罗山红被父亲的话闹得犯了糊涂，很认真地问："为啥？"

赶在他们后面的卢老炮笑着，边打岔逗她："喂（为）啥，喂你两瓢泔水。"罗山红听了这话，扬起小巴掌追着老炮打。

所有人看见那个逐渐散落的包袱都站下了，里面露出一只黑乎乎的皇协军的靴子。

人们联想父亲刚才说的话，一下子就笑了起来。

罗锅子慌忙上前把包袱展开，一大堆皇协军的衣服、靴子展现在他们面前，大家都愣了，不知是谁叨咕一句：“这的确不能吃。”

还没等众人从诧异中清醒过来，李长海首先就急了，他一咧嘴，口中的黄牙立即就高调亮相。

他鄙夷地结结巴巴地说：“弄这些黄狗皮干、干啥？不能吃不能嚼，看着还让人，恶、恶心。”

罗山红看见那堆黄狗皮，心里也不是滋味，她剜了父亲一眼说：“别说吃，看着就想吐。”

卢老炮一见大伙失望的表情，不屑地说：“咋的？晚上没吃饭？咋个个都像要吃人？”

父亲扬了扬手，对旁边的两个队员说：“收了、收了，抬到里面说话。”说着，他手里拿着牛皮鞭子，迈开两条长腿，晃晃地走到门前，一低头进了屋子。

众人不知何意只好尾随着他。

两个年轻的队员极不情愿地拽着包袱皮的一角，拖拖拉拉地往前走，有一只靴子已经掉到雪地上。卢老炮看见了说：“这别小看了这些东西啊，这可是宝贝，这是费老大劲儿才搞来的，我们还得靠着这些黄狗皮搞粮食哪，小心弄丢了。”吓得两个拖包袱的弟兄赶紧把靴子捡回来。

大伙进屋了，都齐刷刷地站在地上。父亲自己坐在炕上，他一只腿直挺挺地放在炕沿上，另一只腿耷了在地上，整个人占了半铺炕。

大伙儿直愣愣地看着他。父亲笑了，说：“都坐呀，看着我干啥？”说完这话，才发现自己那条长腿把整个炕沿都占了，然后就把那只腿收回来，另一只腿也抬上来，双腿一盘，稳稳地坐到了炕边，那形象，像极了山里人。

罗山红把烟笸箩从地上的一只箱子上拿过来，递给我的父亲，并对他说：“用这些东西换粮食？搁你，你干呀？”

她对黄狗皮换粮食颇为怀疑，厌恶得快把嘴咧到耳朵后面去了。

父亲正在自己卷纸烟，两只像棒槌一样的手指转得飞快，他把卷好的纸烟放在唇边舔了一下，对罗山红说：“我不干，有人干。”

罗山红更纳闷了，谁这么傻啊？她直眉弄眼地看着父亲，眼睛飞快地眨了眨，哼了一声，然后也笑了，笑得莫名其妙。

卢老炮把脑袋上的帽子摘下来，在手上“啪啪”拍了几下，一小堆儿清雪扑簌簌地落在了地上。他解释说：“对呀，穿上它，我们去鬼子的粮库，谁还能拦着？”

罗锅子听了这话，似乎有点明白了父亲他们的用意，他自己点了点头赞许地说：“也许是个好办法！”

卢老炮听了罗锅子的话，不乐意了，伸手把帽子扣到罗锅子的脸上，高声说：“什么叫也许？它就是个好办法！”

罗山红又懵了，她这次犯糊涂的不是这些黄狗皮的用处，而是它的来源，她着急地追着卢老炮问：“哪儿买的？花了多少钱？”

她这种傻乎乎的表情和问话，讨得大伙开心地大笑。一脸的认真与天真。父亲爱怜地看着她充满了疼爱，父亲就喜欢她这样。

马林听了这话把脸扭到一边去说：“说得轻巧，我的嫂子，你看这黄狗皮不咋样，你就是有钱也没地儿买去，这是我们管皇协军借的！”

罗山红听了这话，又把眼睛瞪得老大：“借的？那皇协军就那么乖乖地借给你？”然后又马上反驳马林一句，“谁是你嫂子！”

马林生怕罗山红掐他，这小丫头一生气专门掐人，而且被她叨着了，肉皮子非得青上好几天。他猫到卢老炮的身后，气她：“谁是我嫂子，你还不知道？你还假装问，哈哈哈！”

果真，罗山红听了这话，嗷地一声大叫着，伸出小拳头扑到卢老炮身边打马林，马林东躲西躲没打着，倒是卢老炮挨了几拳头，连忙把他俩拉开了。

父亲看在眼里，也哈哈大笑一场，然后笑眯着眼睛看着罗山红，他太喜欢罗山红这种天真得有点傻乎乎的样子，又高兴别人管她叫嫂子，实际上，他和罗山红早有夫妻之实，只还差进一回洞房就完事大吉了。

他跳到地上，伸手把罗山红拉过来，把她拉到自己的怀里，用手摸着她的头说：“傻丫头，皇协军又不是我的小舅子，哪有那么好心？”

大伙儿又都笑了。

罗山红羞得脸都红了，她转过身把父亲的手扒了到一边，嘴里嘟囔一句：“都这么没正经的！”

17.

晚上，借着昏黄的油灯，父亲他们在制定一个袭击鬼子军需守备站的计划。

父亲把一张清泉县的地形图从怀里拿出来，展开，他指着上面的一处说：“这是马家沟，离县城不到二十里，鬼子的军需守备站就在这里。我们侦察过，这个地区方圆几里的树木都被鬼子砍光，民房也被烧得殆尽，一览无余，这很不利于我们隐蔽。马家沟军需守备站是一个大院，前院有二十几间房，住着大约有一个小队的鬼子和二十几个皇协军，就在这个大院内的两趟平房里。房上有岗哨，还有暗哨，靠西边还有一个岗楼，上面有一个岗哨和一挺机枪，岗楼里估摸还有守备的鬼子。后面那排正房是仓库，一定还有把守的人，由此看来马家沟防守非常严密，犹如铁桶一般。天气晴朗的时候，从岗楼上一看，就能看到山脚下的村庄，简直是任何活动都难以隐蔽。这会给我们的行动带来很大的不便。”

马林接着说：“这里不但防守严密，离着县城也很近，只要是这里的枪声一响，县城的鬼子立马增援，如果我们不能速战速决，肯定会成为瓮中之鳖。”

这时候，围在父亲身边的罗锅子又开始担心这场仗能不能打赢，会不会损失人员？他觉得打这样的守备站会冒天大的危险，搞不好弟兄们的小命都会丢在那里，他觉着很不划算，他紧张地抬起头看着大家说：“这太危险了，一个小队的鬼子再加上二十几个的皇协军，敌人的兵力是我们的几倍，我看，咱就别冒这个险了！”

父亲看了他一眼说：“危险怕什么，我们不就是在刀尖上过日子的吗？再说了，咱们不是正研究作战部署吗？咱这是有准备的打仗，怕什么？”

罗锅子一听这话又羞红了脸，这个酸脸猴子脾气的罗锅子脸皮真薄，两句话不对心思就瞪起了眼睛，他红着脸冲着父亲说：“我可不是怕他们，别当我是个胆小鬼，打鬼子咱不含糊，我背上的这个大包就是被鬼子的炮弹给炸的，咱和他们有不共戴天之仇！”

父亲看他急得红头涨脸，笑了，说：“知道你是个英雄，咱利剑小队的弟兄没一个孬种，打鬼子都不含糊。”

父亲的话立即赢来喝彩声。

父亲又说：“这次战斗我们动作一定要快，千万别恋战。我打听好了，这里的皇协军一个星期换一回班，后天就是他们换班的日子，我们趁着这个时候穿着这黄皮进去，肯定不会引起怀疑。还有，这个据点的日本兵在吃早饭的时候会穿上木屐，换句话说，他们既没有光脚，也没有穿军靴，而是穿着那种夹着脚趾，会呱嗒呱嗒响的怪东西。穿着木屐的士兵的战斗力会大打折扣，我们这个时候发起突击胜算的把握会多很多。”

众人又接连点头，大家你一言我一语，把这次突袭的计划部署得简直是天衣无缝，无可挑剔。父亲又告诉项久盛连夜悄悄下山，让乡亲们准备几辆大车在马家沟的附近躲起来，悄悄地接应他们。

项久盛答应一声就连夜跑下山了。

父亲又对罗山红说：“这次突袭你就别去了，皇协军里面没有女人，再说，咱这些黄皮哪一件也不适合你穿。”

眼瞅一场漂亮的战斗参加不上，罗山红瞪着眼睛看着父亲。父亲赶紧说：“你有更重要的任务，你带领几个人隐蔽在通往县城的公路边上，找一个合适的地点阻击来增援的鬼子，但是也不要恋战，我们一得手就会把山坡上的一棵树点燃，你看见烟火就带着人撤退。”

听见这次战斗还有她的任务，并且还是很艰巨的任务，罗山红这才满意地笑了。

18.

腊月初九这天，正是马家沟守备站皇协军换班的日子，大清早，正在岗楼上值班的鬼子哨兵，突然发现一小队皇协军像天兵天将一般出现在不远处，他警觉地看了看，发现他们是自己人，才端着枪站好了继续观察。

其实他不知道，这是装扮成皇协军的利剑小队，他们为了这个计划，初八的后半夜就潜入了这个地区，用白色长布覆盖身体，潜伏在据点前方至拂晓。

凌晨开始降雪，大雪盈尺，日寇始终没有发现冰雪之下的他们，天一亮，他们就朝着这里走来。

接近岗楼的时候，岗楼上的鬼子才高声叫道：“站住！干什么的？”

马林立即和上面的鬼子打招呼：“我们是城里来换班的，自己人，自己人。”

岗楼上的鬼子还是觉着有点不对劲儿，他觉着这些人来得有点太早了，往常都是饭后才来换班，现在怎么刚一吃饭就来了？

就在马林跟他对付的同时，父亲掏出枪，一挥手，这个家伙就像一头蠢猪，从上面掉下来。

马林带着几个人冲着鬼子的食堂就跑，还没等那些吃饭的鬼子反应过来，就成了他们的枪下之鬼。院子平房内还没吃早饭的鬼子，穿着木屐乱跑，等他们组织起有效的火力反击的时候，父亲他们已经冲入了射击的死角。接着两声巨响，碉堡的围墙被炸开了大洞。

在这同时，父亲和几位神枪手，躲在一堵墙边照着鬼子的岗哨开枪，一枪一个，还没等鬼子反应过来，就从房上栽了下来。

罗锅子带着一队人朝着后院的仓库跑去，不一会儿，隐匿在附近的几辆大车赶了过来。立即就被装满，迅速撤离。

这场战斗还有一个很有趣的插曲。马家沟军需守备站的日本指挥官在大势将去的时候，忽然想起了决斗。假若我们没有想到他对无辜的百姓犯下兽行，这种做法确实很武士道名士派。

他一眼看见了在门洞下指挥战斗的父亲，或者他早就看见了父亲，有了这种虽败犹荣的想法。他举刀向父亲冲去，大吼："你的！"

这时候，父亲显然没有闲情逸致，他心里想的是赶紧结束战斗，防止鬼子的增援部队赶来，立刻举枪射击。不巧的是，弹夹空了。鬼子军官脸上浮起轻蔑的微笑，把身上的手枪连套扔在地上，又说："你的，不是军人！"

这个日本人的意思大约是：你不是真正的军人，军人是不应该偷袭的，应该光明正大地来决斗的。他要让对方领教一下真正的军人的做派。

父亲也不含糊，他俯身从地上捡起了一把长刀。

两个人慢慢走近，四目交织，射出了狼一样的青光。

鬼子军官首先挥刀进击，刀法凌厉。此人坐镇马家沟，绝不是等闲之辈，他从军校、从战争、从俘虏和老百姓身上，早练出了杀人如麻的精湛刀法。

父亲更不是等闲之辈。他随罗青山学习枪法和武术，早已经练得炉火纯青，再加上四年的对敌斗争，哪一天敢松懈自己？况且独闯虎穴、亲历战斗，没点看家本领恐怕早就粉身碎骨了，他早已把自己练成百战之身，何惧敌人最后的疯狂？

刀在空中撞击，几下之后，情势已经变成了两个人在互相砍杀。日本人和父亲格斗的技能都臻于炉火纯青，因此，他们都能躲开对方致命的一击，却无法躲开接踵而来的劈击。

两个人的身上溅满了鲜血，双方的格杀已经显得沉重而迟缓，在早晨的细雪中，他们的身体好像包围着一团粉红色的雾气。

这是一场较量。

这是一场殊死搏斗。

鬼子军官终于战不下去了，突然发出一声狂叫，精神似已崩溃，他丢下刀，转身逃去，而且慌不择路，一头撞进了铁丝网，被父亲一刀劈死。

说来不信，父亲他们这次突袭，除去他和鬼子军官的决斗，仅用了几分钟的时间。

利剑小队在这次战斗中大获全胜，除了几个轻伤伤员之外，没有损失一兵一卒。人员全部安全撤出之后，父亲负责断后，他问罗锅子："放上炸药了吗？"

罗锅子说："放了，瞧好吧，你们快撤，我去引爆，给狗日的小鬼子一粒粮食一颗子弹都不剩！"

另一个队员点燃山坡上的小树，通知罗山红他们赶快撤离。

袭击马家沟的战斗结束后，父亲他们迅速回到了山上，清点人数，全部到齐。清点战利品，除了几大车粮食之外，还有两挺歪把子机枪、崭新的三八大盖和几箱子弹。项久盛高兴地拍着这些战利品说："头儿，我们发财了！"

"哈哈哈！"

笑声溢满山谷，回荡在山林间。

真的，这次马家沟的突袭很振奋人心，连山下的百姓都兴高采烈争相传说，且越说越玄乎，简直把他们说成了天兵天将一般，这在很大程度上鼓舞了群众的抗日热潮。

大青顶子上，别的山头的土匪和抗日自卫队，都暗自佩服，派联系人来联络，想和父亲他们联手抗日，或者联手搞一个大的行动，给鬼子们致命的打击。

利剑小队声名远扬，当然会引起共产党八路军的重视，在这之前，他们曾经派人指导父亲他们战略思想，送情报、打外援，使得他们在战斗中如虎添翼。这次袭击马家沟的战斗就是父亲和他们联系才搞到的地形图和皇协军的制服。

父亲他们突袭马家沟不久，八路军游击队的张政委就派人上山，告诉父亲他们，鬼子正在集结队伍准备报复。

父亲他们也许是被胜利冲昏了头脑，又也许在这次战斗中看出鬼子其实就是纸老虎，不堪一击，再加上大青顶子驻地地势险要，易守难攻，所以有点轻敌，导致后面毁灭性的打击。

19.

那天早上，卢老炮坐在崖畔上鬼哭狼嚎地唱着情歌，唱的都是淫词滥调儿，大家听出来了，这小子要发情，怕是想女人了。

项久盛听见了，学着女人的样子，把一只手掌贴在脸颊上，用细声细气痛楚的呻吟声调跟着唱起来。

马林微微笑着，嘴里咬着一节草棍儿，眼看着那个胸部宽阔的老兵，憋得太阳穴上凸起一道道的青筋，绷得紧紧的健美的脖颈泛起粉红色。

正在烧饭的罗山红，冲着项久盛喊道："这才吃上几天饱饭，就有闲肠子了？"

肚子里有点墨水的项久盛停下来，喘了一口气说："这就叫温饱思淫欲。"

罗山红瞪了他一眼说："咋没憋死你们，就该饿着你们，省得冒花花肠子。"

项久盛嘿嘿地笑了两声躲到一边去了。

罗锅子正往灶坑儿里添柴，听见老炮那混腔，他拿着手里的烧火棍子对着马林喊："去，把那发了情的公猫给我赶跑，或者腿打断！"

父亲挑帘从里屋走出来，眯缝着眼睛在笑，指使马林说："他再嚎那骚曲儿，你就把他给我骟了。"

父亲的话让大伙儿笑弯了腰。

灶膛里的火光被哄笑声震得直抖动。

罗锅子从锅台抬起他那带点儿傻气的脑袋，没有弄清楚是怎么回事儿，就用沉厚的笑声压下了人们的喧吵。

人们就这样欢笑着，一点都不知道，危险正在一步步地迫近。

马林跑出屋，红晃晃的日头照在白雪上，刺得人睁不开眼睛，远近的山峁像一个个硕大的棉花垛，山峁之间萦绕着淡紫色缥缈的雾霭，让人感觉好像活在虚幻的仙境。

大青顶子美得让人心悸。

看不见卢老炮，他那狼嚎一样的声音从山背后传了过来：

> 哎嗨嗨，
> 山洼里跑着母狐狸，
> 被窝里趴着小花狸，
> 鸡窝里还有个抱蛋的鸡，
> 为啥哥哥的面前却少了妹子你，
> 壮实的哥哥想亲你，
> 我那亲亲的妹妹呀……

马林顺着声音，踏着白雪跑起来，踏得雪下面露出枯黄草根厚厚的土，林子上飞扬起来的积雪让他觉得自己像一匹腾云驾雾的马，腾云驾雾的幻觉让他飘飘欲仙，两条腿感觉不是自己的，这种感觉美极了。

驾驭着白雪想象着自己是一匹马奔驰在山梁上的马林，看到了搂着长枪唱歌的卢老炮。他坐在崖畔上，佝偻着身子在阳光下像一个小老头儿。马林看在眼里心想，就你那德行还想妹妹，能找个老太太就不错了。他呸了一口，来到他的身后。

卢老炮听见声音没有回头，假装没发现。马林冲他的屁股踢了一脚，他却反应很快，猛然回身，伸手想抓他的腿脚。马林知道他的那一套，抓住他的腿脚猛力上掀，他便会四仰八叉。马林及时收回腿，避开了卢老炮的手。卢老炮捞了一个空，身子趔趄一下，枪从怀里掉出来朝坡下滚去，他狼狈不堪地出溜到坡下头追赶他的枪，姿势就像如今的儿童坐滑梯，可惜卢老炮的滑梯看着像雪白柔软像棉絮一般，其实下面是由土疙瘩跟烂草根做成的，从这种滑梯上滑下去，除非屁股是铁打的。

他的身子上下起伏剧烈颠簸，一路哀号着怒骂着朝下面溜去，身后追随了长长一溜雪尘。这种滋味马林尝过，从陡峭的坡上滑下去，一路到底，风驰电掣的感觉和紧张冒险的刺激减轻了剧烈颠簸带来的痛苦，可是随后屁股就会撕心裂肺地疼痛，整整几天屁股蛋不敢接触任何物体，晚上睡觉只能趴着,那种滋味实在太难过了,尝过一次他就不想再尝试了。

马林朝山下望去，这道坡实在陡得可怕，几乎直上直下没有坡度，卢老炮一直滑到坡底居然保持了屁股着地的基本姿势，没有连滚带爬摔个头破血流，真是奇迹。坡下面的积雪有半人高，卢老炮一瘸一拐地在积雪中搜索，乱蓬蓬的黑脑袋在雪中出没，活像一只乌鸦在觅食。他找到了那杆长枪，举起枪朝马林瞄准，做出了射击的姿势。马林当然知道他不会真的朝他开枪，便也伸出手掌，食指朝前把手做成一把想象中的枪朝他瞄准。

这时候就听“砰”的一声震响，这一响可把马林吓坏了，他万万没想到卢老炮竟然真的开枪了。他想，也许是这小子的枪走火了？他本能地趴到了地上，过了一阵子听听没动静，才慢慢探出脑袋朝坡下面张望。只见卢老炮俯卧在厚厚的积雪上，那杆长枪扔在他的身旁。马林找不到卢老炮的脑袋了，那个乌鸦一样毛发蓬松在雪中时隐时现的脑袋，此时成了血肉模糊的一团，已经看不出脑袋的模样，四周雪白雪白的地上，到处都是红色的斑点和黄白色的痕迹。马林知道，那红色的是人血，黄白色的是人的脑子。

眼前的情景把马林吓蒙了，他想，肯定是卢老炮的枪管炸了，把他的脑壳子炸开了，或者他的枪走火，自己把自己给毙了。以前曾有人使用汉阳造的时候，枪管就爆炸过，他亲眼见过，就是这般惨象。他想下去看看，又想跑回去叫人，可是他的腿软得像他娘擀的面条，撑不起身子。

他麻木了一样趴在崖畔上呆呆望着坡下面卢老炮那没了脑袋的身子。

卢老炮趴在那里，姿势很别扭，一只胳膊伸展到脑袋上，指着正前方，另一只胳膊却压在腹下，活像手里拿了什么东西怕人看见。一条腿伸得笔直，一条腿裂到了肚子旁边，像只剩下一条腿的蛤蟆。

马林晃晃脑袋，揉揉眼睛，希望眼前发生的事情只是幻觉，或者只是他无数个噩梦中的一个。当他把手从揉得酸痛的眼睛上拿下来，再次向卢老炮躺卧的地方看去的时候，险些惊叫出来，两个穿着黄色军服的人正把卢老炮的身子麻包一样翻来覆去地搜查着，他们肩上步枪的刺刀把阳光像芒刺一样射到了马林的眼睛里，他不得不把眼睛从那让人心悸的芒刺上转开。一转眼才发现，雪白的雪地里不知什么时候到处都散布着黄色的军衣，仿佛大地长了疥疮，枪刺的寒光和枪械的碰击声同时刺激着他的眼睛和耳朵。

"不好，鬼子来了……！"他爬起来，转身大喊着就向驻地跑去。

正在这时，一颗炮弹飞来，马林也和卢老炮一样，黄白色的脑浆子和鲜红的血在雪地上流淌着，扩散着……

炮弹的爆炸声使得父亲他们立即感觉到敌人上来了，还没等他们各自拿起枪，又有两颗炮弹在他们的房前屋后爆炸了，父亲大喊一声："罗锅子，带上你的人跟我走，小豆和小五，带上你嫂子从后山向西沟撤，其余的人也分头撤。"

他吩咐完，就带着罗锅子他们跑了出去。

罗山红见状，提着枪想要追上他，可禁不住两个愣小子硬是架着她往后面撤，她急得连蹬带刨像一头小毛驴，把小豆和小五累得满头大汗，勉强才把她拖走。

没有人知道那天的战斗是多么的惨烈，因为几乎没有人能活着走出大青顶子，只有架着罗山红从后面下山的小豆和小五他们三个，从大青顶子上逃生。人们只知道，漫天飞来的炮弹把大青顶子都炸平了，炸得山梁红得像烙铁，连一只存活的鸟儿都没有。

20.

几天以后，罗青山带着人悄悄地上山看了一下，他回来后，半天都没说话，蹲在院子里的老槐树下一个劲儿地抽烟，许久许久，“哇”地一声吐出一口鲜血，倒在地上，不省人事。

和他一起上山的是马林的哥哥和项久盛的二叔，他们都惦记亲人的安危，也都被血腥的场面惊得魂飞魄散，项二叔拍着大腿蹲在地上泣不成声，他哭着对杨冬琴说：“人都被炸烂了，血肉模糊，分不清谁是谁，更分不清谁的胳膊在树上，谁的腿在沟里，肠子白花花地洒了一地，血把山都染红了啊！”

他们在山上认真地找了一遍，没有发现我的父亲，事实上，他们根本连谁是谁都分不清，哪里还找得到人。

炮轰大青顶子的第二天夜里，罗山红就被悄悄地送回了樱桃沟，送她回来的两个小子破衣烂衫、蓬头垢面，黑黢黢的脸上被淌下来的汗水和泪水流成了西瓜道道。两个人的年龄太小，小到让杨母感觉他们的嘴巴上的茸毛都没挨过剃刀。她心里疼着。

事实上，他们只是来送信儿的，罗山红还躺在村外姚家的柴禾垛里面。

他们怎么敢贸然把罗山红送回樱桃沟？谁不知道城墙上的画像下明码标价的五百块现大洋，哗哗响响的真金白银啊，重赏之下谁知道哪一个又是黑了心肝的？

其实樱桃沟人不知道罗山红就是“影子夫妻”之一，知道了指不定心里多自豪哪，他们想都想不到平时走路连踩死蚂蚁都心悸的小丫头，竟然能让鬼子闻风丧胆，也许说了也没人信。

小杨沟只有少数人知道利剑小队之事，马林爹和项久盛爹稍稍知道一点儿子打鬼子的事情，但是也不敢声张。

其实，樱桃沟人知道了也不会向外说，因为他们都恨着那些禽兽不如的日本鬼子，亲眼看过他们的兽行。那年，罗锅子的寡妇娘，被两个日本鬼子追得哭嚎，最终还是被按到草垛上，白花花的屁股就露出来，当着众人面被强奸了。完事后，罗锅子他娘光着屁股一头碰死在碾盘上，那场面羞得整个樱桃沟都闭上了眼睛。鲜血顺着碾盘的磨道上一直流到河沟里。

樱桃沟人心里记着恨，记着恨就帮着打鬼子的人，他们悄悄地凑过粮食也捐过棉衣棉被给山上，但就是不知道这些英雄虎胆的好汉们就是他们的亲人，是他们的兄弟姐妹、三叔二大爷。

樱桃沟里没人丧良心，但是不等于日本鬼子闻不到风声，日本鬼子三天两头在街面上端着枪带着明晃晃的刺刀，扛着膏药旗，招摇过市，让人看着心里就发怵。

罗山红被抬回家的那天夜里，就被母亲关在地窖里。罗家的这个地窖是早年就挖下的，那年月几乎家家都有这样的地窖，为的是躲兵匪、藏东西。地窖不大，但能放下自制的小床和木箱子，一家几口足可以在此躲个十天半个月的。地窖出口在后院的葡萄架下，上面搁的都是打破的酱油坛子、醋罐子之类的作掩护，不知情的人还真难发现这里的秘密。

罗山红自打回来就一直昏睡着，仿佛要把一辈子的觉都睡了，怎么也睡不够。杨母害怕她这样睡着，她又想起了她十二岁那天早上的那声巨响，和那朵升空的蘑菇云，她害怕女儿再也不会醒来，吓得灵魂一下子就出窍了。

罗山红醒来的时候已经是第三天晌午，杨母点着油灯坐在床上给她喂粥水。窖口外面嚷嚷叫叫，把个小花狗的喉咙都喊哑了，山红的弟弟小刚跑进窖来，说爹从山上回来了。罗山红不知道爹爹上山，忧心如焚地想知道山上的情况，她直起身子想出去问问爹爹，可是身子一晃又倒下了。

杨母回来时她又在熟睡，这个心地善良的老母亲，在肚子里编了一整套瞎话准备欺骗她，可是她一句也不想听，一直睡着。

杨母这边顾着吐血的丈夫，那边又顾着睡着了的女儿，真是顾此失彼，身心疲惫。第二天一早，她做得了饭给女儿端下来，才发现地窖里空无一人。

山红不见了。

罗山红半夜就跑出了地窖，白天她听见了所有地窖外面的谈话，知道山上一切都没了，可是她又怎么能允许他和她所建立起来的一切都灰飞烟灭，她怎么能允许他也不在了的事实？

她要上山看看究竟，她不相信这一切都是真的。

她在地窖里熬到母亲放心地走了，熬到夜深人静，熬到全村子的狗都不叫一声的时候，她起来了，向村口走去。

她想，就是爬，也要爬回大青顶子上，就是一片树叶一片树叶都查遍了，也要找到他。

21.

罗山红跑到凤凰岭的时候，天亮了，她回头望了一眼远处的天际，清冷冷地下弦月已经隐在云层里，隐在山的那一边，等她准备再往上爬的时候，她听见了枪声，枪声让她有了一丝兴奋，这起码说明双方在博弈，或者是有被枪声逐猎的对象。这也许还说明有他们的人还活着，还被追捕着。

她站在岭上，扶着一个干树杈向下面的村子看去。

枪声响在岭下的凤凰村，离这不远，坎下就是。

罗山红兴奋而又焦急地往坎下奔跑，北风吹动树木呼呼地响，天气冷得出奇，山脚下的菜园子里，野兔越过，被大雪覆盖着的篱笆边，留下一圈圈梅花形的趾印，宛如姑娘衣服上的花边。烧牛粪的烟雾笼罩在村庄的上空，飞集到有人烟的地方的乌鸦，在路旁的灰堆里徘徊觅食。马车压出来的冬季道路，平平仄仄，蜿蜒在村中。

罗山红飞快地朝枪响的地方奔去，还没进村就见四面八方的鬼子，把满村子刚刚睡醒的百姓往空场里赶，那里有一个小戏台，是夏收时唱小戏用的。

她也被当作出逃的百姓给抓回到人群中。

戏台下面，缚着全村的百姓，男人像街里卖的烧鸡，脚都被拇指粗细的绳子拴着，四五个人串成一串，站在一边，或蹲在一边，脸都跟死了亲娘老子一样的铁青。女人在另一边，但大多数都是老太太和媳妇们，罗山红心里疑惑，不知道这里的姑娘们都逃到哪里？这里的人们有办法让闺女逃走却没办法让自己躲过灾难。

她站在女人这边，被人推推搡搡，脚还没站定，她的头发就被后面的人抓乱了，一只脏手往她的脸上涂着脏东西，她不知何意，惊慌躲闪，回头看时，发现一个同样脏头土脸的妇女正把手里的烧炭往怀里揣，看见罗山红面露愠色，她一咧嘴，狠狠地笑了一下。

她明白了，这个人是在掩护她。

场院上，男人和女人之间，隔着二十几步，中间是一小块空场，场外面是一两百个鬼子端着上了刺刀的枪，场内中间站着两个人，一个挎长刀，一个带盒子炮，两个人走过来，走过去，出左腿出右腿好像商量过似的，两袋烟的工夫，男人女人都被他们走得心慌气短。

挎长刀的站住了，带盒子炮的腿没收住一只腿走出去了，看见另一个站住，自己也慌乱地收住脚步，两腿一颤，哆哆嗦嗦地站住了。

挎长刀的跟盒子炮说了两句鸟语，斯文得没人听得懂，另一个就满脸堆笑着对大家说：“大爷、大妈们，我们大日本皇军来到这里是来建立大东亚和平的，是来这里保护地方治安的，咱们日中亲善，是一家人。”他清了清嗓子继续说，“大家都听说过，大青顶子上有一伙儿土八路，处处破坏日中亲善，破坏本地治安，但是，这些抗日分子已经于前几日被我们剿灭了，彻底地剿灭了，连骨头渣子都没剩下。由此大家知道，只要是和大日本皇军作对的就绝没有好下场。但是，盘踞在老鸦沟和老爷岭的土八路还在，还在破坏我们的治安，昨天夜里，有人看见有几个穿着八路军衣服的人，抬着伤员来到你们村，还杀死了两个尾随而来的保长和皇协军的弟兄。现在，我们知道，他们还没有来得及逃走，就藏在你们中间，谁藏的快交出来，皇军重重有赏。有知情不报者，大日本皇军是不会放过的，不但不放过，还要与他们同罪。”

原来这货是中国人，他一口气说了一大堆话，憋得他快要咽气了似的，气得罗山红在心里骂：咋不憋死你！

他抻了一下脖子用另一种腔调讨好似的说：“我知道，大家都是良民，都是顺民，千万别为了窝藏一两个土八路惹皇军生气，大日本皇军可是不好惹的！”

罗山红呸了一口，小声说：“有这样一家人的吗？拿枪看着你爹你妈？晴天爆日下强奸你妹子的？”

罗山红看着这些亦鬼亦兽的家伙们耀武扬威，想起他们炮轰大青顶子，炸烂了兄弟们的躯体，她心里就恨，眼睛里面直冒火，她想冲过去与那个挎长刀的家伙拼个你死我活。不知道怎么回事，她的两条小腿都成了木桩子，她努力地抬了抬腿，却发现自己是走不动的，原来自己太紧张没有注意，自己肩膀是被两只有力的大手按住了，她回头去看，还是那个花脸的女人。

她愠怒地看了她一眼，女人说：“别乱动，他们人太多，吃亏的是你。”

罗山红只好静下来，心里一直在琢磨身后那个女人，她总觉得这个女人有点多管闲事，自己自从到了凤凰村就被她给盯上了，左也不是右也不是，似乎每当自己稍有活动的意思全都被她洞察并加以制止，这个女人要干嘛？

后来，罗山红又开始琢磨起来，她觉着这个女人所做的一切好像都是帮着她，这不能不让她心存感激。罗山红把刚刚从心里萌生出来的怒气按捺住，可是忍不住还是回头看去，她觉着这个长得还不赖的女人有点面熟，好像在哪儿见过，只是那炭黑抹在脸上，什么样的脸都给毁掉了。

挎长刀的站了一会儿，从前排的妇女中拽出一个老太太，他对那个挎盒子炮的又小声地说了两句，盒子炮对这堆人重新喊话：“大家都听好了，皇军说了，你们不与他们合作，他们就要开杀戒了。现在我数三个数，如果我数到三，你们窝藏的八路军和伤员还不出现，这个老太太就要祭皇军的刀了。”

盒子炮说到这儿，伸出右手的三个手指头，“一……二……”

罗山红觉着那只胖乎乎的手应该是很好看的一只手，很优雅的，只是他举在那里，配上他狼嚎般的叫声，怎么看都是敲丧钟的手。

盒子炮喊完了，依旧没有人回答，老太太的脑袋像个娄西瓜，咕噜噜地滚到戏台子跟前，引起人们一阵骚动。

盒子炮又开始喊话：“这可不是大日本皇军心狠，是那些没人性的土八路，他们宁肯看着你们掉脑袋也不出来，他们还算人吗？”

一群野兽！罗山红在心里恶狠狠地骂了一句，她的手还是被花脸女人攥得死死的，动弹不得。

挎长刀的又从妇女中拉出一个，那把长刀一下子就架在她的脖子上，罗山红眼睛一挤，肩膀一抖，等待刀起头落，整个凤凰村的人全都和她的动作一模一样，全是抽动肩膀，挤紧眼皮。

罗山红感觉自己的手被另一只手攥疼了，她想挣脱，却白费力气。

花脸女人在她耳边小声说：“别动，我是孟爱芳。”

难怪有点眼熟。罗山红立即就像被打了一支麻醉药，想动也动不了了，暴躁的心也安宁了许多。

在这里遇到孟爱芳是她想都想不到的事情。

“你怎么在这里？”罗山红悄悄问。

孟爱芳紧张地用眼睛直视前方，嘴里却不得不回答罗山红的问话，悄声答道："这里是我娘家，对过东边数第三个男人是我弟弟。"

罗山红还想问点什么，两个人的窃窃私语让鬼子有了察觉，挎长刀的鬼子正观察这些人的一举一动，稍有一点异样，就能被他看出来，他已经开始向她们走过来。

"你的，知道伤员在哪里？"挎长刀的眼睛死死地盯着罗山红，中国话说得极别扭。

孟爱芳抢先一步挡住罗山红说："她不是这里人，她啥都不知道。"她说到这里，似乎觉着自己由于慌乱言语表述不清楚反而会引起怀疑，又补充说，"她是我的小姑子，是来接我回婆家的。"

挎长刀的鬼子似乎对这样的回答有些怀疑，脸拉得比马脸还长，他冲着后边儿跟过来的盒子炮说："你的问问，她是什么的干活？"

盒子炮走过去，从人群里提着一个精瘦的老头问："你是这里的村长，认不认识这个人？"

瘦老头弓腰驼背，把那两只贼溜溜的白瓷眼藏在羞怯、谦卑，以及厚厚的肿眼泡后面。他走到挎长刀的跟前，把腰弯成虾米状，罗山红这才发现他是站在女人这边的，这个村子里唯一没有像别的男人一样被缚成烧鸡。

看见他在鬼子面前卑躬屈膝的样子，她的心揪起来了，像有个小人在她心里面急切地打着鼓，她用余光扫着孟爱芳，只见后者已经脸色发白，要不是她紧紧地攥着她的手，怕是咣当一声就会倒下去。

瘦老头走到罗山红跟前，上上下下、认认真真打量一番，好像验明正身一样，罗山红一副大义凌然的样子，两个人形成了鲜明的对比。

这个精瘦的老头仔细地看了罗山红一会儿，转过身去，点头哈腰地对挎长刀的说："对、对、对，她是她的小姑子，婆家人，良民的有。"

罗山红提着的心放回肚子里了。

挎长刀的朝着她看了一眼，手一挥，就和盒子炮朝戏台边走去。

这会儿，挨家搜查的鬼子没有查到八路的伤员，回来报告给了挎长刀的鬼子。

挎长刀的鬼子和盒子炮叽哩哇啦地说了一阵鸟语。

盒子炮对这边的妇女们喊话，他喊道：“用土八路的伤员来换你们的丈夫、儿子！”

说完就和那一队的鬼子扑啦啦地走了。

整个凤凰村的男人也都被拉走了，一根绳子串成一长串，就像烤虾似的，一个串着一个地走了。

鬼子带着那些男人们走后，孟爱芳一直拽着罗山红的手疯狂地往家跑，生怕半道上被人抓去。

她径直把她拽到了自家的后院小屋里，啪嚓一下就关上房门，自己靠在门板上把眼睛闭得死死的。

刚才那一幕她真是吓坏了，腿肚子都转筋了。要知道，如果村长否认罗山红的身份，或者被什么歹人认出真实身份，受罪的也一定会有她。活了半辈子了，统共就遭遇过两次生死考验，每一次都与罗山红脱不了干系。

她心说：下辈子也不管她的事了，再管怕是我的小命也要搭上了！

好一会儿孟爱芳才睁开眼睛拍着胸脯说：“吓死我了，吓死我了！”

22.

凤凰村在清泉县的东南角，挨着大青顶子的北坡，上了凤凰岭，再绕几道坡梁就进入人烟罕迹的原始大森林。

凤凰村是离大青顶子最近的村庄，只有二十几里的山路，鬼子惧怕山里的游击队，也很少到这里来滋事，由此常有各个山头抗日的人马就近落脚、驻扎或者是补充给养，这里的村民也常得那些人的接济，所以这里群众基础好，人们都自觉地帮助抗日队伍。

孟爱芳的老爹、老妈和村子里的那些老人、妇女，都尾随被绑走的男人们到镇子上，探听亲人所能遭遇的一切。

孟家小院寂静无人，一道道落满白雪的菜田埂、垂头丧气的篱笆、菜园，全都散发着一股凌冽气息。被画满麻雀脚印的雪堆上，一株光秃秃的老桃树干，像一个干瘪的老人伸出芦柴棒子一般的手臂叩问苍天。

孟爱芳紧张地看着罗山红，煞白的脸没有丁点血色，她问："你咋敢一个人来这里？"

罗山红顾不得与孟爱芳叙旧，更顾不得她是不是还心有余悸，她心里面只惦记鬼子说的伤员是不是大青顶子上的人，是不是他？这才是最重要的。

她迫不及待地问："快说，那个伤员怎么回事？是不是我们的人？"

孟爱芳一脸茫然地说："谁知道是怎么回事？娘病了，我昨天夜里才到这儿，一大清早就被赶到场院。"

罗山红听了这话，垂下眼帘，心里涌上失落的酸楚，她问："听没听说大青顶子上的事？"

孟爱芳无限怅然而又满怀欣喜地对罗山红说："咋没听说，鬼子从大青顶子上一回来就大肆宣传剿灭共匪。县城里乱哄哄的。大青顶子出事了，我就担心是你们，这下可好了，你站到我面前了，这说明不是你们了。"

罗山红一听这话，眼角的悲愤与哀怨就青枝绿叶了，她捂着嘴哭着说："怎么不是，就逃出我一个，他们都被炸死了！"她说着掩饰不住悲痛，放声大哭起来。吓得孟爱芳赶紧捂住她的嘴，轻声尖叫："姑奶奶小声点，鬼子还没走远，他们指不定憋着啥坏哪，说不定还会折回来。"

山红哽咽了几下就强忍住痛哭的欲望，她蹲下来，把头埋到两腿间，身子不住地抖动着。

孟爱芳拍着她的后背劝说她，劝着、劝着，自己的眼泪也像断了线的珍珠扑簌簌地掉了下来。她对罗山红说："哭吧、哭吧，哭出来就痛快了。"罗山红的哭声就像破冰的河流，汹涌着奔向心底。她像见到久别的亲人，把满腔压抑已久的愤懑与哀怨一股脑地倾泻给了孟爱芳。

孟爱芳抓着她那两只几乎没有一点余热的干瘪的手，不住地颤抖着、哽咽着，她怎么也不会想到，在她心中引以为豪的“影子夫妻”就这样快地两世隔绝，屹立在她心中的那座英勇无敌而又坚不可摧的丰碑轰然倒塌，她感觉到了末日的来临。

许久，她拉着罗山红的手说：“妹子，别哭了，我陪你去大青顶子，去给兄弟们收尸，祭奠他们的亡灵！”

当即孟爱芳带着罗山红悄悄地上了大青顶子。

大青顶子惟余莽莽，北风肆虐。白雪覆盖在森林、草坡和山顶上，就像披麻戴孝的孝子唱着凄惨的挽歌。

出现在罗山红她们眼前的情景和项二叔描述的一样，他们的驻地已经乱得不成样子，到处是炮弹炸成的弹坑，树木倒得横七竖八，房子炸得缺了半趟，剩下的也全没了屋顶。地上的血迹已经冻成红色的冰面……树上挂着半截手臂，窗框上夹着一节肠子……只是地上的尸首没有了，显然是被人收走掩埋了，也许就是罗青山那天带人上山给掩埋的，但是没有坟包，也没有墓碑。罗山红这次没有哭闹，眼珠凝结、眼神涣散，就像是没了魂魄的行尸走肉一般，长长久久地坐在父亲经常磨刀的那块大磨石上，痴痴地一动不动。回忆片段像闪电似的，曲曲折折地穿过杂乱的思绪：一片小树林，褐色的树干，骑着枣红色高头大马的他，和她并排走在一起，两匹马悠闲自得，他那双黑色的大眼睛啊，闪着湿润热情的光芒……

孟爱芳真怕她那样傻傻地坐着，一直坐下去，那样是会憋出病来的，她推搡着她，“山红哭出来吧，快哭出来吧！”

一阵风刮过，刮起一溜儿的尘雪在地上打了一个旋儿，接着又打了一个旋儿，孟爱芳看见了，大声地对着她喊道：“妹子，快哭两声吧，给山上的弟兄们哭出一条平坦的大道，让他们顺顺当当进入天堂哪。”

罗山红这才被惊醒，她跪在地上号啕大哭，哭声像是女鬼又像是幼狼，哭得人烟都绝了，大青顶子下面四十个村镇给哭成了千古荒野。

孟爱芳也陪着她流泪，又陪着她烧了许多纸钱，才扶着她勉强从山上下来。

在孟家小院，罗山红把她和父亲的点点滴滴都说给了这位昔日的救命恩人，说到动情处，两个人都是珠泪涟涟，好一阵撕心裂肺的痛。

第二天，她拜别了孟爱芳，一个人返回了樱桃村。

23.

日本鬼子炮轰大青顶子那天，父亲带着罗锅子他们刚刚跑出去不远，他就被一颗炮弹给炸伤了，一颗炮弹在他们不远的地方爆炸，罗锅子和另一个队员当时就被炸得血肉横飞，炮弹皮炸伤了父亲的腿和脑袋，胸部也有一块地方受了重伤，被两个炸飞的人把他压在不远处的弹坑里。

他昏死过去。

利剑小队早就与共产党八路军领导下的清泉抗日游击队有联系，而且双方还多次协作打过日本鬼子的伏击、端过炮楼、炸毁过桥梁。游击队的张政委十分重视这股抗日有生力量，但他没有想很快就收服他们，他觉着这样做必定会引起他们的反感。这些人有一部分是从东北军逃跑出来的，有一股正规军人的傲气，还有一股兵匪气，他们不但武功高强，还桀骜不驯，从骨子里对共产党持怀疑态度，要想收服这伙人必须要下大功夫，首先要从思想上渗透，让他们明白共产党也是真正抗日的武装，和他们有共同的敌人，与他们的奋斗目标是一致的。就这样张政委多次帮助他们，使得他们许多次化险为夷，让他们在感情上靠近共产党。就这样，父亲这些人对共产党也有了一些了解，尤其是和这位张政委本人感情极好，他觉着他们之间有着一种不可言喻的亲近感，就如同早就熟悉的老朋友一样，他的思想、他的作风无不影响着我的父亲。但是他还不知道，这位张政委的真实名字叫张廷江，就是那夜到上官府报丧的张廷江，爷爷的救命恩人。

张廷江一直随我的四爷爷征战，成为四爷爷最得力的助手，多次在战场上用生命掩护四爷爷。他后来是我党在西北军发展的老党员。1939年8月，四爷爷的部队在热河的小桥沟一带遭到日寇重兵合围，全军覆没，四爷爷也在战斗中不幸殉国。当时的张廷江正在马塘一带狙击敌人的援军，当他知道四爷爷不幸遇难的消息之后，他便不顾个人安危去千里之外给上官家送信儿，以报答我爷爷和四爷爷的知遇之恩。由于爷爷在悲痛中的不理智行为，使得他当夜离开上官府，悲愤交集，自己病倒在路上，险些丧命。后来又被组织安排到地方部队，组织地方武装，最后成了清泉的游击队政委。

大青顶子出事的那天早上，张廷江接到密报，说清泉的鬼子一大队人马赶往大青顶子，后面还有个炮兵小队，准备血洗大青顶子的抗日队伍。他火速带领游击队赶到大青顶子，但还是去晚了，日本鬼子开始炮轰大青顶子了。张政委命令一股人马突袭鬼子的炮兵小队，自己带着人增援父亲他们，他是想用自己的血肉之躯来掩护这股抗日勇士突围，可是他们来晚了，等他们赶到，大青顶子上已经血流成河，父亲他们在毫无准备之下，遭到了毁灭性的打击。

张政委一边阻击涌上来的鬼子，一边派战士迅速寻找可能活着的人员。最终，在那个最深的弹坑内，找到了我那奄奄一息的父亲，又在后山梁子上，找到了两名身负重伤的队员。这三个伤员，就是当时大青顶子上仅存的人马。

由于带着三个重伤员，他们不能和大批的鬼子恋战，只好速战速决，张政委让人把伤员紧急运往山下，自己也带着战士们撤退了。

利剑小队的三位伤员，和八路军游击队一起来到了他们的驻地牛家岭。父亲的伤势很重，一直昏迷着。游击队的驻地也是缺医少药，眼看着父亲高烧不退，张政委又决定把他送到根据地的医院救治，于是联系凤凰村的地下堡垒户，将父亲他们安全地转移出去了。

24.

半年以后，罗山红在地窖里生下一个男孩儿，高眉骨国字脸，很像我的父亲。孩子的出生让罗山红安定了许多，也许是初为人母的那种兴奋，仿佛从前的罗山红又活过来了，从此她没再为父亲流下一滴眼泪。

那天早上，杨母端着饭下到地窖里来，她把饭放到木箱上，抱起正在啼哭的小外孙，心里那股滋味真是五味杂陈。

山红坐板凳上，痴痴地看着儿子，奶水不足使得宝宝饿得哭闹不止。

杨母哄了一会儿外孙，看见女儿的头发有点乱，就放下孩子，走过来把她头上一直扎着的白布条给解下，然后拿起木梳在女儿的头发上仔细地梳理着。乌溜溜的黑发被她梳理得水润光滑。她心疼而又欣慰地对山红说："我闺女还是这么好看，前院你刘大娘来给你提媒，说是曹家庄，曹家的老二，听说那曹家家道殷实，老两口子一辈子就三个儿子，没生闺女，你嫁过去他们会拿你当闺女疼。"

母亲的话丝毫打动不了心已经死了的女儿，刚刚二十岁的罗山红，似乎没有全身心地筹划怎么能让这个孩子顺利地长大，整个人像个空壳。什么自身形象，什么大好春光，什么打鬼子锄汉奸，什么报仇雪恨，世间的一切统统与她没关系，她眼里只有儿子，而她只剩下活着。

或者是身体活着，心已经死去。

杨母看着她，叹了口气试探着说："还是抱着宝宝到外面晒晒太阳吧，老待在地窖里孩子都长了毛。"

罗山红很诧异地看了看母亲，她记不得多久没有看见外面的太阳，她现在根本就与世隔绝不知寒暑。

杨母软语莺声劝着女儿："外面的天气可真好，给孩子晒晒太阳。"这样的话说过好多次，但都没有效果。

这一次山红答应了。"哎！"是等了好久才答应的一声，好像做出这个决定很艰难。

杨母看着女儿，心里堵着的那堵墙似乎开了门窗，有了阳光照射进来，亮堂了许多。她突然觉着女儿是经过风雨的，她像大山里的一株山里红，什么风霜雨雪都抵抗得了，只是时间的问题。杨母这样想着。

早饭后，罗山红抱着孩子走出了地窖，突然被阳光一晃，刺得眼睛火辣辣地疼，一时间竟有些站不住，身子晃了一下，扶住门框。她用手挡在孩子的脸上，给孩子遮着光，那样子真像一位慈祥的母亲，杨母看在眼里心生慰藉，顺势把孩子接过来，并把山红扶到老槐树下的板凳上坐了下来。

宝宝的出生，使得这个死气沉沉的家庭有了些许欢笑，宝宝的小手小脚毫无目的地舞蹈，和咿咿呜呜的无字歌曲，让罗青山日渐苍老的脸上有了红润。他每天下到地窖里去看这个外孙，握着他的小手让他在自己的脸上胡乱抓挠，抓得他心肺都痒痒，然后咯咯地笑着。

罗山红说："爹，我想把这孩子送回去。"

罗青山误会了，他以为山红担心在院子待久了会有危险，毕竟"影子夫妻"的画像还贴在鬼子把守的城门楼子上，她的一颗人头就值250块大洋，况且还有孩子。

罗青山劝道："别怕，咱家院门锁着，外人进不来。这大好的日光晒得人舒服，别让孩子老在地窖里待着，多晒晒太阳。"

罗山红似乎没有听到父亲的话，眼睛一直看着孩子，随手把遮在脸上的一缕头发塞回耳后，认真地说："我想把这孩子送东北去。"

罗青山和杨母听了这话都愣了，半天无语。他们万万没有想到，山红这么些天闷声不响，原来是打着这个主意，但是他们能说什么？这冒玄天的一句话意味着什么？意味着长途跋涉、苦难艰辛，还意味一种使命、责任和危险并存。可就凭这些就不该让这孩子回家认祖归宗吗？答案当然是不能。但是，现在要想回到千里之外的大东北，那就是赌，拿全家人的性命和日本鬼子赌、和大自然赌、和自己的两条腿赌、和命运赌，赌赢了他关家骨肉团聚，能告慰关英杰的在天之灵，赌输了赔上全家包括孩子的性命，他们下不起这样的赌注。

夫妇俩几乎是同时抬起眼睛看着女儿。

罗山红脸上严肃而又郑重，写着刚毅果断、至死不移、不容怀疑。

罗山红说：“这孩子是英杰留在人世唯一的骨血，是关家的血脉，应该把他送回去。”

罗青山沉吟半晌，最终还是说：“理儿是这么个理儿，事也是这么个事，这孩子是英杰生命的延续，哪能不让他认祖归宗。可是，现在孩子还这么小，抚宁县离咱这一千来里地，一时半晌咱也走不到，路上坎坷，走个一年半载的，大人尚且艰难，何况一个吃奶的孩子。”

杨母赶紧接上话说：“对对对，你爹说的有道理，眼瞅着来到了秋后，转眼又是冬天，我看再等等，等等吧，不急在一时。”

罗青山又说：“现在到处是你的画影，还没等走出清泉怕就连小命都搭上了。”

山红无声地站起来，闷声不响地抱着孩子往后院走去，一个娇小的身影，单薄得像个纸片。

她推开后院的门，走过了挂满青藤和青绿色葡萄串的葡萄架，然后下了一个台阶，接着就弯下腰，身子一点一点就矮了下去，最后连脑袋都消失了。

看着她的背影，杨母长长地叹了一口气。真不知道这个不幸的孩子，此生还有多少磨难等着她，她嘴里叨咕道：“我可怜的孩子。”眼泪便吧嗒、吧嗒，滴落下来。

罗青山把手中的烟袋往腰上一别，嘴巴带有一股旱烟的呛味儿，他说：“能给英杰留下骨血，产下英雄的后代，这孩子做得对！”

面对丈夫的深明大义，杨母感到了一丝安慰。

25.

罗家起身赶往大东北，是在抗战胜利后的第二年春天，也就是 1946 年的春天，这时候的宝宝已经三岁多了，罗青山给他起了个乳名叫顺儿，是指望他一帆风顺地长大。

那时候顺儿已经满地跑了，管山红叫姨，这是罗青山夫妇为了保护山红母子想出的办法，对外说这个孩子是山红的姐姐山英的，因为山英又有了身孕，所以这个孩子就留在罗家抚养。

顺儿人小鬼机灵，不跟着娘，倒跟着姥姥，一天到晚像个跟屁虫似的，姥姥捡豆子他也捡豆子，姥姥抱柴禾他跟着抱柴禾，而且做得有模有样。

罗山红已经完全恢复到以前的状态，二十岁刚出头的她，不但具有成熟女性的那种沉稳和美丽，还存有少女一般的天真与羞涩。如果不说出顺儿是她的孩子，没有人能看出她是一个生过孩子的女人。

日本鬼子被赶跑了，天是蓝的，云是白的，空气都带有甜丝丝的滋味，这让罗山红沉闷许久的心灵又恢复了元气。

罗家夫妇带着山红姐弟三人和顺儿走了一年，从清泉到承德、平泉到凌源、从建平再到朝阳，到义县、锦州，走走停停，终于在 1947 年的 3 月来到了抚宁县境内。罗家一路走走停停，罗青山带着儿子们打短工做小件，贴补着这一路的盘缠和用度。

那时候正值内战纷起，这一路上罗家付出了多少艰辛是不言而喻的。到了抚宁县，他们才知道那个在英杰嘴里的百盛堂大药房早已经易主，那个老迈横秋的肇丰源老先生也做了古，罗家这才知道要想找到关英杰的祖籍那简直比登天还难啊。

这一路上，罗青山夫妇俩觉着出来的有点冒失了，可也耐不住山红向往大东北的决心。他们一直考虑怎么能说服关家认下这个孩子收留他们母子，这是他们最揪心窝子的事，没凭没证说明不了孩子的身份，再说山红又不是关家明媒正娶的媳妇，况且关英杰还有个刚过门的媳妇，他们这么冒失地一去，还不闹得人家人仰马翻？再者万一关家不承认，山红怕是受不了这样的打击。可他们万万没有想到的是，他们无论如何也找不到关家。找不到关家一切设想都成了泡影，一切担忧也都成了白费。

到达古楼镇那天，杨母悄悄地对罗青山说：“咱先住下来再说，都走了一年了，也不在乎等一些时日，咱们找找再说。”

罗青山明白老伴的意思，放下手里的平板车，从车上抱下顺儿，又看了山红一眼，山红正在田垄边站着。满眼的衰草正被悄悄袭来的春风舞动着，衰草下面悄悄地萌生着一股新鲜的绿意。

春天来了，大地复苏了，但愿这个孩子的心灵也能复苏。他心里这样想着，也知道，此时山红一定心潮澎湃，极其热望着关氏一门含着热泪把这个孩子认下，认祖归宗的顺儿至此有了圆满而又幸福的生活，在快乐与祥和的气氛里成长着。或许她正在幻想着自己也被接进关家大院，以堂堂正正的大少奶奶身份代替英杰孝敬父母，享受天伦。

26.

能让罗家安顿下来，是他们在古楼镇后街外，一个叫南园子的小村子遇到了在村外放羊的老羊倌——梁老歪。

这个南园子村紧挨着古楼镇，也经常被叫作古楼镇的后街，是一个只有三十几户、三姓人家的不算太大的小村子。这里住着的大多数都是上官家的佃户、长工，为上官家经管着近千亩田地。只有少数几户后搬进来，做着没本或者是小本的小生意，也都是惨淡经营。

上官家近代祖辈就在这里发迹的，上官府老宅子也就在这里。太爷爷活着的时候，这里的上官家很茂盛，太爷爷的四个儿子，我的四位爷爷中有三位都是带兵打仗的军官，加上两个老姑奶奶，都嫁给了当时显赫一时的富庶人家。

梁老歪就是家祖在世时候的一个长工，曾经是跟在打头的后面的小半拉子。他父亲就是上官家的佃户，他十几岁就给太爷爷跑腿学舌，后来出落成了一个人高马大的小伙子后就顶替他父亲做了上官府的佃户。

梁老歪自小就歪脖，才得了这么个绰号。他脖歪心不歪，是个地地道道的好心人、善心人。他春天种着上官家几亩薄田，秋后又给上官家放羊，现在老了，干不动田里的农活，上官家收回了那几亩田，又看他光身一人，让他继续放羊，并把他接到上官家后院来住，管他吃喝，上官家像他这样的老无所依的人，养了十几个，都住在上官府的后院，这些老长工、老佃户，对上官家这种善行，心满意足，对上官家也是忠心耿耿。

梁老歪是个老实巴交但又极为热心的老汉，看不得别人享福（不包括上官家），更看不得别人遭罪，一位典型的北方农民形象。南园子人都知道，他心肠热、肚肠直，最见不得好，只要是你嘴甜，多叫几声梁大爷，他能把心挖出来给你看。

热心的梁老歪在村外看见罗家拖家带口地站在村外，十分无助的样子，主动上前跟罗青山打招呼，他甩了一下赶羊鞭子问："这是打哪儿来呀？"

满嘴的高粱花子口音，让顺儿盯着他看了好半天。

"热河，逃难来的。"罗青山多了个心眼，隐讳地回答说。

"这可不易，兵荒马乱的。"梁老歪看似无意地摇着脑袋，脸上露出些许同情，话里藏着许多无奈。他说着，还把手中的羊鞭子晃了晃，一大群白花花的羊咩咩地叫着，像水一样流过罗家人的身边。

梁老歪走了几步站下了，回头继续问："来咱这地界是不走了，还是歇下脚？"

罗青山听了这话，长叹一声说："不是不想走，是走不动了，你看我这拖家带口的多难哪。"

"是啊，在家千日好，出门片刻难，看你这老老少少的，住在哪儿呀？也不能住这露天地吧？"

梁老歪这话正中罗青山的难处，这一路上或投店或借人家的柴房、门洞对付着，可那是为了赶脚，睡上一夜就走人，在这里，看样子也不是十天半拉月就能把事情办妥的，向谁去借宿?

他看着渐行渐远的梁老歪，沉吟半晌。突然，他向梁老歪追过来，在田垅边赶上了摇晃着鞭子的老羊倌。他的这一举动还真吓着了老汉，回头瞪眼时，发现递过来的一袋烟，还有举着的火镰火石。

罗青山谦卑而又温和地叫了一声："老哥。我走到此地两眼一抹黑，谁都不认得，您老行行好，帮帮我们，我看你是个好心人，在这儿人头熟，能否在这地界给赁间房，我们暂且住下？"

梁老歪最见不得别人求他，他见罗家一大群孩子风餐露宿实在不容易，况且嘴巴上抽着人家敬过来的烟，哪有不帮之理?

他吧嗒一口烟说："想住下来也不难，村东头靠着苏子河边有我两间茅草屋，冬天漏风夏天漏雨，别看它破，那可是我爷爷给我留下来的祖屋。我爷爷也是打关里那边逃难来的，在这边落了脚，九转八回七十二磨难，逃难的人都不易，活下来的都是老天帮衬着。现在好了，现在我呀，光棍一人，不住那破屋了，住在上官大院里，吃香的喝辣的，一人吃饱全家不饿。你看看，这祖屋就闲置在那儿了，你要是不嫌破，就借给你，不要钱。

梁老歪年纪大嘴啰唆，说起老话就闭不上嘴，在上官大院里的那些年轻人都嫌他啰唆，没人爱跟他唠嗑，他就自己把羊赶到山坡上跟羊说，今儿个碰上这么个外乡客，能啰哩啰唆说了这么多，真是痛快。说到自己现在的现状，还有些沾沾自喜，深浸在幸福之中。

这可是天大的好事呢，罗青山听到这里，知道碰上了好心人，他连连哎哟两声客气说："这可是太谢谢您了，您可是救苦救难的活菩萨，帮了我的忙了，可是有一中，这哪能不要钱，住您房我给您房钱。"

梁老歪一听这话，反倒不乐意了，他是个实心人，虽然穷但是却没把钱看得重，他光棍一人，没家没业，还有上官家养老，要这逃难来的人的房钱，他心里过意不去，于是把眼一瞪，"说不要就不要，磨叽啥？"

罗青山碰上这个直爽的东北老汉，真是打心眼里佩服东北人的热心与豪爽，只好说：“您要是实在不要钱，我要是常住，秋后收了麦子送你一斗。”

梁老歪一听这话，把歪脖子一耿，就说道：“你看你，啰唆，我一个人有人管吃管住，要你那麦子干啥？”说到这里，上下打量一下罗青山，意思是你这外地人咋这么小气，咱大老爷们说话算话，还贪图你仨瓜俩枣不成。转念一想，这个外乡人是怕欠了人情吧？可别让他这么想，于是就说，“咱也不是让你白住着，房子不怕住就怕闲着，房子一闲下来就要倒，你要是住这房子，可得给咱赶着收拾，千万别给住趴了架。”

罗青山听到这话，赶紧说：“那是，那是，您老瞧好吧。”他深深地被东北人民这种爽快和大度所感染，赶紧上前一步，深施一礼，“老哥哥的大恩大德永世不忘，容后再报，我在此谢谢了！”

梁老歪见此人如此客气，到更生出几分慷慨来，他一摆手说：“这算不得啥，你只管住着，闲了找你喝点小酒，唠唠家常。”

罗青山听了这话，哪有不应承之理，高兴得脑袋点头像鸡啄米，“那是！那是！在这里我人生地不熟，还巴不得大哥常来指点我。”说着他向草窝里撒尿的顺儿喊了句，“顺儿，让你姨背着，咱走，咱回家了！”

顺儿高兴地跑过来问：“姥爷，家在哪儿？”

罗青山一指梁老歪，对顺儿说：“跟着这位爷爷走。”顺儿就高兴地朝着山红喊道：“姨，快走，姥爷说咱到家了。”

罗山红欢快地答应着，拉着顺儿就跑起来，她心里那份轻松与快意就像笼子里飞出来的小鸟一般。

梁老歪把羊散放到草甸子上，自己带着罗家人向苏子河边走去。

27.

梁老歪的祖屋就坐落在古楼镇后街南园子的东边，离着村子的正街还有一段距离，如果说古楼镇是一只老母鸡，南园子就是那只爱丢蛋的老母鸡，梁老歪的住屋就是它不经意下的一个散黄儿蛋，而且还把蛋下得离鸡窝远了点。

院子小门朝着西面的苏子河，在长满青藤的灰绿色柞树林中一条容不下马车走过的坡道，下去就是河岸：遍地长满蒲棒草和不知名的矮蒿子，河边被水浪冲击的细沙和泥土形成了一条金绿色的曲岸。再过去，就是微风吹皱的青光粼粼且流动缓慢的苏子河，上面不时会浮动一些生命力极其旺盛的绿色浮萍，这些浮叶植物，使得这条水面不算宽广、河水不算湍急的苏子河魅力无穷。东面，一大片没有被开垦的荒地，长满了适合沙包土壤生长的白蜡条和紫穗槐，在用柳树杈编成的小院篱笆外面,可以看到一条直通县城的乡道，一丛丛的婆婆丁，马蹄践踏过的、生命力顽强的车前子草满眼皆是。

两间老屋，其实比殷实一点人家的牛棚也大不了多少，矮趴趴的泥草屋，门窗不严四下漏风，东边一间是堂屋，两只没了漆少了油的破木箱子摆在墙角，一只三条腿的小炕桌歪倒在没有炕席的土炕上，地面不算太宽敞，并排能走三人，但丈二大炕很喜人，能住十几口子。另一间是厨房,厨房里有锅有灶,只是房顶上的蜘蛛网顺着房巴落下一大串灰尘，一直搭到锅盖上。

梁老歪把他们送到这里，咧着大嘴笑着说：“哈哈哈，让你们见笑了，这小破屋住着不咋样，但也比住露天地强多了，凑合着吧，都是出门在外的，能将就的就将就吧！”

老羊倌把他们送到这个地界，担心草甸子里面的羊群，连连说“你们休息，我改天再来”，就撒欢尥蹶子地往羊群那边跑去。

罗青山送走了梁老歪，就像到了自己家里一样，腿不停、手不闲，嘴也不闲着，他招呼山红两个弟弟大刚和小三儿把平板车上的东西卸下来，运到屋里，又招呼老伴拢柴禾点火烧炕，看看灶眼倒不倒烟。自己拿起随身带来的吃饭的家什瓦刀泥板，就地和泥补漏收拾破房子。

罗山红的两个弟弟一个十六、一个十四，在乡下也顶好劳力，这一路上随着他们的父亲打零工做搬运出了不少力气。现在到了这里，爷仨不到半天工夫就把小屋收拾得利利索索、像模像样。

梁老歪第二天傍晚又来了，他绕着房子走了两圈，嘴里露出啧啧的赞叹，他大手一抹嘴上的油花，乐滋滋地从怀里掏出两块热乎乎的烤地瓜递给顺儿，说："吃吧，咱这地界就是地瓜甜，刚从灶坑里扒出来，热乎。"

顺儿看着地瓜，又回头看看姥姥，不敢伸手去接，杨母看着老羊倌手里举着地瓜，只得对着顺儿说："还不快谢谢爷爷！"

顺儿高兴地接过烤地瓜，嘴里甜甜地奶声奶气地叫了声："谢谢爷爷！"

老羊倌哈哈大笑了，他摸着顺儿的头，心里涌上一股甜滋滋的味道。

罗青山把他让到屋里坐下，山红端过茶水，两个人围着小炕桌，一顿小酒，梁老歪就和罗青山成了无话不说的好朋友了。

第三章　家族的荣辱与兴衰

1.

卢大柱和上官家的伙计在苏子河边，没有找到四叔上官子卿。消息不断地传送回上官大院，急得爷爷和奶奶调动了所有上官家可以调动的人手，把苏子河上游、下游几十里的水面几乎翻过来，还是没有音讯，就差顺着水流找到沈阳去了。

事实上，四叔没有在苏子河边出事，而是邂逅了一场比梦还美的美丽的事儿。

他在苏子河边遇到了神话传说中的“田螺姑娘”。

田螺姑娘让四叔那颗懵懂的春心萌动了。

那天，四叔别过卢大柱，一个人走上小木桥，他被远处的大好春光和脚下莹莹绿水所感动，当他走下小木桥的时候，突然发现了一件不可思议的事情，那碧绿的水面上突然出现一张美丽的容颜，是那种比画还美的少女脸庞，桃花一般的脸上闪动着一双妩媚的大眼睛，那双眼睛也正痴痴地看着自己似的。四叔愣住了，这宛如仙境一般的奇遇不能不让他意乱情迷，他突然意识到自己一定是遇到海市蜃楼了，这一定是传说中的仙女，仙女身穿一件像火一样红的衣服，更给这浓得化不开的绿色，增添了一种不可言说的美感。

他暗想自己真是太幸运了。

四叔这双善于发现美的眼睛，一下子就被紧紧地吸引住了。

他想伸手到水里去摸那张脸，可是没等他把手伸进水里，他突然发现水里的人影动了。他惊愕地抬起头，发现就在他的对面，站着一位貌似天仙的姑娘，那姑娘也正用一双惊叹的眼睛看着他，他愣住了。

他甚至还在她的眼神中发现了常人不具有的东西，那种明亮清澈中带有一点点忧伤，这种淡淡的忧伤真真切切打在四叔的心坎上，夯下了永久的记忆。

四叔的心一下子就被什么东西击中了。

我们上官家子弟中，每个人的性格中都有执拗的东西，比如父亲的坚忍不拔；比如二叔的放荡不羁；比如三叔的玩世不恭；比如四叔的专一执着，这些东西都是与生俱来的，让人难以捉摸。

四叔自从在河边姑娘的眼睛中发现了让他心动的东西，他就确定眼前的这个女人是他一生所追逐的梦想，是他用了半生的时间去寻找的女人。只是一眼，他就觉着他的魂魄附不住自己的身体，甚至有要晕厥的感觉。

那姑娘丢掉手中的衣服愣愣地看着他。四叔明显地感到她急促的呼吸。只见她脸色潮红，胸脯起伏，水汪汪的大眼睛里有着浅浅微笑，淡淡的忧愁。他们站的是那样的近，甚至能清晰地听到彼此的心跳，许许久久，四叔方从梦境醒来，轻声问道："你是谁家的女子？"

仿佛是一语惊醒梦中人，姑娘怔了怔，转身跑去。

姑娘跑过乡土路，跑过柞树林，一跑就跑到村头那三间泥草房里不见了。

2.

罗家新整理过院子很干净，中间是一条铺着苏子河边采集的鹅卵石石子的小路，两边用柳树条栅栏围成的小菜园子，墙根下一株株粉红色桃花开得正旺，花香袭人。一只狗儿趴在墙根下晒太阳，微眯着的两只小眼睛看见有人跑进来猛地睁开，然后警觉地站起来，冲着外面狂吠，因此也引来一村子的狗跟着叫。

四叔看着狗吠，当然不敢进门，只站在院门外傻傻地往里看，这么一站就站了好久，错过了回家，也错过了苏子河边寻找他找到快要发疯的人们，要不是去县城的五叔路过此地，看见一个衣着怪诞（四叔穿西服）的怪人，傻愣愣地站在大太阳下像一只快要烧干了的蜡烛，四叔也许会站到天黑，或者站到地老天荒也未可知。

四叔一波三折的归来实在让爷爷奶奶都有些承受不住了。他被五叔拉着回家，还没等爷爷、奶奶脸上从惊慌变成惊喜这一表情转换完成，他的话就让爷爷的眼睛瞪大了，脸拉长了。

四叔急切地说："我要娶村东头的那个女孩儿为妻！"

奶奶悄悄地扯了他衣角一下，示意他此时说这个不合适。可是他还是把想说的话说完。

他说她温柔、美丽，静似水、艳如花，她一颦一笑都能牵动他的心，她是他这一生以来见过的最让他心动的女孩儿。他还说他这一生还从来没对一个女孩儿这么动情以至于让他如此放不下。他一边像喃喃自语，一边沉浸在自己美好的世界里，忘记了一切。

听他一说，你准以为她和他是一对儿恋人，正相爱得如胶似漆、真是一日不见如隔三秋、海誓山盟、竟非你不娶非他不嫁……事实上他和她仅一面之缘。

你能理解这种爱来源的可靠性和它所发挥的持久性吗？反正我不能。

爷爷有些震怒，在爷爷眼里，四叔进家门急于想说的应该是关于前途、去留和在海外的见闻与感受，却不料他说出了天底下最没出息的话。

在奶奶的眼里，有些话该是私下里说的，进门总要嘘寒问暖，家里面还有许多人要见，比如三少奶奶和三姨娘，都是他走了以后才娶进家门的，况且家里面为了迎接他远道而来的亲属和朋友，总要先见一见的，不见得一进门就急三火四说要娶谁家的女儿。

爷爷拉着脸子一声断喝："够了，你进门连祖宗都没祭拜，就迫切想要娶一个女人进门，这是我上官家的规矩吗？"爷爷的愤怒将四叔带回到现实。

奶奶疑惑了，什么村东头的女孩儿，谁家的女孩儿？她向身边跟着的少奶奶们问。可这些深宅大院里的女人们几乎足不出户，哪里知道这些？

四叔解释说："就是村头苏子河边那一户。"

站在奶奶身边的柳妈似乎想起什么，她思量了一下，对奶奶小声说："好像是个外乡人，前几天我从那里路过，看见过一个姑娘，脸被长长的头发遮着，没有看清长相。"

奶奶嘘了一声。

柳妈又说："他们家住的房子原来是梁老歪的祖屋，他被接到府里就空着，现在住着什么人他一定知道，找来问一下不就可以了。"

奶奶听了这话，手一挥说："不用问了，这样人家的闺女是进不得上官大院的。"

四叔一听这话就急了，他急得快要蹦起来了，不住地对奶奶喊："什么不行？那里不行？小户人家的女孩儿怎么就进不得上官家的大院？"

奶奶被他喊烦了，送了他一连串的问号。

奶奶质问道："你这书都念糊涂了吧？咱上官大院里娶亲，哪个不是父母之命媒妁之言？哪能你说娶谁就娶谁？"

四叔的眼睛睁大了，他觉着眼前的这两个人和他们所说的话那么的不真实，他的表情就像他在看小说、看电影看到最紧张、最惊险的章节和镜头：瞪大双眼、吃惊了好一会儿。

好一阵，才让四叔明白过来，这不是在西方的另一个国度，自己已经站到了中国的土地上。这个腐朽没落的家庭，大概就是因为有像眼前这两个老古董一般人物的阻拦，才滞后于别的国家。他这次回国就是带着满腔热情来实施实业救国的，他就是要引进西方文化、思想、科学以及他们的所有先进的东西来改变中国现状的。现在他明白了，他首先要做的是奋起，向这些传统、守旧的人物开炮，向一切旧的势力开炮。

他高声对自己的父母说："都什么年代了，外面的世界已经自由、平等、博爱，而你们，我的父母，嘴里还是磕头祭祖和指腹为婚，可见国人之所以挨打受穷，都是因为这些固守的东西千年不变。"

他下面还想谴责他们迂腐和食古不化，话到嘴边又咽了回去，因为他看见自己刚才那两句话就已经让爷爷脸色铁青了，他及时地停下来，要不然会把爷爷、奶奶当场气背过气去。

爷爷站在哪儿，一动不动目不转睛地注视着这个留洋归来的博士儿子，一个上官家耀眼的金字招牌，一个令他在人前可以高傲地藐视一切的儿子，怎么能说这样没有礼法、无视家规、有反纲常的话？不但要随随便便娶一个粗俗不堪的女人，还如此这般地对抗父母，这是我的儿子吗，简直就是要造反！

四叔的话没有说完，憋在肚子里直往外撞，他下面的话能把爷爷气得吐血。他说："你们从来不把儿女的爱情、幸福和快乐放在心上，你们只重视门当户对和生辰八字的匹配。说穿了，你们只注重自己的面子！这简直可悲！"

爷爷面对自己的威严受到挑战，而挑战自己的竟然是自己最心爱的儿子，他觉着自己在上官大院里霸主的地位开始摇晃了一下。他怎么能允许？他脸色铁青用手指着四叔说："老子的字典里没有幸福和爱情这样的词语，我只知道百善孝为先，儿女们行事绝对要服从父母的意愿！你这样目无尊长，简直是忤逆！"

奶奶对眼前这种浓烈的火药味儿很不习惯，她想用上官家的家规和上官家对儿媳的苛刻要求来吓住这个不知深浅的儿子，要他知难而退，于是也亮出了高调的愤怒。

“什么样人家的女儿能让你如此这般，家世如何？咱们上官家娶进门的女子都要诗书礼教俱全，三从四德为本，还要家世显赫！不够这些条件的，是绝对进不了上官家的大门！”

四叔听了这话，依旧据理力争，但都是他自己的理，这种理在爷爷、奶奶那里根本就行不通。

四叔说：“您说的这些都不重要，重要的是我爱她，爱情是不受家规、理念、门第等束缚的！我自己的幸福我自己做主！我自己的命运我自己掌握。”

爷爷的脸已经涨成了紫色，他知道自己的一套理论在他的这个满腹经纶的儿子面前是讲不通的，再说下去恐怕就更没有威严了，可见眼前根本不是忤逆的儿子和顽固的老子的家事之争，话说到这份上，简直就发展到了两股势力的交锋，两种思潮的博弈，不是唇枪舌剑的讥讽，而是舞刀弄枪的肉搏。

四叔面对的是自己的父母，他又能怎么办？他把脖子上的领带结往上紧了一下，接着，又像是害怕什么似的，重新又把它解开……没有血色的嘴唇一刻也安静不下来：时而哆嗦，露出莫名其妙无可奈何的傻笑，时而紧紧地抿起来，鼓成一个发青色的圆球……奶奶觉着四叔好像是在用牙齿嚼着什么坚硬的、很难咬住的东西。

渐渐四叔脸上重又有了血色，用牙齿从里面咬住的嘴唇变得像石头一样僵硬。

四叔扯下领带，又掏出手绢狠狠地擦了一下脑门上急出来的汗水，然后把领带和手绢一并恶狠狠地丢在地上，极郑重极响亮地说道：“知道这样，我就不该回来！”

爷爷知道此事再争辩下去对自己是多么的无益，对上官大院是多么的无光，于是他毫不失威严地拂袖而去，结束了这场令人尴尬和气愤的“欢迎仪式”。

3.

徐贵从穿廊里走过来，看见四叔站在院子里，想问声好。可看见周围人包括四叔的脸上都阴沉着，知趣地朝着四叔点了一下头，算是施礼，然后悄悄地问奶奶：“太太，都齐了，正席开不开？”

奶奶说：“准备吧！”然后回头对跟着的下人说，“都散了吧，各自忙各自的去！”

众人一一散去。

奶奶看着爷爷已经上了正房的台阶，摇了摇头叹了口气，回头看了一眼儿子，这时候，她忽然发现四叔不见了。

奶奶焦急地往大门口看去，她大概想到了四叔也许真的会生气走了，可是大门口都是迎来送往的家人和客人，哪里有四叔子卿的影子？

奶奶正在着急，就听见三太太叫道：“四少爷上房了。”

只见四叔坚定地在房顶的烟筒上坐着，任谁喊、任谁劝都无济于事，大有把房顶坐穿烟筒坐塌之势，直闹得房子下面人仰马翻，把爷爷闹得撂下那些客人站在院子里，气得来回走动也不罢休。

看着越聚越多的人和传过来的话越来越难听，爷爷也顾不得这张老脸了，翘着胡子对徐贵喊：“去、去把那家的父母找来，我倒要看看，能被我们留洋博士看上的姑娘，是哪家的——？！”

上官大院里的人，几乎都知道了四叔为了一个姑娘在房顶上静坐，这事瞒是瞒不住的，你越瞒大家的好奇心越强。

大院里的主子们撂下了屋子里的客人跑出来劝四叔下来，佣人们虽然不敢明目张胆地往房上看，但是出去进来时，目光都是往房上瞟，连上官家的客人都被吸引出来了，大家站在院子里指指点点，说些个紧要的、无关的话题来刺激爷爷。

刚刚赶回来的老姑奶奶和姑老爷是最喜欢四叔的，当年曾经想把四叔过继去，却被奶奶拦下。他们见到此事，还没进屋就对四叔喊：“四儿啊，快下来，什么事情都是可以商量的，没必要闹成这样！”

望着倔强的上官子卿，他们都暗自庆幸没把他过继成自己的儿子，否则他们老两口会被他活活气死。

寂寞的古楼镇几乎有好些年没有新闻传出来，闲的那些老娘们儿到处串门乱嚼舌头根子，私底下造一些鸡毛蒜皮的小事来打发时间。像四叔这样因为一个女人而静坐房顶与父母对抗这样的大事，恐怕连抚宁县都找不出来一个，这样的笑话简直是想都想不出来，这样的谈资笑料足够古楼镇以及方圆几十里说上个一年半载的。那些佃户都跑出来，站在村街，像看耍猴的一样看着这段新鲜事。

在屋子里和那些老爷们摆龙门阵的马镇长听说此事，走出来，细长的马脸阴沉着、抖动着，恶狠狠地看了一眼房上的四叔，扭头就走，后面跟着板着脸的严世奎和扭扭嗒嗒的严凤娇。

爷爷没有心思送客，现在的爷爷可管不了谁是镇长，谁是财政局长，家里面出了这么大的事情，他哪里有心思想这些，他眼睁睁地看着马镇长他们走出了上官家大门。

4.

来到大东北的罗家人很快就适应了东北的春天。罗青山虽然身体大不如从前，但毕竟是军人出身，有良好的军人素质，他每天保持早睡早起，日出而作日落而息的作风。房前屋后经过他的修整，很像一个过日子的人家了，乐得梁老歪逢人就讲他的房子总算有了好的住户了。

不但如此，罗青山还带领两个儿子把西边那块山地开垦出来，种上玉米和大豆。虽然土地贫瘠，但是由于罗家人勤快，小苗长势喜人。

这天早饭刚过，罗家父子就去地里除草、施肥，顺儿和姥姥挎着小筐到一片河滩地上挖野菜，只留下山红打扫庭厨，然后到河边洗衣服。

四月的古楼镇，已经是柳色烟云、处处如画了。唯独让山红不适应的就是这里没有大青顶子那样的高山，大山里来的人不太适应这里一望无边的田野，什么都看得见，什么也没有遮拦，就像直接在蓝天下生活的牛羊，毫无秘密可言。她开始怀念在大青顶子的日日夜夜了，那满肺腑都是清新的空气，一睁开眼睛就可以听到翠鸟的鸣叫，远处山黛如岚，近处伸手就可以采到各种山货……

在古楼镇，唯独让她欣喜的就是这条苏子河，水面宽广、水流缓慢，像是从遥远的地方很轻缓地涌来，撩拨水面，一丝丝的凉意像一根根会游动的针，扎着她的每一寸肌肤，然后，像小虫子一样，钻进她的皮肤，并且在她的血夜里奔跑。

可就是这条让她欣喜的苏子河，改变了她一生的命运。

一小丛蝴蝶草在水底幽幽招摇着，一条小鱼愉快地去亲吻它，罗山红突然被大自然这种和谐与静美心动，她把手伸出去抓那条小鱼，正在这时，她在水里看见了下桥站在她身边的四叔。

苏子河边与四叔相遇，让罗山红感到震惊的是，这个人怎么那么像我的父亲关英杰，那模样，那身段，还有那淡淡忧郁的神情，她觉着简直就是父亲，潜意识里她觉着他的英杰回来了。到达古楼镇后她第一次感到了惊慌。

这次相遇，对于四叔来说，是一场美丽的邂逅，可对于罗山红来说，就是一场遭遇，更严重一点说就是灾难。

当罗山红意识到眼前的男人不是他的英杰时，就一路小跑地回家，关紧了房门泪流满面，她已经很久没有流泪了。

此时她怎么也没有想到，在她不远的地方，有一个人正为了她，把一个偌大的宅院闹得鸡犬不宁。当这一消息传到罗家的时候，她却开始镇静了。

罗青山夫妇被人从外面找回来，找他的是村里的一群跑着报信儿的孩子们，后面还跟着好些好奇的大人。这些争先恐后报信儿的人们把黄土路都踩酥了，身后扬起了一溜灰尘。

罗家人很惊诧自己突然被重视，惊诧之余他们明白了，上官家四少爷要娶他们的女儿。甚至还有些大人在一边无不羡慕地说：“这回你们祖坟可冒了青烟了。”这一句最能表现当地人羡慕别人发达的话，可罗家夫妇却感到——灾难来了！

容不得罗家人过多的思考，徐贵就迫不及待地要带着罗家夫妇去见上官家老爷。

罗青山脑子有一片刻的空白，他对徐贵说：“请您先回去，容我和家人商量、商量。”

徐贵哪里还能等得了他们商议，上官家已经人仰马翻了，他只撂下一句话说：“你去也得去，不去也得去，没得商量，我家少爷还在房上坐着哪！”

罗青山两口子只得跟着徐贵向上官家走去……

5.

在上官家，四叔那种誓把牢底来坐穿的劲儿，让爷爷也犯了大难。爷爷气急败坏地在院子里来回走动，一会儿骂四叔败坏门风，给他丢人现眼；一会儿又埋怨徐贵办事不力，去了这么久还不见把人给带来。

事实上，四叔像旗杆一样戳在房上越久，爷爷就越感到丢人，他自己也就越难堪。现在还有什么脸面？现在还要得什么脸？他觉着自己脸上这张皮被儿子揭得面目全非、鲜血直流，就差让他当众扒光自己了。

爷爷正在焦急，有人传进话来，说那家的夫妇俩正一步一个响头朝着这儿磕过来了，古楼镇半趟街都被看热闹的挤满了。

这是什么话？即便是得了金元宝也用不着这么感恩戴德的吧？爷爷最瞧不起卑躬屈膝唯利是图的人，他手一挥，说了句：“胡闹！”

站在爷爷身边的三少奶奶马婧影一听这话，脸上立即露出鄙夷的神色，在她眼里，小门小户攀上这样的高枝，那才真叫祖坟冒青烟了哪，她冲着身边的柯莲小声说了句：“一看就是个穷掉底没见过世面的小户人家,哼！看着吧,这是要指着咱们家发达呀,这回可捞到冤大头了。哼！”

一向以稳重、端庄而著称的柯莲此时可不想掺和什么，她站在这里只不过是给上官家，给爷爷、奶奶一个面子，关于这户人家的动机和事态的发展，才不是她所关心的事，她现在什么事情都懒得看，也懒得管，她早就不想操那份闲心。她只看了马婧影一眼，没有表情，依旧直直地站着。

爷爷可受不了什么女人在这个时候还在乱嚼舌头，他斥责道：“都进屋去，在这里添什么乱？”

爷爷的这一声吼，让在场的人都缄口，他们虽然都想看看这家人的尊容，但是爷爷发话了，谁还敢留在这里？一个个都悄悄地散去。

黄桃儿见此情景，心中立即生出事端，她眼珠一转，紧着走了几步，悄悄地走到马婧影身边，仰起头，不漏声色却用眼睛剜了她一下说：“是啊,一步一叩首能嫁入豪门值啊,没偷天换日、瞒天过海已经是不错的了。”马婧影哪里是个肯吃亏的主儿，她听了黄桃儿这夹枪带棒的话，心里就别扭,要不是三叔此时拉了她一下,示意她忍了,她还真想上前掐她的嘴。但她也不示弱，眼皮一挑，小声回击道：“不管怎样，总比嫁给老的看着体面。”

上官家人都知道，上官家的这两位隔着辈分的奶奶，见了面就这样，从来不吵不闹，可双方的眼睛里却都透着仇视，却没有人知道这究竟是为了啥？

6.

罗青山夫妇一路磕着响头来到了上官家。

爷爷正在院子里焦躁不安地骂天、骂地、骂祖宗，一听见有人报信儿说那户人家的父母进来了，就换作一副威严的样子背对着他们。

罗家夫妇双双跪在那里，爷爷抹搭一下眼皮，厉声地对徐贵说：“还不起来，这成了什么样子！”爷爷这是对他们一步一个响头地磕着来，十分不满，他就没见过有这副嘴脸的父母，简直比狼还贪婪，比狗还下贱。

徐贵赶紧去拉罗青山，可被他坚硬的胳膊挡了回来。

罗青山看了一眼爷爷，双手施礼，对爷爷说：“罗家逃难来到此地，给贵府添了不少麻烦，在这里，我给老爷、太太赔罪！”说着又伏地叩头。

爷爷把眼睛睁成暴风中骆驼眼的样子，背对着他们，声音有些提高，脸色有些阴沉。

他高声说：“我还没有霸道到不许外人来这儿住！”

奶奶有些看不惯别人跪着说话，她轻声但不失威严地对罗家夫妇说：“起来吧，跪在地上怎么说话？”

罗青山没有起来，也没有起身的意思，他只感觉这是一场危险的战役，这场战役不是该打，是根本就不应该打，现在的明智之举就是实施大突围，什么样的全身而退才是硬道理。

他对爷爷说：“我之所以这样来到老爷、太太跟前，不是来感谢你们要娶我的女儿，我是来求求贵府，高抬贵手放我们走！”

罗青山虽然跪着说话，但是声如洪钟，言语里透着凌冽寒气，铮铮铁骨，让人不禁吃了一惊。

一向高高在上、藐视一切的爷爷被这种不卑不亢的话给镇住了。他不相信还真有这种视富贵为粪土的人？他以为自己听错了，扭过头，斜眼看了他们一眼。只见那位身材瘦小声音却很洪亮的男人，像一口大钟一样跪在那里，腰身笔直，一脸正气，这倒让爷爷不免生出几分敬意来。

罗青山坚定地说：“上官老爷，只要您一句话，我们立即就走，绝不在这里逗留片刻，并且永远的离开这里，走得远远的，再也不回来了！我们小家小户的女儿，不懂规矩，不配做上官家的媳妇，请上官老爷放过我们。行个方便吧！”

这无疑是罗家的真实想法，他们恨不得立马就离开古楼镇，离开大东北，他们甚至觉得根本就不该来。

爷爷感到一阵眩晕，他的身子不经意间动了一下，但是很快就站稳了，一切都不是他想象的那样，一切也都不在他的掌控之中，他怕是要失去主动权了，他怎么能由得这样的人随便把上官家看扁了？于是，他理正词严，不，是他有些以大压人，或者说是强词夺理，他对着罗青山厉声说道：“想走？没那么便宜的事，我儿子还在烟筒上坐着哪！”

罗青山夫妇听了这话，立即感觉事情被他们想的简单了，不约而同地向房顶上看去。

四叔一个人静坐在屋顶上，俨然一位世外高人，藐视世间的一切，他的这个神情不禁让罗家夫妇想到了我的父亲。

罗家夫妇险些跌坐在上官大院的青石板地面上。

他们看着威严的爷爷，沉吟了半晌说：“这事恐怕还得问问孩子，闺女的婚姻大事，她要是自己不愿意，我们也没办法。”

这时候的四叔早就有人送信儿给他，说村东头的那个女孩子的父母正在院子里和老爷说话，听了这话的四叔慌忙从房顶上下来，急急地跑到爷爷他们跟前，听见了爷爷和罗青山的对话，他便急切地对罗青山说：“这好办，我去说服她，我要告诉她，我会对她好的，一辈子对她好，我会让她相信我的。”

谨小慎微但办事却处处想到爷爷前面的徐贵见状，小声对罗家夫妇说：“天上掉馅饼的事，就别装模作样推辞了，再说这事也由不得你们，老爷说的话就是板上钉的钉子，定下了。”

杨母一屁股跌坐在地上，顿觉天昏地暗，她在心里替山红哭喊，这一切都是命啊！

徐贵此时心里纳闷，这一家子怎么了？这飞来横福，别人求都求不来，他们怎么跟死了亲娘老子似的？这时候，就听四叔对罗青山说：“咱们走吧，带我们去见见你家姑娘吧。”

7.

说来也奇怪，当四叔和罗家夫妇跨进罗家的一刹那，罗家夫妇包括四叔都以为这是一场攻坚战，会顺从？会抗争？他们心里不知道，罗山红没有像别的女孩子那样听见媒人来说媒，羞怯地躲在一边不出头，也没有以死抗争，她静静地听着四叔的表达，没有一丝表情。

原来四叔是来向她求婚，当四叔深情地道白结束后，她连一点回绝的意思都没有，平静地、轻轻地、直截了当地说："我愿意。"这一点连罗青山夫妇都大吃一惊。那么多人说媒她都无动于衷，今儿这孩子是怎么了？

罗山红和四叔结婚的事情就这样意外地决定下来了。

临近婚期的时候，爷爷和奶奶还是决定把后街的老宅子送给罗家。

我知道，这是爷爷奶奶为了保全自己和四叔的面子的权宜之计，因为罗家住的那个小窝棚简直太寒酸了，也太有损上官家的颜面了。奶奶也不想这个即将过门的四少奶奶在妯娌面前太寒酸，彩礼也比别的儿媳进门多给了一些。上官家为了四叔的婚事，花费不菲还搭上了老宅子，这更引起了当地人对罗家的艳羡。

在抚宁人看来，这简直就是一步登天，天上掉馅饼一下子糊到脑门子上了。当徐贵拿着四叔和罗山红的庚帖来到县城东二十里以外的牛家窝棚找张瞎子批八字的时候，正赶上那些人在议论上官家这冤大头的婚事。可见上官家和罗家的婚事，当年在抚宁县是多么的轰动。

张瞎子是远近闻名的占卜大师，真本事不见得有多少，可长着一张巧舌如簧的小嘴，虽然眼睛看不见，但看风使舵、见人下菜碟的本事是没人能比的。他人缘极好，平时除了算卦、占卜的客人，他这儿经常聚集些三教九流，这些人跟他也不客气，插科打诨，什么话都敢说。

罗家被天上掉下来的馅饼砸中脑袋的事，自然就成了现在的热门话题。

满嘴胡茬像钢针的铁匠张歪说："这事真奇了，那么多上等人家的闺女嫁妆都备好了，眼巴巴地等着嫁给这位留洋博士，可以说咱抚宁县这地界的闺女可着他选，可这位洋博士不知是斗鸡眼还是火蒙眼，那么多的好姑娘看不上，偏偏看上了那个外来户，据说那家子穷的，上无片瓦遮风挡雨，下没一寸立锥之地。”

在一边喝水的李疤瘌立即接过话说：“你懂啥呀，这叫千里姻缘一线牵，你呀，真是没文化！”

张歪嘴听了这话，先是哈哈一笑，然后努起嘴，把一嘴的胡子翘得直抖，顺着歪嘴流下来的涎水滴到大襟上，他抹了一把嘴巴子对李疤瘌说：“就你懂，怪不得你从哈尔滨领回来个矬子，原来是月老早把红线给你拴到脚上了吧？”

这话叫揭人短处。李疤瘌人长得不错，就是小时候在玉米地里摔了一跤，被刚割完的茬子划破了眼角，落下指甲大的疤瘌，所以被人叫作“李疤瘌”。

李疤瘌从小定个娃娃亲，那闺女长得水葱似的，可这小子天生一副花花肠子，在哈尔滨住店学徒时，把人家掌柜的闺女肚子弄大了，掌柜的不依不饶，愣是把一个五短身材、体型见方且相貌平平的闺女塞给了他，生米做成了熟饭，天仙一般的未婚妻也被气跑了，现在他自己连肠子都悔青了。今天张歪嘴揭了他的伤疤，他只得悄悄地闭上了嘴，躲到一边去了。

张瞎子听了两人的话，冲着张歪嘴问：“听说上官家把后街的老宅子都给了她娘家了？”

还没等张歪嘴回答，聚缘杂货铺的齐老板就啧啧嘴，抢着说：“可不是吗？那老宅子那叫一个阔气，前后两个大院，足有二十间房子，一应是红木家具和真皮细软。仰头望去，各房的门斗上都是栩栩如生的雕花，流云百蝠、鹿嘴含花、桃之夭夭、喜鹊登枝……明八仙刻的是人物，暗八仙刻的是法器，大朵的牡丹开在云头笏板上是玉堂如意……”

教书的刘先生立即打断他的话，这个刘先生长得端庄、稳重，一袭蓝色长衫，腋下老是夹着两本书，一本是民国出版的《稼轩词编著》，另一本是民国的《紫桃轩·又缀》，这两本书他从来不看，夹在腋下是给别人看的，说得明白一点，是证明自己身份用的。

刘先生满腹诗文，说话有点公鸭嗓，说出话来慢条斯理，让你感觉他是个学究派。

他抬起袖子，挡了一下李疤瘌吐出来的烟圈，反驳齐老板说："得了，您说的那不是上官府的老宅子，那是《红楼梦》里的大观园，瞧瞧您编的，跟真的似的！"

齐老板听了这话真急了，眼睛瞪得跟个包子似的，"谁说我没去过上官府？上官老太爷过世的时候，我给他们家送过白蜡烛，整整一车的白蜡烛呦！"他说着又啧啧嘴赞叹起来。

张瞎子听到这些，心里更是无限感慨，把手上的巴棍儿杵在地上，又用力跺了两下，空洞的双目冲着天眨巴两下，懊恼地说："这么好的事能让个外乡人摊上，咱抚宁县的好姑娘都死绝了？哎，我恨那！"

李疤瘌听了这话来了精神，他凑过来，很认真地问："二大爷，你恨啥？"

张瞎子咽了口唾沫说："一辈子没说上人，连闺女都耽搁了，要不，咱不也鸡窝变凤巢！"

张歪嘴嘴唇哆嗦两下接上话说："这就是命，八字造就的。"

刚刚进门，肩上还扛着铁锨的二愣子他爹，凑上前逗张瞎子，他撇着嘴问张瞎子："这事你看着也眼热？"

张瞎子脑袋一歪，脸冲着他，"南柯一梦谁都能做，我做个梦还不行？"

二愣子他爹把嘴一撇，拉着长声说："晚——了——！"

张瞎子把瘪眼睛一挑，无目的双眼转向说话的地方，干瘪的眼皮眨了眨，不服气地问："咋，做梦也分早晚？"

二愣子他爹把铁锨放到地上，气人地说："是呀，张先生，你一辈子没娶上媳妇，没媳妇谁给生闺女？没人给生闺女，只能眼睁睁地看着别人家的闺女攀上了高枝儿，这辈子做梦都没你的分喽！"

二愣子他爹素来说话刻薄，他又捡了更难听的说给他，“张先生，我劝劝你呀，下辈子咱托生个睁眼的，娶个穿红的，生他一大堆孩子，但是有一条，千万别生带把的，现在看来，生一帮带把的，不如人家生一个穿红的呦！”

他嘴里虽然还是张先生、张先生地叫个没完，似乎他还很尊敬这位算卦先生，但是话却让张瞎子反胃。

二愣子他爹，一辈子生了一大帮小子，站在那儿跟阶梯似的，他的话虽然酸溜溜地说出来，听着像个受害人似的，但是人们丝毫不同情他，更丝毫没引起别人的同情。因为谁都不会忘记，他带着一大帮半大小子从街上走过，仿佛他带着一只正规军，那气派就是，你给我们几个姑娘，我们父子能创造一个民族，那气焰是何等地嚣张？现在却假模假式地羡慕起生丫头的人家了。

大家听了他这话，把嘴都撇到天上去了。

张瞎子听了挖苦他的话，哪里就甘拜下风，他是以嘴吃饭的主儿，卖的就是这张嘴，要是让二愣子他爹那老小子占了便宜，他这张嘴就该贴封条了。

他反驳他说道：“羡慕也没用，你没生丫头，是你没那本事，看来是你不行。大爷我帮帮你，你把你媳妇借给我几天，生出的丫头算你的，我白出力不要钱！”

这话让在场的人都笑了，笑得七荤八素、乌烟瘴气，二愣子他爹见嘴上没占着便宜，反倒惹了一身的骚，气得扛着铁锹跑了。

张瞎子听见大家的笑骂声，嘴里又无限感慨地说：“人这一辈子都是八字造就的，别看人家现在得了好，那也是八辈子修来的，八辈子修来的呀！”

人们听见张瞎子的话，都深有感触，唏嘘着，说咱上辈子造孽来的，这辈子该着受苦。还有的说，咱就是这命，一辈子九升九，就是凑不上那个斗，差一点都不好使。

刘先生听到了大家的感慨，更增加了自身的凄凉，他一介穷儒，房无一间地无一垄，靠着教授几个学生勉强度日，别说娶媳妇，就是自己的肚子都填不饱。他感叹道：“犬吠柴门鸡报晓，陇亩牛耕，树上鸣啼鸟。蛙唱溪边羊吃草，坡房风过炊烟袅。磨转驴行蒙目道，天路无涯，卸磨哀长啸。逝水流年踪渐渺，浇愁老酒怜还少！”

大家还在说笑着，感慨着，张瞎子支起了一下耳朵听了听，然后很神秘地说：“古楼镇的人来了！”

这话就像封口令，大家立即止住了说笑声，都暗自佩服瞎子的耳朵。

8.

不一会儿，上官大院里的管家徐贵就挑帘进门，嘴里叫着：“张先生可在？”

张瞎子连忙下地，双手在炕边摸索着，嘴里回答说：“在，在哩！”

徐贵进得门来，一些人都站起来，立在一边，黑茫茫森林一般的目光投射到他的身上。

张瞎子说：“是上官府的徐贵老爷吧，快请坐。”

徐贵坐到了八仙桌边的那张破旧的红木椅子上。

徐贵的到来让在场的人明白，定是来给上官家这对儿新人批八字的，心里不免更有些酸。

徐贵稳坐在那里。张瞎子盘腿上炕，从身后摸过一个柳条编的小烟笸箩，往徐贵这边推了推，说：“徐贵老爷，咱这茅檐草舍的没啥招待的，要是不嫌辣，就尝尝我的关东烟。”

徐贵把烟笸箩推了回去，说：“烟就免了，我这里有事求着先生。”

徐贵心里暗自琢磨，别看此人相貌丑陋，此人能在人的生辰八字中寻找到未来前程的某些征兆，一定就是个奇人，既然大家都把他当神敬着，他的嘴便就能落定的乾坤。今个这事，成也是他，败也是他，全在他一张嘴上。当着这些外人的面，千万不能让这张嘴坏了事，说出点不吉利的话来恶心人。

张瞎子见徐贵如此客气，心里就明白了几分，心里暗自思忖道：这徐贵必定是为了少爷的婚事来的，但就是不知何意？他说和，我就锦上添花，他说散，我就得落井下石，千万别把话说错了，万一惹了这尊神，我张瞎子别说从此不能再在此打卦算命，怕是小命都得丢了。

徐贵毕恭毕敬地把四叔和罗山红的八字递给了他，嘴里尊称道：“请张先生给我家少爷和罗姑娘批个八字。”

张瞎子正在揣摩徐贵的用意，感觉出徐贵递上庚帖，他觉得该是试一试上官家的真正用意了，于是他理都没理徐贵拿来的那八字庚帖，嘴里感叹道：“鸡窝里出凤凰，粪堆上长灵芝，天下理无常事，事无常非。”

徐贵闻听此话心里一惊，这瞎子要干啥？千万别让他坏了上官家的大事。想到这里，他冲着卢大柱使了个眼色。

卢大柱一步窜到张瞎子面前，先把两块大洋递到张瞎子手里，随后伏在他的耳边，低声喝道：“少废话，好好算。”

张瞎子是何等的聪明人物，得了徐贵的暗示，他自然就知道怎么往下说了。他说：“还是请徐贵老爷把少爷和姑娘的生辰八字报一下，你这张庚帖对于我来讲是张废纸，给我我也看不见。”

徐贵长出了一口气，这才拿起那张庚帖认真地给张瞎子念起来。

张瞎子静坐好久，伸出右手在个个指节上掐算着。

一切冗繁的仪式过后，张瞎子说：“大运丁亥，流年乙酉，岁运相合，合为婚恋之象。还请徐贵老爷转告上官大院的老爷、太太放宽心，这是一等一的好姻缘，这八字就是可着天底下找，再也找不出第二个和少爷这般匹配的了，就像是天造地设的一对儿。”

徐贵得了这样的话，乐颠颠地去回复爷爷、奶奶了。听着徐贵渐行渐远的脚步，张瞎子自言自语地说：“祸兮福所倚，福兮祸所伏，福祸相依啊。”

9.

早上，大少奶奶柯莲起来，拉开窗帘，透过旧式木格窗中间一小块没有贴窗纸的玻璃窗面，隐约看见一个穿戴整洁、身材挺拔得像一株海棠一样的男人背影，站在院子里的一棵树身光洁、花絮繁茂、色彩淡雅的丁香树下面。

此时，太阳还没升起，天色有些阴沉，似有似无的晨雾薄纱一般笼罩在小院内，藤萝架、小磨盘，以及挂在穿廊上被晨风摇曳着的还没来得及熄灭的红纱灯和那个背对着这扇贴着大红窗花旧格子窗的背影，都显得如梦似幻。

起初看到那个背影，柯莲还以为在梦中，她揉了揉自己的眼睛，又用右手照着自己左手的手背上掐了一下，才感觉自己是清醒的，她心里一阵慌乱，这里怎么会有男人？

柯莲这个被叫作丁香苑的小院几乎是没有男人的，自从我的父亲从这里消失后，这个安静、祥和的小小院落几乎就成了尼姑庵了，家里的男人无论是我的爷爷还是叔叔们，有事都是找丫鬟们代为转达，很少亲历亲为到这里，男性佣人更是没有随便出入的，这不是家里面的清规戒律造成的，这是男人们害怕瓜田李下自觉的表现，大概是为了避嫌，毕竟一个孤独的女人生活在此，多有不便吧。这里成了一片净土，远离尘世的喧嚣，更远离雄性的打扰，这让寂寞的柯莲无形中更增加了寂寞。

这个背影的出现，不能不使她感到惊慌。继而，一个突发奇想嗖地钻进她的脑海，莫不是那个“没良心”的回来了？

她惊恐地叫了两声：“丁香、丁香。”

刚刚睡醒，脸上红扑扑的小丫鬟丁香，扭动着两条弯弯的细眉，正在外间提热水，为少奶奶起来后的盥洗准备着，脸上不时微笑着朝着外面看了一眼，听到大少奶奶的叫声，放下手里的热水壶，嘴里应着挑帘进门。

柯莲见她进来，也就明白那个背影是她看走眼了，她心想，看着小丫鬟这慢条斯理的样子，院子里的男人就不是他，要不她早就屁颠屁颠地来报信儿了。但是，她还是心生疑虑地问：“院子里怎么会有生人？”

话语里掺和着虚假的质问。

丁香伸手把炕上细软的被子叠起来，边叠被子边笑着回道：“哦，是新来的花匠，来得太早了，府里面管事的都还没起来，门房的老魏就把他送到咱这儿了，他是我们村四婶子的娘家兄弟，是我找来的。”

丁香就是这样，眼睛里有活儿，手不闲着，说话唠嗑不耽误手里的活计，因此柯莲特别喜欢这个乖巧伶俐的小丫头，暗自把她当作亲妹妹来看。

听说这个花匠是丁香给府里找来的，柯莲就不计较他来这里的原因了。她垂下眼帘的时候，眼睛还是不免朝着院子里看了一眼。

柯莲的这个小院，在中院的侧边，紧靠着奶奶院子里的耳房。院子不算太大，但很雅致，里面的一切用度和装饰都是她带着丫鬟丁香亲自动手置办和修整过的，与别的院子有所不同，院子中间是鹅卵石镶嵌的过道，左侧是一个小菜园子，里面的辣椒秧、茄子苗长势很好，其中韭菜、芹菜都被割过两回了，只是今年的草莓果有点吝啬，一大片贴着地皮的秧苗绿油油的甚是肥美，结在上面的果子却少得可怜，从果熟到果落，总共收下的不到一小笸箩。望着鲜艳欲滴的草莓果，丁香有点可惜，说可能是去年的果子结的太多了，给累着了。

柯莲却笑了，她说：“也不图吃它，绿油油看着好看就中。”

小院的右侧是一大片花圃，有盆栽和地栽两种花卉，再就是一些长年生的灌木花卉，和即桑而生的茑罗，把院子打扮得柳绿花红、色彩斑斓。自从老花匠家里有事走后，院子里的这些花花草草都是她亲手料理，掐尖、施肥、浇水，每样她都做，而且比别人做得勤，尽心尽力就像母亲伺候自己的孩子。可这些小生命不知怎的，到了她的手里就打不起精神，落叶、起腻，外加上光长叶子不开花，急得她和丁香到处打听原由，可听院子里的那些下人们说，今年各个院子里的花都开得不好，谁都不知道咋回事，还说，远远地看去，别的院子里的花草还是要比这里的强。

其实，说到底，我们家的这位大少奶奶种这些，并不是为了自己吃着方便，她是手里有大把时间无处消耗，种一点小玩意儿打发时光，给枯燥乏味的生活增添一点乐趣而已。

院子的西侧有一溜厢房，原来是准备住着这里干活的男、女佣人，男佣人都搬到上官府后院的长工屋，现在这里只剩下两个打扫卫生的老妈子和一个烧火做饭的厨娘。

靠着仓房是一个小小的磨盘，原来是专门给府里磨豆子和压黏面的，现在基本也闲置下来了。

有人说，动物只要不患疾病，食物充足，就会快乐、满足，人也应如此。然而现实并不是这样，至少在大多数情况下不是这样。柯莲生活在无忧无虑衣食无忧的上官大院，她却感觉不到幸福，甚至说，她只感觉到生命太漫长了，而漫长的生命也无疑漫长了她的痛苦。

春天来的时候，柯莲才把这种痛苦给了那些袅娜而生的植物们，她在它们身上找到了小小的乐趣，也在这找到了属于自己的自娱自乐。无聊的日子碾碎了她对父亲的思念，而只有这个季节，她痛苦日子也就显得不那么漫长了。

10.

侍候柯莲用完早饭，丁香就带着这个新来的花匠去见工，这是一个看起来只有十七八岁、清爽俊朗的小伙子，黄白的肤色、壮实的身板，一口细腻的小白牙，一笑眼睛弯弯的。上穿一件白粗布洗得透亮的汗衫，下身是一条黑裤子，挽着裤脚，脚上穿着青色纳底圆口布鞋。

总的来说，这个新来的花匠给人一副喜庆、明快的感觉，让人看着不烦，比老花匠谦和。老花匠仗着在府里待得时间长，有时候倔得跟一头犟驴似的，他认准的事，连管家都得给他三分面子。

第一次来上官府见工，小花匠可是当作大事来准备的，光亮亮的脸洗了好几遍，浑身透着一股香胰子味道。

丁香笑他，没见过世面，咋跟进皇宫似的。

他笑着说："我妈说，这高门大院里讲究多，别脏兮兮的让太太、小姐们看了恶心。"说话的口气就像是个听话的小学生。

丁香就捂着嘴笑了："以后别你妈、你妈的了，你都多大了，快别像个吃奶的孩子似的离不开妈了。"

丁香的话让他窘得脸红了，他用手挠着脑袋说："在我家就是我妈说的算，连我爸都得听她的。"

丁香说："在这儿就得听老爷、太太的。"可转念一想，这个小小的花匠，怎么够得着老爷、太太，于是又说，"你听管家徐贵的话就行。"

小花匠愉快地答应了一声："好嘞！"

这个小花匠哪能不把进上官府见工的事当成大事，他们一家子都是老实巴交的庄稼人，土里刨食填不饱肚子，进上官府不但吃得好，还能按月领到活泛钱，全家人都快乐死了。

夜里睡觉他妈嘱咐他早晨要早去，进府里待人要和气，手脚要勤快，别让东家嫌咱懒。早上起来还是这套嗑，所以他就来早了，而且是有点太早了，整个上官府的主人都还没从睡梦中醒过来，他就来了。

这是一个爱笑的小伙子，自进得门来就笑，而且看见谁都笑，把一双小眼睛都笑成一条缝了。

丁香又嘱咐道："咱这府里人多、嘴杂，你以后只管干活，多出力气，学着会来事，眼睛里面要有活，多干点累不死。还有，尽量别惹着那些太太、奶奶们，这里的女眷最难侍候，看着一个个温文尔雅，其实都是各装各的心眼儿，稍不留神你就被人当了枪使，但这你也别怕，咱当下人的，受气是免不了的，咱干活挣钱，只当卖给他们就行了。"

小花匠不停地点着头。

晚上收工的时候，小花匠抱着一盆兰花来到柯莲的小院，在院子里，他见到了还在花圃里施肥的主仆俩。

在丁香的指引下，他见过了大少奶奶。

柯莲看着他，觉着这个男人有点太拘谨，个子不小却像个没见过世面的孩子，只看了他一眼，便就继续手里的活。

小花匠笑着对柯莲说："以后这花圃里的活儿都由我来干，省得脏了大少奶奶的手。"

丁香打断他的话，训斥道："你又胡说，大少奶奶喜欢干这些，都由你来干，我们来干啥？"

小花匠听了这话，又挠挠后脑勺，不好意思起来。

主仆二人把拌好了的鸡粪埋在花根下，丁香提着刚从井里打上来的水浇了一瓢……小花匠看了就赶紧拦下说："月季不能施这种肥，这样会烧掉叶子的，再说给花浇水，千万别用井拔凉水，得先把水打上来，放到院子里的大缸里晒上两天，这样花就不受伤了。"

柯莲抬起已经弯得酸软了的腰膝，看了看他，觉得他说得有道理，就把手里的小花铲丢到一边，对丁香说："那就先别弄了，我累了，给我弄点水，我要歇了。"说完就往屋子里走。

丁香答应一声撂下手里的水瓢，回头还见他怀里抱着花，傻愣愣地站在那里，就直眉弄眼地问他："收工了还不歇着，来我们这儿干啥？"

小花匠这才想起自己手里抱着的花，他又笑了，眯着一双小眼睛，对丁香说："我在园子里发现了这盆兰花，它是兰花中的名贵品种，叫贺神梅，是兰花的老八种，这种花极其娇贵，不适宜阳光直射，更不适宜放在院子里的地上，所以我就把它给少奶奶送来了，这花你好好养着，开花雅致、清丽，而且还有一股淡淡的兰花香味儿，最适合大少奶奶的人品了。"

丁香接过兰花，随口数落他："就你话多，看你说到这些花草，嘴巴就像刀子，快得没边儿了，好了，我知道了，你回吧。"

小花匠撂下花盆就走了，走了几步，不忘回头嘱咐丁香：“别把这花直接放到地上，这花要放到花架上，或者是桌子上。”

丁香挥了挥手说：“行了，行了！”

小花匠这才放心地走了。

小花匠再来的时候，柯莲见他勤快且对花草内行，也就不顾主仆之分一同在小院里忙活，有时候三个人分工明细，柯莲掐尖、打蔓，丁香除草施肥，小花匠担水、浇水。只是柯莲从来不和小花匠说话，小花匠也不理少奶奶，两个人却谈得颇热闹，句句都是通过丁香讲的。

柯莲说：“丁香，你问他几岁了？可否有个名姓？”

小花匠回答说：“你告诉少奶奶，我今年二十一了，属狗，腊月生，我姓陈，叫惠生。”

柯莲又问：“名字还挺雅的，丁香，你问他干这一行几年了？看着还挺在行的。”

小花匠继续回答：“和师傅学了三年徒，去年才单干。”

11.

四叔的婚事定在五月十八，也是张瞎子给掐算的黄道吉日，适宜婚娶。

四叔为了能顺利地迎娶罗山红，答应了爷爷要他帮家打理生意这一刻薄的要求。对于这一点，爷爷满心欢喜，说穿了，没有文化的爷爷只要四叔无止境地念书，无所谓他回来做啥，要是能帮家里打点生意那是最好不过，可这无疑是断送了四叔的远大理想和前程。家里人都担心四叔会为此和爷爷继续杠上，可偏偏出人所料，把爱情看得高于一切的四叔爽快地答应了。在四叔的眼里，用前程换幸福，他是不吝惜的。

整个四月到五月初，上官府上下都在为四叔的婚事忙着，置新房，采办的各种什货全由快马传送。到了五月初十左右，大致上都已就绪，于是开始张灯结彩，张贴双喜字，将向来沉肃巨大的上官府装点得喜气洋洋，比大过年还热闹。抚宁县及周边各大家族及商号，只要与上官家沾得上一点关系的人，全捧着大礼来到上官家大门前，挤成了车水马龙。

为了宴请各方来客，爷爷决定除了在府内摆了几十桌外，更在宅外的场院上搭棚子准备开席上百桌，大手笔地宴请远道的贵宾及古楼镇正街的宾客和后街南园子的所有村民。

这番举动，除了意在展示上官家雄厚的财力外，也为了想趁这热络的喜气冲冲喜，就盼能冲去这许久以来上官家的各种阴霾及爷爷心中的不快，上官家再也禁不起任何风吹草动了！

我奶奶最溺爱四叔，说到底还是因为四叔长得招人喜爱，白白的像个人参娃娃，奶奶说，整个上官家的福相都在他这一身了。

四叔眉眼清丽，面皮白净，长得比大姑娘还清秀，奶奶疼爱这个儿子，所以总是把最好吃的、最好看的给他，仿佛只有这样才配得上四叔的人品。现在，奶奶把自己居住的正房后院都腾给了四叔做新房，并把他的新房及院落变成了美轮美奂的独立别院，更在其中种植了奇花异草，还仿照苏州园林建了假山流水。四叔自己还将这一处院落取名为“畅新园”，意在对新生活的畅想。入门处是他亲手书写的一副长对联。右边是：开卷如游往古，几辈英雄，几番事业，都成文字板滞。左边是：闭门宛在深山，好花解笑，好鸟能歌，尽是天性活泼。

12.

五月十八，婚礼的正日子，迎亲的花轿就停在了古楼镇后街的罗家新宅门前，罗山红穿着新娘装，头上蒙着大红的盖头，被人搀扶到花轿前。

隔着盖头，她什么热闹也听不见，就听见临时请来的媒婆那一张巧嘴在描述，骑白马的上官家四少爷是何等的风流倜傥、玉树临风，相貌让人为之失色。

热热闹闹地游了街之后，迎亲队伍终于来到了青砖碧瓦、一入门庭深似海的上官大院。

时令过了端午，罗山红坐在密不透风的花轿中，穿着华丽却累赘得要命的新嫁衣，头上还蒙着一块厚实的盖头，早已经是筋疲力尽、挥汗如雨了。

此时，轿外正立着一些德高望重的老者与老妇，在喃喃念着一连串语焉不详的驱邪文与祝祷文。然后是一条红绫布递到她手中，媒婆与丫鬟将她扶了出去。

盖着一条盖头，她完全分不清东南西北，捡苹果、跨马鞍、越火盆等仪式搞得她晕头转向。有钱人家的仪式简直比牛毛还多！全是为了彰显身家的不凡。

一切繁文缛节完了，这位忐忑不安的新娘才准许进入豪门。

也许是过于紧张的关系，四周一大群人聒噪得让人厌恶，燃放的鞭炮声差点使她原地跳起来。

入了厅堂，四周传来各种奉承之声。

“真是郎才女貌呀！”

“这才叫天造地设的一对儿！”

“真是天作之合呀！”

她总算知道什么叫作睁着眼睛说瞎话了，这些人连看都没看见过她，就敢说“郎才女貌”，“天造地设”，她想，这大概就是有钱人的虚伪吧。

接下来跪拜又起身，转身又跪拜，随着司仪的拔尖叫声：“一拜天地、二拜高堂……”她成了一具玩偶，任人压身又扶起，转得头晕了，而那些凑热闹的人终于决定放她一马，随着“送入洞房”的声音扬起，众人拍手，而她终于得到特赦。

罗山红被人牵着，似乎在庭院中转来转去，行行走走，进入了一道拱门，她被扶坐在绣有华丽图案的床榻上。

一个老婆子领过一个女孩儿，对她悄声说：“这就是您的贴身丫鬟，叫小忧，吃穿用度都找她，烦了你就打她玩儿。”

她坐着没有吱声，她脑子乱哄哄的，思想也成了一团乱麻，根本就理不清媒婆说这话的意思，就见一双绣花鞋走进她的视线，然后是两条交叉行礼的膝盖，根本就看不见那个人的头脸，就听一句燕语莺声的话："四少奶奶好，今后有什么事儿您尽管吩咐，我替您去办。"

"四少奶奶"？这句话像针扎的一样，扎进了她的心上，她一阵剜心的疼痛，搅上来的一股苦水顺着她的嗓子又慢慢地流了回去。

多么陌生的称呼啊，虽然她把这场婚礼的新郎一百次地想象成了我那人高马大的父亲来麻痹自己，曾经几时，在大青顶子上也曾一百次地想象着自己坐着花轿被抬进上官大院，被叫作少奶奶的情景，但是面对"四少奶奶"的称呼，她还是不由自主地为之一颤。

那天，答应完四叔的婚事，看见四叔高高兴兴地与徐贵回家复命，罗山红看见了父亲脸上的沧桑和母亲眼里的泪水，她知道，她将要和顺儿分开了，这一刻她才感觉到有一颗钢针穿透她的心脏，让她有一种刻骨铭心的疼痛。

面对这种疼痛，罗家人都是睁着眼睛坐了一夜。

罗青山抽了一夜的烟，抽得嗓子都哑了。

罗母杨母怀里一直抱着熟睡的顺儿，眼睛一刻也不肯离开那张小脸。顺儿眯着一双像极了父亲的那双眼睛、微张着小嘴，胸脯上下均匀地起伏着，身上散发着一股淡淡的奶香味儿……她觉着这个孩子实在是太可怜了，自生下来就没有见过自己的父亲，现在连母亲也要离开他，真不知道还有多少风风雨雨等着他。

姥姥止不住的泪水把顺儿的衣服都打湿了。

13.

在四叔和罗山红的这场婚礼上，还有个小小的插曲。

那是酒席宴请都过的时候，甚至是很晚了的时候，闹洞房的人守在洞房内就是不肯散去，像炸了窝的鸡，吵闹声让山红头都大了。一些人怂恿着新郎官当众揭盖头。

这些人早就对罗山红的长相心存疑虑，他们不知道是她真的长得有多么的美丽，还是四叔在海外待久了，眼睛整天盯着那些大鼻子蓝眼睛的洋妞看烦了，回到家看见老母猪都赛貂蝉了？一切只有亲眼验证才能解惑疑团，于是有人又嚷嚷道："快揭、快揭，少不得我们在这里闹一宿。"另一个说："你要是不揭盖头，我把嫂子抱走了。"

四叔对这些远亲近友的公子哥们的好奇心不满，他不愿意让别人对自己的心上人评头论足，哪怕他们鼓掌说她赛过天仙也不乐意，自己的女人，有自己疼着、护着，关别人啥事？好看、耐看，我自己一个人看，我看着顺心就行，有你们啥事啊。

四叔对这些毛头小子看不顺眼，也迟迟地不动手。

这时，有一个远房的姨表弟挤过来，对他说："四哥要是还不动手，小弟代劳了！"说着就要动手去揭新娘子头上的盖头。

这个姨表弟有一张银盆似的大圆脸，鼓溜溜的金鱼眼透出一种压抑不住的贪婪之色。他是个有名的花花公子，整天游手好闲招猫逗狗地不干正事。四叔早就烦透他，但是今天是自己的好日子，什么事都得忍着，所以他面对他们的无礼举动及口无遮拦，也不好说什么，只是一挥手就把那只伸过来的脏手扒拉到一边去了，他真害怕那个不知道深浅的家伙会不会越俎代庖，真的动起手来揭新娘子的盖头。

他要是真揭了，他能把他怎着？新婚三天没大小的俗令制约着四叔的喜怒哀乐，对这种人也丝毫没办法。再说了，这岂是他所能代劳的？于是他飞快地把山红头上的盖头揭下来。

随着人们的一声惊呼，就不用想，当人们看清罗山红的相貌时的表情和诧异，单从那一个个直盯盯的愣眼，和那张着合不上的大嘴上快要淌下来的涎水，你就知道，这些人想活吃了她。

他们终于知道什么是秀色可餐了，天底下竟有这样的尤物？乖乖，今生开眼了，死都值了。于是，更是围在那里不肯离去。个个的肠子都悔青了，为什么放在家门口的美人我们怎么就没发现呢？

这时候，三叔子华带着马婧影和柯莲来给四叔解围，走到新房门口，三叔就纳闷了，新房里面咋堆了这些人？他觉着自己结婚的时候没见这些人闹着不走的？

三叔不好意思进新房，站在门口对那些人大声嚷嚷，想把他们赶走，可是，乱哄哄的人哪里能听得了他的话，那些话早就被洇到人声鼎沸的大海里。

三叔拉过马婧影，在她耳边耳语几句，马婧影挤到人群里说："三少爷在花厅里重新摆好了酒宴，等大家入席哪！"

马婧影的话对于这些酒足饭饱的人来说，起不到一点作用，凭她怎样着急，怎么喊，就是没有一个人搭理她。一个油滑无礼的话语自新房里传来……

不堪入耳的话大多是那个姨表弟说的。

世上竟有这等不要脸的人，三叔一听这话，羞得他都想钻地缝，他更害怕四叔招架不住这样过了头的话，会发起怒来。于是赶紧和柯莲耳语几句，只见柯莲也挤进新房，动手去拉扯那些围观的人，可是她怎么也拉不动。

正在这时，门外来了一个人，透过那些人头攒动的缝隙，罗山红看见，此人穿着紫褂子，镶着绿宽边儿，没穿裙子，只穿着绿裤子，上面有由黑字连成的横宽条儿。裤子下面露出的是红色绣花鞋，花儿绣得很美，鞋上端缚的是白腿带儿。

她心想，看打扮一定是个姨太太。

果真让她猜中了，这真就是爷爷的三姨太太黄桃儿。

这个爽利的女人，迈动一双迷人的双脚，手里舞着一条素白手帕，边走边说："哎呦！咋都围在这儿不走了，连喜酒都不喝了吗？"

没有人搭理她。

她挤进洞房对那些想和山红动手动脚的男人们说：“你们尽可以在这儿闹洞房，别说闹一日，就是闹十日，我们也奉陪，我们老爷说了，今儿个这喜酒要是不喝，过了这个村就没有这个店，我们上官家可就不管饭了，到时候你们饿着瘪肚子，可别怪我们招待不周！”她的话说到这儿，用眼睛向外围扫了一眼，只见她手一挥，立刻就上来几个家丁。

她对家丁们说：“可着闹得最欢的架出去，送到东跨院醒醒酒！”

几个家丁挤进去把那个姨表弟等几个顽劣分子给硬着架走了。

那个姨表弟边走边喊：“三姨娘，我还得和新娘子喝交杯酒哪！”

此时的黄桃儿还管你喝什么酒，她进了新房对屋子里那些迟疑着不动身的人很权威地喊道：“请四少爷和四少奶奶好好休息，今天谁也不许再来闹洞房了，大家全到前院吃喜酒！”

赶集似的喧嚣夹杂着粗鲁的淫笑，让四叔实在是忍无可忍，他哗地一声把八仙桌上的果盘、酒水、燃烧的喜烛，一并连同铺在桌子上面的桌布，全部掀掉。

“哗啦啦——”分崩离析的声音让在场的人全都不由自主地震了一下，然后都你看看我，我看看你，嘴巴和脸上的肌肉一起僵住了。

全都没了表情，呆呆地看着事态的发展。

大少奶奶和三少奶奶见状，挨个地请人出去喝喜酒，大家借着这个台阶，一个个灰溜溜地溜走了。

14.

这场婚礼闹得罗山红身心疲惫，此时的她只想立刻睡过去，永远也别再醒来。小忧进来，把喜烛重新点燃，一个上了年纪的喜娘拿着笤扫笑吟吟地走进来，一边走一边说：“我的爷，别生气呀，闹洞房是祖上留下的规矩，热热闹闹地图个吉祥，我把床被给你们铺上，我可是个全和人儿，有儿有女的给你们做个榜样，你们早早地睡下，早点生个大胖小子。”她边说边把床上的花生、栗子向床边扫去，然后，将一块一米见方的白布铺在床上，悄悄地退了出去。

大红的喜烛在噼噼啵啵地燃烧着，流下一串串像血一样的烛泪，一只爬上喜帐的小虫静止不动，似乎时间在这一刻都静止了。

罗山红坐在帐内异常的平静，这样的婚礼场面她在梦里千百次的梦见过，就这样风风光光，就这样吹吹打打。

四叔走过来，静静地地注视着山红那张娇媚的脸，继而将她拥入怀中紧紧地、久久地，他就像这样抱着，不问寒暑，不晓岁月，天长地久……

15.

新婚的第二天，天没亮，罗山红就醒了。

也可以说，这一夜她迷迷糊糊基本没睡。

她满脑子都是转动的人头和嘻嘻哈哈的道喜声。

有一段时间，她觉自己着好像睡着了，她梦见了在清泉的山道上，自己和利剑小队的人坐在跑着的马车队伍里：父亲吹着口哨，快乐而悠扬；两匹马屈着前腿，挽车狂奔；卢老炮从车里向外探出身子，笑着，挥舞着手里的帽子；项久盛脸上闪耀着眩目的讪笑，调皮地耸着肩膀；大道上烟尘滚滚，马林只穿一件没系腰带的长上衣，头发乱蓬蓬的，浑身大汗淋淋，两腿蹲着，跟着马车飞跑；罗锅子双眉紧皱，哼哼着，装戏班子丑角，在松软、灰色的尘土上留下了许多奇异的大脚丫的脚印子。车轮磨得铁轴吱扭吱扭响，马匹被尘土呛得不断地打喷嚏，悠扬、洪亮、春潮般的歌声在大路上空奔流，从还没有干涸秋天晒成棕色的灌木丛中飞出了一只白翅膀的野禽。它一面叫着，一面向洼地飞去，还不断地回过头来，用翡翠一样的眼睛俯视马车行列、用蹄子扬起阵阵烟尘的马匹和穿着落满尘土的灰白上衣在路旁走的人们。野禽落到洼地里，黑色的胸脯碰在干枯的、被野兽践踏的草上，再也看不到路上的情景了。可是大道上依然是车声辚辚，鞍下大汗淋漓的马匹仍旧在懒洋洋地挪动着脚步，有几个穿灰衣服的当地农户也加入其中，他们迅速离开自己的马车，跑到利剑小队的那辆马车跟前，围着它弯腰捧腹地哈哈大笑不止。

这些也许就是罗山红从此在心底最后一次的开心大笑，她被自己的笑声惊醒，陶醉在其中，她多么希望自己在梦中永远都不要醒来。可是，她被四叔突然传来的咳嗽声拉回到了现实了。

乍一看见自己倒在一大堆泛着红光的丝绸被褥中，她吓出了一身冷汗，好一会儿才清醒过来，看着眼前的一切，不觉从心里袭上一股哀痛，泪水顺着眼角汩汩流淌，一直流到了心里。

16.

院子里有了一点动静的时候，我们家的新少奶奶就下地了，推开了房门走进了院子，一股清新而又带着丁香花淡淡清香早晨，让疲惫的她有了点暖意。

角门外，下院里的厨娘们在忙碌，进进出出，提水筲、抱柴禾，还有乒乒乓乓的剁菜声，几个丫鬟模样的女孩提着热气腾腾的水壶，悄悄地往各个跨院走去。

罗山红是个勤快的女人，如果嫁到一般的小门小户的人家，也一定会是个手脚勤快、勤俭持家的好手，况且在大青顶子上，她总是给父亲他们那些人做饭。看见有厨房，一些人在忙碌，她立即就找到了适合自己的位置。在上官大院人头攒动中，总感觉没有一处适合自己的地方，找不到适合自己的位置，心就不安逸、不踏实，就觉着自己在高空中飘动，或者是一个过客。她甚至觉得这一生如果生活能安定下来，自己最适合的地方就是厨房，她会给父亲乃至所有的人特别是利剑小队的人，做一辈子的饭。香喷喷、热腾腾的饭。看着他们在酒足饭饱之后脸上露出的那种满足感和愉悦，这是她这一辈子最大的愿望。

上官府的厨房，平时不怎么用，因为各房各院都有小厨房，只有年、节或者上官家需要举家聚餐的时候才用着大厨房。四叔的喜事刚过，远道来的亲友住在院子里，所以厨房就显得格外忙碌。

早班的厨子忙得挥汗如雨，切蹲儿的菜刀上下飞舞，掌勺的铁勺磕在锅沿上啪啪山响；厨娘把案板上一大盆发好的面，放上大碱，揉好，对烧火的丫头说：“火烧旺点，一会儿就上屉蒸了。”

烧火的小丫头哭丧着脸说：“昨儿一天把院里院外的柴禾都烧净了，勉强凑了这么一点儿，还得到场院里去取，我一个人又要烧火，又要抱柴禾，哪儿忙得过来？”

山红进得厨房就引起几个帮厨的老婆儿注意了，这位新少奶奶来检查厨房？以后干活可得注意这位，说不定今后厨房的吃喝、用度就由她来执掌。

山红正站在灶膛前，听见烧火丫头这话，弯下腰对她说：“你去取柴禾，我替你烧火。”

小丫头只顾着低头烧火，根本就没看见新娘子进厨房，也根本就没在意谁来帮忙，一听见有人帮着烧火，她丢下烧火棍子就要走，就听一个端着盆洗菜的老婆子对她喊：“真是大胆，你敢把烧火棍子给新少奶奶？我看你是不想活了！”

烧火丫头这才把刚拔出的腿站下，回头看了看山红，吓得赶忙对着罗山红施礼，嘴里说道：“请新少奶奶恕罪。”

罗山红哪里见过这样的阵势，赶紧拉起她来，催促说：“没事，你快去吧！”

烧火丫头哪里敢走，她还是直瞪瞪地看着罗山红有点不知所措，不肯迈动步子，极其小心地问：“四少奶奶咋到这儿来了？”

罗山红说：“我醒得早，闲着没事，想帮你们干点活。”

烧火的丫头赶紧说：“那怎么行，您是少奶奶呀，这儿不是您待的地方，这是下人们干活的地方，您快点回吧！”

罗山红抢过烧火棍子，对她说："你快点去吧，别在这儿啰唆了，一会儿面上的碱跑了。"

几个厨娘都惊诧新少奶奶对厨房的面点这么内行，悄悄议论着。

烧火的丫头有点动心了，或许是新少奶奶态度的强硬，又或许是新少奶奶最后这句话的作用，反正那个烧火的丫头丢下了手里的烧火棍子，答应一声跑了。

罗山红蹲在灶坑跟前，一会儿用烧火棍子挑挑灶膛里面的火，一会儿又拉起风箱，那动作熟稔得连佣人都看呆了。洗碗筷的老婆儿对着洗菜的老婆儿一撇嘴，洗菜的老婆儿还她一个怪异的眼神，两个人边干活边斜眼看着这位新少奶奶，那意思是：到底是穷人家的孩子，上不了台面，当了少奶奶还往下人堆里跑，天生的穷命儿！另一个斜眼的意思是：白长了一个美人坯子，却还是个下贱料，瞧着吧，往后可有热闹瞧了！

罗山红丝毫不知道下人们怎么看她，在灶膛前极其认真地烧着柴火。

炉膛里的火，红彤彤亮堂堂的，映得罗山红满面红光。也是这样通红、热烈的火苗，也是这噼噼啪啪的上下飞舞的火星，她仿佛在大青顶子上烧饭，在那燃烧的火焰里，映出了利剑小队一个个活灵活现的笑脸：父亲笑得是那样的甜，眯着眼睛，咧着大嘴，连后槽牙都露出来了；卢老炮笑得有点像哭，不住地用开了花的衣袖擦拭鼻子上快要流下来的鼻涕；马林笑得像个猴子，上蹿下跳，火燎屁股似的……一碗一碗的稀粥端上来，满世界都是吸溜、吸溜的喝粥声……她想念着每一个人，岁月倥偬，仿佛就在昨天，又仿佛在很久很久前。

17.

丫鬟小忧进了厨房，她一进门就看见蹲在灶台边正在忙碌的新少奶奶，赶忙过来拉着她就往外走，罗山红被她拉得莫名其妙。

小忧一出厨房就怯怯但很紧张地试探着说："少奶奶，您咋跑到这儿了？让我好找？”

罗山红看见她焦急的样子，不解地问：“你找我有事？”

“这都什么时辰了我的少奶奶？”

小忧听了这话，有点哭笑不得。继续说，“少爷起来后就找您，他找不到您，把气都撒到我头上了。我只得跑出来找，到处找也找不到，幸亏我看见了烧火的英喜，才知道您在厨房。”

“少爷急着找我有事？”罗山红显得有些慌乱。

小忧被她问得头疼了，心里暗想，这风流体面的四少爷把什么人给娶进门了，咋啥也不懂呢，还跑到厨房和下人们掺和，要是让太太知道了，还了得吗？

她快速地对罗山红说：“四少奶奶，以后需要啥和我说，可千万别自己乱跑了，你是少奶奶怎么能到厨房来？”

罗山红听了这话简直不知道怎么才好，这大宅院里的规矩真多，女人下厨房这是多么正常的事啊。

她看了一眼丫鬟，不知道说什么才好，囧了一会儿才转身急急地往畅新园走去。急得小忧在后面紧着追，边追边喊：“四少奶奶，您慢点。”

畅新园的月亮门里侧的假山石边，站着一个年轻男人，他就是刚刚做了新郎官的四叔：一身浅灰色的中山装，上衣口袋别着一只崭新的黑色自来水笔，下面的两个衣兜没有盖子，笔挺的制裤直到脚面，一双锃光瓦亮的大皮鞋荧荧地闪着光亮。

四叔看见山红和小忧一前一后地站在自己面前，他没有责怪罗山红，而是把目光对准了小忧，有些严厉地问她：“四少奶奶去了哪里？”

“我去了厨房。”罗山红抢过话说。

“嗯，在，在厨房。”小忧也迟疑地说，好像犯忌的是自己，眼睛盯着脚上那双绣花鞋的一个盘带。

盘带松开了。

四叔极柔情地问：“你去那里干什么？饿了吗？”四叔的话语充满

了疼爱。

她抬起头，看到四叔满眼的深情，不知为什么泪水迅速充满了眼眶，这双似曾相识的眼睛，一样的明亮，一样的坚定，她想到了英杰。

她对眼前这个相貌有点像父亲的人有着莫名的亲近感，不知道为什么她满是疑惑的双眼里竟是第一次见到父亲时的那种惊慌，看他一眼，眼皮就压下了，可是他却还是盯着她看，看得她抬不起头来。

看见额头上浸着汗水面色潮红的罗山红，四叔竟有点心疼，他把手放在山红的肩上轻声地说道："以后你需要什么告诉小忧就好，不用自己去取。"随后又说，"快去整理一下自己，爸爸、妈妈都等急了，咱们快去见礼吧。"

山红温顺地点了点头。跟在四叔的身后，像一只温顺的小绵羊。

正在这时，银屏从院子外面走进来。

小忧说："银屏来了。"

四叔说："一定是老爷、太太等急了。"

银屏呵呵笑着进了畅新园，她看着三个人都在小院里站着，很是不解，便对四叔说："四少爷怎么还在这儿站着，太太都等急了，问都什么时辰了？"

四叔说："好，这就去。"

银屏说："快点吧，老爷、太太说你们见完礼他们还有事，不能耽搁的。"

四叔听了这话，赶紧拉着山红就往前院走，小忧追着他们说："四少奶奶的脸和衣服都脏了，要不要洗洗脸换件衣服？"

四叔头也不回地说了句："来不及了。"

其实再来不及也不差这一会儿的工夫，四叔心里憋着坏呢，他觉着这位新娘子还是一位没有经过调教的小丫头，得让她见识见识上官府的规矩，见识见识老爷、太太有多威严。

三个人尾随着银屏，急匆匆地去正房见爷爷、奶奶和那些远道而来的亲属们。

18.

正房正厅中央的一对蛟龙盘玉凤的紫檀木椅子上，正端坐着两位花白头发的老夫妻。山红一看，心里不禁抖了一下，

只见爷爷奶奶端坐在高堂上，不怒自威。

她慌忙低下了头。

一个老婆子过来对罗山红说："新少奶奶，前面端坐着的是你的公爹、婆母，该给二位高堂见礼了。"

罗山红听了这话有些摸不着头脑，什么见礼？怎么见礼？她心里一点准备也没有，也怪娘没仔细跟她说说，害得自己像傻瓜一样的不知所措。她抬起眼睛，求救似的看着四叔。

那位面带微笑而又显得很轻松的新郎官正用目光示意着她。

这时一个佣人走过来，递给她一个茶盘，上头有两碗热茶。

罗山红在四叔的暗示下，站起来垂着头，轻移莲步附身在爷爷、奶奶面前。

"公爹、婆母，您二老请用茶。"她低声地说道。

威严的爷爷接过茶，用茶碗盖拨了拨漂浮在水上的茶叶，薄薄地吸了一口，并没有吱声，继而将把茶碗放到了桌子上。

奶奶没有去接茶碗，她轻轻地咳嗽了一声问："怎么才来？是不是起来晚了？"

山红一听这话，羞得满脸通红。

四叔见山红窘了，赶紧接过话茬替她回答："不是的，母亲，她天没亮就起来了……"

奶奶看都不看四叔一眼，拉着长声说："我——没问你。"

"听说你一早就跑到厨房里去了？"

不知道谁的嘴这么快，奶奶看是很生气，但好像并不急于发作出来，甚至语气很有点问寒问暖的意思。

四叔却能从中听出奶奶的不满，他一看见奶奶脸上的表情就知道事情的严重性，也收起自己的笑容，对着奶奶规规矩矩地答应一声：“是。”

“饿了吗？”奶奶的语气开始加重了。

罗山红不知道奶奶和四叔心里的变化，她说：“我想去帮着做饭。”

山红的声音依然是低低的。

“你说什么？”奶奶笑了，笑得莫名其妙，她笑着回头看看大家，并且对这那些吃惊的亲属们说，“你们听听，她说她想做饭。”

罗山红不知道自己错在哪里，站在那儿，端茶水的手有些酸了。

奶奶的这种态度让四叔很是担心，他知道老太太下一步一定是急风暴雨式的发怒了。果真，话音刚落，奶奶就换作一副很严厉的表情对山红说：“烧火做饭有下人在厨房里忙活，这种事是你一个少奶奶该做的吗？”

奶奶压抑不住地不满。

四叔一见奶奶真生气了，他赶紧解围似的说：“母亲，她刚来咱家，还不懂咱家的规矩，以后就好啦。我会告诉她的。”

奶奶看着四叔，眉毛拧成了一个疙瘩，心里那个别扭。真是怕啥来啥，当初怕就怕她脱不掉下贱的坯子，现在看来，还真得管教管教了！

于是她严厉地对四叔说：“你别老护着她，她这个样子怎么能行？如今她是上官家的少奶奶，不是外面的野丫头。”

她用手指着罗山红，像训斥一个下人一样，让人难堪。

“你看看，你看看，她衣衫不整邋里邋遢，脸都洗不净，这哪里像我上官家的少奶奶，分明连我上官家的丫鬟都不如！”

罗山红手里端着给奶奶的茶碗，心里哆嗦成了一团，手也不停地抖，她虽然不知道自己错在哪里，但是她知道，今天的事情让婆母真的很生气。

她不知如何是好，于是慌忙跪在地上，说：“娘，对不起，我错了。”

在一旁的小忧吓得也赶紧跪下。

四叔见状有点心疼她了，他甚至觉得这一切都是他自己的错。

他抬眼看了看奶奶脸上威严的表情，不由得心里埋怨起奶奶来了。我的妈呀，她刚刚进府，本身就自卑，怎么能当着这么多人要她的难堪？这今后还要她怎么能在这府里抬起头，要是继续这样教训下去，他担心山红受不了。

于是，他也跪在地上，看着奶奶，眼睛里满是哀求和自责，只叫了声：“母亲！”

奶奶看见不争气的儿子跪下来给媳妇求情，心里有些悲哀，可又不能不给四叔一个面子，于是把话拉回来说：“我这也是好意，她是个少奶奶，少奶奶就得有个少奶奶的样子，别让人轻贱了自己！”说完这话她又对下人们说道，“把你家少爷和少奶奶给搀扶起来。”

于是，过来两个丫鬟前去搀扶四叔和山红。

小忧见状也站起来搀扶山红，奶奶见状厉声喝道：“小忧，你跪下！”

小忧还不知道怎么回事，却听见奶奶叫她跪下，吓得赶紧跪在那里。

奶奶说：“你家四少奶奶刚进府，啥事还摸不着门路，你是咱府里的老人儿了，什么事情你要多指点着，今个这事我不怪她，倒只怪你这个做丫鬟的失职，下回如再有这等事，我先唯你是问！”

谁都知道，奶奶对小忧的态度，无非是在给罗山红找补个面子。

小忧是代人受过而已。

小忧虽然委屈，但她在这个时候只能委屈着，谁让她是个奴才。

她听见奶奶的训斥，只得谦卑地低声说：“是，是。”

奶奶又对着四叔说，但话是说给罗山红听的。

“我说你也别老护着她，她这个样子也该调教调教，以后让她跟着你大嫂学诗书礼仪、跟着你三嫂学女工针织，上官家的少奶奶个顶个的百里挑一，千万别在这儿坏了门风！”

奶奶训斥罗山红的整个过程，爷爷没有插过一次言，他是一个无心过问这些婆婆妈妈小事的男人，所以他一直保持沉默，甚至别人也无法从他的表情中看出他对此事的态度，他就是这样的一个人。

敬茶礼仪终于结束。

四叔带着山红逃也似的离开了正房。

19.

四叔还是发现了罗山红不是处女之身。

四叔在西方国家生活了四年，四年不长，但也不算短，这四年时间，足可以改变一个人对整个世界的看法和对一切事物的认知。四叔也不例外，他变得不像那个时代的中国人，对贞洁抱有极其固执的信念认为贞洁比生命还重，他也变得西方人难以理解的性保守。他看不惯西方社会那种性解放，但对中国几千年封建社会所流传下来的保守思想不齿。

山红看着汗流浃背的四叔怔怔地盯着那块没有落红的白布，就明白了，她张了张嘴，却又不知说什么才好，潮红的脸上写满了尴尬，四叔心疼眼前这个历尽千辛万苦才娶到的女人，他舍不得让她有一丁点的为难。

甚至他不想过分计较罗山红的以前，他相信总有一天，他们会无话不谈，他在等待，等待她敞开心扉来讲述她昨天的故事，他迅速地抓起桌上的水果刀猛地向手掌划去，血，一滴一滴地滴在洁白的方布上，罗山红“哇”的一声大哭起来，她倒在四叔的怀里哭得柔肠百转，天昏地暗，她许久许久没这么痛快地哭过了……

在以后的日子里，罗山红竭力地尽做妻子的本分，对四叔付出的真情与亲昵给予了同样热烈的回报。

四叔是在新婚不到十天的时候坚持要接手三叔所打理的上官家生意的，这是爷爷答应他娶罗山红的唯一交换条件，他必须无条件接受。

爷爷并没有要求他这样快就离开他的新娘子，可以说，四叔完全可以度完蜜月再去履行自己的承诺。他却在爷爷、奶奶都来不及思考为什么的时候，提出要去锦州，因为四叔是一个有情义、有担当、有责任、有信誉的人。

这一次，真的大大地出乎了爷爷、奶奶的意料。

四叔的决定让爷爷、奶奶很吃惊，但是也为儿子不贪妻恋子感到高兴。爷爷对四叔说：“上官家近千垧地和上官府里里外外归你三哥照管，实属鞭长莫及。现在你接手生意上的事情，我就可以退下来颐养天年了。以后少不得你要四处奔波，家里面你就不用操心，我和你妈会照应着。”

爷爷这话无疑是给了四叔一颗定心丸，四叔没有啥不放心的。

一切都没有着落，四叔也不可能要求把妻子带走，罗山红只好留在家里学习诗书礼仪和女红针织。

罗山红是在四叔走的这一天见到柯莲的，四叔走后她本不想出门，她想在四叔走后的第二天再去拜访上官家的这位大少奶奶的。可是想不到柯莲却先抢着来了，这让罗山红还多少有些感到意外。第一次见到这位大少奶奶，并没有引起她更多的感觉，只觉得这位身材修长面色发白的女人有点过于娇嫩了。等到了她去丁香苑去拜访她的时候才真正地感觉到了她的与众不同。

那天，骄阳下的上官大院是那样的寂静，大太阳像要把一切都要烤焦了似的。

上官府的这个时间是最寂静的时候，长工、短工下地劳作，家里面的太太奶奶们都躲屋子里面绣花做针线。自打到了上官家，罗山红怎么也过不惯被人伺候的生活，就连丫鬟小忧给她端来洗脚水她都觉得十分不自在，恨不能她亲自给小忧洗脚，所以就把小忧这个丫头给惯坏了，这样大毒日头下，她才不肯跟着少奶奶出来晒太阳。

罗山红匆匆在穿廊下走着，下院那个水井到院子旮旯那口大水缸的过道上，她看见一个挑水的小伙子，草帽下面是两只黑色大胆的眼睛，在富有弹性的脸颊上还有一对儿黄褐色、浅浅的酒窝。

由于走得窘急，那小伙子看见罗山红走过来，担着沉重的两只水筲的身体一下子站不住，惯性使他停下脚时还有些站不稳，他叫了声：“少奶奶好。”

罗山红看了他一眼，点了点头，没有说话，自己悄悄地走了。

中院拐角的夹道上，她还瞥见了一个吸烟的女人，这让她的眼睛一下子就凝住了。她停了下，仔细地打量着这位娇小但是有着妩媚身姿的女人，年龄比她大不了多少，眼泡略有些肿，而且呈现出青黑色的小小的眼袋，这一定是长期睡眠不足引起的。

望着她那两根指头夹着的香烟，她觉着好像她那长长的兰花指是和烟长在一起的。

她仰着头，冲着天空吐出一口长长的烟雾，嘴巴发出咝咝的响声，贪婪而又陶醉，山红觉得那声音像极了菜地里一条菜青蛇发出的叫声。

山红拐进大少奶奶院子的时候，还在想那个有着烟花女子一般的风尘味儿的女人是谁，她觉着上官府根本就不可能有这样的女人。

20.

篱笆、菜园，一片黄色的迎着太阳盛开着的向日葵花朵，开着紫色花瓣的豌豆架上，几只闪动花色翅膀的彩蝶把小小的脑袋钻进了花蕊里，这一切让罗山红仿佛又回到了清泉的家。

丁香苑里姹紫嫣红，全然没有了丁点燥热的气息。

柯莲身穿一袭素白，带有手工刺绣的老苏州绸缎旗袍，像一朵淡雅的玉兰花，在一丛盛开着的丁香树阴影里乘凉。一把藤椅、一卷古书和一个团扇，成就了一幅绝美的古色古香的仕女图。

罗山红的两只眼睛很快地就看遍了她的全身，从那旗袍紧裹着的坚硬得像处女一样高耸的乳峰，看到了开衩露出的匀称修长的两条大腿，仔仔细细、认认真真看了一遍。

丁香树下看书的柯莲不经意间抬起头，用手帕捂着嘴，轻轻地咳嗽两声。

她脸色青白，竟显得连嘴唇也有些发白了，她就这样青白着嘴唇笑笑，活脱一个弱不禁风的林黛玉。

看见了月亮门边站着的罗山红，仿佛看到了一个谦卑而又野性的笑容，是完全没有经过驯化的原始味道，让她感觉到的这种温馨，就像是旷野上吹来的一股带有阳光味道的风，她太需要这种淳朴而又简单的问候了，于是，她从藤椅上站起来，招呼她进来。

罗山红发现她的身子在从藤椅上站起来的一瞬间，轻轻地摇晃了一下，然后就稳稳地站住了。然后，她迈动小而优雅的步子，迎着她走到月亮门前，极其热情地拉住她的手，又用手里的蒲扇给她扇了两下，打趣地说："是四弟妹，看你，事先也不派丫鬟说一声，你看我这不修边幅的样子让你见笑了。"

罗山红见她如此说话，便小声地回敬道："看大少奶奶说的，您这么个体面人，还用得着故意打扮？和您一比，都让我感觉自己是个野丫头了。"

柯莲十分亲切地把她拉到丁香树下，那种亲热劲儿是罗山红到上官府以后第一次遇到的，像亲人一样。

以往她在别处遇到的不是虚心假意的客气，就是不冷不热的招呼，再就是爷爷、奶奶的那种怕人的威严。让她压抑，觉得这个上官大院有点冷，凭自己怎么全心全意地付出，也得不到他们一点的热情来对待自己。

自小幽居深山与山林和动物为伍，后来又一心抗日保家卫国，她的心里是装不下世俗的东西的，她是个没有经过凡世间烟尘污染过的仙葩，美丽而又纯洁。

这时候，大少奶奶招呼道："快坐呀，想什么哪？"

罗山红被她这样一叫，慌张地抬起头，看着院子里绿油油的青菜和花圃里开得娇艳的花，夸赞道："你这里的花花草草，真是让人欢喜。大嫂是个勤快人，看把这院子侍弄得多漂亮。"

"喜欢你就常来坐坐。"

“怕你烦呢！”

“哪能，我这院子极少有人来，清静得很，我还盼着来个人和我说说话。”

“那我以后就常来了。”

“好呀！”

柯莲说话的工夫，回过头对着正在小菜园子里拔草的丁香喊道：“快去给四少奶奶搬把大椅子来，这张坐着不舒服。”又回头对罗山红说：“这丁香树下凉快。”

丫鬟丁香从园子里站起身子，用手轻轻地捶了几下累酸了的后腰，又把湿漉漉的两只手在抹布上擦了两下。

罗山红看到她身后的月亮门边，进来一位挑水的男人，担了一担子水，走到墙角的水缸边，扁担还在肩上，他就把两只还在扁担上的水筲逐一倒进了水缸里。

罗山红突然感觉这个挑水的男人那宽厚的背影竟有些像我的父亲，心里着实地颤了一下。

丫鬟麻利地从屋里出来，手里搬着藤椅，笑吟吟地对挑水的男人喊道：“昨儿的水刚刚晒好，今儿你又加了新水，那不白晒了？”

挑水的男人已经走到月亮门外了，他回头冲着丁香笑了。说话的工夫，罗山红看到一张年轻的脸，弯弯的笑眼，一张还没有挨过剃刀的脸，她就知道，这是刚才自己在井边遇到的那位小伙子。

他回答说：“今个太阳毒，晒上大半天，明儿一早我就来给花儿浇水、剪枝，正合适。”

罗山红回头时，正碰上笑盈盈的柯莲看着那个逐渐远去的背影，两个人的眼神对了一下，她发现她青白的脸有了一点红晕。

看见罗山红看她的眼神，柯莲有些意识到自己失态了，她赶紧解释道：“他呀，是府里的花匠，人很勤快，见天地往我这水缸里担两担子水，说是晒着，不伤花根儿。”

罗山红点头的工夫，丁香就把藤椅搬到丁香树下。两个人落座，罗山红自觉谦卑，屁股仅挨了一点椅子边儿。柯莲看见了又说："看看、看看，这么不实在，以后到我这里就像在自己那里一样，要不我可就生气了。"

罗山红被丫鬟丁香硬往椅子上按，她只好坐下了。

丫鬟丁香还像看西洋景那样端详了她一阵，嘴里发出啧啧的赞叹声，说出话来像抹了蜜一样的甜，她十分赞赏地说："四少奶奶长得可真好看，可着抚宁县扒拉也难挑出第二个来。佣人们底下都说，这回真是开了眼了，这样的美人落到咱家里，想什么时候看两眼，就什么时候看两眼，真是饱了眼福了！"

罗山红被她这么一夸，还真有些不好意思起来，她红着脸对柯莲说："大嫂调教出来的丫头都这么会说话，我都被她夸得快驾云了。"

她看了一眼柯莲，柯莲正把两只茶盅摆到石桌上，听见这话便说道："哪里是她夸你，你是真的养了她的眼，让我们这些粗手大脚的悍妇无地自容。"

罗山红被她这么一说，急急地说："大嫂你再这样说话，我可再也不敢到你这丁香苑里来了。"

柯莲和丁香都大笑起来了。

几个人说笑了一会儿，罗山红看着大嫂柯莲调教的这个跟水葱似的，健康开朗的丁香，心里就有些喜欢，眼前立即浮现出小忧那张苦瓜脸。柯莲此时发觉罗山红后面没跟着丫鬟，心中奇怪，就问："小忧哪？她怎么没跟着？"

罗山红说："我一个人能来，这样的爆热天，别让她跟着受累。"

丁香一听这话，就觉着那个长着雀斑的小忧丫头太有福气了。

柯莲把手里那盏丁香刚刚沏好的茶水，放到山红的面前说道："你是主子，千万别惯坏了丫头。"

21.

罗山红学习诗书礼仪以及女红针织的生活也是从此庄严开始，从此她每天奔波于畅新园与丁香苑之间，不思劳苦、勤奋好学，俨然一位赶考的举子。她学得是那样认真，那样辛苦，又是那样的任劳任怨。

柯莲是在盛开的丁香花树下，闻着带有一点苦丝丝的清香味道，向她讲述了关于上官家森严的家规和诗经中色彩缤纷的诗句，让她看到了一个铁面无私把脸板成铁青色的执法者和一位身材窈窕的淑女。

她手里舞动着一支丁香花，眼睛紧盯着对方的嘴巴一刻没有放松，并把它们都牢牢地记在了心里。

学习并不是一帆风顺的，比如去三少奶奶马婧影的小院学习女红针织时，却遇到了前所未有的冷遇。那天，正赶上马婧影抱着小猫儿在梨树底下晒阳儿，听了罗山红的来意，她就把嘴一撇、眼皮一挑，充满了嘲笑，夸张地转了个圈，给了她一个背影，并且还一副不屑的样子说："什么诗书礼仪？女红针织？装什么装？这上官大院看起来风风光光、体体面面，其实肚子里面个个都是鸡鸣狗盗、男盗女娼，没一个好东西！"

罗山红不知道她这话是说给谁听的，也不知道自己无端地遭遇这些究竟是为了啥，反正听了这样话，不但感到了自己在这里不受待见，同时也让逐渐在她心里面筑起的关于上官大院的那个威严而又神圣的堡垒轰然倒地。

其实，罗山红不知道，马婧影正为四叔提早接替三叔打理生意的事情而生气。她并不认为四叔留在家里是帮助爷爷和三叔，相反她觉得这是爷爷或者是四叔的一个诡计——那就是想过早地削弱三叔手里的权力，想把上官家的家财囊括其中。

她有这样的想法却不敢说出来，只能把罗山红当成她发泄的对象了。

可罗山红全然蒙在鼓里，她既不知道马婧影的想法，也不关心上官大院将来归谁掌握，她只是照着奶奶吩咐的去做，做一个合格的上官家儿媳就好。

罗山红在马婧影那里遭到了冷遇，自然奶奶交代让她学习女红针织的课程是没法进行下去了，她茫然地从马婧影那里往回走，心中气恼，更是对上官家待人冷漠的态度有点心寒。

中院拐角的夹道上，她又看到那个抽烟的女人，紫褂子，镶着绿宽边儿，没穿裙子，只穿着绿裤子，上面有由黑字连成的横宽条儿。裤子下面露出着一双漂亮的绣花鞋，花儿绣得很美，鞋上端缚的是白腿带儿。她想起闹洞房那天就是她帮着她解的围，她该叫她三姨娘。

上官府里有许多人她还记不住，叔叔、婶子、大娘的常叫不准，要是小忧跟在后面就好了，这小妮子这几日不知道疯到哪儿去了，天不黑不回畅新园，一夜不归的时候也有。

她一度也把这个女人看错了，想叫她姐姐，可是，看见她老在那个地儿抽烟，就罢了。

她常听娘说，只有城里暗门子才靠着门框抽烟，于是，她就躲着她走了。她觉着再好看的一个女人，只要是一叼上烟卷就有了一股风尘味儿，就不招人待见。樱桃沟就有抽烟的女人，那是招弟她娘，土灰色的脸，头发乱得跟个毽子似的，两个指头熏得焦黄，一张嘴就会喷出一口臭气；还有锁柱的奶奶，站在粪堆旁老是跟人说儿媳偷嘴吃，一说就是满嘴白沫子。罗山红不喜欢女人抽烟，父亲血洒大青顶子那个时候，在她痛不欲生的时候，妈妈为了转移她的痛苦，曾多次让她学抽烟，但她一想到招弟他妈和锁柱的奶奶，就忍下了。

她低着头想从侧门绕过，那个女人却冲着她笑了。罗山红像有人施了定身法，停下了脚步。她站下，看着她冲着天空吐出一口烟，嘴巴还是发出嘶嘶类似于菜青蛇的响声，她还看到那缕烟在她头上慢慢地散开，看到一缕风在房檐上跑步，把房檐上的一缕尘土给吹下来了。

罗山红站在那儿一动不动，她把目光已经抬得很高了，房檐下阳光很耀眼，把她的眼睛给刺痛了，她轻轻地合上眼睛，觉得脖子也有些酸痛。

三太太手中的那支烟，差不多已经抽完了，白白的烟灰在她指尖轻弹下，像雪一样飘落下来。她一只胳膊抱着另一只胳膊，另一只胳膊竖起来偶尔往嘴里送烟的姿势变了，她伸出没拿烟的手，轻轻地向她招了招，嘴里轻声说：“过来。”

罗山红往前挪了几步，她想，这个三姨娘，她要干什么？她的黑眼睛就一直盯着她看。

黄桃儿终于抽完一支烟，她把烟蒂投到远处的小水坑里，烟蒂落到水中的时候，火红的烟头吱吱地怪叫几声就安静了。

罗山红望着烟头发愣，烟头的另一边还留有黄桃儿的花唇的温度，那种微温而风骚的温度。

罗山红笑了一下，她的笑算是一个清晨的问候。

黄桃儿没笑，她伸出手，很认真地在山红的短衫的盘扣上摸着，好像要把盘扣小心地从她的衣服上剥离下去。

山红依然面含微笑，但心里恐惧着她要干什么。

那只细腻微凉的手，摸了她一会儿，突然说：“让人给撅出来了吧？”

罗山红当然明白她指的是自己刚才在马婧影那儿受到的冷遇，她不回答，依旧还是微笑着。

黄桃儿把手伸到山红的脸蛋上，突然加重了力量，拧了一下。

山红笑不出来了，黄桃儿却说：“不就是学绣花儿吗？找谁不行？上官府又不是只她一个人会。”

罗山红听了这话，不知道自己该说啥，黄桃儿不管山红愿不愿意，就毛遂自荐地说：“明儿来姨娘这儿，我教你。”

罗山红没说话，只是点了点头轻轻地走了。

第二天，罗山红竟真的来了黄桃儿的小院儿，好像鬼使神差。

黄桃儿好像知道山红必来一样，正在屋子里挑花丝线，六股的绣花丝线被她的两个手指捏着，然后又被小拇指轻轻一挑，就又被她破成两股，然后小心地分开，夹到书中。

罗山红感到，不抽烟的三姨娘煞是好看，而且还没了那股风尘味儿，眉眼比大少奶奶还俊，嘴角比三少奶奶还秀气，她不由得想，这位看起来年龄和少奶奶们差不了多少的姨娘，怎么会嫁给了一位足可以做她爹的老头儿？真是可惜了。

想到这儿，她偷眼向炕上面望去，看着那炕上铺着的锦缎被褥，花团锦簇散发着一股热烘烘的味道，让人想起被窝的那些事，也让这位新娘子一时竟想到这一对儿老夫少妻，晚上该是怎样的一场床榻盛宴？

罗山红站在门边，怯生生地叫了一句："三姨娘。"

黄桃儿抬起头，对着罗山红很灿烂地笑着了一下，眼睛依旧盯着花丝线，最后连嘴都帮上忙了。

她叼着线的一头，言语不清地招呼说："进来。"

山红就进来了，站在炕边。

黄桃儿分好了线，又给了她一个春光明媚的笑颜，然后下地亲自给山红端来果盘，摆在桌上。

黄桃儿的小炕桌上摆着爷爷的西洋钟，正滴滴答答地走着，这说明昨夜爷爷是在这里过的夜，被滋润过的黄桃儿是那般风采迷人，连走路都很拽，丰腴的屁股扭得万紫千红了。

山红想，难道老爷这般年纪了还能满足得了这位美少妇，还是这风骚的小女人能让老男人也焕发青春？

丫鬟可儿说："铁观音沏好了，花撑子都绷上了，三太太就等你来了。"

山红微笑着接过了茶盅。

罗山红从此就到黄桃儿这儿来学习刺绣了，渐渐地熟络起来，黄桃儿就对她说："傻丫头，你当大太太当真让你做女红？她不过是想磨磨你的性子罢了，哪能真指着你做活计？"

罗山红也笑了，她心想，磨就磨吧，既嫁到这儿，就没打算由着自己。

让山红感觉，上官大院里黄桃儿的笑声最多，而且个个都无始无终，让你怀疑它是怎样起的，怎样收的，怎么就能那样喷薄而出，你看到的就是它最耀眼的一部分。

22.

柯莲是有目的选取罗山红的学习内容，她把教授诗书放在了第一位，从诗经又讲到了李清照和上官婉儿，让一个个活灵活现的古代奇女子都鲜活地站立在罗山红眼前。给她打开了一扇更广阔的天地。这样一来，这位原本就温柔多情的女子的血液里不但恢复了抗战时期对敌斗争中锻炼的钢铁意志，而且更具有了古代女子的才情。

柯莲坚定地认为上官家的家规虽然森严，但只要记住三从四德、学好了《女儿经》也就能恪守了妇道，用不着整天板起脸背诵上官家训，那种冗长的没有丁点人情味儿的清规戒律，能束缚人的一举一动，一并束缚的还有人的思想。相反，她觉着，女人只要有了文化，就知道了礼义廉耻，就注重了自己的言行举止，所谓“腹有诗书气自华”就是这个道理。女人不但应该相貌美丽，风度和气质也是后天通过学习可以打造的。这一点，她坚信。

时光汩汩湍急，有了新鲜内容的日子便过得有滋有味，便不再漫长，半个月的学习，让罗山红既懂得了相夫教子又懂得了精忠报国，整个人都变得豁达起来，原先的那些灰暗、狭隘和百无聊赖都被充实的学习生活所代替了。

站在丁香树下，她一边回忆着飞溅流失的过往生活，一边望着那位汗流浃背的小花匠在花圃里左右忙活。她觉着那浑圆的肩膀，和上下挥舞的手臂，充满着活力与激情。

罗山红正在胡思乱想，小菜园子里钻出了小丫鬟丁香。

丁香手里抱着一只小簸箕，里面躺着些刚刚摘下来的小黄瓜和豌豆角以及一些时令蔬菜，她对罗山红说：“四少奶奶，刚刚摘下来的小黄瓜嘎嘣嘎嘣脆，我给你洗一条，你尝尝。”

罗山红看着她那细嫩的皮肤上浸出豆大的汗珠，和水里面鲜艳欲滴的小黄瓜，十分愉快地说：“好啊，这么新鲜的黄瓜呀，你洗吧，我吃。”

丁香放下簸箕，拿出两条黄瓜在水缸外用水瓢洗着，又把两条黄瓜洗完之后，想放到水缸里凉着，突然想起什么，对着小花匠喊道："陈惠生，你去井里挑一担子凉水来，我好泡黄瓜。"

小花匠答应一声，丢下手里的小花铲，担起水缸边的水筲担子就走了。

丁香把一条还滴着水的黄瓜递给了罗山红说："一会儿凉水来了就好吃了，咱吃凉的，解渴又脆生。"

罗山红笑着接过黄瓜，甩了一下水，放到嘴里嘎嘣一下子，就咬断了一节，然后无所顾忌地咔咔地嚼起来，她觉着在这里这样吃黄瓜，好过上官府餐桌上任何美味佳肴。

大少奶奶柯莲正从屋子里出来，看见两个人的吃相，撇着嘴逗她们，"看看、看看，你见过谁家的少奶奶这样吃东西，瞧瞧你的吃相，要是让太太看见，还不把你给骂死。"

丁香狠咬了一口黄瓜，笑着说："太太不会来咱这儿的。"

罗山红看这主仆俩的亲昵劲儿，心里别提多羡慕了。

柯莲说："别顾着吃，咱今天讲蔡文姬的《胡笳十八拍》。"

罗山红小心翼翼地问："蔡文姬是谁？"

丁香说："是东汉末年的一个伟大诗人，也是女的。"

罗山红惊诧一个小丫鬟竟也懂得什么朝什么代的，她真羡慕大少奶奶身边的人，能耳濡目染地接受一些她闻所未闻的知识。丁香却说："别人是近朱者赤，我是近墨者黑。"

柯莲笑着骂她贫嘴，怪她在四少奶奶面前卖弄。

丁香吐了一下舌头说："我去给你们找书去。"柯莲拍了一下脑袋说："嗨，怎么忘了，瞧我这记性，刚才还想着拿出来，出了门就忘了。"回头又对丁香说："你知道是哪本书里呀？还是我自己去取吧。说完就进了屋里。"

丁香望着柯莲那修长而又清瘦的背影，眼睛蒙上了一层雾一样的东西，她轻轻地叹了口气，对罗山红说："四少奶奶，自从你来咱这丁香苑，我们家的少奶奶好像快乐多了。”她叹了一口气说，“你要是早几年嫁到上官家就好了。”

罗山红看了她一眼，她喜欢这个女孩儿这样和她的主子贴心贴肺，更高兴看到这个孤独的女人有了一个胜过姐妹的丫鬟在身边，来打发长长久久的孤独。

她嗔怪地说了丁香一句：“看你，好像大少奶奶原来不快乐似的。”

丁香低下头，无限悲凉地说：“活着，强颜欢笑罢了，在这个大院里再也找不出一个比大少奶奶好的人了。”

一阵清风拂过丁香树的枝头，传来了一阵窸窸窣窣的响声，也一并带来了苏子河淤泥的沉重气味。

罗山红看着这个替主子着想的小丫鬟，陷入了无限的悲苦之中，心里一阵感动。她觉着这主仆俩分明就是一对儿心灵相通、骨肉相连的姐妹。

她看着丁香说：“要是因为我而让大少奶奶快乐，那我也太高兴了。”

丁香说：“其实这些年能陪大少奶奶的只有那些诗书了，还有古代那些识文断字的才女，你看她讲解李清照时候的眼神，多有活力呀，你听听，‘倚门回首，却把青梅嗅。’经她一讲解，我都感觉到了那种懵懂而又晦涩的青葱岁月。”

她说着，叹了一口气，重复了刚才那句话：“你该早点嫁进上官家，要是几年前你就来了，我们家的少奶奶就不会这么寂寞了。”

罗山红却对这话，产生重重的怀疑，她暗想，难道一个女伴和几本诗书，就能让一片枯萎的心灵滋润起来？

23.

柯莲手里捧着一本线装古书，纤细白嫩的手在泛黄的旧书上显得水葱一般的细腻，连淡蓝色的血管都看得清清楚楚。

这是一个多么完美的女子呀！

罗山红看呆了。

柯莲边走边说：“幸亏是我去找了，好些年都不看了，压到最下边，让我好找。”

丁香在石桌附近摆好了两只藤椅，一壶茶水和一个果盘，自己又搬了一个小板凳坐在柯莲的下手，她双肘拄着大腿，两只小手托着下巴，呆呆地看着翻书的柯莲，那神态像极了一只小狗似的很是可爱。

正在这时，奶奶房里的丫鬟银屏走进院子，看见三个人正襟危坐，就笑着说：“什么事这么全神贯注的？”

丁香平时和银屏最要好，一见银屏进了院子，一下子从小板凳上跳下来，跑过去亲昵地拉过银屏的手问道：“哎，你怎么有空过来？”

银屏羡慕地说：“我哪有你这么闲，大少奶奶都快把你惯上了天。”

她回头又对柯莲说：“大少奶奶，太太让我来取牡丹花样子，她说大少奶奶画的牡丹花最好看，看着吉祥、红火，最对她的心思。”

柯莲就问：“马上就数伏了，手上浸着汗，谁还动针线？”

银屏说：“太太的枕头磨边了，按说早就该换新的了，可她舍不得扔，这回想让三少奶奶给她绣两个枕头顶。”

丁香听了这话，才恍然大悟地点了点头说：“我说你咋有时间串门子，原来不是找我玩的呀。”

柯莲听了银屏的话，又转回身去取花样子。

银屏趁这时把丁香拉到一边，悄悄地对她说，刚才看见小花匠从丁香苑里出去。

丁香满是疑惑地问：“是呀，怎么了？”

银屏惊异地说：“你胆子够大，敢把相好的往自己的院子里勾。”

丁香一拳打在银屏的肩上，不满地说：“胡说啥呀，跟你说了多少遍了，他是我四婶子的弟弟，差着辈分哪！”

银屏一抬头，把两只狡黠的眼睛一瞪说：“我可是提醒你了，有人看着不顺眼，当心他挨揍！”

丁香一听这话，知道银屏不是跟她逗着玩儿，于是警觉地问：“谁？”

银屏把脖子一耿，斜眼看着丁香，假装疑惑地说：“你说谁？这满院子的男丁，谁最惦记你，你还不清楚？”

丁香一听这话，气得满脸樱桃色的红晕，颇为不齿地说：“我当是谁，就他那猴儿样也来惦记我？也不撒泡尿照照自己，有没有那个德行！”

银屏照着她的肩膀捶了一下说：“小声点。”

丁香低着头吃吃地笑了。

柯莲手里拿着花样子从屋子里面走出来，罗山红看见她手里那张花样子上的牡丹花，开得热烈、红火，充满了春意。和眼前这位脸色惨白，额头上已经有了细细的皱纹的脸，形成了鲜明的对比。

银屏接过花样子，别过两位少奶奶和丁香，走了。

柯莲重新坐好，打开书，轻轻地诵道：

我生之初尚无为，
我生之后汉祚衰。
天不仁兮降乱离，
地不仁兮使我逢此时。
……
十六拍兮思茫茫，
我与儿兮各一方。
日东月西兮徒相望，
不得相随兮空断肠。
对萱草兮忧不忘，
弹鸣琴兮情何伤！

读着读着罗山红就走神了，她开始思念起高墙之外的顺儿，不知道这个孩子现在怎样了？没有她在身边的日子过得习惯吗，吃得好不好？生没生病？

24.

玉米长出了尖尖的绿芽，见天地疯长，一个半月以后，连乌鸦的脑袋都藏进去了，玉米吮吸着土壤里的养料，结了苞，抽了穗，玉米秆灌上了香喷喷、甜丝丝的乳浆。

罗青山蹲在地头，听着风吹叶子噼噼啵啵的声音，手里的旱烟快要烧到手指头的时候还丝毫不觉。

在地头上拔草的杨母见到丈夫一副闷闷不乐的表情，就问："咋了？咱这有吃有住的，上官家还把这块良田给了咱，咱的苦日子可算熬出了头，你咋总还是愁眉苦脸的？"

罗青山望了一眼远方天际边的一抹红霞，把手里的烟头狠狠地丢了下去，看都不看老婆一眼，自己向着田野深处走去，边走边自己叨咕说："山红都嫁过去这么长时间了，咋一趟也不回来，也不知道这丫头在里面过得咋样？"

杨母小跑着追了丈夫几步，听了这话也陷入了迷茫。她心想：说也是，这上官家对山红这孩子咋样？再说这丫头走了几个月了，就不想着来看看孩子，有这么当娘的吗？不会有啥事吧？其实，自从山红嫁过去，这做娘的心就像十五个吊桶打水七上八下的没一天平静过，不过是把这隐隐的担忧藏在心理自己承受罢啦。

夫妻二人各自想着心事，向古楼镇的后街走去。

南园子村外的田野一片透明的寂静。远处，黄土路后面，起伏的土岗那边，人们在忙着打扫场院、整理农具，不时响起赶牲口的鞭子声，这里——大道边——长满了已呈灰绿色的矮蒿，被羊吃过的野草茎，像祈祷似的弯着腰；头顶上，是飘着闪耀着宝石般光芒的蛛网似的，像晶莹的薄冰一样日益晴朗的晴空。

身后传来了梁老歪牧归的吆喝声和鞭子炸响的声音。

杨母悄悄地对丈夫说：“自从咱搬进上官府老宅，这梁大哥咋和咱疏远了？”

罗青山回了一下头，对老伴说：“你懂啥？咱和上官家攀上了亲戚，他这是看咱攀上了高枝，觉得够不着咱了呗。”

朴实而又实惠的杨母听了罗青山的话，觉着这样是慢待了梁老歪，怎么说人家对咱有恩。她对丈夫说：“这么说是咱的不对，咱可不能忘了恩人呢。”

罗青山点点头，“你说的对，咱站下，等他一会儿，把话说开了，咱可不是那忘恩的人哪。”

杨冬琴听了这话，赶紧附和说：“对对对！我也是这样想的。”

二人站在通往南园子的黄土路上，向后面张望。

远处的田野在夕阳的照射下，变得四青六黄，而阳光又被漫山遍野的黄土给揉碎了，而后，又慈祥地铺展开来。你忽然就觉得，下沉的太阳不是坠向西山，而是落进了老羊倌那双迷茫的双眼里。

梁老歪赶着羊群，向前走着，羊群像一团一团的白色云朵，向罗青山他们这边压过来，蓝汪汪的羊叫声连天扯地弥漫了整个黄土小路。

梁老歪把鞭子扬起来，猛地甩了一个炸响，羊群像波涛滚过一样，轰隆隆响着，扬起一片烟尘。

突然，老羊倌似乎发现什么，羊群的正前方站立着一男一女两个人。好奇心使他眯起眼睛仔细地瞧过去，心想，怎么有点像，像罗家夫妇？想到这里他闷不做声地随手拉过头羊，拐向了岔道。

罗青山看见梁老歪故意躲着他，就紧着追了两步，跑到他面前，他抢过老羊倌手里的鞭子，又把头羊给拽了过来，嘴里叫了声：“大哥，你这是干啥？你不能老是躲着我呀！”

褪了色的用陈年高粱秆皮子编成的草帽帽檐，在他那张苦着的黑脸上，投上了一圈暗影，被阴影一遮，两颊上的皱纹显得更深了。

老羊倌不知所措和罗青山对望了一眼，他们眼神打得空气立即呼呼啪啪地一阵哆嗦，他紧抓着鞭子的手垂下了，随后就地蹲到了黄土路上。

过了一会儿他抖着满嘴花白胡子，对罗青山说出了心里积压许久的话。他说："您现在是财主了，不比从前，我哪敢和您称兄道弟，攀您的高枝？我现在都得仰着脸来看您不是？"

罗青山满腔的热血顺着紧握着老羊倌那条赶羊鞭子的手指头，流到手腕，顺着凸出的青筋缓慢地流到遍身。他脸色发紫，神色庄重地对老羊倌说："这么说，大哥你是挑我慢待你了？"

梁老歪一拍大腿，把花白的胡子翘起来说："这是啥话呀！我哪敢挑您的理儿呀，我说的都是真话！"

罗青山还想说什么，一边的杨母看在眼里，解围似的对老羊倌说："大哥，你说这话就见外了，当初我们拖家带口地来到这地界儿，要不是你收留我们，哪有我们今天？你是我们的大恩人哪，我们别说和上官大院攀上了亲戚，就算我们做了皇亲国戚，也不敢忘恩。"

梁老歪听了这话，怀疑地歪了歪脑袋，认真地看了看罗家夫妇，他们满是沧桑的脸上写满了真诚与渴望。

他把眼皮一挑，怀疑地问道："这话当真？"

罗青山点了点头，"当然真的。"

"你们不嫌弃我？"

"这是哪里话？"

梁老歪高兴了，把歪着的脖子向后一挺，站起来，接过罗青山手里的赶羊鞭子说："那好，我今晚就不回上官大院吃晚饭了，我去你哪儿喝两盅！"

罗青山赶紧点了点头说："太好了，喝两盅，让你弟妹炒两个下酒菜。"

老羊倌一扬手里的鞭子，啪的一声，那群羊又像惊雷滚过了田野，轰轰隆隆地过去了。

晚上，老羊倌如约来到了罗家，他的到来使得罗家久已沉闷的气氛开始活跃起来。

罗青山把他拉到小炕桌边，杨母给他烫好了一壶老酒，顺儿轮流骑在两个舅舅的肩上玩耍着，一片祥和。

梁老歪的到来，不但带来了欢声笑语，他还带来了山红平安无事的消息，叫他们提着的心总算放回了原处。

梁老歪对罗家夫妇说："好着哪，四少奶奶享福了，每天去大少奶奶那里学习识文断字，去三太太那里学着绣花儿，四少爷对他也是没法再好了，现在她呀，算是掉进了福堆里了。"

杨冬琴乐得合不上嘴,一边抹着眼泪一边连连说:"这就好,这就好。"

罗青山一口酒下肚，埋怨起闺女来，"这丫头，嫁了人就忘了爹娘了？"他抬头看了一眼顺儿,顺儿正把一粒花生米放到嘴里,嚼得满口香。

罗青山若有所思地说："连咱顺儿都忘了？"

梁老歪只顾着往嘴里添着新鲜的瓜片肉，他把酒杯里的酒一下子就倒进嘴里，然后用两只长满老茧的大手揪着葱叶，长长的大葱叶子被他揪成了一小段一小段的，抿了一口豆瓣酱，在嘴里嚼得满口都是辣气。他哈着嘴里的辣气说："我说句不该说的话，有些事是急不得的，心急吃不了热豆腐，是疖子总要出头的，有些事是要靠着时间磨的，磨久了也就水到渠成了。"

梁老歪这话明摆着就是话里有话，他自己明白，罗家夫妇当然也明白，这种心照不宣的话，他只能点到为止。

罗青山看了一眼老伴。

杨母把孩子从大刚身上抱下来，放到自己的大腿上。

顺儿在姥姥的帮助下，吃起饭来。

做饭的老女佣端来了一盆热气腾腾的烧猪脚，罗青山招呼梁老歪赶紧吃。

杨母叹了一口气说："咱顺儿可怜哪！"

25.

四叔是在出去的第八天夜里从县里跑回来的，这是他接手三叔打点生意后的第一次回家。

他一回来不急着去见爷爷，也不急着去见那久别了的新娘子，他径直走向了三叔上官子华的卧室，把睡得正香的三叔和马婧影吓了一跳。

四叔把三叔从炕上拽起来就往外走，急得马婧影在后面追着喊："啥事？这样猴儿急的，连衣服都不让穿好。"说着，光着脚追到外面把三叔的衣服给撇了过来。

嘴里嚷道："子华，给你衣服！"

光着膀子只穿一条睡裤的三叔，站在小院的月亮门边，接过马婧影扔过来的衣服，急匆匆地穿上，他被四叔给拽到了院外的房檐下。

三叔嘴里不满地叨咕着："啥事？连觉都不让睡？"

四叔迫不及待地说："还睡觉呢，出事了，出大事了！"

听四叔这么一说，三叔吓得困意顿时消失得无影无踪了，他着急地问："出了啥事？"

四叔说："有人把咱上官家在抚宁县的店铺给封了。"

"啥？为啥封？"

三叔一听这话，仿佛没听清，追着问了一句，随后又反应过来，惊得脸都白了。

自从上官家经商以来，就从来没遇到过这样的事。

三叔紧张地问四叔，这回轮到他拽四叔的脖领子了。

"为啥？知道是谁干的嘛？"他大声地问。心里的慌张忽然像剑一样突兀、高昂。

四叔的目光又僵又直，像一段干枯的木头立在那里，嘴里喃喃地说："好像是税务局，说咱偷税漏税，还说新账老账一起查。"

三叔一听这话，一下子就惊出了一身冷汗。

这不是子虚乌有和欲加之罪吗？上官家是从来不偷税漏税的，他没有必要担心这个，但是，要是封上店门查账，可就不是个小事了，尤其还要，老账新账一起查，这不明摆着折腾人吗？上官家的店铺开了二十来年了，这账要是查起来，三五个月也理顺不了，这期间，新货进不来，老货不能卖，主顾都跑了不说，还要管这些税官老爷的饭火、补贴，损失可就太大了。

三叔急得在院子里来回走。

四叔看见他像一只没头的苍蝇到处乱撞，追着问："咋办呀三哥，你在抚宁县的地头熟，快想想办法呀！"

"这一定是有人看咱上官家不顺眼。"

三叔只顾着愤恨地说。

"可咱得罪谁了呀？"四叔问。

三叔突然站下，拉着四叔就往爷爷、奶奶的院子里走。四叔被他拽的有些站不稳，一甩手警觉地问他："你干啥？"

三叔说："这样大的事不能瞒着咱爸呀。"

三叔一提到爷爷，四叔像被针扎了一下，猛地就挣脱了他的手，突然想起什么似的对三叔说："你等等三哥，我还有一件事想问问你。"

三叔一拍大腿，焦急地说："啥事你就快说吧，都火上房了，这是……"

四叔走到三叔的跟前，先是四下里望了望，然后很神秘又很理直气壮地问："三哥，你要跟我说实话，我问你，咱家是不是在北山上偷偷熬制大烟膏子？"

三叔一听这话，连魂都吓掉了。他吓得赶紧捂住了四叔的嘴，小声地说："我的妈呀，你听谁说的？这可是掉脑袋的事呀。"

四叔一看见三叔的反应心里就明白了几分，他还是想确定一下，用手掰开了捂在他嘴上的那只纤细而又苍白的手，他追问了一句："说，你快说，这是不是真的？"

三叔看起来很沮丧又很疲惫，他迟疑着这件事能不能照直说，按理说，这件事三叔也不知道，上官家真正知道这件事的只有爷爷和徐贵两个人，徐贵跟随了爷爷多年，就是刀架在脖子上也不会轻易吐露半个字，三叔是一次听见爷爷和徐贵两个人偷偷说起这件事，才知道一点眉目，他虽然也是从心里面反对这件事,但是他奈何不了爷爷,也只好听之任之。

他迟疑一会儿，看见四叔逼得紧，只含糊地问了一句四叔，那意思是想马虎过去，“这事咱爸都瞒着我，你咋知道的？”

这时的四叔似乎有些绝望，他多么希望这件事不是真的，可看三叔的表现就知道这是板上钉钉了。

他失望地对三叔说：“这事原来你知道，我还当你和我一样被蒙在鼓里，我真不明白，你既然知道，为什么不制止？”

三叔没有立刻回答四叔的问话，他觉着这里面一定还有更大的事情，说不定天塌下来也未可知。

于是他着急起来，他眼睛死死地盯着四叔问：“急死我了，你快说，你是怎么知道这件事的，这可不是闹着玩的。”

四叔有点垂头丧气地说：“刚才警察局的刘局长找过我，说有人要追查这件事，究竟是谁要追查，他没说。看来上官家要出大事了！”

三叔的眼睛瞪得更大了，他一下子就瘫软下去。他觉着自己的嗓子有点干，声音飘得像只蝴蝶。

他绝望地小声呼喊：“看来是有人把咱上官家往死里整啊！”

四叔却不以为然，他气愤的不是有人要查这件事，他是气愤爷爷咋那么糊涂，连这种事情都做得出。他更气愤三叔，既然知道了咋不制止，咋能任其发展。

他气急败坏地在院子里走来走去，像一只受伤的棕熊。走了一阵，猛地站下，一挥手臂，有些恨铁不成钢，又有些幸灾乐祸地说：“该！该！咱爸这种伤天害理的事情都做，我看上官家的劫数到了！”

此时的三叔靠在花墙，浑身有气无力，那样子好像得了一场大病，他看着眼前这位像自己一样急得到处乱转的弟弟，无不悲哀地叹息着，小声嘟囔着，像是说给四叔，又像是说给自己听。他说：“咱上官家的大半个江山都要靠它支撑着，这百十号的人吃马喂，你在国外读书，上官家上下打点，咱爸还供养着十几个无家可归的老人，哪一样不需要钱，咱爸也是没有办法呀！”

四叔一听这话，更是义愤填膺，在他的意识里，用这样的钱去读书就是他的耻辱，他怎么能用这样的钱来读书，这不亚于用强盗打劫来的钱来做一件慈善事业，悲哀啊。

最后他把心里的这种悲哀用一种愤怒的形式转嫁给了三叔，他用手指着三叔，用眼睛瞪着三叔，发疯地吼道：“你、你还向着他说话，咱上官家缺钱可以缩减开支，你看看这院子里的生活有多么的奢华、糜费，哪一样不可以节省？”

至此，爷爷——一个高大的形象在四叔的脑海里倒下了。在这个漆黑的夜晚像暗夜一样浓重，四叔羞涩地站在暗处，看着上官大院在淡淡的月光中变得模糊起来，蟋蟀在墙角下依旧花好月圆地唱着。而爷爷，已经不甚清晰的面庞和不算高大的身影，此时仿佛仍在嘲笑他。后来，无数个夜晚，他都会仰望天空，追忆我神话般的爷爷，而爷爷的形象总是支离破碎。而那天夜里，是他成年之后第一次流眼泪，眼泪既是他对爷爷以往辉煌人生的最后拜别，也是对爷爷的行为的羞涩表现。一种孤零挫败之感涌上心来，从此爷爷的形象在四叔的心里既清晰又模糊，这种感觉一直困扰着他，并使他百思不得其解。

三叔不知道怎么规劝早已经泣不成声的弟弟，默默地把一切都压在心里，用一句话表现了自己的无奈，他说：“现在说这些还有啥用？”

四叔不听这话倒好，一听这话反倒把怨气一股脑地又撒到三叔的头上，他哭着质问三叔：“你说有啥用？它现在还在害人，难道，难道你不知道那东西害人！害得人家破人亡、妻离子散？”

满嘴哭腔和一声长叹。

三叔听了这话，也长长地叹了一口气，把脑袋快要垂到裤裆里了。

四叔哭过以后，突然从心底生出一种愤怒，这种愤怒让他不得不对以往生活反抗，他脑子里只剩下三个字——烧掉它！烧掉它！一定把那些害人害己的东西彻彻底底地除掉，如若不能，自己将无颜苟活于世。

我想此时四叔手里如果像父亲那样有一把手枪或者是冲锋枪，他一定会把阻挡他去做这些事的人一并杀掉。

他一下子就窜到三叔面前，瞪起豹子一般的怒目，对着三叔喊："你去告诉咱爸，我现在就去后山把那造孽的东西都烧掉！"

声音像激情的洪流突然冲垮了阻挡的堤坝，在静夜里震得四周丁香树的叶子扑簌簌地掉下来。

三叔一听这话，无疑五雷轰顶、七窍出壳。他顾不得身子已经瘫软，不知道哪里来的力气，一下子从地上站起来，脑袋嗡嗡作响，身子还站立不稳却一把拉住弟弟的衣襟，似乎在央求弟弟说："可不敢！可不敢去动那念头！"

四叔却一下子挣脱了他的手，固执而又倔强地说："有啥不敢的，我现在就去！"四叔已经拔开腿，想要跑出上官大院了。

三叔一把拉住他的后衣襟，差一点就把丝毫没有准备的四叔一下子拽倒。

三叔嘴唇哆嗦，脸色铁青，竟然有些魂飞魄散了。他似乎在哀求四叔，"你去不得的，那是咱爸和陆县长合伙做的，明着是咱家的，暗地里是陆县长拿了大头，咱家早就不是老哥仨带兵时候的那种辉煌了，要不是陆县长罩着，怕是早被人家给算计了。"

我想，如果不是四周漆黑一片，此时一定会看到三叔那张被吓得惨白的脸和四叔那张被气得发紫的脸。四叔还是把三叔一下子就推开，自己一个人跑到北山上去了。

每当奶奶回忆起这些，她都无限哀痛地用爷爷那句颇具有哲理的话来做最后的终结，当爷爷得知这一切不可避免地到来了，身心疲惫地说，"季孙之忧不在颛臾，而在萧墙之内！"

这一次上官家的灾难，爷爷、奶奶当然会想到是严家捣的鬼，但是爷爷对此并不感到惊慌，让爷爷痛心的是，他的儿子是那般不理解他的辛苦与磨难。

就在那天夜里，四叔一个人跑到几十里外的北山上，把那些害人的东西一把火烧掉了。

难以想象爷爷说那句话时候的心情和表情，我并不是袒护爷爷，爷爷做那样的事情自然是爷爷不对，而且还是罪孽深重。可是爷爷支撑上官家已经几十年了，谁人知道这其中的甜酸苦辣和悲辛艰苦？爷爷这一生啊，他只为上官家着想，他心里也只有上官家。

26.

那一年的夏末到初秋，真是多事，爷爷好容易摆平查账的税官老爷们，又得和陆县长周旋来替四叔闯下的祸端擦屁股，忙得昏头涨脑。爷爷虽然口口声声说自己退下来了，可这一段时间竟比往常还要忙，还要焦头烂额。

四叔离家出走了，他觉着待在这样罪孽深重的家里，自己无异于助纣为虐，于是他决定到外面发展。

他起初想带着山红一起走，但又觉得时机不成熟只好自己一个人先走了。

税务封店，北山的家当全部烧毁，四叔离家出走，上官家的灾难是一个连着一个。可这还不算完。其实还有爷爷、奶奶不知道的祸事，在萧墙之内早就出现了端倪。

五月初四这一天，是丁香她娘的忌日，丁香向柯莲告假就回家去给她娘上坟。由于惦记上官家在五月节这一天要起早祭祖，一定会很忙，丁香连夜从二十几里外赶回到了上官家。回来时很晚了，上官府除了更鼓和梆子声，就是她一个人走路的嚓嚓声。

她蹑手蹑脚地进了丁香苑，然后扭亮了每天都需她亲自动手点燃的月亮门边的红纱灯，她听见了柯莲房间里有动静，就知道这位大少奶奶还没睡。

她提一盏灯笼，推开了正房的外门，一脚门里一脚门外，想问问大少奶奶还有啥事没有，还没等走近柯莲的房门，她就发现了柯莲门口放着的一双圆口纳底青布鞋，她着实吓了一跳，仔细一看，赶紧捂住了自己的嘴巴才没惊叫出来。

她惊魂未定地回到自己的屋子，坐在床边，感觉心脏都快要从嗓子眼里蹦出来了。

这一夜柯莲没睡，丫鬟丁香更是瞪着眼睛躺了一夜，丁香不敢睡，一夜的心惊肉跳。害怕这时间有人闯进来把大少奶奶和小花匠堵在床上，又害怕小花匠冒冒失失地跑出去被巡夜的更夫抓着。上官府女眷偷奸是亘古没有过的事情，至少丁香进府几年了也没听说过，这事太丑，又太大，大到色胆包天，大到不要了性命，丁香焉能不怕？小花匠是她找来的，她脱不了引狼入室的干系，事情出在丁香苑，她又脱不了拉皮条望门风的干系，这两条罪状足可以让上官府的家规把她给惩罚死。

柯莲却没有像丁香那样害怕，她知道这件事是很难瞒住丁香的，也许丁香早一点知道自己和陈惠生就会更安全。

父亲走了，她的心渐渐地死了，这么多年父亲音信皆无，她就知道她和他之间那场所谓的婚姻早已名存实亡了。虽然上官府对她百般地照顾，奶奶还对她宠爱有加，但是对于已经心死的人就没有了任何意义。对于这般行尸走肉地活着，她也没有任何兴趣，她常常觉着自己这一生是白活了。

小花匠陈惠生刚刚进府的时候，她并没有多少感觉，后来这个热心而又诚恳的小伙子常常来到丁香苑，那对儿月牙似的笑眼、公牛一般健壮的身影老在她的眼前和心里挥之不去，她忽然间感觉到自己已经倾心于这个可亲的小伙子了。但是理智上她却不愿意跟他亲热，所以竭力抗拒，然而她发现自己开始不管是什么时间，都仔细打扮起来，骗着自己，故意在他眼前出现。每当不经意间那两只黑眼睛射出的温柔而又多情的眼神，与她那对儿白毛兔子似的圆眼睛射出的胆小而又羞涩的目光碰撞在一起的时候，她就像触了电一般的心惊肉跳，随后觉得又温暖又愉快。真是不知道从什么时候起，两个人开始了目光交流，连常在她身边的丁香都丝毫没有觉察。后来她表现出强烈的肉体亲近的渴望，于是就不可避免地水到渠成。

就在丁香以为她是因为罗山红的到来才改变了忧郁的性格时，她却像是《聊斋》中受了妖精的蛊惑，夜夜缠绵。血气方刚的小花匠更是被春情所致听之任之，沉浸在欢愉之中，早已忘记了外面的世界与危险。

自从丁香发现了她和他的秘密，柯莲几乎每夜都把陈惠生留下来过夜，虽然做得很隐秘，但这也更加让丁香恐惧，她知道早晚会有一天东窗事发的，照这样肉欲膨胀，这一天也不会太久。

丁香一天天地崩溃着，不出一个月，竟瘦得跟个灯影纸人一般。

这天，丁香在大厨房外面碰见了银屏，丁香的样子把银屏吓了一跳，她问丁香是否不舒服，丁香就哭了。

在银屏的不住追问下，丁香只是哭，什么话都不说，因为她不敢说。

银屏把丁香拉到一个角落里，问她到底咋了？

丁香哭了一阵，终于憋不住对这个闺蜜全盘脱出。

银屏听了这话，也惊得半天说不出来话。

丁香哭着说："我可咋办呀？这事要是让老爷、太太知道了，我也活不成了，老爷、太太非把我打死不可！"

银屏对此也无计可施，她只能替丁香祷告上苍，求老天爷保佑这事千万别闹出去，保佑大少奶奶悬崖勒马适时收手，千万别一错再错。

27.

谚语上说，有钱难买六月旱，七月连雨天吃饱饭。

农历进入七月半，抚宁县就进入了汛期，雨水在这个时候，总会是不期而至，几乎每天都下雨，就是不下雨的时候，也阴得快长了毛。

苏子河发大水的警钟似乎随时都有可能被敲响。这个时候才感觉苏子河的河道太窄，上游汇集来的水泄不出去，水已经上了岸边的河滩地，都和二道坎一般高了。河边看水的人都很紧张，说这样的大雨不用一个月，苏子河就得发大水。

古楼镇是离着苏子河最近的一个镇子，不到一里地，中间仅隔着南园子这个村。要是苏子河发大水，首先没过南园子，然后倒霉的就是古楼镇，因此，古楼镇里的人就慌慌张张地每天跑到苏子河边看水。

爷爷也一天好几趟，由卢大柱陪着去河边看水。他既盼着七月的连雨天，又防着苏子河发怒，他正紧锣密鼓地未雨绸缪，组织人收拾县城里的上官家府邸，要把值钱的东西和府里的女眷先送走。

到了八月初的时候，苏子河里的水已经没过岸边的高粱地了，爷爷就让奶奶带着女眷先走，可奶奶说什么也不走，她说她过不惯城里的生活，看不见院子里的花花草草和地里的庄稼就吃不下饭。

事实上，奶奶是担心地里眼瞅着就成熟了的庄稼，和在这里守家带地的爷爷，只要是爷爷不走，她自己走也没啥意思。

雨水打在窗边那两棵梧桐树碗口大的树叶子上，哗啦哗啦响，顺着溜下来的水滴连成了串，落到地上，再顺着门前的小斜坡流向阴沟里。

丫鬟银屏无事可做，趴在窗台上向院子里看水滴在水里跳跃成水泡。一个娇小的身影，从后侧面的月亮门里跑出来，蹿到二院的正房青石板小路上，头顶着那个大大的草帽。银屏看着她像一朵蘑菇似的，一跳一跳地躲过地上的水坑，跑到那两棵梧桐树下，然后又跑到房檐下。

银屏这才看清了，是二太太的丫鬟闪子。

银屏下地穿鞋，迎了出去。

闪子在外间站了一会儿，等身上的雨水顺着手臂大腿流到地上的时候，才推开正门，和银屏打了个照面。

闪子问：“老爷、太太在吗？”

银屏伸手向里间一指说：“在。”又问，“啥事大雨泡天的往这儿跑？”

闪子打了一个响亮的喷嚏说：“你给回报一声，二太太要去圣水寺进香。”

银屏怀疑似的看了她一眼，“不会吧？这大雨天谁不躲在家里，还跑大老远的平城县去进香，少说得有百十来里地，咋去？飞去不成？”

闪子冻得瑟瑟发抖，她擤了一下鼻涕说：“你就别在这儿和我闲逗了，你以为我愿意去呀？”她用手指了一下侧院说，“想一出儿是一道儿的，谁挡得了。你去回吧，我还巴不得老爷、太太能把她给拦下。”

银屏听了这话急忙进屋向爷爷奶奶禀报。

爷爷和奶奶正在筹算如果雨停了，今年打下的苞米东仓能不能装得下，银屏进来就把闪子的话回了一遍，爷爷一听这话，就把脸子沉下来了。

奶奶一看，知道爷爷满心不痛快，又觉着当着下人的面不好说什么，赶紧打圆场说：“先打发闪子回去，等一会儿和老爷商量商量，看派谁跟着合适？”

银屏出去回话，闪子又顶着草帽跑了回去。

银屏过来给爷爷、奶奶换了盏滚滚的热茶。

奶奶端起茶杯，打开盖子，薄薄地喝了一口。她看见爷爷的脸色还是不好看，知道他这还是为了二太太进香的事情不高兴，就劝道：“她就那么点心思，你就睁一只眼闭一只眼，权当看不见不就结了？犯得着生那么大的气吗？”

爷爷用手一指二太太的跨院，生气地说：“当初就不该……”

他放下了手，又说：“话又说回来了，这大雨泡天的，真是想一出是一出！”

他的话还没说完，就见柳妈挑帘进门，爷爷的话说了一半就停下了。

柳妈满脸喜悦，进门就憋不住地笑。

奶奶问她啥事？

她说："回太太，我得了个小孙子，想请老爷、太太喝喜酒去。"

柳妈在上官大院几十年了，是老太太的陪嫁丫鬟，比奶奶来得还早，在上官大院算得上老人儿，当年老太爷活着的时候就对她很好，又让她嫁给了厨子梁大勺。在上官家她算得上是一个上等的奴才，地位仅次于姨太太们。

奶奶恭喜了几句就问："啥时候办？"

柳妈说："正日子是明儿，可这雨太大，大家来来往往的不方便，天一放晴就办，我这是怕老爷、太太太忙，给老爷、太太先打一声招呼。"

奶奶说："知道了，一定去。"

柳妈乐得屁颠屁颠地回去了。

奶奶放下茶杯把银屏喊了过来，说："你到梁家去，看看柳妈那里有啥帮忙的没有。"

银屏答应一声就出去了。

28.

柳妈刚一出门，爷爷憋在肚子里面的话又开始往外溢，他说："苏子河眼瞅着就要出沿儿了，家里都快忙成了一锅粥，她还有心思出去，她就不兴伸把手，帮着照看照看？"爷爷把心里面的担心，变成了抱怨。但是奶奶还是能听得出来这里面的猫腻。心里说这还不都是你给惯的！心里虽然这么想着，但嘴里也还是善解人意地说："还不是《四郎探母》给闹的？这老三也是的。"

前几天二太太生日，爷爷让三叔请了一场堂会，三叔为了讨好老娘，让戏班子把戏码全唱了，还唱什么《四郎探母》，结果二太太大哭了一场。

奶奶埋怨道，别人不知道他娘的心事，他还能不知道？找着让他娘伤心。

奶奶说到这里，长长地叹了一口气又说："老五、老六一对儿双棒，老五生在福堆里，可老六还是……唉！都是当娘的，她心里难受和谁说去？”

奶奶说到这里，到真的伤感起来，把刚才在心里对二太太的不满给冲淡了，成了女人对女人的同情了。

爷爷见到这般光景，把手一挥，索性不管了，说：“去吧、去吧，她爱咋折腾就咋折腾吧！早晚得让她生的讨债鬼把我给气死！”

爷爷说完这话就挑帘出门，走出两步，想起什么，又折了回来，把脑袋探进屋内，对奶奶说：“子良好一段没有消息了，这小子真是儿大不由爹，也不知道回家看看，最近家里面乱得很，找人捎个信儿，把他叫回来，让他这个带枪的回来压一压这邪气。”

说完这话，撂下门帘，头也不回地走了。

爷爷走后，奶奶在屋内良思许久，招呼银屏说：“你去西跨院，告诉二太太，去圣水寺路途遥远，一定要多加小心才是，该带些什么，备些什么，让她自己定夺着办，缺钱就吱声。还有，就是要提早回来，家里事多，也不能多派人手，就让大柱和闪子两个人跟着就行了。”

奶奶喊了一会儿，发现没有人答应，这才知道银屏被她打发到梁家去了。

柳妈回来后，正在后院厢房里给四小姐梳头，银屏说这时候你还忙着府里面的事?

柳妈笑了，说这小丫头就相中我给她梳的头。

银屏说，太太让我帮着你忙和忙和。

柳妈把梳子叼在嘴上，挑了一绺头发说，有啥可忙的，青菜，园子有，杀一头大肥猪就行了。

柳妈梳完了头，手里攥着四小姐的头发，四下里找不到绑头发的发丝带，手忙脚乱地告诉四小姐先别急着走，等着她把发丝带找回来把辫子扎好了才能出去玩。

四小姐急着要出去看魏老婆子炸麻花，这下走不了了，她把嘴噘得能挂住油瓶子，嘟嘟囔囔地坐在炕上等她回来。

银屏见柳妈无事可做，就随着她出来，刚一出后院，银屏瞧着四下里没人，悄悄地问柳妈："您老在这院子里待的长久，这二太太每年去圣水寺进香都惹得老爷不高兴，这是为啥？"

银屏虽是奶奶的贴身丫鬟，但年龄小，进府时间比较短，上官府里的那些老事她都不知道，所以常常自己私下里猜疑。

她平时和柳妈最要好，柳妈看她伶俐讨人喜欢，便有心要她做自己的小儿子的媳妇，于是对她说出话来也就没有啥私密，既显得亲密不生分，又常把府里的深浅都说给她听，让她小心提防一些事情，免得不注意触动什么，给自己惹麻烦。

她悄悄地对银屏说："你知道府上的几位公子？"

银屏点了点头，她不知道柳妈要对她说啥，于是又很快摇了摇头。

柳妈接着问："你见过几位少爷？"

银屏屈指算了算说："大少爷前几年当兵去了，二少爷在长春做警察署署长，三少爷料理上官家大小事情，四少爷刚刚留洋回来，五、五……少爷念书，七少爷和八少爷尚且还小，这些少爷，有的已经读书，有的还在家里面玩耍，这么说，我独独没有见过六少爷了。不是说他出生没几天就夭折了吗？"

柳妈摇了摇头说："这是府里对外人说的话，可这家里啥事瞒得过我？这六少爷最是让这个家头疼的人，所以老爷也不待见他，权当没这个儿子。"

银屏好奇地问："这是为啥呀？"

柳妈带着银屏边走边说，这里面有故事，等你闲了来家里说话，这儿人来人往的不方便。

银屏说今儿个就闲得要死，大雨天的府里没啥事，你要是不忙咱娘俩就说说话。

柳妈说："你先回到我屋里，我给四小姐找个发带就回来。"

银屏答应了一声就又折了回去。

29.

柳妈给四小姐梳好了头，打发她走了，给银屏冲了一碗糖水递给她说：“看这天阴的，早就想蒸点豆角晒上，可就是老天不放晴，眼瞅着秋豆角都快落秧了，再不晒就晒不成了。”

银屏疑惑地问：“蒸它做啥？”

柳妈笑了，笑这大宅院里的丫鬟随着主子过日子，都忘记了穷人的日子咋过了。她看着银屏说：“晒干了冬天吃一部分，留一部分开春吃，要不这春天的春脖恁长，老吃咸菜也不行，我们不像你们在府里吃饭，不操这个心。”

银屏接过碗，喝了一口糖水，笑着对柳妈说：“真甜。”柳妈也笑了，她笑眯眯地看着银屏，眼睛里全都是无尽的喜欢。

她说：“要是甜，你就来，我见天给你冲糖水喝。”

银屏笑了，笑得柳妈的心都甜了。

银屏首先提起刚才没说完的话，二太太又要去平城县了，太太说府里太忙，一时抽不出人手，就让闪子和大柱陪着去。

柳妈端过一个簸箕，里面是一簸箕发蔫的豆角，放在炕上，她和银屏两个人边摘豆角边聊。她说：“最近府里是忙，抽不出闲人陪她去，卢大柱一个人能顶上十个愣小伙子，有他一个陪着，老爷、太太也好放心。”

银屏问：“年年八月节前后，二太太都要去圣水寺进香，这是为啥呀？”

柳妈叹了一口气说：“哪里是进香，进香是说给别人听的，她是去平城县看儿子去。”

柳妈的话让银屏吃了一惊，她问：“是看那个六少爷吗？”

“正是。”

“怎么回事？那六少爷怎么不住在府里？”

柳妈长叹了一口气说：“要说这六少爷也是老爷的亲儿子，是二太太所生，六少爷走之前经常到我这里来玩，所以我对那孩子也很熟悉，那是一个相貌清雅、聪明伶俐的孩子。”

柳妈说到这里，眼前立即就浮现出一个活泼可爱的小男孩儿的形象。

“他一个人去那么远干啥？”银屏还是疑惑，她追着问。

柳妈说：“那一年老太爷做寿，请来了唱戏的戏班子，深居府中的六少爷第一次看戏就喜欢得不得了。

“戏在府里大唱了三天，六少爷每天就趴在台根底下目不转睛地看戏。巴巴地在那儿趴了三天。当时谁也没在意，只当是小孩子愿意瞧个新鲜，就巴不得他在那儿老老实实地看戏，总比磨人、淘气强。谁知，第三天晚上戏班子走后，二太太发现六少爷没回房睡觉，当时还以为他在前院大太太的房间里和四少爷玩，所以谁也没在意。等到更鼓敲了二遍，二太太让闪子去找六少爷回来，这才发现六少爷不见了。府里的人都慌了，连夜派人到处寻找，一直找到第二天大天老亮，也没找着这孩子，大家拖着疲惫的身子回来，坐到地上休息，准备继续往远了寻找。就这样，又找了几天，几乎都把抚宁县翻了个个，也没找见他，后来就连附近的几个县都找遍了，还是没找到。最后老爷说，不找了，那孩子要是有命他就活着，他要是记着这个家就能自己回来。有人说是不是被什么人绑了票？老爷说，那就等着来信儿，可就是不找了。”

银屏听到这里插嘴问：“那怎么知道他在平城县？”

柳妈又说：“事情过去了多年，人们渐渐地也就把这事忘了。那一年平城县的莲花山圣水寺召开佛教大会，净生主持邀请了好几个县的名流参加，咱们老爷就被邀请去了。

“大会结束那天，圣水寺庙会开始了，请来各地的戏班子在平城县搭台唱戏，那一年的平城庙会那叫一个壮观，把当年老爷的小跟班兴奋得回来好几天都睡不着觉，回来见天地跟人们讲那庙会上的情景。

“那天咱家老爷在戏台子底下看戏，戏码叫什么我记不太清楚了，反正老爷是看得如醉如痴。戏演完的时候，观众久久不愿意离去，咱们家老爷看着那个小糜子在台上谢了好几次幕，观众还是不依不饶的。当老爷要转身回去的时候，他发现那个小糜子一个劲儿地盯着他看，当时这个小糜子已经有十六七岁，生得眉清目秀，很有几分六少爷的模样。他已经是这个戏班子的台柱子，也是风靡一时男扮女装的红角。老爷当时就发觉着这个小糜子看他的眼神不对，那眼神里流露出惊异、哀伤而又惶恐的表情。咱们老爷就悄悄走到了后台，当时小糜子正在卸妆，看见老爷进来，吓得赶紧起身，问什么事来找他，老爷没说什么只是说想来看看，小糜子就坐下来脸对着化妆镜背对着老爷，老爷从镜子里看见小糜子的眼睛似乎有些潮湿，眼神也很慌乱，正在纳闷，他发现了那个孩子耳朵后面的朱砂红痣，老爷心里一惊，就问他姓什么，叫什么？家住哪里？可那个孩子的回答叫他很失望，根本跟他的儿子不搭边。老爷在回来的路上越想越不对劲，到家后，直接去找二太太。把心里的疑惑讲给了二太太听。

“二太太得知有了儿子的消息，无论真假，哪肯放过，抬腿就要往平城县去。这时候大太太出现了，大太太说，戏班子唱戏哪能老在一个地方待着，说不定等你们去了戏班子就走了

“二太太哭着说，就是把世上的戏班子都找遍，死活都要把儿子找回来，找不回儿子，我也就不回来了。老爷、太太拿她实在是没办法，又体谅她这颗慈母心，就派我家你叔带着两个人跟着就去了。”

银屏听到这儿，眼圈都红了，她问：“找到了吗？”

柳妈叹了一口气说：“找是找到了，只是二太太她们遭的那个罪就别说了，好容易在一个叫萨尔浒的地方把那戏班子找到，可是那个小糜子怎么也不肯认这个亲娘。”

“那他到底是不是咱家六少爷？”

“咋不是，那脖子后头的胎记还真真儿的在哪儿。”

“那他咋不认娘？”

柳妈长叹了一口气说："唉——世上的事谁说得清楚呦，那六少爷当年或许是喜欢上了唱戏，自己跟着戏班子走的。现在又在戏班子里混了这么些年，跟戏班子已经血肉相连了，哪能说走就走得了？再说戏班子班主哪能把培养了这么多年的台柱子给放跑了，那他的戏班子还不散了架？"

银屏愤恨地说："咱家老爷那么有势力，咋不把他们一块绑了见官？难道没有说理的地方了？"

柳妈说："咱亏就亏在了理上，虽然二太太当场验证了六少爷的胎记，可那孩子向着人家说话，他死活不认娘，非说班主两口子是他的亲爹、亲娘，咱家老爷手里就是有支正规军，也不能硬把人给绑了来，咱没理呀！"

银屏有些生气了，她不明白，天下竟有不认亲爹娘的人，那还叫个啥人？连畜生都不如！

银屏气哼哼地问："那咋二太太每年都去看他？他不认娘，看也不是白看吗？"她说着还气囔囔地反问一句，"他还有良心吗？"

柳妈说："老爷的气就是生在这儿，当年你叔派人回来给老爷告信儿，老爷得着信儿就去了，怎奈人家不认，他也没办法，只好拉着二太太就回来。"

柳妈说着，又是一副感叹的样子，她摘掉一根豆角筋，继续说："也许那孩子也有难言之隐，这头是生他的亲爹、亲娘，那头是养他的再生父母，常言道养大于生啊，舍了哪头他的心都疼不是。

"二太太临回来那天，那小戏子扮好，给她娘唱了一段《四郎探母》，只唱得台上哭啼啼千柔百媚，台下是悲切切哀雁长鸣。把他娘的肠子都给唱断了。临走时，小糜子来到二太太面前，说自己每年的八月左右都会在这圣水寺附近唱戏，太太要是喜欢听，每年的这个时候就来这里好了。二太太自然明白小糜子话里的含义，那是邀她每年见上一面，可是老爷恨这个逆子不认亲生爹娘，还做了下贱的职业败坏家门，就不愿意让她去，老爷说，就权当没他这个儿子了，但是当娘的不行啊，这不，年年的，没办法。"柳妈一边说一边无奈地摇着头。

30.

大水来之前，丁香就发现柯莲身子懒懒的，既不愿意梳头洗脸，也不愿意起来，甚至连四少奶奶罗山红来学习的时候，她都是勉强应付，草草了事，一副心不在焉的样子。

丁香觉得眼前这个大少奶奶都不是大少奶奶了，简直变了个人似的，她心里骂陈惠生，都是这王八羔子给害的，大少奶奶才人不像个人，鬼不像个鬼了。但是，似乎也就是从那个时候起，她发现陈惠生就不再来丁香苑了，她心里暗暗庆幸灾难终于过去了，再也不用提心吊胆地过日子了。

丁香留心观察着，也没有在院子里发现挑水或者是修剪花枝的陈惠生。她想，连日来的大雨倒便宜这小子，连工都不用上。

许多年以后，她听说了这个一笑俩眼眯成月牙儿，脸上有俩褐色酒窝的小伙子的下落。那是有好几种版本说法的结局，有人说，他是得了大少奶奶的许多钱，跑到没有人知道的地方，隐姓埋名过好日子去了；还有的人说是上官家找人偷偷把他丢进他常挑水的井里了；还有人说他是被卢大柱给打死了，拖到东边的大豪沟里给埋了。丁香比较相信他死在了井里，因为自从他不见了，她就发现院子北角那个用来浇花清洗院子的水井，被盖上了一个大青石板，从此就没再掀起过。

这些日子，雨越下越大，似乎没有一点要停下来的意思，雨下久了，屋子潮得很，洗过的衣服似乎也总是晾不干，就连穿在身上的干衣服也显得潮乎乎的。柯莲每天都盖着被子躺在炕上。

早上，丁香给她端来了小米粥都一口没动，中午她从炕上坐起来，要丁香到苏子河边看看水涨成什么样了，丁香答应一声穿戴好防雨的衣服，又拿起柯莲舅舅给她从杭州带回来的油纸伞，顶着哗哗的大雨就出了房门。

刚出前院的门口，她就觉着水已经没过了脚面子，而落下来密集的水帘，把院子里的一切都遮挡得朦朦胧胧，丁香只觉得自己恍然在水晶宫，水帘下四处是晃动着的树木。

她辨不清东南西北就与人撞了个满怀，丁香奇怪，这么大的雨还有人到处乱跑？

来人也怔住了，站下，看见是她，就大声和她喊着，可她什么也听不清，那个人只好拉着她跑进了丁香苑。

进门后，那个人把捂得严严实实的雨具脱下来，丁香这才看清，原来是四少奶奶罗山红。

丁香纳闷，少奶奶真是好学，还风雨不误了。

罗山红气喘吁吁地看着丁香，和炕上盖着被坐着的柯莲说："你们还真是没走？可真沉住气儿。"

丁香一听这话就纳闷了："我们能去哪儿？再说也没说要走，谁说我们要走了？"

罗山红焦急地对柯莲说："没时间说话了，快点，你们赶快收拾收拾跟我走，马车就停在南园子村边。"

丁香更有点摸不着头脑了："这是去哪儿呀，我的四少奶奶？"

"逃命去呗，大水要来了，老爷、太太和全家子昨个都去了县城了，我以为你们也跟着走了，今天四少爷回来接我父母，我就跟着回来了，因为没见到你们就想了来看看，如果你们没走，就把你们捎上，结果你们真的还在这里。"

说着又催了一遍。

四叔离家出走后并没有走多远，因为到处都打仗，他出去之后就被截住了。可他还在生爷爷的气，不肯回上官大院，就去了长春警察署找二叔，二叔听完他的话，把他好一顿劝，又担心罗山红，他只好又回来了，勉强回到了县城的上官家老店，就是不肯回上官大院里见爷爷。

苏子河要发大水的事情他知道了，昨天爷爷、奶奶都搬到县城逃难，他也知道，他一直惦记罗山红，今天一大早就跑回了县城里的上官府。

偏院里见到了罗山红，他一下子就把她抱在怀里，顾不上诉说分别之情，他就抢先说：“可把我急坏了，今天要是见不到你，我一准儿回去接你。”

罗山红被他的真情感动了，心里也热烘烘的。

四叔看见她坐在那里闷闷不乐，就问她为什么？她迟疑一阵终于对他说：“我是想不来了，我爹娘都在南园子，那里离着河最近，我担心他们。”

其实，罗山红还想说，顺儿还在那里，我就是人在城里心也在乡下，万一他们要是有啥不幸，我就活不成了。可她张了张嘴，没有开口，眼睛里已经开始转泪花了。

四叔哪里看得了她这样委屈，思量了一下就对她说：“你别着急，我这就回去接他们，先安置在店里，东西就不带了，只要人在啥都好办！”

罗山红看着他，突然从心里萌生了一种奇怪的东西，那东西是啥，她不知道，反正感觉这一刻她的心突然地向他走近了一大截，然后朦胧中出现了一个幻觉，她觉着他就是那个站在大青顶子上高大魁梧的他，他又活过来了，活在了她的身边，时时刻刻无微不至地关怀着她，照料着她。

她十分感激地点了点头，至此，她对四叔开始从心里真正的接受了。

昨天，爷爷、奶奶派人通知她动身的时候，她也想把罗家一并带走，但看到上官家一大家子那么忙乱，就不好意思张嘴了，但是她心里一直惦记那里，怎么也不肯挪动一步。

奶奶看着她迟疑的样子问：“怎么还不抓紧，要大家伙等着你一个人？”

她张了张嘴，脸憋得通红对奶奶说：“我想把我姐那孩子带走。”

谁知，奶奶还没等开口说话，爷爷听了这话，训斥她道：“嫁进上官家，你就是上官家人，别老想着娘家，你姐有孩子？她哥还有老妈哪，满院子的人谁还没有个仨亲俩故，管得过来吗？”

爷爷的这些话让她很伤心，想不到上官家竟然这样冷漠，平日里喜欢孩子，像个大善人的爷爷今天却连一个小孩子都不愿意救。

谁都知道上官家正为子嗣的事情焦急，父亲走了丁香苑里根本就不会有孩子；二叔常年在外，爷爷只听说他生了两个丫头；三叔身体不好，无论马婧影想什么办法都不能使自己怀孕；四叔刚刚结婚，罗山红的肚子还没有什么动静，上官家真是太需要一两个孙子来撑撑门面延续香火了。爷爷、奶奶早就急得眼睛红了，可就是没有啊。

四叔看见罗山红眼角上委屈的泪水，就给她擦拭着，边擦边说："别着急，我这就找人套车去把他们接来。"

这个时候的罗山红最想听的就是这句话，如果说这话的是一个别的什么人，她都会终生感激的，更何况是她的丈夫。

她已经感动得泪流满面，哭得稀里哗啦了。

然后她对四叔说："我也和你一起去。"

"不行，多一个人就多一分危险，你还是在家等着我，相信我一定会把他们安排好。"

谁知，情急之下的罗山红却说出了不容他拒绝的话。

她说："这个时候我更要跟着你，咱们活着在一起，就是死了也要死在一起！"说完这话，连她自己也惊呆了。死在一起的话，她曾经对另一个男人说过的，现在又对眼前的男人说了一遍，她都觉着自己这是怎么了，此话一出自己都吓了一跳。

31.

罗山红的话让丁香很纳闷，上官家昨天就搬走了，怎么没有人通知丁香苑，难道老爷、太太把这个大儿媳妇给忘了？

不对呀，平时上官大院都是把这个丁香苑放在头里，有啥事情，别人不通知，丁香苑也要通知的，这是怎么了？

想到这里，不祥的预感使丁香一下子慌乱起来。

她记得老爷、太太是多么体贴照顾这个不幸的女人，虽然大少爷不在家，但府里事事都把她放在前头，以证明上官家不会亏待她，非但如此，而且还对她守家带地为丈夫保守贞洁感恩戴德。

难道……她倒抽了一口冷气，惊得汗如雨下。

柯莲不知道丁香想什么，好像外面的一切都与她无关，什么大雨、大水，什么老爷、太太和少奶奶，统统与她没有什么关系了。

她掀开身上盖着的被子，漫不经心地问罗山红："真的要发水了吗？"

罗山红早已经心急如焚，等得心急火燎，看见柯莲的样子，她急了。

她对着柯莲大声喊道："快，大水不等人啊，眼瞅着就进街口了，咱得快点！"

正在这时，四叔跑了进来，进门就对屋子里的三个女人喊："快跑啊，大水已经到了南园子边上了，再不跑就来不及了。快，车就停在街口。"

他顾不得什么，上炕背起柯莲，手里拉着罗山红，对丁香喊："什么都不要了，逃命要紧！"

丁香答应一声就跟了上来。

四个人刚跑出大门，就见街上的人早就炸开锅了，家家户户都惊呼着大呼小叫着跑出了门，仿佛整个古楼镇都在叫。

苏子河发大水了！风雨声似乎被这叫声给镇住了，似乎弱了许多，如有消失。

多亏车子没有进镇子，罗青山早就料到大水来了街上一定会是到处乱跑的人，人走不过马车，于是就让四叔把马车停在了镇口。

果真，满街筒子乱哄哄的人，他们几个几乎被疯跑的人撞倒，于是他们几个就紧紧拉着，生怕跑散了，顾不得别的，径直地往马车跟前跑去。

几个人刚跑到街口，大老远就看见三辆马车停在那儿了，可这时，就见阴沟里的水咕嘟咕嘟地冒上来，四叔一着急，脚下一滑，险些跌倒。柯莲顺势就从他的背上跌了下来，她爬起来对罗山红和丁香说："我有样紧要的东西忘在家了，你们照顾好四少爷，我取了就回来。"说完这话，她撒腿就往回跑，边跑边喊："你们先走，我马上就回来，能追上你们的。"

水已经没过脚踝，街路上的人挤挤撞撞，柯莲只一转身，就挤进了跌跌撞撞的人群没了影了。

丁香看见大少奶奶一个人跑回家去取东西，虽然不知道她要取啥，但她也绝不能放大少奶奶一个人回去，于是呼喊着追了过去。

罗山红只好一个人拖着四叔，一瘸一拐地往马车那边走去。

丁香在水里边跑边喊着大少奶奶，跑回上官家的时候，她在丁香苑内喊了一圈，也没有发现柯莲，当她跑出丁香苑，水已经上到小腿肚子了。丁香在上官家大院里声嘶力竭地喊着："大少奶奶！大少奶奶！"风把她的声音撕得粉碎。当他跑到后院角门附近的那个角落里的时候，她发现了柯莲，只见这位少奶奶正站在废井旁边发愣。丁香跑了过去，一把抱住了柯莲，哭着说："大少奶奶，大少奶奶，你要干啥呀？你这是不想活了呀？"

柯莲一动不动，也没有抬头只冷冷地说："不要管我，你自己逃命去吧！"

丁香脸上的雨水和泪水都分不清了，她哭着对柯莲说："你不能这样啊，好死不如赖活着，你咋能想到死呀？"

"不是我不想活，是他们家不让我活了。"

柯莲说到这里，脸上流下了一串清冷的泪水。

"不、不是的，你一定是误会老爷、太太了，他们走得太慌张了，他们不是要丢下你的！"说这话时丁香看到了那口已经盖上了的废井不知什么时候已经被打开了，盖着废井的那块大石板就立在井沿旁边。丁香心里一惊，她不相信孱弱的柯莲一个人会搬起那块大石头，那可是几个膀大腰圆的小伙子合力才能抬上去的呀，她似乎已经意识到了什么，心开始往下沉。

她抬眼看了看柯莲，以往这个连说话都没有力气的女人，此时已经怒目圆睁，眼睛里似乎能喷出一股强大的寒流，让人不寒而栗，她站在雨地里，浑身上下没有一块是干的，雨水在她的脸上、身上肆无忌惮地宣泄着，她也毫无躲闪之意，似乎想让这样的雨把她一并浇化，化成泥土、化成小溪然后再流进汪洋大海。

柯莲咬着牙，声音飘洒在清冷的雨里，她说：“即便不是他们存心让我死，我也不想活了，自从我做下那等事，我就没想再继续活下去，我从小接受良好的家庭教育，背过女儿经，读过列女传，我知道三从四德礼仪纲常。我不是那种下贱女人，我只是想要报复，向那个天杀的报复，他这是不拿我当人看哪！”

她然后就高叫一声，“我这一生活得委屈，我冤哪——！”

柯莲一声长嘶响在雨里，似乎那肆虐的风雨将她的冤屈一并带走，带到阴曹地府去向我的父亲鸣冤叫屈。

丁香跪在地上哀求道：“大少奶奶你跟我走吧！”

柯莲一声断喝：“起来，你赶快走！”然后就一头扎进井里，只留下丁香一个人无助地在雨夜里呼喊：“大少奶奶、大少奶奶……”

第四章 命运

1.

那一年苏子河的大水冲走了河边人的全部希望，大水整整发了三天才撤回。眼瞅着苞米顶着大红缨，高粱涨红了脸，可这一场洪水，让庄稼地里颗粒无收，满街满眼都是大水过后的淤泥，到处散发着污臭味儿。

上官家人是在大水撤走后，才回到古楼镇的上官大院，早就做好了未雨绸缪的上官家除了地里没了收成，房屋损毁几间，家具冲走了一些，别的就没什么损失了，这些损失对于上官家，远比不上四叔烧掉的大烟膏子让爷爷心疼。清点人员，除了大少奶奶柯莲、丫鬟丁香没有回来，其余的一个也不少。这样大的水灾，家里丢失个把个人也不稀奇，所以大少奶奶没回来，大家也没什么大惊小怪的。

八月节前夕，二太太打平城县回来了，她不知道苏子河发大水的事情，看见爷爷组织人修理损坏的房屋，还很纳闷，当听说苏子河发了大水，连大少奶奶都冲走了，就哀叹着流下了眼泪。

二太太这次从平城县还带回来一个人，是一个面目清秀却满脸憔悴的年轻人，这个人一副病容，看来是受了打击遭过不少的罪。

二太太一回来，也不和爷爷、奶奶打招呼，就先行找人把他扶进了自己的跨院里。

奶奶私下里对爷爷说："大概是子英回来了吧？"

爷爷没吱声，只用鼻子哼了一声，转身又去忙了。

爷爷就是这么一个人，当初他见六叔不认亲生爹娘，死活不肯离开戏班子，气得要死要活，发誓再也不要这个孩子了，当听说二太太把正在生病的六叔带了回来，他只哼了一声，算是愤怒，来维持霸主威严和默许。这八儿四女总归都是他身上掉下来的肉，十个手指头咬哪个都疼，他怎么能把自己的孩子往外推，更何况六叔还生着病。

六叔刚回来时，和大伙儿还生，低着头走路，见人也不敢说话。后来奶奶从中调和，六叔在老祖宗的牌位前跪了一整天，爷爷要足了面子，才答应他从新归入了上官家。

六叔总算认祖归宗了，后来人们才知道，由于两个军爷为争他动起手来，出了人命了，为了报复，他先是被人黑了嗓子不能上台演戏，后来戏团老板见他不能为他赚钱就一脚将他踢出门去。他本来嗓子坏了就如天塌下来一般，又被赶出师门，就急火攻心地病倒了。要不是他母亲莎琳娜及时赶到，在破庙中把他找着，他也许就会死在那里。至此，他才知道，在戏班里他只是个挣钱的家什，根本就算不得什么人。于是，一心留在上官家，伺候爹娘，报答生育之恩。解放以后，他一直伴随着母亲在广袤的大草原上,也算回报了他母亲的养育之情,和寻找他的辛苦。

二叔是在六叔回来不久回到的古楼镇，这次他回来没像上两次那样招摇，没把妖精似的老婆和狗一样的跟班带回来。

这一次他是自己开着车回来的，他虽然对父母双亲和手足之情颇为关心，但这次回来，他的眼神中蒙有一层让人揣测不透的东西，待人也显得并不那么热情与热心。

酒饭过后，二叔把爷爷拉到奶奶的屋里关上门。

没等二叔说话，爷爷就一直叨咕在这次大水中上官家的损失，眼角眉梢带出了无限痛惜。

二叔却有些幸灾乐祸说："这次大水发得好，卷走了家里的浮财省心了。"

爷爷一听这话就把眼睛瞪大了，他怀疑这小子在外面受了什么刺激，怎么会说这般混话？

二叔长叹了一口气说："爸你还别不信，现在老共都打到哪儿了，你还死守着这些田产，要是老共打到咱这儿，你这些家产都不够他们分的你信不信？"

爷爷一甩手说："我还真就不信，谁来了还能把我的变成别人的？这些田产房屋都是我辛辛苦苦攒下的，凭啥给我分了？"

二叔见爷爷这般固守田园的老思想，外面的事情充耳不闻，心里就着急，他心里说：我的爹呀，你是不知道共产党的厉害，那共产党可不管你是谁，越是你这样的大门大户，就越是他们打击的对象。

他见爷爷还是满脸的不在乎，心里急得像火燎一样。

爷爷满脸鄙夷的样子，让二叔急得把眼睛瞪得跟个包子似的，脖子涨得青筋暴流。

他气急败坏地对爷爷说："爸——你就听我一回劝吧！趁早把咱家的地和房产都卖掉，统统换成黄鱼，你带着妈先去香港，然后再去美国，我在那里早已经给你们安排好了。"

爷爷一听这话，就觉得儿子有点小题大做，或者他还觉得二叔另有企图也未可知，于是更加气呼呼地坐在太师椅上，喘着粗气说："我哪儿也不去，我怕他老共？日本鬼子厉害不厉害？咱不是也挺过来了？山上的胡子厉害不厉害？敢到我的一亩三分地炸刺儿？我还就不信了，老共能把我咋地！"

二叔焦急、烦躁，却毫无办法地与顽固爷爷据理力争。他这次回来就是想说服爷爷赶快行动和他远走高飞。

自打去年开始国共两党就在四平进行胶着战，四平离咱这里才多远啊？下一站恐怕就轮到我们这里了。这一年里，他忧心忡忡，他知道国民党必定会亡，共产党早晚站稳脚跟。他是恁精的一个人，都快成了姜子牙了，啥事能瞒得过他，提早叫父母做准备，那是未雨绸缪，不，那是势在必行。他见老爷子那般强硬与固执，真是恨不得自己撒手不管，拍屁股走人。其实，他这次回家就是准备告诉家里，他要到国外去了。可二叔是个孝子，他是想带着父母一起走，怎奈爷爷就是不听劝，相反的，还以为二叔在害他。气得二叔对爷爷喊道："老共可不同以往的那些兵匪，他们组织农民造反，是要把天给翻个个儿，他们要自己翻身当家做主！你搂着那些财宝，说不定连命都得搭进去！"

爷爷听了这话非但不害怕，相反的倒有些满不在乎。爷爷一脸轻松地对二叔说："他当他的家，做他的主呗，还能连我的主都做了？我还就不信了！"

爷爷说完这话就从奶奶的房间里出来，他刚一推开门，就发现门口站着好几个人，正紧张地竖着耳朵往里面听，爷爷一开门，把他们吓了一跳，马婧影讪笑着说："爸别生气，二哥也是好意！"

爷爷用鼻子哼了一声，"好意？我看他这次回来就没安好心，想分我的家产！"说完拂袖而去，把三叔和黄桃儿等都晾在那里，大眼瞪小眼地相互看着，不知所云。

2.

罗山红嫁过来的这个冬天真的好冷、好冷，冰天雪地把罗山红和那些太太、少奶奶们的活泛气儿都给冻僵了，她们每个人大多都不愿意出门，守在自己的暖阁里，终日不见笑声。奶奶见了，就觉得家里太冷清了，让人把新打回来的狍子、麋鹿等年货从雪堆里扒出来，让大伙都聚到她的正房暖阁里炖火锅，就这么大家聚了几次。

罗山红怀孕了，她是十月末怀的孕，虽然有了两个月的身孕，还是看着和平常一样。这一消息可把奶奶和爷爷给高兴坏了，上官府大院里没有孩子的哭闹声似乎总感觉空落落的。爷爷和奶奶早巴望着儿媳妇们的肚子给他们长点脸，可就是不见谁的肚子争气。这回四叔抢了几个哥哥的先，让奶奶更加爱惜他，并对罗山红的态度也柔和了许多，见此，急得马婧影见天的逼着三叔加紧耕种。

由于山红怀孕，四叔便隔三差五地回家来看看。

腊八节那天，吃过晚饭，四叔别过妻子，骑着白马直奔抚宁县的商号而去。一家子吃晚饭围在一起说话，爷爷说今个是腊八节，该放点炮仗冲冲晦气。于是，叫老魏在门外挑着一长串麻雷子等着，自己带着人过去。

传话的人刚把话传给老魏，八叔着急就跑在最前面，四姑姑紧着在后面追,奶奶看见两个孩子喜气洋洋地跑着去看烟火,家里难得这样火爆，就招呼大家一起过去。于是全家人都呼呼啦啦地往门外走。

就在人们兴高采烈地往门房门外走去时，一声马的嘶鸣，划破了古楼镇上空，人们都被这突如其来的马叫声给惊着了，停住了脚步惊诧着。

大家不约而同地想，这样晚了，谁还会策马前来？还把马儿打得如此惨叫？

爷爷像有什么预感似的，对着长工梁春一声吼：“快看看咋回事？我咋听着像咱家大白驹的叫声？”

爷爷这话像是提醒大家把事情往坏里想，大家心里立即就有一种不祥的预感涌上来，不约而同地涌到院外。

随着马的嘶鸣，远处的雪地里一匹白马像闪电一样飞奔回来，大家立即紧张起来，这不是四叔刚刚骑走的马吗？马回来了？人咋没跟着回来？

大白驹跑到上官府门前站住了，抬起前蹄，立成了一座马的雕像，然后又咴咴地打着响鼻。

准备燃放爆竹的几个家丁赶紧围过去，想把那匹马牵过来，白马显然是受了惊，不让人靠近。

爷爷派人把卢大柱找来了，可他试了几次，也还是不能使它安静下来。

他边靠近那马，边肯定地对家丁喊：“四少爷出事了，赶紧集合炮手，集体骑上快马，沿途寻找四少爷！”

炮手们听到这话，哪里敢怠慢，一窝蜂地冲进上官府大院。

不一会儿，箭一般的马队就冲出上官府大门，直奔抚宁县的方向而去，后面的一个家丁也牵着卢大柱的马过来，卢大柱一见，丢下那匹白马跨上自己的马背，风一样地扫过眼前的人群而去。

这飞来的横祸让奶奶如头顶响了炸雷，惊得一个趔趄，险些跌倒。

爷爷脸上铁青，他向身边的人喊道：“赶紧把夫人扶到屋里，快点！”

罗山红站在那里不知所措，心都提到嗓子眼儿了，慌到六神无主，乱成一团乱麻。

晚饭后，四叔是由她亲自送出大门的，四叔走的时候还是好好的，大白驹还欢快地打着响鼻，她一直把他们望到一个小黑点在地平线的那一边，才回来，怎么这么一小会儿，那大白驹自己跑回来了？

一个念头闪出来，惊了她一身冷汗，怕是子卿出了啥事了吧？她越想越害怕，整个人都哆嗦成了一团了。

爷爷不愧是见过世面的人，尽管这事让他心急如焚，但他在这个时候却没乱了方寸，他见奶奶和罗山红都已经堆成了一摊泥，他吩咐完家人把奶奶送走，又对小忧说：“把你家少奶奶搀回去休息，她那样的身子别在这儿干着急。不顶事！”

小忧答应一声赶紧去搀扶罗山红，可她说什么也不肯走。

小忧拉着她像面条一样软的胳膊，往回走，边走边说：“你就别添乱了！”

3.

大白马依旧像一头受惊了的小兽，不住地来回跑动，用四蹄敲打着路面，人群里稍有一点动静它就发毛，它一发毛立即就有人惊呼着往后撤，这惊呼就又惊动了大白驹的脚步，使之更加不安地躁动。

爷爷对身旁这些干着急帮不上忙的人喊道：“别都在这里守着了，退回到各屋，免得惊了马伤了人！”

大家听了这话这才迟疑地往回走，脑袋却不住地回头张望。

爷爷对着徐贵喊：“快去找两个人，把这家伙弄回去，妈拉巴子的，这东西还挺有脾气！”

两个家丁听了这话，就往大白驹的前面冲，大白驹一看又来人了，吓得一尥蹶子，一个东西从它身上掉下来。一个家丁对着爷爷喊：“老爷，大白驹身上带着东西哪！”

爷爷听了话好像没听清，追着问了句：“啥？”

另一个家丁往爷爷跟前凑了一步，说：“老爷，好像是一封信。”

大家听了这话，知道四叔有消息了，往回走的脚步赶紧停了下来。

一个家丁快步上前，趁着白马还没反应过来，用极快的速度捡起那封信，又快速地跑回来递给了爷爷。

爷爷迅速展开信封，徐贵递过来一盏灯，借着灯笼的光线，却见那封信里面写道：

尊敬的上官老爷：

我是高尔山义军的大瓢把子张振龙，今因年景不好，高尔山上的弟兄们在山上饥寒交迫、度日如年，再加之年关已近，山上的弟兄们想在年三十吃顿肉饺子，可是我这个做首领的囊中羞涩，实在没有办法满足弟兄们的这点愿望，所以想找上官老爷折兑点大洋度过饥荒，过个好年，望上官老爷慷慨解囊，给予帮助，我们所需不多，有十万块大洋就可，我知道这区区小钱，在上官老爷这里只能算得上九牛一毛，可对于高尔山来说却是百十条性命，还望上官老爷鼎力相助。我在这里先谢过上官老爷了。还有，我让山上的弟兄们把上官家四公子请到山上玩两天，等到三天后上官老爷把我们所需的大洋如数拿来之时，我再派弟兄们把贵公子完好送回府上，这一切请上官老爷您放宽心，小弟我决不食言。

张振龙敬上

张振龙的这封信丝毫没有霸气的感觉，字字文雅，句句诚恳，好像一个远离家乡的游子向家中父母替自己的妻儿恳求帮助一样。如果此信不是出自一个土匪头子之手，每一个有爱心的人士，无论求到谁的头上，大概都不会袖手旁观。

这封信在爷爷的手里，简直就像是手里拿着一块烧红了的烙铁，拿着烫手，放下要命。

这封信里虽然看似一个请求，但字里行间无不透漏出一个杀字，这一点，无论张振龙怎么措辞，爷爷也都能看得明白。如今四儿子已经命悬一线，三天一过，送不去十万大洋，那就得给儿子收尸去！

想到这里，爷爷气得嘴都哆嗦了，在院外像一头拉磨的老驴，来回地走动，嘴里不住地喊道："岂有此理！岂有此理！吃什么样的饺子？要十万大洋？人肉馅吗？简直就是岂有此理！"

他的话有一点语无伦次，让人感觉他这是被土匪给气昏了头！

许是天寒地冻站得久了点，只穿了件黑棉袍、戴一顶毡帽的大管家徐贵有些冷了，他不像上官大院里的那些主人，每个人都有一件可以抵抗任何寒流的貂皮大氅，或者是貂皮大衣。他把快要掉下来的清鼻涕吸溜一下，听着爷爷把那封信念完，又把那只提灯笼的手换下来，在嘴边哈了一口热气，然后凑上前去对爷爷说："咱们一直和高尔山和睦相处，今儿这是怎么了？"

这话提醒了爷爷，是呀，这么些年，咱上官大院也算和高尔山有点交情，怎么平白地翻了脸？

高尔山上原来的土匪大瓢把子叫董长青，是当年四爷爷上官元鹏手下的一个连长。姓董的连长因为在驻地强奸了一个财主的闺女，财主气不过，找四爷爷告状，此事本应该军法从事，四爷爷念及他在手下多年，留他一命，只让他一个人离开队伍远走他乡。

董长青回到东北老家，在高尔山上落草为寇了。

这位占山为王的董连长虽已落草，但十分念及旧情，到了高尔山以后，曾下山看望过上官家。

爷爷听说他是四爷爷的手下，没有嫌弃他是个土匪，热情款待。

董长青说，只要是他在这高尔山上一天，就可保上官大院一天不受任何土匪侵扰。

爷爷当时也慷慨出资，但都被董长青给谢绝了。董长青说："我和飞虎将军的交情是过命之交，不能被金钱玷污了，今儿虽然落草，但也绝不是打家劫舍、相扰四方的亡命之徒。"他说他这是拉起一竿子人马，学梁山好汉，杀富济贫，打日本鬼子，万万不可把他和别的土匪等同。

董长青嘴里这么说，也是这么做的，所以高尔山上的土匪基本属于义匪，有的老百姓家里穷的揭不开锅了，还接受过他们的馈赠。日本鬼子投降那一年春天，董长青带着弟兄们打劫日本鬼子的运粮车队，战死在了谷口。

董长青死后，爷爷悄悄派人祭奠，回来人禀报说二瓢把子张振龙接手了这伙儿土匪，这个张振龙是董长青的远房兄弟，比董长青小二十几岁，是个愣头青。

爷爷叹了一口气，又十分气恼地对徐贵叹道："什么叫人走茶凉，看见了吧？老四和长青这么一走，谁还领咱上官大院的人情！"

徐贵说："话虽是这么说，咱也不缺他的也不短他的，他不念旧情也就罢了，也不能这么快就翻脸呀，这里面不是有啥事儿？"

徐贵的这些话，让爷爷联想到四叔刚刚接手生意时候有人算计上官家，他觉着上官家没有什么仇人。要说得罪，严世奎严老爷那里算是得罪下了，可让上官家关门查账，给上官家生意上下点绊子，想查办上官家和陆县长那点黑生意，后来又觉着得罪不起陆县长也就罢了。可是结不成亲家就找土匪绑人家少爷，这未免有点不合乎常理。

正当爷爷和徐贵因为张振龙这封信狐疑之时，二太太莎琳娜说话了，这位身穿藕荷色棉袍，披一件黑色貂皮大氅的蒙古女人，把那双白皙的手伸在水貂皮套筒里，脖子一扬大声便说出了所有人想说而没说出口的话。

她牙齿咬得咯咯响地说：“这事好办，把子良找回来，带上人手，给他什么高尔山、低尔山，全部踏平就一了百了！”

爷爷一听她的话，大喝一声：“糊涂！”

爷爷说：“这高尔山怎么能和当年的坝上相比？当年元鹏手握重兵，固守大境门，离坝上区区一步之遥。而子良手里的是警察，又怎能和军爷相提并论？”

爷爷鄙夷地哼了一下鼻子，说：“他手头的警察，对付平头百姓还差不多，对付那些亡命徒能行？再说子良远在长春，远水解不了近渴，即便是能把高尔山的土匪给灭了，你也不算算，来回得多少时日？张振龙能傻呆呆地等下去？怕是没等子良带着人来，子卿的人头就落地了！”

爷爷的这些话，让人们在心里燃起来的希望又一下子破灭了。

爷爷嘴里说着二太太，心里却一直在琢磨徐贵的话，他纳闷，高尔山虽然换了大瓢把子，上官家也没有得罪之处，哪能无缘无故就这么和上官家明刀真枪地对着干？这里面会不会还有啥事？差哪儿了这倒是！

4.

人们满脑子里都想着白花花十万大洋该有多大一堆？能买多少房子，多少地？上官家会不会在这么短的时间里凑够那些现大洋？高尔山上的四叔能不能遭罪？那些人面兽心的土匪会不会不讲信誉，既得钱又撕票？

就在人们忧心土匪的残忍和四叔安危的同时，谁也没有注意到，人群里一个黑影，正悄悄地奔着那匹惊着的白马而去，等到人们发现大白驹身边有一个娇小的身影的时候，猜不出这位弱不禁风的小人儿靠近那匹白马到底要干啥？这是多么危险的一件事，禁不住都叫出声来且暗暗地捏了一把汗，在人们惊诧之余，就看见那个娇小的身影十分敏捷地靠近白马，还没等那白马有所反应，黑影便飞身上马。

大白驹刚刚安静下来，惊魂未定，冷不丁又被人骑在背上，显然愤怒了，它扬起前蹄，扭着胯骨，试图把背上的人给甩下来，可那小人就像长在马背上一般，纹丝不动，任它跳、任它蹦、任它发狂、发飙。

大白驹如此这般，丝毫没撼动背上的重物，显然黔驴技穷，无计可施，耍了一阵之后，只得任其摆布。

马背上的那个人拉着马缰绳，让那马在两三丈的方圆跑了一小圈，可那大白驹错领了新主人的意图，刚欲飞奔而去，被那人一勒马缰绳，立即收住前蹄，急刹车站立成了一道美丽的风景。

人们这才看清骑在马背上的人。

只见那人身穿一件粉段子绣花棉袍，外罩一件火狐狸皮斗篷，整个人立在马上，飒爽英姿威风凛凛，很有一种女中豪杰的风范，等到人们看清她的面目的同时，不禁都大惊失色，惊愕的神色不亚于刚见白马回来时的样子。

这位端坐在大白驹背上的不是别人，正是罗山红。

罗山红刚听说四叔出事时自己连站着的力气都没有了，可她听说四叔是让高尔山上的土匪给劫持了，她的心就有了底，要说她对付上官大院里那些光说不练的女人们毫无办法，可她对付那些手里握着枪看似强大的土匪，她可胸有成竹，在清泉和日本鬼子对抗四年多，她什么阵势没见过，难道会怕几个土匪不成？只是她不知道高尔山在什么地方？离着这里多远？等她在人们的议论声中知道了高尔山的方位，一个大胆的想法立即就形成了。

罗山红的这个举动让所有在场的人震惊，所有的人都被她的举动给吓着了，惊恐地捂住了嘴巴，实在是为她这种冒险的动作狠狠地捏了一把汗，只有马婧影的脸上撇出不被人察觉的奸笑，她想：好啊，太好了，你这是找死。

在场的爷爷被她的举动吓坏了，她疯了吗？她还怀着孩子，怎可以这样？赶紧叫人把她拉下来。

此时，骑在马背上的罗山红丝毫不慌乱，全然没有了她往日的那种弱不禁风。

她镇定自若，宛如一位驰骋疆场的女将军，披在她身上的火狐狸皮披风，和那白马相得益彰，煞是好看。让人想起说书先生嘴里的女侠，或者是代父从军的花木兰，杨家将里的杨八姐……人们都觉着她换了一个人了，或许是古代那些女侠的鬼魂附体也说不定，要不怎么丁点也看不出是往日的四少奶奶了？

躁动的白马又沿着原地跑了两圈，马蹄子把周边的积雪给践踏得飞扬起来，一阵小北风飕飕地吹过，白毛雪花又飘飘洒洒。

马背上的罗山红，对着爷爷大声喊道："不要替我担心，我上山救子卿回来，如果我三天不下山，你们再去送钱！"

罗山红大义凌然地说完这话，双腿一夹马肚子，猛地一拍马屁股，大白驹在她的驾驭下，像闪电一般划破了夜空。

呼啸的北风从苏子河漫坡上爬过来，嗷嗷叫着，并挟持着越来越大的雪片，铺天盖地地扑过来，每一片雪花打在脸上，都像一枚枚钢针刺痛皮肉。不一会儿便把这里人工铲出来的雪道给铺满、填平。

河边上干裸的树枝，被风肆虐地摞带，不堪忍受，咔咔地坠落。

远处钟鼓楼的大钟咣咣地敲打着，在这旷野无人的黑夜里，极有规律且冗长……

5.

大瓢把子张振龙把四叔弄到山上，并没有对四叔动手打骂，也没有太为难他，这样一个手无缚鸡之力的无用书生，也用不着五花大绑。

他们把四叔押到一个屋子里，像爷爷当年在刘拐子那里那样，找了个人拿枪看着，就等着爷爷拿大洋来赎人。

上官家也正紧锣密鼓地筹措大洋。

一下子能拿出这样数目的人家，在当时的抚宁县还没有，就是变卖田产、房屋也不是一下子就能办到的事情。

爷爷急得满嘴燎泡。

由于道路不熟悉，罗山红策马赶到高尔山的时候，天已经亮了，白茫茫被积雪覆盖着的高尔山，像极了大青顶子。

罗山红一到山上就有了当年在大青顶子上的感觉，她觉得自己就像是一只刚刚出了笼子的小鸟，像一只奔跑着的麋鹿，连血液都畅快地欢叫着。她觉着我的父亲正藏在哪个大石头后面等着她去找，正张开一双有力的臂膀把她一下子就抱起来，轮她个天昏地转。

她真想对这茫茫的高尔山大声喊道：关英杰——我回来了——！快出来呀——！英杰——回来了——

大青顶子——我回来了！

罗山红此时忘记了自己来干什么，在马上遐想着，晃晃悠悠正想得出神，不料，她的马被一条绊马索绊倒，连人带马咕噜噜地滚了下来。

还没等她从地上爬起来，一支枪口对着她的脑袋，一个声音怒骂道："妈的，跑到老子的地盘来了，想找死呀？"

另一个声音惊喜地叫："嘿嘿，是个漂亮娘们，二当家的，是个好俊俏的小娘们！"

看来这个二当家的是个好色之徒，也颇有好奇心，他过来把罗山红的头搬了一下，想扭过来仔细看看她有多俊。枪口离开她头的同时，罗山红一下子从地上跃起来，还没等他反应过来，枪已经到了她的手里。

几个土匪慌张了，都把枪对准了她。

她的枪口也对准了二当家的脑袋。

两边就这样对峙着，吓得那个家伙赶紧连声对手下和罗山红说："都别乱动，都别乱动，那家伙会走火的。”

罗山红鄙夷地看了他一眼说：“我是来赎人的，我丈夫昨夜被你们抢到高尔山上了，如果你们肯放人，我就不会让它走火。”

这几个土匪看到罗山红身手敏捷，知道遇到练家子了，不好惹，搞不好成了她枪下之鬼，谁也不愿意当这冤死鬼，于是解释道：“票是我们大当家的绑的，和我们无关。你要是找你丈夫，就和我们大当家的说话，他要是肯放，我们还乐不得的哪。”

枪口下的二当家，想不到自己这么多人却被一个女人给控制了，不由得赞赏起罗山红的身手了，他磕磕巴巴地说：“这位小娘子，真是动作麻利，好身手。”

罗山红听了这话，对土匪喝道：“少废话，前面带路，带我会会你们那个大当家的！看看是不是三头六臂？”

二当家的脑袋还在枪口之下，哪里敢不答应，可他还是担心，一边小心翼翼地走着，一边说：“是是，带路，可你把枪放下，小心枪走火，走火……”

山上的大瓢把子张振龙，正在做着拿大笔银子的美梦，突然有人来报说二当家的被一个小娘们给押来见他了，他一听就来了精神，呵呵！小娘们，还真有不怕死的小娘们？

他走到外面一看，不远处，一个披着水红貂皮斗篷的俊俏女子，像一朵盛开的美人蕉，娇艳而美丽地站在那里。

只见她正拿着枪，枪口对准二当家的。而那个平时威风八面的二当家的，此时像一条落水的癞皮狗一样，在人家的枪口下灰溜溜、蔫巴巴，其他的土匪也蔫了吧唧地蹲在二当家的一起。

张振龙不禁从心里赞叹道，好一个巾帼英雄穆桂英啊，莫不是擂鼓镇金山的梁红玉？

山上的土匪们一看这阵势，如狼似虎、如临大敌，个个举起了枪，对准了罗山红。

张振龙装模作样，甚至还装出一副怜香惜玉的样子来。他无限疼惜地对手下说："枪都放下吧，没看人家是个拿绣花针的娘们吗？娘们胆子都小，吓着人家还算是爷们吗？"

其实，他觉着这么个弱不禁风的小女子还能把高尔山给咋的？翻个个儿不成？

张振龙双手抱拳对罗山红喊道："这位女英雄是来拜山的，还是来踢庙的？怎么把我的二当家的给拿下了？请问是哪个道上的英雄好汉？"

他的这一表现，险些让他的手下把他当成戏文里的张生。

罗山红一听这话，知道此人就是张振龙，她愣了，这位杀人如麻的山大王，看起来怎么没有一点霸气？倒像是个唱大西厢的白面戏子，不但人长得好，穿得也很体面，不像个打家劫舍的，仔细端详倒像个教书先生。

她心想，真是世道变了，连这样的人都当了土匪，还是土匪都改好了，变成了识文断字的书生了？

罗山红很潇洒地放开了二当家的，也很仗义地把他的枪扔给他。

张振龙在心里大吃一惊，暗叹道，这小娘们不简单，见过阵势。

罗山红也对张振龙双手抱拳："大当家的，昨夜你们把我的丈夫给绑到山上来了，我是来赎人的。"

张振龙把脑袋一晃，眨了眨眼睛很怀疑地问："等等，我没听清楚，上官家这么快就凑足了十万现大洋？真是有实力呀，看来我小看了上官家。"可他转念一想，不对呀，抚宁县堂堂的上官大院怎么会派一个小娘们来送赎金，男人都死光了？莫非……想到这里他眼珠子咕噜噜地转了两圈，对罗山红高喊："把钱交上来，我立马放人。"

罗山红可不是三岁小儿，她听了这话灵机一动，然后狡黠地说："我可要先看看人，我要是把钱给了你们，而我的丈夫却没了，或者是没有在你们手里呢？"

张振龙子眼珠子乱转，这才发现这小娘们了不起，甚至觉得逗这个小娘们玩玩还很有趣，于是他饶有兴致地对手下说："去，把那个上官少爷给带来吧，人家的妻子来要丈夫了。"

不一会儿，四叔便被带上来了，不但没被五花大绑，看起来还没有受一点伤。早已经吓坏了的四叔听说上官家前来赎人，高兴坏了，他被趺趺撞撞地推上来后还一直想，是不是徐贵或者是卢大柱提着一箱子的银钱来了？千万带马车和吃的来，这一夜连觉都没睡，路都走不动了，肚子饿得咕咕叫。

当看到罗山红孤身一人闯入虎穴，心中大骇，天哪，她怎么来了？这不是来送死吗？赔上一个还不算，难道还得再搭上一个不成？他一下子就颓废下来。

他心疼地扑到罗山红面前，如生死离别那样，一下子就抱住了她，边流着泪边埋怨地说："你来干啥？谁让你来的，这不是来送死吗？"

罗山红用眼神坚定地告诉他，子卿有我在，什么都不要怕！

四叔哪里不怕？他怕得要死。要是自己在这儿，还没啥可怕的，大不了就是个死，这回连老婆都被人家给弄来了，连儿子都一并带了，这不是赔了夫人又折兵，她要是受到一点点伤害，他可就活不了了。

张振龙看到四叔和罗山红在他这儿卿卿我我，烦了，酸了，不高兴了，他对手下说："快把他们拉开，千万别在我这儿唱什么鹊桥会，我可受不了这哭哭啼啼的场面，我这人心肠软。"

他挥了挥手又对罗山红说："人我给你带来了，你也见到了，钱哪！快交钱！"

罗山红撒开了四叔的手，对张振龙说："我没带钱来！"

张振龙一听这话气就不打一处来："怎么着，欺负大爷我好性？逗我玩儿？没带钱你来干啥？"他摇晃了一下脑袋，"用你换你的爷们？不行不行，我对女人不感兴趣，我只对钱财感兴趣。"说着他又摇晃了一下子脑袋，颇为算计地说，"你在上官家肯定没有人家儿子值钱，这个买卖不划算，我不干。"

罗山红笑了一下说：“你说的那是文赎，而我说的是武赎。”

张振龙瞪大了双眼看着，更为怀疑地看着罗山红，心想，看不出来这个小娘们还真懂得挺多，别是听书听多了吧？他问：“武赎？你知道什么是武赎？”

对于一个山头当家的，不管肉票家提出文赎和武赎，他都必须接住，否则一旦传到江湖，他便失信于人，从此就在江湖威风扫地。张振龙虽然不怎么愿意接受这种赎人的方式，但他不相信眼前这小娘子能有那样大的本事能赢得了他。他可不是一般的土匪，没有惊人的本事，哪能当得了山大王。如果她输了，他可就又多了一个筹码，他觉着这个买卖划算还可以做。

他眼睁睁地看着罗山红，似乎又觉得这个娘们在唱小戏，老子今天兴致高，陪你玩玩也不错。

罗山红听见张振龙的话，没有怯懦。此时为了救四叔她什么都豁出去了。她大声对张振龙说：“比枪法，比武艺，随你选，姑奶奶我认赌服输，赢了，人，我得带走，输了，我也留下来！”

四叔一听这话，腿肚子吓得都转了筋，他对她哀求道：“你就别闹了，你哪是他们的对手，你趁早回去找咱爸拿钱赎人，千万别把命丢在这儿，你的肚子里还有孩子哪！不为别的还得为孩子着想啊！”

土匪过来把四叔拉到一块宽敞的地方，两个人架住他，在他的头顶上放上一个核桃，还没等四叔明白过来，张振龙挥手就是一枪，四叔头顶上的核桃就炸开了。四叔吓得一下子就坐到了地上，土匪们立即欢呼起来。

该轮到罗山红打枪了，可是无论是土匪怎么往起拉四叔，四叔的两只腿却再也站不起来了，没办法，张振龙又想出了一个更狠毒的办法，他对罗山红说：“你看你那熊蛋包的丈夫吓得那个熊样，看来这文雅一点的武赎你是做不到了，这是你的命不好。但是，你既然敢来山上就必然有胆识，你看这样好不好，咱俩各往后走十步，然后开枪，看看咱俩的谁命大，谁活着就算谁赢！”其实张振龙这是吓唬、吓唬罗山红，让她知难而退。他心里想的是，一个小娘子敢闯到山门上救丈夫，这足以让他佩服得五体投地，如果上官家一时半晌拿不出这么多大洋，他也会卖个人情给他家的，就为这样的一位奇女子他也会让步，大不了多交个朋友。

罗山红听了这话，心里暗自吃了一惊，不由得倒吸了一口冷气，想不到这家伙竟然会玩这一套，太狠毒了。她感觉刚才自己把这小子看轻了，这个看起来很文雅的山大王，其实是一个玩命斗狠的家伙，这一枪下去哪有谁死谁活的道理，两个人都得死。但事情已经僵到这里，答应也得答应，不答应也得答应，否则不但四叔回不去，自己也会陷到里面。这还好说，上官家由此被当作笑话，任世人传播，因此威望扫地也是不可避免的，她将无颜苟活于世。如果那样，还不如让这家伙一枪撂倒自己，倒死得体面，有豪气。于是，她很郑重地说了句：“好，我和你比试。”

四叔听见这话，立即号啕大哭，他喊着罗山红的名字骂道：“罗山红，你个傻娘们，谁要你来救我，你给我滚回去！”

张振龙也倒吸了一口冷气，他心想，我的妈呀，这娘们不是缺心眼就是吃了豹子胆了，真敢接招。他只觉得后脑勺子冒冷气，连后脚跟都跟着寒气逼人。他定了定神，觉得人家娘们都视死如归，咱这大老爷们就别装熊，是死是活听天由命，老子绝不是个孬种。

一股豪气冲上来，张振龙轻轻地掸了掸身上的雪花，从腰间抽出另一只匣子炮，一挥手，照着罗山红就撇了过去。

开弓没有回头箭，罗山红答应了张振龙，就是死也必须和他比下去，于是，她接过他扔过来的枪。

张振龙一挥手对手下喊：“弟兄们，喊起来。”

山上的土匪从来没有见过这样热闹的阵势，真是惊得连眼珠子都不会眨动了，听到大当家的号令，立马欢呼起来，然后都举着枪给两个人示威似地高喊：“一、二、三……”

罗山红和张振龙都向后迈动步子，每走一步都是向死亡靠近一步，他俩脚步走得都很沉重。

“七、八、九……十——！”

两声枪响，几乎是响在了同时。

子弹飞出来了，像两只离弦的箭，带着哨音呼啸着奔对方而来。山上所有人几乎同时闭上了眼睛，谁都不愿意看见这一场灾难将不可避免地到来。等到人们睁开眼睛在地上寻找的时候，他们又都愣住了。

罗山红的子弹打在了张振龙的帽子上，帽子立即就飞远了。

张振龙的枪打在了罗山红的左臂上，鲜血立即就流了下来。

张振龙捡回了帽子，看了看弹孔，立即就明白罗山红是故意手下留情，他知道，以她的枪法，要他的命是易如反掌，他看到了罗山红脚下被鲜血染红的白雪，一下子就感觉惭愧了，他长叹一声，看来我一个五尺男儿的心胸竟不如一个小女子呀！

他挥了挥手对手下咬着牙说：“兄弟们，放行！”

6.

山上一片欢呼，土匪们虽然嗜血成性，但是看到当家的和那个小女子都安然无恙，也都很兴奋，毕竟是英雄相惜。

张振龙一声放行，土匪们立即闪开一条道，都静静地看着四叔抱起罗山红，极其焦急而又小心地往山下走去，心里不禁有些落寞，怎么世间竟有这样的女人！

四叔他顾不得高兴，他看见罗山红手臂上的血一滴一滴落到莹莹白雪上，心里那份心疼真是难以形容。

他怕土匪言而无信，听到“放行”两个字，抱着罗山红就往山下跑。边跑边对她说：“挺住山红……千万要挺住……”

下山的路很陡，一个人下山都很困难，四叔没走两步就被脚下的积雪滑倒了，罗山红挣扎着从他的怀里滑下来，说：“放心吧，我的腿好好的，我自己能走。”

四叔扶着她，边走边关切地问：“疼吗？要不要紧？”

“这样流血不行，到不了家血就流干了。”

“怎么办呢？”

“我怀里有丝绢，你给我扎紧。”

四叔答应了一声就把罗山红的伤口给绑上了。

罗山红疼得咧了一下嘴，但看到四叔那样心疼就故作满不在乎地说：“还好，就是擦破点皮，不要紧的。”

四叔看着她心里琢磨，这是我那个低眉垂眼的女人吗，堂堂的高尔山土匪的老巢都敢闯，这不成了《水浒》里的孙二娘了吗？

他战战兢兢地问：“你也会打枪？”心里想的却是她是不是当过土匪，或者是做过哪个山大王的压寨夫人？他想到了她不是处子之身，心里有些忽然沉甸甸的。

罗山红哦了一声，看了看他，轻描淡写地说：“我爹是个猎人，我从小就和他在山里打猎。”

听了这话，四叔释怀了。

至此他心里一直纠结的另一个问题也迎刃而解了，刚才他一直觉着这样回家该怎么向家里说呀？说她飒爽英姿像个女中豪杰，比武赢了山大王？谁信呐？说难听了，说她像个女土匪，双手会使用盒子炮，上官家今后怎么看她，会不会像防贼一样的防着她？还能不能容得下她？现在好了，一切都可以解释得清清楚楚了。简单善良的四叔高兴得像个孩子一样。

两个人刚下了石门岭，就听见山道上马蹄喧嚣、车声辚辚，他们以为土匪又追过来了，吓得赶紧躲到矮棵丛中，过了一小会儿，四叔听见了马脖子上叮当作响的铜铃声，惊喜地说：“爹来接咱们了！”

他站起来，跑到一个高岗处冲着山道那边高喊：“我在这儿哪——！

我是上官家人！”

不一会儿，从小路上，上来几个人，走在前面的是卢大柱和两个炮手，卢大柱看见四叔，惊喜地说：“没事吧四少爷，可把我们担心坏了。”

四叔说：“我没事，你家少奶奶挨了土匪一枪。”

卢大柱一听这话，眼珠瞪起来了说：“那帮王八犊子在哪儿？我去会会他们！”说着就往山上跑。

四叔一把拉住他说：“先回家吧，少奶奶身上还有枪伤。”

卢大柱只好作罢，他背着罗山红来到山道上，把少爷和少奶奶安排到马车上，自己跳到车沿，拿起马鞭子亲自驾车送少爷少奶奶回家，并嘱咐手下：“到抚宁县把治疗外伤的舅老爷接来，快去。”

两个炮手得令就骑着马飞快地跑去。

昨夜罗山红走后不久，卢大柱在沿途没有找到四叔，就带人回到上官府，爷爷把手里土匪写来的信找人给他读了一遍，他才知道四叔是让高尔山上的土匪给掠走了，他还知道了四少奶奶救夫心切，自己骑着马追去了。他看见爷爷急得到处乱走，就对爷爷说：“我去上山把少爷给救出来。”

爷爷知道他养的那十几个炮手是和门前的那两只大石狮子一样，吓唬人的假把戏，真刀真枪的和土匪干，那是以卵击石。现在最要紧的是先把四少奶奶给追回来，因为她身上还怀有孩子，四叔那里他去筹措大洋，卖房子卖地也得把儿子赎出来。

卢大柱带着人和车在高尔山下转悠了好长时间，也没发现罗山红。直到四叔的出现，他们才把心放回肚子里。赶紧马上加鞭，回到上官府。

一家人看到四叔全须全尾地回来了，全都高兴得不得了，又听见四叔把罗山红演绎得跟个大破天门阵的穆桂英似的，更加觉得惊奇。爷爷奶奶看到儿子、媳妇外带着肚子里的小孙子都回来了，高兴得忘乎所以。

一时间，看伤、养伤、安胎，成了上官家头等大事。

马婧影对着丫鬟磬儿说：“分明是弄家个丧门星，还整天像个祖宗似的供着。自从她进了上官家的门，这个家就没有过一件好事。”

7.

刚进腊月门的时候，三太太黄桃儿就病了，高烧烧得人都糊涂了，家里人似乎都觉着她过不去这个冬天了。那个时候的罗山红实在是无事可做，柯莲被大水冲走后，在这个家里，她和马婧影不怎么走动，也就是这个病中的黄桃儿还能让她感觉到自己在上官家还有一点用处，所以一直在三太太的房里照顾着，其实她也是觉得这个女人真是有点可怜。

三太太有时候在昏迷中总是在喊：“他不是你的是我的，他是我的！”喊得山红汗毛都竖起来了，她觉着那是柯莲附体到黄桃儿身上，来找她算账了，她们会有什么过节呀？一想到这个问题，她都惊得睡不着觉。

爷爷把抚宁县最好的大夫请来给黄桃儿瞧病，几服汤药灌下去，不见好转，苦药汤子熬得上官大院到处弥漫着一股苦溜溜的味道。

腊月十五左右，黄桃儿的烧退了，她头脑清醒时的第一句话就是：“我饿了！”那时候罗山红的伤势已经稳定下来，四叔不在，小忧也没了踪影，她在畅新园里坐不住，就又来到三太太那里去探病。

罗山红一听黄桃儿要吃的，知道这个女人终于挺过来了，乐得流下了眼泪。她带着兴奋的眼泪问：“三姨娘想吃啥？我亲自给你做去。”

黄桃儿没有回答她，只是慢悠悠地坐起来，山红用一只手和小安一起，在她的后脊梁处放了一个枕头，让黄桃儿倚靠着。

黄桃儿刚坐好，就让丫鬟小安把镜子拿来。

小安看见她蓬头垢面且瘦成一副骷髅样，不敢给她，还被她骂了两句。

罗山红解围似的说：“三姨娘，你病了这么久，肯定是瘦了，小安不给你镜子是怕你照见自己现在的模样着急，她害怕你上火。”

黄桃儿摸了摸自己的脸颊，很担心地问：“我真的瘦了很多？”

山红说：“是瘦了不少。三姨娘病着的时候不怎么吃东西，还满嘴胡说，可把我吓坏了。”

黄桃儿又问：“我胡说了吗？”

“胡说了。”

“呵呵，都说啥了？”

“听不清，光顾着害怕了。”

黄桃儿听了这话，感激地拉着罗山红的手，眼圈都红了，她对她说：“自嫁到上官家做小，为人处世矮一头，也就你还能高看我一眼，见天地来看我，也算咱娘俩没白对劲儿一回！”

山红见她多愁善感，就劝她说：“三姨娘，你的病刚刚好，千万别上火，其实大家都很担心你的病，太太见天地派人来问，老爷都把最好的大夫请来给你看病了，都疼你，你就别多想了！”

她说到这儿，害怕这样说下去会勾着黄桃儿伤心，赶紧调转话头说：“刚才姨娘不是说饿了吗？姨娘想吃点啥？我给你做去。”

黄桃儿擦了擦脸上的泪水，对她说：“我在梦里一直想吃林县马家老店里面的杏仁薏米粥，就觉着那股酸甜微苦的味道会很爽口，就是不知道四少奶奶会不会做？”

罗山红听了这话，不好意思地摇了摇头说：“这回三姨娘可为难我了，杏仁薏米粥我连听都没听过，别说会做了。姨娘，要不我给您拨点面汤吧？我学会做东北的饭菜了，我就做疙瘩汤最拿手。”

黄桃儿叹了一口气说：“我就知道你不会做，你一个关里过来的女子，能吃得下咱东北的饭菜就够难为你的了，哪还能指望你做什么杏仁薏米粥？”

黄桃儿说完这话又躺下了，似乎对别的吃食不感兴趣，也没什么胃口。

在一旁的小安悄声说：“我知道一个人肯定会做。”

“谁会做？快说。”

罗山红焦急地问，这个时候如果三姨娘能吃点东西，病情就会大好了。

小安不安地望了她一眼说：“杏仁薏米粥是林县的土特产，三少奶奶的娘家就是林县的，况且林县的马家老店就是三少奶奶娘家的店面，就是不知道三少奶奶肯不肯给咱姨奶奶下回厨房？”

罗山红本来兴高采烈地等小安说出会做杏仁薏米粥的人，哪怕自己亲自跑一趟，求着人家给做一碗也在所不辞，可当小安说出这个人就是马婧影的时候，她的眼皮压下了，她知道这位三少奶奶实在是太难相处了，她把长幼尊卑看得很重，这位正牌的少奶奶断不会为了一个姨娘而屈尊，她平时都不把自己的婆婆——二太太看在眼里，哪能为了三太太下厨房？再说还有那次自己吃的闭门羹，想一想都感觉心凉。

黄桃儿听了这话，也泄气地说：“算了吧，不吃了。”

这时候的罗山红着急了，三姨娘这么长时间都没吃饭了，好容易想喝一碗杏仁薏米粥，她就真的能撅咱面子，见死不救？说到这里，她固执地向马婧影的住处跑去。

我去求她，三姨娘病到现在，就是想吃龙须凤翅她也要给淘换去，更别说是求三少奶奶了，她在心里一直琢磨怎么应付这位少奶奶。

8.

马婧影正坐在热乎乎的炕头上和丫鬟馨儿打牌，她摸了一手清一色的同花顺，正在兴头上，她把牌往炕上的小褥子上一甩，冲着馨儿叫道：“你输了，给钱！”

馨儿看见三少奶奶摔在小褥子上的牌面，嘟着嘴说：“这牌也欺负人，看见少奶奶财大气粗，好牌都往那里跑，我不玩了！”马婧影笑骂道：“你个小气鬼，认赌服输，赌场无父子，输了就得给钱！”馨儿委屈地指着马婧影的钱匣子说：“这个月我都快输光了，你那里都是我输的钱。”马婧影气她说：“有本事你赢回去呀！”馨儿赌气地说：“我不玩了、不玩了，再也不和你玩了！”

正在这时，罗山红进来了，看见主仆俩正在斗嘴，就嘴上抹着蜜似的笑着恭维道："三嫂就是好手气、好福气，什么好事都往三嫂这边跑。"

馨儿扫了一眼刚进门的罗山红，又听了她这话，就更噘嘴了，她接过罗山红的话说："可不是嘛，三少奶奶钱匣子里面像是有个小手似的，把我的钱都招呼进去了！"

马婧影笑了，看了山红一眼，对馨儿骂道："滚一边去，死丫头！"她骂着馨儿的同时又回头对山红叨咕说："输了钱就像个气肚的癞蛤蟆。"

罗山红一听这话又笑了，她觉着今天在马婧影这里，笑得太多了，连自己都感觉到有点做作。

馨儿出去沏茶，罗山红坐到三少奶奶的炕边上，想说两句恭维话，哄着三少奶奶给三姨娘做碗杏仁薏米粥。

自从罗山红怀了孕，又从高尔山上救下了四叔，她在上官家的地位逐日高升，这一点马婧影是看得出来的。虽然马婧影心里老大不舒服，但是对她的态度也还是有所改变的。

还没等罗山红说出来意，她就先入为主故意酸酸地问她："四弟妹无事不登三宝殿，府里的规矩我教不了，你就不往我这里来了，甚至十天半拉月也难见你一面，现在你是上官府里的宝贝疙瘩，咱也就不敢高攀。说吧，现在来我这里有啥吩咐的。"

罗山红心里有事，故意和三嫂卖乖，她看着马婧影的眼睛，显得十分委屈地说："三嫂真是没良心，我是想隔三差五地往你这里跑一回，来倾听你的教诲，可就是害怕你讨厌我！"

马婧影笑着骂道："现在竟连你这鬼东西也油嘴滑舌的了，你再不说我可就走了。"

见马婧影一再追问，罗山红就觉着该到说出真相的时候了，她就把三姨娘黄桃儿想吃杏仁薏米粥的事跟她说了一遍，并把自己的来意也表达了，说完后十分恳切地看着马婧影。

马婧影听了这话，眼珠子立即不被察觉地转动了一圈，在屋子里面走了两步，回头对她说道："我说四弟妹呀！你咋又忘了府里的规矩了，咱们是做少奶奶的，哪能轮到屈尊给一位姨奶奶下厨房做什么粥？别说我不会做，即便是我会做，我也不会去做的！你回去告诉她，别蹬鼻子上脸，让我给她做粥，门都没有！”

虽然罗山红早就预想过这样的下场，但听了这样的话，还是觉得心里冷冰冰的。她知道此时在这里耗下去一定会更没意思，也许还会看马婧影的冷脸子，于是只得和马婧影打着哈哈说：“三嫂你这话说得在理，你歇着吧，我也回去了。”

马婧影笑着说：“那你慢走啊。”看着罗山红远去的背影，马婧影愤愤地说道：“呸！想在我这儿拿大？哼！你休想！别人惯着你，把你宠上了天，我可不拿你当盘菜。什么东西……”

罗山红从马婧影那一处回来心里就堵得慌，自己平白地给人家赔了不少好话，还吃了闭门羹。

她就不明白了，这大户人家的规矩咋那么多？救人一命咋就不如人的脸面重要？

尽管三姨娘黄桃儿没吃到杏仁薏米粥，反正黄桃儿的病情是日见好转，到了腊月二十三小年的这一天，黄桃儿竟能和大家一起祭灶了。但是，想不到的事情又发生了。

9.

转眼就到了小年儿，那个时候的上官家，进了小年儿就等于过年了，杀猪宰鸡、蒸年糕、包豆包、做豆腐、贴对子，似乎要把所有的好吃的好喝的，在这个年里都通通吃完。

入夜时分，奶奶首先往祭灶的供桌上摆了一大盘灶糖，八叔看见了嚷着要吃灶糖，奶奶哄着他说：“这灶糖是给灶王爷吃的，灶王爷吃了灶糖嘴巴甜，到玉皇大帝那里嘴里就像抹了蜜一样，给咱说好话，好保佑咱一家和顺，事事如意哟！”

八叔听了这话，知道灶糖是吃不得的，奶奶随手给了八叔一块糖稀，让他爬到灶龛前，往灶王爷的嘴上抹糖稀。

八叔不理解地问："为啥王灶王爷嘴上抹糖稀？"奶奶又说："把灶王爷的嘴糊上，别让他到玉皇大帝那里给咱说坏话！"

八叔虽然年龄小，七八岁的孩子也能听出奶奶话里面的矛盾，他喊着说："抹上糖稀嘴都糊上了，不让说坏话，好话也说不了了。"

莎琳娜正往供桌上摆自己制作的奶酪，听见八叔的话，顺口呵斥道："叫你抹你就抹，不说好话，也比说坏话强！"

八叔答应一声，就往灶龛上爬，送供件的梁春看见八叔爬得满身大汗也上不去，就走过来抱起他，把他举到自己的脖颈上，让他坐在自己的肩膀上，稳稳当当地给灶王爷涂抹糖稀。

八叔这样大的孩子，最爱干这样的事，他笑嘻嘻地被举到灶龛前面，用手上的糖稀，胡乱地在灶王爷的嘴上抹，抹得灶王爷就像是一个满嘴起大泡闹口疮的孩子，噘着嘴瞪着眼睛，看他监管下的子民为了他去上天述职而忙活。

八叔涂抹完糖稀，就被梁春扛到院外，等着祭灶完毕家丁点火放爆竹，送灶王爷上天。

黄桃儿提着两只红纸灯笼和一副对联走过来，她把对子递给了在一旁的罗山红，自己举着灯笼要三叔帮着她把灯笼挂在灶龛两边。

三叔刚刚挂好灯笼，罗山红就递过手上的那副对联，让他帮着贴上。

三叔拿过对子，抹上糨糊，贴在灶龛两边。

罗山红站在下面望着那对子，随口念出："上天言好事，下界保平安。"正巧马婧影手里端着糖瓜走到这里，听见她能把对子完整地念下来，就带有讽刺意味地夸赞道："真不错，咱们家的四少奶奶快成了秀才了。"大家一哄就笑了，羞得罗山红赶紧出去了。

不一会儿，灶龛下面的供桌上摆满了供品，几个家丁又送来了给灶王爷扎制的纸的车、马、轿子和轿夫。

马婧影显得十分内行地指挥着家丁，摆放好了以后，她吩咐一个家丁，赶紧到马棚找几根稻草来，再到粮仓要一把黑豆。见家丁还在愣着，不明白她的意图，马婧影急了，她嚷道：“没看见灶王爷的马没喂草料吗？赶紧找点稻草，把它裁成一寸长，合着黑豆一块摆到纸马跟前。”她随口又叨咕道，“把那马喂饱了，才好送灶王爷上天啊！”家丁听了这话，一溜烟儿地跑出去寻马料了。莎琳娜一听马婧影这话就乐了，她对马婧影说：“宁落下一个屯，别落下一个人儿，你连灶王爷的马都喂饱了，可抬轿的轿夫还饿着，快给这几位轿夫送二两小烧！”

大家一听这话都笑喷了，这是自打上官家经历过那场水灾之后第一次出现的开怀大笑，把奶奶的眼泪都给笑出来了。

祭灶开始了，爷爷带着奶奶和子孙们，以及各房的太太和儿媳们燃香，祭拜灶神，三拜九叩完毕，做司仪的老魏就冲着外面喊道：“送灶王爷上天了——”早早等在大门外的卢大柱听见这喊声，就像是等待进攻号角的士兵，一下子就进入冲锋的状态，他飞快地把一长串爆竹点燃，立刻，随着爆竹一连串的炸响，上官家的祭灶活动就落下帷幕。

10.

上官府大门外，放爆竹的家丁还聚拢在门边，乐颠颠地打着趣儿，好像年味儿充斥得人人都喜气洋洋。

空气里到处还弥漫着没散尽的火药味儿，两个家丁正在打扫门洞里和台阶上的爆竹残片，四野里黑漆漆一片，只有雪地映出的白光惨淡地发出清冷的回光。

突然，一群人吵吵嚷嚷地要往上官府里闯，看门的老魏一看，拦住领头的一位，这是一位四十多岁的汉子，长棉袍配马褂，头上还顶着一顶狗皮帽子。

老魏问他：“要干啥？”

他伸手抱拳，说：“我找你家老爷说话。”

老魏说：“你谁呀？说找我们老爷就找？我们老爷和太太已经歇了，明儿再来吧。”

那伙人不干，吵吵嚷嚷硬要往里面闯，这时徐贵听见吵闹声过来了，老魏对着那个领头的说：“我们管家来了，有啥事和他说吧。”

徐贵把腿迈到门外，刚站下，来人转向他，又是双手抱拳，显得很客气地说：“我是林县广聚源孙老板家的管家，我叫孙喜旺。”

徐贵也还了一个抱拳，“徐贵。”

孙喜旺说：“有这么一回事，要打扰贵府，两年前孙老太爷的七姨太偷着从府里跑了出来，我们到处找，结果踪影不见，后来我们终于打听到了，她就在你们府上，现在我们要接人回府。”

徐贵一听这话就一头雾水，他对孙喜旺说：“等等，我咋越听越糊涂？你们府上跑了个姨太太，现在在我们府里？”

“对！”

“对什么对？我们这里根本就没这人！”

那群随着孙管家来的孙家家丁，一听见这话就觉着上官家不讲理了，他们纷纷上来据理力争，喊道：“你们想赖是不是，我们是有可靠的证据的，信不信我们到县府告你们！”

上官家的伙计也还没走远，哪里惯得了他们外人在此撒野，纷纷围拢上来说：“什么证据？什么证据？我们说没这人，就没这人！”

徐贵也一口否定，因为家里买丫鬟、婆子都经他的手，这两年家里根本就没进什么佣人。他用手指了指门前上官家的家丁，对孙喜旺说：“你问问他们，看看我是不是说谎。”

老魏赶紧接过话，打着圆场说：“是呀，我们府上这两年根本就没进新人，孙管家您先抽根烟吧。”

孙喜旺还了他一个白眼。

孙家一个家丁理直气壮地指着徐贵的鼻子说：“你敢说我们七姨太

没在你们家？上官家的三姨太太黄桃儿就是！”

徐贵被他问愣了，一个念头一闪而过，对呀，三太太就是两年前从苏子河上飘来的。

他一拍脑门想，这可是拐卖人口的大事，千万别弄错了。想到这里，他对孙喜旺说：“这话要是这么说，我可做不了主，我去禀报老爷、太太，如果确有其事，你们和他们交涉吧！”

徐贵说完这话，就转身进门，身后传来孙家家丁的吵闹声。

“今天不把人交出来我们就不走了！”

“对对对，不走了！”

“不交人就去告他们！”

“对，告他们！”

爷爷和黄桃儿正脱鞋准备上炕睡觉，丫鬟小安匆匆地走进门说：“管家来了，说有要紧的事。”

爷爷正困着，拉着长声说：“啥事这样猴急，明儿早上还不行吗？”

这时候的徐贵已经等不及自己进来了，他走到老爷的身边压低了声音说：“老爷，林县广聚源孙老板家里来人，说他们家的七姨太太跑到咱家里来了，他们闹着要人，堵在门口不走了。”

爷爷不满意地看了他一眼，把脚上的鞋子脱下来，两只在一起碰了碰，放在炕沿下，拉着长声说：“谁呀？问问，真是他们家的，给他们不就是了。”

徐贵往前凑了一步，用眼睛偷看了一下黄桃儿，发现那黄桃儿小脸煞白地躲在炕里。

他低声说：“他们说，嗨，老爷啊，还是您自己去问问才清楚。”见老爷没有出去的意思，徐贵着急了，“老爷，孙家人说那个跑了的七姨太是我们家的三太太啊。”

“什么？”爷爷一下子睡意全无，他回头看了一眼黄桃儿。

黄桃儿一下子就爬过来，拉着爷爷的衣袖子说：“不是我，不是我，老爷别让他们把我带走！”说完这话，浑身哆嗦成了一个团了。

爷爷厉声说：“怕什么，他们还敢抢人不成？”说完这话，又把头转向徐贵说，“带他们到正房说话。”

孙家一行人被带到正房，此时的爷爷已经端坐在桌案前。

徐贵上前一步把孙管家介绍给爷爷，说：“这位就是孙家管家。”

爷爷抬起眼皮，看了看地上站着的这伙人，问：“怎么回事？”

孙喜旺显然知道这位就是上官家老爷，显得十分拘谨，他把刚才在门外对徐贵说的话又对爷爷说了一遍。

爷爷拉着长声说：“说我的三太太是你们家的七姨太，有证据吗？”

孙喜旺说：“有啊。”他说着上前把一个发了黄的纸片递给了爷爷。

爷爷一看，是一张卖身契，可爷爷一看那上面的名字就笑了，他对孙喜旺说：“这上写的是林县马家四小姐马婧影卖给孙家做姨太太，我怎么就越看越糊涂呀，要说别人家我们不知道，可这林县的马家我可是门清啊，我和马家是亲家，你们那个卖身契上的马婧影不是我家三太太，她是我家儿媳妇，难道我堂堂上官家会娶一个孙府里偷跑出来的姨太太做儿媳？简直是笑话。”

孙喜旺说：“这我就不知道了，但是你那位三太太就是我们家的七姨太，你把她叫来一问便知。”

爷爷一听这话，大声断喝：“再胡搅蛮缠我就将你们打出去，来人，送客！”

这伙儿人一听爷爷这话就炸开了，纷纷嚷道：“你们没理了就往外撵人，咋不敢把人找出来三头对案，对，把人找出来一问便知。”

爷爷一看这些人不是那么好打发的，知道不让他们见到真佛他们是不下跪的，非得让他们心服口服，要不到处说我上官家仗势欺人也不好吧，于是，吩咐道：“把三太太请来。”

11.

当脸色煞白、浑身颤抖的黄桃儿被带到正房时，爷爷一看那魂不附体的样子心里就明白了几分。

在场的孙家人一看见黄桃儿就炸了窝，一口咬定她就是孙老太爷的七姨太。

黄桃儿一见这伙儿人，更是吓得不知所措，她一下子就跪倒在孙喜旺的面前，哭着求他说："大管家，求你千万别把我带走，我回去一定会被他们打死的。"

孙喜旺没有搭理他，他用手指着黄桃儿对爷爷说："这就是我们家老太爷的七姨太，你自己问问她！"

爷爷一看，这还问啥呀，这不明摆着吗？黄桃儿呀黄桃儿，你这不是不打自招吗？唉！爷爷在心里长叹一声，无奈地低头看着地上跪着的黄桃儿说："你真是人家的七姨太？"

黄桃儿已经哭得昏天黑地了，她点了点头。

爷爷一见自己的爱妾这样痛哭，心里那个纠结就不用提了。黄桃儿把他哭得愁肠百结、心烦意乱，他挥了挥手。孙家一群人立即上来拉人。

黄桃儿一声惨叫："老爷——！"惊醒了爷爷，爷爷立即感觉心里空落落的，难道就这样让他们把她拉走了？爷爷当然不甘心，情急之下，他大喝一声："慢着！"孙家人立即就住了手，不解地看着他。

孙喜旺走过来问爷爷："难道上官老爷还有点舍不得？"

这话点了爷爷的死穴，爷爷不能不承认，但是也不能承认，他是从心里割舍不了这份迟来的爱。但是，他还是强打精神来维持自己的自尊，对他们说："你们平白无故地在我这儿拉人，我也得问问清楚明白才能让她跟你们走啊！"

孙喜旺气得一屁股坐到椅子上，对爷爷说："问吧，问完了我们好走！"

爷爷站起来，走到黄桃儿跟前说："桃儿啊，这几年我待你咋样？"

“老爷待我恩重如山。”

“那你凭啥从人家跑出来到这里招惹我？你手里一没有休书，二没有解除卖身的契约，我是留不下你的，可是，可是，你知道你这一走，我这心，心如刀绞啊。”

黄桃儿泣不成声地说：“老爷，我也一样，自从我进了上官家大门，才真正地感觉到过上了人过的日子，在孙家的时候，他们对我非打即骂，我的地位都赶不上一个丫鬟。”

爷爷很纳闷，又问：“他们为什么这样对你？”

“因为我心有不甘，我本来是马家的四小姐，我叫马婧影。本来是许给上官家三少爷为妻。只因为我娘是马占奎的三姨太，我爹爹到处拈花惹草根本就顾不上家里,我娘自从嫁给了他就终日以泪洗面。这还不算，马家的大太太，我的大娘，对家里的姨太太更是非打即骂，而且家里从来都不雇佣下人，什么活儿都由姨太太来干，我娘受不了这样的虐待，在我八岁的时候就上吊自杀了。到了我待嫁的年龄，我大娘见抚宁县的上官家日渐壮大，就有心将自己的女儿嫁给上官家。她怕我坏她的好事，就把我卖给了棺材铺的张老板，张老板生意不好，赌钱蚀了老本，又把我输给了孙家做姨太太。那孙家老太爷不但年事已高，而且还是个色鬼，自己身体没什么本事，却终日让你不得休息，折磨得我寻死上吊，又逃跑了好几次，每一次都被他们打个半死。苏子河发大水那一年，我被大水冲走了，我本想一死了之，却不料被老爷您给救起，在上官家养伤这段时间，我感受到了上官府的温暖，看到了您和大太太的为人，于是就动了留下来的心思。唉——也是我贪恋人生，求死的意志不坚决，才给老爷您带来麻烦，望老爷念我们夫妻一场，不要在心里记恨我啊！”

爷爷一听这话真如拿刀子剜了自己的心一样难受，好一个可怜楚楚的小女人，竟遭受了这样的非人待遇！

两行清冷的泪滴，滴落到胸前。

过了一会儿，他问黄桃儿：“你大娘把你卖给人家做小，那现在嫁到上官家的这个马婧影是谁？”

“她是我的胞妹马倩影，我大娘的女儿。”

“这么说，上官家的三少奶奶是个冒牌的？”爷爷一下子从椅子上站起来，惊得头皮发麻。

“是，她真名叫马倩影。”

爷爷一听这话火冒三丈，这马家大娘还是不是个人？硬把这个打冒枝的东西给塞到上官家，难道上官家就是这么好糊弄的？想到这里。他对徐贵喊：“去把那个贱人给我带来！”

此时的徐贵还不像爷爷那样愤怒，他一个局外人遇事比较冷静，他凑到爷爷跟前小声说：“老爷，三少奶奶的事，是咱上官家门里的事，咱别当着外人面……”

爷爷显然被气糊涂了。

孙家又要过来拉人，孙喜旺对爷爷说：“这回你都清楚了吧？我们该走了！”

爷爷闭上眼睛咬咬牙，一挥手，孙家的人全都围了过来。

黄桃儿一看，自己是在劫难逃了，她大叫一声：“老爷——下辈子我还做你的女人！”喊完，迎头朝着爷爷身边的案头冲了过去，只听“咣当”一声巨响，黄桃儿碰得头破血流，人事不省了。

随着人们的惊呼，爷爷这才反应过来，他一把抱住了黄桃儿，把他紧紧地抱在了怀里。

鲜血从黄桃儿的头上不断地涌了出来，爷爷失声哭喊：“桃儿——桃儿——我的桃儿啊！”

孙家人一看出了人命，再也顾不得什么，都吓得跑了。

爷爷对着人高喊：“快请大夫来！”

徐贵早就奔出去找大夫了，可是，已经晚了。

黄桃儿的鲜血如注，浑身不住地抽搐，好一会儿才无力地睁开眼睛，看见爷爷笑了一下。

爷爷叫道："桃儿，大夫马上就到了你可要挺住啊！"

黄桃儿断断续续地对爷爷说："在上官家你不得不防，有人居心不良啊！"

爷爷点了点头。

黄桃儿继续说："张振龙是她的旧相好，因她嫁给了三少爷，一气之下，当了土匪，四少爷被绑架的事一定是她做的，她嫉妒山红怀孕，又怕子卿抢了家产，所以下手了！"

爷爷哭着说："我知道了，你先别说了，歇着吧，咱好好养伤，我不会让他们把你带走。"

黄桃艰难地笑了，说："不行了，下辈子吧，下辈子——还做——你的——女人！"很吃力地说完这话，脖子一歪就闭上了眼睛。

12.

黄桃儿死后，上官家隆重地厚葬了她，这是祖上历来就没有的规矩，奶奶也十分同情黄桃儿，看到爷爷那般伤心，也就不计较了。

上官家处理完黄桃儿的后事，就着手审问马婧影，马婧影早已经吓得尿了裤子，不但供出高尔山一事是她所为，甚至还供出连黄桃儿在上官家的事情都是她找人通知孙家的。气得爷爷把她锁在了后院的柴房里，等着她娘家来领人。这个儿媳妇上官家说啥也不要了，三天后，这个恶毒的女人就用一根捆柴禾的麻绳结束了自己争强好胜的生命。

上官家不到半年的时间就死了两位少奶奶和一位姨奶奶，而且还都是横死的，这在人们的眼里可是件不吉利的事。

上官家遭此重创，元气也是一时半晌恢复不过来的，整个上官府笼罩着一股神秘、忧伤而又恐怖的气氛，就像是一座中世纪空下来的古堡，到处死气沉沉，连佣人走路都静悄悄的。

上官府的这个年是没办法过了，爷爷一直在忧伤当中，奶奶除了盼望罗山红肚子里的小宝宝快点降生给这个沉闷的上官府大院里增添点快乐，别的就没什么事情可做。

山红已经有了三个多月的身孕了，娇小的她虽然还看不出身体上有啥变化，但是明眼人仔细观察就能发现她的动作比以前有些笨拙了。

四叔既要打理店面又要常回家看望她，整个人都瘦了一圈。

整个家最心烦的就数三叔上官子华，妻子是名不正言不顺的冒牌货，这就够丢人的，而且还做了那么多的坏事畏罪自杀，这让他更加难堪。他在人前不敢悲伤，在人后又不能不想，整天耷拉个脑袋不做声。

开春的时候，奶奶觉得这个院子太寂静了，就允许罗山红把顺儿接来玩玩，给上官家增添点活泛气儿。

第一次见到顺儿的奶奶，拉着他的小手仔细地端详着他，她觉得这个孩子有点面熟，看了一会儿，她又想不起他像谁，只好摇着头埋怨自己记忆力大不如从前。再见到顺儿的时候，她就觉得这个孩子咋跟父亲小时候一个样儿，简直就是活脱儿，那眉眼、那神态，那举手投足的样子，不就和他小时候一个样儿吗？奶奶乐颠颠地把这个消息告诉了爷爷，爷爷哪有闲心思去看别人家的孩子，他正烦着哪，顺嘴就说：“胡说什么呀老太婆？是不是想儿子想疯了？”

一阵暖风吹过来，送来阵阵苦溜溜的丁香树发芽的味道，奶奶茫然地站了一会儿说：“丁香花又要开了，这一年、一年，咋过得恁快？”

爷爷皱着眉，眯着眼屈指算了一下，长叹一声：“唉——子厚已经走了八九年了，咋连一点音讯都没有？是死了，还是活着？”

就在奶奶惦念父亲的同时，父亲也随着大部队，正逐渐地往我的家乡附近靠拢，一九四七年底就解放了石家庄。四平的四次和国民党的胶着战役已经取得了彻底的胜利。

大部队正往东北集结。

13.

父亲被张廷江送到根据地医院的时候，已经是大青顶子出事第五天了，他一直昏迷不醒。他伤势太严重了，大腿、胸前和头上都有伤，简直就成了血葫芦。医院立即对他实施抢救措施，手术从体内取出三个弹片。

父亲一直昏迷了十几天，等到他醒来的时候，就发现有人惊叫着跑了出去。后来就又昏昏沉沉地睡着了。

父亲再次醒来的时候，就发现一个穿白衣服的女人手里正举着注射器，想给他打针，看见他睁开了眼睛，惊奇地呼叫一声："你醒了。"

父亲看清了，是个护士。他努力地咧了一下嘴，想送给她一个微笑，但是他不知道自己那张缠满了绷带的脸，笑出来比哭还难看。

女护士起初似乎对他的生还，不抱有太大的希望，但对他的顽强的生命力又感到惊奇，她开玩笑说："你的命可这真大，刚来的时候，我们都以为你没救了，一定得去见马克思去了！"

父亲茫然地问："我为什么要见马克思？"

她听了这话，很好奇，好像父亲忘记自己的手在哪里，腿在哪里似的，让人不能理解。

她咯咯地笑了，笑过之后，回头对着同病房的伤号说："多有意思，那可不是你想见或不想见的事。"

父亲听见了有好几个人都在笑，有些不高兴了，于是就闭上嘴。可她并不在意父亲是否生气，事实上这间病房的人只要不开口骂人，她是看不出他们生气的，他们统一脸上缠着绷带，腿上打着石膏。

这个护士仿佛什么都不在意，她只在意他和他们，那些战场流血的勇士，是否能在她的呵护下健康地走出去，重新回到炮火连天的抗日战场上。

这是一个阳光女孩儿，有着一张甜甜的笑脸和一口细密的小白牙。父亲看着她突然就想到了罗山红。

山红是不是已经转移出去了？她现在在哪儿？她不会有事吧？她在哪儿啊？一定和我一样心急如焚？

父亲痛苦地闭上了眼睛。

半年后，父亲可以下地走路了，先是由护士搀扶着下地走路，然后他自己一个人慢慢拄着拐，那种艰难的程度不亚于刚刚学走路的孩子，不知道要摔多少个跟头。孩子摔倒爬起很容易，而父亲却很难，更让他痛苦万分的是，他听不到罗山红与兄弟们一丁点儿的消息，为此他很沮丧也很烦恼。

经常是绷着脸不说话，脾气也变得很暴躁，有一次他还和一位从战场上抬下来、断了一条胳膊的连长为一丁点儿小事而争吵。

负责父亲这个病房的女护士姓乔，大家都叫她小月亮。

小月亮发现父亲情绪上的波动，经常找他聊天，她说："其实我也很烦躁，我因为护送一位重要伤员才来到这里，伤员是我们的团长，作战很勇猛，总部首长亲自下令一定要救活他，可这里的医疗条件还是不行，他又被送到上海的大医院去了。我只好就被留在这里照顾别的伤员。"

她说她想要回前线去，她要和她的战友们在一起。

这些话虽然不能从根本上解决父亲的心理问题，但是她的柔声细语，却像一股清泉涓涓不断地滋润在他的心田。

他安静了许多。

可是每当夜晚的时候，父亲还是心乱如麻，他不知道大青顶子到底变成什么样了？利剑小队的那些人有谁还活着？自己想回清泉找一下罗山红和她父亲，可这一切看起来也只能是想想，他连现在自己在什么地方都不知道。

受伤以来，终日闷在这里连东南西北都分不清，他觉着即便是让他走出去，他走路的速度也一定不比乌龟的速度快多少。他焦虑、沮丧到了极点。

他越想心里就越着急，也就更乱。心情最乱的时候，他就看天上的月亮。满月，很亮。他想到了爷爷奶奶，上官家的一切，想到渐渐老去的父母，想到自己的壮志未酬，一行清泪潸然泪下。

这一天，张廷江到根据地来开会，临走前一天，来医院看望他。

父亲一见到张廷江，就像垂死的人见到最后一棵救命的稻草，一个失去亲人的孩子，突然有人来到他面前对他说，孩子，我是你娘舅。因为父亲不仅可以从他那里知道清泉的情况，还可以通过他去寻找那些下落不明的人，更可以打听一下罗山红的情况，这是最令他焦灼的事。

父亲把自己的想法一股脑地全倒给他了，张廷江笑着说：“你放心，我都会给你办好的。”他还告诉父亲，和他一起来根据地的另外两名伤员，一名已经壮烈牺牲了，另一名腿已经被锯掉了，就在后面那一排病房里。父亲问是谁？张廷江寻思了一下说：“死了的那个忘记了，活着的这个好像叫项久盛。”父亲一听，高兴极了，求他立即带他过去见项久盛，可他站起来的动作有点猛，还有点快，负伤的那条腿就不争气地使劲疼了一下，疼得他直龇牙咧嘴。

张廷江一见，就笑着说：“你急啥？你能跑了，他也跑不了，他两条腿都没了。”

父亲听了这话，直愣愣地戳在那里，再也走不动一步了。

后来，张廷江问他伤好以后有啥打算？父亲说：“先回清泉找到罗山红和活着的兄弟们，然后接着打鬼子。”

张廷江听了这话，沉默了半晌才对父亲说：“罗女士情况不明，因为救你那天我没看到女人，活的死的都没看到。不过你要有思想准备，那天大青顶子都快被日本鬼子给炸平了，你的那些弟兄们活下来的希望不大。”

父亲痛苦地站在哪儿，坚持着没让自己倒下。

张政委走后，父亲立刻去看望了项久盛，两个人相见百感交集，一种悲凉而又荒芜的情绪立即就涌了上来，他们谁都没有说话，只是紧紧地拥抱在一起，这种劫后余生的感觉不经历的人是无法体会的，虽然此处无声却又好像是千言万语。

14.

张廷江第二次来看望父亲，并没有带来令人振奋的消息，他告诉父亲，大青顶子上已经没有了活着的兄弟，派人去了几次罗家，都没发现罗山红的影子，樱桃沟的堡垒户的报告说，大青顶子出事以后就没见罗姑娘回来过。

张廷江分析着说：“在这种艰难而又残酷的斗争中，什么样的不幸都可能发生，你一定要坚强……”

看见父亲的脸色铁青，不停地开导他。

父亲他猛地扯下绷带，拄着拐杖就往医院外面走，张廷江把他拦下了，很郑重地对父亲说：“别说你这个样子去不了清泉，你即便是去了也不会找到他们，要是能找到，我们不是早就找到了吗，还用得着你在这儿干着急？”

父亲听了这样的话，蹲在地上，双肩不停地抖动，像一匹受伤的骆驼。

张政委告诉他说：“你安心养伤，我们的人会持续观察樱桃沟的动静，一有消息我就会派人来通知你。”

父亲看了看自己浑身上下的样子，没有别的好办法，只好同意暂时在这里养好伤，等候清泉的消息。

五月份的时候，父亲身上的伤基本痊愈，临出院的时候，医院的王院长找到他，并把一封信递给他。

王院长说，这是张廷江政委最近辗转交给他的一封信，他让父亲把它读完。

父亲当着他的面拆开了那封信：信上首先表扬了父亲和利剑小队英勇抗击日寇的壮举，也深深地哀悼了大青顶子上死难的义士。最后他在信中说出了他对父亲身世的怀疑。他曾听父亲说过自己是抚宁县人，当时就觉得这个酷似飞虎将军的虎将，一定是抚宁县古楼镇上官大院的后人，有了这样的大胆猜测，他在信中并说出了自己是飞虎将军的部下。

当年与抚宁县的上官元谦在土匪那里结交，后来受到上官大哥的举荐留在飞虎将军的帐下效命,后来又投奔了共产党,因此才走上了革命的道路。

他劝我的父亲也跟着共产党干，因为他知道：只有共产党才能救中国。

至此父亲才知道大青顶子上，将他救出来的义士，就是当年在匪巢里救过他的父亲，我的爷爷的大恩人——张廷江。

张廷江在这封信的最后说，抗日战争正节节胜利，日本鬼子的末日就要到了，他希望这个时候的他，先不要回清泉去寻找罗家人，清泉那里他自会帮他留意，一有消息一定派人告诉他。他希望父亲参加不久后八路军对日伪的大总攻。彻底击垮敌人后，他会带着同志们迎接他凯旋。

父亲看到这里，心情很激动，自己的队伍打光了，他一个人和鬼子斗，怎么说都是人单势孤，现在好了，八路军张政委已经为他安排好了，那他还有啥异议，打鬼子没二话，他就是舍了命也无怨无悔。

他一方面惦记罗山红的安危，另一方面又十分感激张廷江对他的安排，沉思一会儿，他对王院长说：“我尊重张政委对我的安排，我参加大反攻，给我那些死去的兄弟报仇！就是不知道我怎么参加，该找谁？”

王院长听到这话，像是十分释怀地长出了一口气，他说：“张政委都给你安排好了，两天后，八路军的王团长会派人来接你。像你这样的勇士，就该血洒疆场、马革裹尸。”

父亲就这样，从医院里出来就奔赴了抗日战场。

抗战胜利后，父亲又被部队送到延安去学习。

在延安，他学到了这一生都难以忘怀的东西，他看见了胜利的曙光，看到了民族的希望。并且知道自己当年抗日，并不是他一个人在单打独斗，他是为民族解放而战，为此他感到无比自豪。

在延安，他还见到了一个意想不到的人，那就是他的老同学——张海林。这个在日本鬼子炮轰北大营的第二天还惦记上学的小同学，想不到十几年后，在革命圣地延安相见，而且当了一名文化教员。

张海林拉着父亲的手说：“想不到我们殊途同归地都走上了革命的

道路。”

父亲说：“这是必然的，日本鬼子都打到我们家门口了，每一个有血性的男子汉都不会眼睁睁地去当亡国奴。”

张海林说：“这些年你都是怎么过来的？”

父亲就把这些年对敌斗争的经历讲给了张海林听，直听得张海林目瞪口呆，他说：“想不到那个闻名遐迩的抗日英雄竟是老兄你呀，真是如雷贯耳。”

父亲很诧异地问：“你也听说过我？”

张海林说：“听说过，从热河来学习的同志讲起过“影子夫妻”，当时羡慕得我们真想到战场去大干一场。”

父亲又问起张海林是怎样参加革命的？

张海林说：“当年日军炮轰北大营，我们的学校没有了，我随父亲去了北平，在北平的一所大学里，我接触了共产党和一些进步人士。卢沟桥事变以后，我就随着一群热血青年，几经周折辗转来到了革命圣地延安。”

父亲听罢，十分羡慕地说：“你很幸运，走了捷径，不像我在黑暗中自己摸索，在战斗中看不清方向，也不能很好地规划未来，只是一门心思地和鬼子斗，活一天斗一天，再有就是觉得把日本鬼子全都打跑就回家种地，我就这么点理想，其他的也没想过那么多。”

15.

抗战胜利后不久，父亲在延安学习结束，就随部队开赴东北，占领长春。

在此之前，他一个人回到了清泉，首先来到部队的驻地见到了张廷江政委。张政委的队伍是从张家集赶回来的，还没休整，显得很疲惫。

看见父亲，张政委就把他接到屋子里，他见父亲整个人都变得很精神、很阳光，就十分高兴。

他说：“共产党终于把你领到光明大道上来了，在延安学习得怎么样？有收获么？”

父亲兴高采烈地说：“收获太大了，它给我指明了方向，让我知道为什么活着，更让我知道，我这一生都将为此而奋斗，忠贞不渝。”

张廷江用大手拍了拍父亲的肩膀，感慨地说：“总算成长起来了，你肩上的担子更重了。”

张政委拉着他坐到桌边，很郑重地说：“清泉的地方武装已经归纳到驭手山野战军第一旅，我任旅长兼政治委员，我已经向上级请求，调你到独立团三营当营长。”

父亲听了这话，大吃一惊。他虽然领导过一个小队的人马，但那算什么呀，和正规军比起来，那不过是一伙儿乌合之众。二十几个人还被日本鬼子给平了，这张政委是不是吃了豹子胆了，敢把一个营的队伍交给他指挥，他连连挥着手说：“不行，不行，我只能当个好战士，营长，干不了。”

张政委没有理他那个话茬，站起来从挎包里取出一张纸，递给父亲，并且十分郑重地说：“这是上级的调令，你敢违抗命令？”

父亲“刷”的一下子就站了起来，敢情这是真的，调令都来了，这可不是闹着玩的。

他赶紧立正，给张旅长行了一个正规军的军礼说：“是，首长，保证完成任务！”

张廷江摆了摆手，示意他坐下。并告诉他，说他那个老同学张海林这次也申请到部队上来了。

父亲吃了一惊说：“怎么，他不干教员了？”

张廷江说：“他说他参军就是为了打仗，可是当了这么些年的兵却连枪杆子都没摸过，这一回一定得当个像样的兵。这不，总部首长就把他派到咱这新组建的队伍里来了，你来之前他已经到独立团报到去了。”

“让他给我当个指导员吧。”父亲恳求说。

“指导员我早已经给你选好了，是个身经百战又有政治思想工作经验的老同志，为的是给你把好关，免得你再蛮干。”

父亲脸上绽开了从来没有过的笑容。

张廷江接着说：“你有实战经验，还是咱延安学习归来的干部，仗怎么打还是听你的，不过，政治思想方面你可要听他的，咱还得要党指挥枪。”他又嘱咐道：“你遇事多动动脑子，很快就会从战斗中成长起来的。至于张海林，给他当个副手还是蛮合适的。”

父亲听了这话点了点头，他感觉到自己肩上的担子沉重了，当他听说今后还会有战斗，就很不解地问：“日本鬼子不全都打跑了吗？今后还会有战斗吗？”

张廷江站起来，在屋子里来回走了两圈，站下，向外面望了望，说：“中国现在的形势很复杂，当初国民党想借助日本人的手消灭共产党，现在小日本滚蛋了，那些国民党反动派对咱们是不能善罢甘休的，最近听说重庆谈判已经破裂，说不定会来个同室操戈。”

父亲听了这样的话，脸上立即就显得严肃起来，他说：“如果国民党反动派敢来抢咱胜利果实，我第一个不答应。”

张廷江说：“所以上级指示一旅迅速组建尖刀营，以最快的速度到东北，去接收日伪政权。这个任务就交给你们三营了。”

“什么时候出发？”

“越快越好。”

父亲答应一声就想去找自己的部队。

张廷江拦住他说：“不至于这么急，你先吃了饭，然后我陪你去趟樱桃沟。”

父亲的脸红了，其实这一趟回清泉，他主要是想回樱桃沟找一下罗家人，问一问罗山红的情况，是死是活他要弄个清楚明白。但是刚才和张廷江的那些话，倒让他有些不好意思提了。

他结结巴巴地说："不去也罢，这里不是有你一直帮我打听吗，那我还有啥不放心的，革命事业最重要。"

张廷江老奸巨猾，哪里看不出父亲的这点小把戏，他故意把脸一沉说："嗯，既然到了清泉，哪有不去的道理，都别争了，咱现在吃饭，吃完饭就走。"

父亲高兴地说："好嘞，听首长的。"

晚饭后，两个人骑着战马，带着警卫员一起奔着樱桃沟的方向去了。

在马上，张廷江说："前些日子有人说看见过罗家人，但是没有看见罗山红。我想派人去罗家问问，谁知道张家集那边出事了，一小股日寇的残余部队不想放下武器，在张家集一带杀害老百姓，我就带着人奔那里去了，这不，才把那些余孽收拾干净，我就赶着回来了。"

父亲听了这话没有说话，他用手上的马鞭子紧着抽了两下，那马好像明白主人的心思，急速飞奔起来，不到半个时辰就到了樱桃沟。

父亲跳下马，熟门熟路地往罗家走，刚到罗家的大门口，他就愣住了。

罗家大门紧闭，门口的铁将军不知道锁了多少时日，已经锈迹斑斑。再透过篱笆墙向里面望去，院子里的蒿草已经有半人高，窗子和房门都紧闭着，看来这里好久没人居住了。

父亲正在焦急，到邻居处打听，可原来的老邻居被日本人杀的杀，跑的跑。现在的邻居已经换了人家，都是生面孔，问他们啥，啥都不知道。张廷江派警卫员到后街找了一个老街坊，那人说，年前的时候见过罗家人，可是年后再也没见过一个人影，想必是已经走了好久了，去了哪里就不知道了。

父亲焦急地问："看没看见他家的姑娘？"

那老汉摇了摇头说："闹日本鬼子那会儿，听他家邻居说，老罗家的二女儿已经死了，为此那罗老汉还得了一场大病，险些要了老命。"

父亲一听这话，踉跄着向后倒退了几步。但是，他还是让自己站住，没有倒下去。

这次清泉之行，让父亲寻找罗山红的心彻底死了。

只是在心里，默默地把一个名字牢牢地刻下——罗山红。

16.

1946 年 6 月 26 日，国民党以 30 万军队围攻中原解放区，向解放区发动了全面进攻。

强加在中国人民头上的内战爆发了，全国解放战争由此正式开始。

父亲听到蒋介石发动内战的消息时，气得快要发疯了，中国才消停几天，蒋介石又把战火燃起来，要是不消灭这些王八犊子，咱中国还有安宁日子过？

已经晋升为独立团团长的父亲，在团部大声骂娘，他想向上级请示，回到敌占区，去消灭国民党反动派。

这时的驭手山野战军的一旅改编为四野，身为师长的张廷江告诉父亲：“一定要守住东北，要保护好咱胜利的果实。稍安毋躁，你要老老实实地待在东北，我们还有重要任务。”父亲听了这话，只好眼睁睁看着解放战争打响，自己带领队伍时刻准备着。

1946 年 4 月 15 日，父亲所在的部队接到上级指示，在苏军撤走长春一个小时内，突袭长春机场并成功地占领长春。在这次战斗中，父亲身先士卒，一马当先，表现出了一个革命军人的英勇无畏的精神，为此他还受到了上级的嘉奖。

全国解放战争很快就取得了胜利，东北的夏季攻势中，由展开破袭到发起总攻，收复了许多大小城市和农村。各地的土改工作正轰轰烈烈地进行着。

收复四平以后，张廷江找到父亲，他对父亲说：“现在部队很快就要打到你的家乡了，收复抚宁县指日可待。”

父亲高兴地说：“太好了，就盼着这一天了。”

张廷江把手里的纸烟抽得嗞啦嗞啦直响，父亲看出他好像有话对自己说，平时这位首长是个爽快人，今个是怎么了？

父亲很纳闷地看着他。

张廷江把烟头猛地抽了两口，丢下烟蒂，对父亲说：“各地的土改你都看到了？”

“看到了，我还参加过。”

“那就好，可是有一件事一直搁在我心里，不知道怎么和你说。”

父亲想：首长这是怎么了？咋说话吞吞吐吐的。想到这里，他斩钉截铁地说：“首长，有话您就吩咐吧，我保证做到。”

张廷江说：“关于你的家庭问题，你是怎么想的？”

父亲被这话问住了，是呀，上官家可以说是抚宁县最大的地主，虽然不是罪大恶极，但是也一定会是被镇压的对象，可是面对无产阶级的强大阵营，上官家除了该受到惩罚还能有什么办法？父亲无语了。

张廷江说：“我看你提前去一趟抚宁县，最好能说服你父亲，把土地和房屋还给农民，争取做到主动，这样的立功表现，也许对你们有好处。”

父亲更加沉默了，他知道，这是老首长为他上官家选择的最好的出路，先不说这件事在上官家行得通行不通，就是首长这里也是犯纪律的，首长这是拿自己的前程来保上官家呀。父亲被深深地感动了。

张廷江说：“我是不想让九泉之下的英灵寒心。你去吧，少带人手，越保密越好。快去快回，出了事有我担着。”

父亲郑重地给张廷江敬了一个军礼，回去后，叫上张海林，两个人日夜兼程来到了抚宁县的上官家老号。

17.

古楼镇的枪声，是那个傍晚响起来的，稀稀疏疏、噼噼啪啪，没见过这个阵势的还以为是放爆竹哪。

罗山红听得出这是枪声，而且听见枪声就兴奋。

好久没摸到枪了，也好久没有听见过枪声了，那次跟张振龙比试枪法，只放了一枪，而且那枪被土匪使得太老，子弹出枪膛时有点渍扭，很不过瘾。

古楼镇上历来都风平浪静，娶媳妇、生孩子、红白喜事，屁大点小事都能热闹成十五的灯会。枪声也让全镇子的人感到莫名地兴奋，暗自揣度，这下子真要打起来了，快要变天了！古楼镇周边的百姓们都暗自琢磨，他们的好日子真的快要到来了，快点打吧，把那些地主老财喝人血吃人肉的世道翻过来，让我们这些劳苦大众当家做主人吧。

这一切，上官大院里的人怎么会知道，他们就像住到仙山洞府里的神仙，与俗世隔绝，不理人间烟火。火爆爆的农会、土改的烈焰就要燃到这里，可上官大院依旧是躲进小楼与世隔绝。爷爷甚至以为，上官家的高高的围墙都是蛋清和着糕泥抹面，子弹打在上面都打滑，况且四角还有炮楼，二十来个看家护院的炮手那里还有二十几条枪，这一切可都不是吃素的。难不成还有人炮轰这里不成。

罗山红可不这么想，上官大院绵密的日子过得太舒坦，也太平常，一天重复一天，重复得让人心烦。

枪声让她热血沸腾，让她想起了大青顶子上那些艰苦但快乐的日子，虽然一个个破衣烂衫、朝不保夕、风餐露宿，可那些日子怎那样的让人缅怀啊！还有那个人高马大的关英杰，那一副天不怕地不怕的样子咋就长在了心里，就像生了根一样，抹也抹不去。她已经做了上官家的四少奶奶，并且还会为四少爷生儿育女，可怎么心里还是老想着那个已经死了的人——关英杰？

她和他就是伴着枪声生存的，她甚至觉得没有枪声的日子真是难熬啊！眼下这枪声来自哪里？是谁跟谁打啊？她想，鬼子不都赶跑了吗？又回来了？还是土匪打进来了？想到这儿，她一下子跳下了地，忘记了身子还怀着孩子，撒腿就往外跑，吓得小忧紧跟着追。

小忧偷奸耍滑不干活，甚至还把罗山红的首饰偷出去卖掉，在这畅新园里就没有她不敢做的事，罗山红奈何不了她，她不想生事端，睁一只眼闭一只眼由着她去耍去闹，要是哪一天闹到爷爷、奶奶那里也就算闹到头了。可这东西不傻，上官家现在的状况，爷爷恨不得掐死两口子才能泄愤，她可不想触那个霉头，再说少奶奶肚子里揣着上官家的宝贝，奶奶一天三遍地派人询问，真是让人撞见自己没好好伺候少奶奶，她的好日子也就算到头了。所以这些日子乖乖地待在了畅新园，形影不离地跟在罗山红的左右。

小忧一路小跑着跟着罗山红，边跑边在后面嘟囔：“少奶奶，你要干啥呀？外面那么乱，你往哪儿跑啊？”

罗山红没回头，也不想理她，她边跑边回答说：“没听见打枪吗？我去看看。”

小忧一听这话，吓得舌头都伸出老长，我的妈呀，这个少奶奶是不是有点傻呀？别人听见枪声都找地方躲起来，她却要出去凑热闹，那热闹是那么好凑的吗？子弹不长眼，万一在身上的某一个地方钻个洞，到时候连哭都找不着调门了。但是，罗山红在前面小跑着，她还不能不跟着，万一少奶奶在她不在场的时候出了点什么差错，上官府的家规能要了她的命，她可担待不起。

她边跑边带着哭音劝说罗山红：“打枪？打枪你还跑？谁不躲在家里……”她下面的话一定是想说，跑出去找死啊？可说到这儿打住了，她知道四少奶奶好性儿，也好欺负，但是这话万一被别人听到了，到了老爷、太太的嘴里，她可是犯了大忌了。

罗山红没有心思搭理她，只顾着往大门口跑，等上官大院里的人明白过来这是在打枪的时候，她已经冲出了院子，站在角门边的柳树下向外张望。

古楼镇的街面上正过着一大队人马，一伙人往东，一伙人往西。

她躲在树丛中往外看，见沾着泥土尘沙的无数人腿“啪啪啪”地跑过去，又“啪啪啪”地跑过来。一大蓬一大蓬黄烟似的尘土，跟着那些腿脚飞扬过去，那些打着绑腿的脚步迈得多有力气，让人看着都带劲儿。有时一个队阵要走上老半天，她觉得他们把古楼镇的街面都走薄了。先前跑过去的是一些穿着黄军装的队伍，穿黄军装的跑过去没多久，又有一大帮的国军人马追过来。那些穿黄军装的队伍上的人虽然是被人追着，但是也跑得潇潇洒洒很带劲儿。

罗山红自己琢磨着，他们是什么人哪？黄颜色的军服跟鬼子的军服不一样，鬼子皮扒下来烧成灰她都认得，他们也不像国军，国军的人和枪都老气派了，衣服穿得很齐整，可也不像八路的衣服，再说那都是灰色的军装。这些人的衣服是黄颜色的，个个都打着绑腿，轻便的纳底布鞋齐刷刷的很精神。这些人也不像是土匪，土匪的衣服穿得很杂，长袍马褂、青衣短打，土匪什么都敢往身上招呼，而且一个个歪嘴斜眼，不拿好眼珠子瞅人，这些人咋看着一身正气的。

罗山红正看得起劲儿，两个人悄悄地过来，把她像夹小鸡一样提起来就往回跑，她惊得直叫，一个人堵住了她的嘴说：“少奶奶别怕，我是卢大柱！”

罗山红惊恐地看了看，另一个是梁春。

她不挣扎了，乖乖地跟着他们往院里走。

18.

上官大院里，爷爷和奶奶正焦急地在院子来回走，偌大的一个上官大院都快被他们走成困兽的笼子了。

小忧看见罗山红出了角门，自己不敢出去，又担心少奶奶出事，跑来告诉爷爷、奶奶。她说，枪声一响少奶奶跑出院子了。

爷爷、奶奶焉能不急？他们即便是不担心这个不知好歹的儿媳，也还是担心她肚子里没有出世的孙子的，这可是现在上官家的全部希望啊！

爷爷、奶奶一听当时就愣了，就觉着这个女人是不是缺根筋？爷爷大手一挥，对着卢大柱就喊：“去，把她给我提溜回来！”

奶奶害怕家丁粗手粗脚的没个拿捏，赶紧上前阻拦说：“轻点、轻点，她还怀着孩子！”

爷爷可不管这些，其实他也不是不管，他是被罗山红的傻大胆给气的，这成什么了，还像个女人嘛？他又想起那个扭动着蛇一般身子娇小伊人的黄桃儿了，人和人就是不一样，女人和女人更是不一样，真是人比人得死，货比货得扔！

于是，他气得牛眼珠子一瞪，怒气冲冲地冲着奶奶喊：“她还知道这些？”

好像这一切都是奶奶怂恿的。

罗山红全胳膊全腿地被拎了回来，爷爷停下了拉磨似的脚步，脸背对着她，背影的意思是，我生气了。

在一旁的奶奶这时却深感到，这个女人平时软绵绵的，一举一动都有着逆来顺受的意思，有点像水，一旦有需要的时候，眨眼的工夫就结成冰，寒光闪闪的，用一种愚蠢而又突发性的行为冲着你玉碎。这真是让人恨也不是爱也不是，琢磨不透的女人啊，但是她心疼而又担心地责备说：“你看你，成何体统？不知道外面乱成一锅粥，还往外跑？”

罗山红看见一家子都在为她担心，挠挠脑袋有些不好意思了，随即心里一动，顺嘴说：“我是想看看，是不是来了土匪？”

奶奶一听这话，更感觉这个儿媳有点不着天不着地了，她故意虎着脸说：“土匪来了该往里面藏，那儿隐秘藏哪儿。哪儿有小媳妇抛头露面挡枪子儿的？打着咋办？”

她虽然嘴里这么责怪着，可心里还是疼着，现在上官大院里唯一的一位少奶奶。

她心疼地拉过她的手，很关切地问：“没事吧吓着没有？”然后拍了拍她的肚子，“可别吓着我孙子！”

面对奶奶的关心，只是一瞬间她想到了顺儿，她把自己的酸楚藏在心里的最深处，强颜欢笑地对奶奶说："没事的妈，他好着哪！"

一家子呼呼啦啦地往屋子里走，正走着，一个人顺着后角门急三火四地跑进上官大院，他一进门儿，把大家吓了一跳，他叫卢大柱吩咐炮子手把大门关紧了，都盯着点。

来人一身青衣青裤短打扮，脚下是一双纳底青布鞋，头上一顶灰不溜秋的阔檐礼帽压得低低的，把一张大脸扣得谁都认不出来了。他脚上急三火四，嘴上更是猴急，他叫道："爸、妈！快收拾细软跟我走，老共的队伍把抚宁县包围得水泄不通，看来要打进来了！"

爷爷愣住了，那人一张嘴，他才听出来是二叔上官子良。

爷爷、奶奶看见他那样，都站住了，也都愣住了。

爷爷一挥手，撵跑了听见枪声跑到这里来的那些人。

他们一个个都悄悄地往回走去。

爷爷直眉弄眼地问二叔："我没听明白，咋回事？"

二叔极其沮丧地说："完了、完了，全完了，国民党抵不住了，共产党都打过来了，各地都在闹土改，咱们家也会跟着遭殃的，你们就收拾、收拾跟我走吧，再不走连命都保不住了！"

二叔颇费力气地说完这些话，他把原本要杀人的表情扭曲得异常恐怖。

他的话让上官家其他的人停住了脚步，触到了某种被吞噬、被没顶的恐惧，他们感到灾难的来临，试图拼命抵抗，仍无济于事，恐惧最终将他们包围起来。

上官大院里的人们，从来没有看见过那个骑着高头大马或坐着洋汽车，呼啦啦地带着卫兵、老婆招摇，而且还带着一脑门子天不怕、地不怕的二少爷竟也这般狼狈和沮丧。

看来要天塌地陷了。

爷爷一听二叔的话，心里生出一种反感，"什么狗屁话，谁来了咱都下地、种田，做买卖经商，该交的咱不落下，该给的咱不贪，管他什么八路、九路，共产党、国民党，吃粮纳税，谁嘴大就听谁的，当个顺民还不行？跑什么跑？往哪儿跑？”

爷爷的态度和二叔事先预想的一个样，理直气壮、满不在乎，而且还一副任死任埋的态度，这让二叔心里生出许多悲哀。

虽然早就知道这个结果，可他这个紧要关头不能不冒死前来，因为他不能丢下生他养他的二老双亲，即便是再听一次老人家的呵斥，他也要回来，如若不然即便是逃到爪哇国，他都会悔青了肠子。

二叔虚脱地垂下了手臂，觉得所有的力气顿时都逃得无影无踪。

他长叹了一口气。

一口气出去以后，几丈长的月光下，人影泛着清冷的光。

他直起身子，整了整衣帽，然后他慢慢跪下双膝，给爷爷、奶奶叩了个天崩地裂的响头，并说：“请父亲母亲受儿子一拜，何时再见，听天由命，请二老保重。”然后，站起来，样子极其疲惫，像一个长途跋涉的老人。

二叔一个人提着一个沉甸甸的大皮箱，箱子里装的是他戎马一生的全部家当。

至此，他今后将亡命天涯。

二叔的这次离家出走的情景，像极了父亲当年离家奔赴抗日前线的壮举，只不过，父亲当年走得慷慨激昂。而二叔不同，他就像是一条丧家之犬，灰溜溜茫然不知该往何处。

奶奶一下子瘫坐到石阶上。

19.

解放军大军压境的时候，抚宁县“哗”的一下就乱了，抚宁县大小官员都张罗着卖房子卖地四处逃命，就连县长陆长明都携款逃跑了，只有古楼镇的副镇长刘长衫满街筒子又是敲锣又是吆喝。

他喊道："共产党、解放军要打进来了，共产党是共产共妻的党，只要你交钱交物，交出老婆，共产党就不会杀你！"

不知道这位刘镇长这样两头不讨好地大喊大叫，究竟是出于啥目的，反正他傻狍子一般的叫声，就更让古楼镇的有钱人惶惶不可终日了。

但是，爷爷却从这锣声中听出点幸灾乐祸的意思来，他觉得这个打一辈子光棍的鳏夫，虽然临老了找了这么个副镇长的饭碗，那是变卖了所有家产贿赂了陆长明才弄到手的，本想攒足了劲儿捞点外快，把自己亏了的血本给捞回来，却不料又来了共产共妻的党，让他的幻想彻底破灭。共产，他没有财产好共的，共妻，他光棍一个，省心。

抚宁县的商会王会长和警察局的刘局长，三天两头往上官家跑，他们说上官家的男儿多在外面，知道的消息多，他们甚至以为，爷爷已经想好了怎么应对的措施，要不怎么看起来，爷爷一点害怕的意思也没有，竟像个没事人一样悠闲地躲在家里，要知道，别人家都在收拾细软准备逃跑了。

其实，他们不知道。爷爷虽然没有见过解放军，但是心里也还是有点怕，他的怕和别人的不太一样，别人感到大祸临头惶惶不可终日，而他的感觉就像当年来了日本人那样让他战栗。

他觉着日本人也就火爆那么一阵子，死了些人，满街筒子抓花姑娘，抓出一片惊叫声罢了。解放军会待多久他不知道，他倒乐意像当年日本人来了他出钱出物地欢迎，那叫破财免灾。

爷爷不喜欢那个"共产共妻"的党，这叫个什么党，分财分物也就罢了，干啥还要分人家的老婆？上官家没有多少老婆可以分，上官家年轻的媳妇只有罗山红，还大着肚子，这样的老婆大概不能马上分出去吧？既然这样也就暂时没啥担心的。

爷爷就是不知道，他自己的两个老妻，人家要不要分，要是连这样的糟糠都不放过，那么，那个共产党就真的没啥意思了。

爷爷整天闷闷不乐地看着奶奶和二太太在他的眼前晃来晃去的，晃得他心里就有点烦，他琢磨不出来，如果共产党来共妻了，这个端庄贤淑的大太太会是怎样的反抗？那个表面上蔫了吧唧实际内心极其坚强的莎琳娜一定会拼死玉碎的，爷爷知道她的血性。他心想，多亏那个黄桃儿死得早，要不让人家给共了，他可就更生不如死了。

爷爷就是这样琢磨来琢磨去的，把偌大的一个上官家给琢磨成了人间地狱了。

20.

父亲回来的这天晚上，罗山红正在奶奶房里吃晚饭。

家里的那几位女眷死后，奶奶忽然之间变得苍老了，反应也迟钝了，虽然正坚挺着跟命运较量着，但是无情的事实摆在眼前，就像是头顶上笼着命运的盖头，让她不得不顺从，不得不屈服。

岁月与人有着一种看不见的械斗，很多时候，它以它特有的温情与宽容，静静地看着人跟生活较量，几个回合下来，人就支撑不住了。

罗山红她整天形影不离地伴着奶奶，像一个忠实的警卫或者是一个温顺的奴仆。既希望她早日恢复到以前那个健硕、睿智的状态，又盼望着上官家快点回到那个装满欢声笑语的日子。

她多么希望一切都尽快地好起来。

这天傍晚，老天下了一场不大不小的雷阵雨，惊雷闪电和密集的雨点在上官大院上空罩着一种异样氛围。

小忧和银屏在这样的天气里就会心悸。

这样的天气，她们自然而然地就会想起丁香苑那个孱弱的身影，以及那个一笑就把眼睛弯成月牙形的小花匠陈惠生。

她们甚至不约而同地想，这样的大雨天，也许那两个屈死鬼会回来鸣冤。她们默默地站在角落里，尽量用心观察主子们吃饭时是否还需要啥，眼睛一刻也不敢往窗外瞟。

这时，老管家徐贵悄没声儿地急急地走进来，悄悄地在爷爷、奶奶耳边说："大少爷回来了！"虽然声音很小，但近在咫尺的罗山红却听得清楚明白。

起初罗山红以为一定又是哪个表少爷、叔伯少爷在外面惹了事，逃到上官大院里躲清静，因为上官家不缺少这样的亲戚，也常有那些调皮捣蛋的坏小子做完那些盘死蛤蟆气死猴的坏事，害怕家里责打，偷偷跑到这里来躲几天。他们的顽劣行径早在罗山红入洞房时就领教过的，所以她没在意。

谁知，奶奶听了这样的话，表情异常夸张，让人不由得不多想。

奶奶惊得大张了嘴巴，连手上的饭碗都掉在桌子上。

白米饭散落在桌子上，一粒粒闪着莹白色的光。

奶奶吃惊的程度让人感到意外，她显然被这意外的惊喜给击着了，她还从来没有这样惊慌过。

"是子厚回来了？"她脱口惊呼道，"我的儿他在哪儿？人哪？"

那声调儿、那语气颇有一种怀疑的味道。

不知为什么，这话一出口，就吓得徐贵赶紧用手去堵奶奶的嘴。

徐贵是轻易不敢在奶奶跟前动手动脚的，他的这个动作再加上奶奶夸张的表情，让罗山红对此产生了深深的怀疑和莫名其妙。

正在这时，天空爆出一个炸雷，惊得她头皮发麻。

小时候常听山里老人们讲那些灵异鬼魂故事，所以她根深蒂固地相信这个世界上是有鬼魂的。

她不由得颤抖起来。

为什么颤抖她不知道。

徐贵悄悄地在爷爷、奶奶耳边极其小声而又神秘地说着什么。

徐贵对爷爷说："大少爷可能是共产党。"

但声音小到连罗山红这么近都没听清楚。

爷爷听见了徐贵的话，气得把手里的筷子啪的一声拍到桌子上。

奶奶被这声音吓得一惊，赶紧用胳膊肘碰了碰爷爷，爷爷这才稍稍地稳定下来。

全家人看着爷爷、奶奶这样的表情，都不知道发生了什么，都停下了咀嚼的嘴，大张着眼睛，揣摩着。

多么神奇啊！

上官家死去的大少爷都能回来，我爱的英杰啊，你就在梦里与我见上一面也好啊，尽管她是那样爱着英杰，可是，却没有他一丁点消息，哪怕是在梦里。

她经常仰望夜空，对着茫茫夜色向宇宙传递自己的心声，这个世界到底有没有灵魂啊？要是有，他怎么不来看看我？

人到了这个时候，真的希望这个世界里有鬼有魂，也巴望着亲人的鬼魂在某一时某一刻或者在某一个点上与自己契合。

她常常想，要真是老天有眼，让我与他的魂魄见上一面，即便是从此让我做牛做马做蛤蟆我都认了！

实际上，她一直苦苦地寻找那个有他的世界，她觉着她的真情感天动地，上天会让他的魂魄回来的。

她心里默念着，思想在自己的世界里，放下筷子，向门外走去，想快点出去，站在雨地里，对着茫茫的苍穹跟他的魂魄对接，她想告诉他，她想他；她还想告诉他，他们还有个儿子，那是他生命的延续。

她心里这样想着，就走得急了点，笨重的身子碰得桌椅发出响声，她也没有在意。

此时没有人知道罗山红在想什么，也没人察觉到她突然的这个动作意味着什么，因为在场的所有人都被父亲回来的这个消息震惊着，毕竟上官家大少爷离家近十年了音讯皆无，现在凭空从天上掉下来一般地落到家里，谁能不欣喜若狂地忘掉眼前的一切。

罗山红走出房门的一刹那，险些与两个人撞着。

进门的两个人，一个是四叔，手里撑着一把雨伞，另一个穿深灰色大衫，头上扣一顶青礼服呢阔檐礼帽，戴着一副黑色宽边墨镜，那副秀郎墨镜把半张脸都遮得严严实实的。

看见罗山红表情严肃且慌里慌张地往外走，四叔不知道她要去哪里，就伸手去拉她的胳膊，罗山红一下子站住了，愣愣地戳在那里，失了魂一般。

四叔的手去扶罗山红，身子一动，伞面上的水就顺着伞骨斜坡滑了下来，一半落到地上，青砖上流下了一大片水渍，另一多半都落在罗山红的身上，对于这冰冷冷的雨水淋到身上，她还是没有一点反应。

她的眼睛紧紧地盯着外面的雨丝。

四叔见状不知道发生了什么，很纳闷，扯了一下她的衣袖问她："你去哪儿，外面下着雨？"

罗山红很窘迫地站在那里，说不清楚自己去干啥。

四叔看见她眼珠子贼亮贼亮地看着门外，就用手在她的眼前晃了一下，她没啥反应，吓得四叔赶紧把她扶到门边的椅子上坐下来。后来，上官大院里的人们提起罗山红那天的失魂落魄状态，都说她是被柯莲的鬼魂附体了，的确，就连她自己也说不清到底怎么了。

门外刮来一阵大风，把雨丝刮得斜斜的，飘进了屋子里。

跟着四叔进来的那个人，一只手已经从脸上摘下宽边眼镜，另一只手把头上的礼帽也摘了下来。

露出一张胡子拉碴的脸来。

奶奶不错眼珠地盯着那个和四叔一起进门的人，也许是早有心理准备，她想从那黝黑清瘦的脸和那挺拔的身形上，看出是那浑身飘着书卷气，骨子里散发着年轻气息的大儿子。

她觉着这个人比她出去的儿子年龄大了许多，黑了、瘦了，左边眼角下到耳垂边还有一道深深的疤痕，在脸上斜着划过去，显得沧桑而又悲壮，把那半张脸变得更加坚毅和冷峻，只有那乌溜溜的眼睛如鹰隼一般尖利，真是太像上官家人的眼睛了。

奶奶端详了好一阵，突然惊慌地喊道：“是子厚，是他、我的儿子！”然后她哭也不是，笑也不是地来回看着大家，想把这一喜讯传递给在场的每一个人。

其实在场的每一个上官家人都认出了父亲，虽然这么多年父亲一直没有回来过，但是父亲那伟岸的身躯和那英俊的面容，谁都不会忘记的。

二太太、三叔、五叔、六叔、四姑姑还有刚刚回娘家的大姑姑上官早霞夫妻俩，在场的每一个上官家人都为此兴奋着，热烈拥抱着。

站在这依如往昔的客厅里的父亲，不由得心潮澎湃，百感交集。

临来的时候，他心里装得满满的都是砸烂旧世界，解放全天下受苦人的宏伟大志。他下定决心对上官家开炮，向自己那个腐朽没落的地主家庭开炮。用自己的铁拳，亲自砸碎那不合理的剥削制度，乃至那一双养尊处优的爹娘。

但是，当他面对那一对儿早已经白发斑斑、翘首盼望游子归来的慈祥的二老，他的心不由得变得柔软了。这毕竟是生他养他的父母双亲，他的生命发源地。从出生到成长，这一对儿老人用血汗和乳汁抚育他成长，为他呕心沥血，简直操碎了心。

他们是他最亲最近的人啊！

羊羔尚且跪乳，乌鸦尚能反哺，何况他是一个人。即便穷尽一生他也报答不完他们的养育之恩！

他眼睛潮湿地看着他们，不由得嘴唇发抖，嗓子发哑，声音是从心田往外迸发出来的。

“爸、妈！”父亲含泪轻声喊着，随即重重地跪在了地上。

奶奶和爷爷此时也激动地站在那里，甚至忘记了答应儿子，奶奶的那双手不住地在脸上擦拭着抑制不住欢乐的泪水，只看得大姑姑有些揪心，忍不住劝说道：“妈呀，子厚回来了咱应该高兴，咋还哭上了，子厚快起。”

奶奶止住了哭泣的泪水，颤抖着想从里面往外面挤，她想亲自抚摸一下那已经长成彪形大汉、百炼成钢的儿子，然后把他抱在怀里，痛痛快快地大哭一场，把这长久以来的想念与担忧都迸发出去，让他知道儿行千里母担忧的辛苦，那是一件多么让人心碎的事啊。

奶奶和爷爷平时都是在小餐厅吃饭，只有上官家来了客人，大家才转到大餐厅里用餐。

小餐厅面积不大，也就能坐下十来个吃饭的人，平时上官家吃饭都在各自的小厨房，今天爷爷见外面大雨滂沱家里就更显得冷清，于是招呼所有的人来这里吃饭，因此就显得有些拥挤。

奶奶坐在席间的首位，想要走出来拥抱儿子，要经过在座的好几个人，往常都是饭后别人撤了他们才起身，现在她扭动老态的身子往外挤，险些把八叔手里的饭碗给挤掉下来，吓得八叔赶紧撂下饭碗，站了起来。

父亲站在那儿一直没有动，他带着温和而又歉疚的笑容，等着奶奶过来和她拥抱，他太想念这位含辛茹苦把自己养大的母亲了。

奶奶终于站在父亲跟前，她现在似乎又不急着去拥抱那位五大三粗、脸上带着些许沧桑的儿子，而是把手举起来，又开始在脸上擦拭着流出来的泪水。

忽然，奶奶做出了一个让人意外的动作，她伸出拳头在父亲的胸前重重地捶了几下，一边捶一边哭一边骂道："上官子厚，你个丧天良的东西，你还知道回来呀？你心里还有这个家吗？还有你妈吗？"这哭声虽不是哭天抢地，但却压倒了一切，它把长长久久的那种慈母盼儿归的心情表达得淋漓尽致。

儿行千里母担忧啊，当娘的心里，哪个不是时时刻刻牵挂着游子，可是跑出家门的儿子又有几个每时每刻都想念着家中这位白发苍苍的老母亲的呢？

奶奶的拳头在父亲的身上挥舞着，这是她看见父亲平安回来的唯一能表达心中惦念和担忧的方式，而她的话却是以责怪的方式表达的，这种责怪父亲焉能不懂？

父亲站在那里，任奶奶那双早已经没有了力气的手在他身上捶打，任奶奶的眼泪畅快地流着，就像是一个做错了事的孩子，一副认打认罚的表情，哄着奶奶把眼泪擦干。

一家子都在兴奋当中，却没有人发现爷爷已经逃离了这场久与儿子别后重逢的欢乐场面。

他走得有点抑郁，他是在奶奶举起拳头在父亲胸前捶打，看到奶奶泣不成声的时候，才拂袖离开这里。等到奶奶在众人劝说和父亲唯唯诺诺的道歉声中，把情绪平复过来的时候，父亲才发现爷爷没有在场，他明明在进门的一刹那看见过爷爷，他还似乎看见那时的爷爷也是眼睛潮湿地看着他，可是，当他发现爷爷一转眼的时间就不见了，他还是忍不住小声地问了一句："我爸哪？"

众人这才发现，这场欢乐中，独独少了一个重要的人物——爷爷。

21.

爷爷刚才明明在这里，怎么会突然不见了？哪去了？

大家感觉有点不对劲儿了，这样激动人心的时刻，最欢喜的应该是他，怎么会不在了呢，于是有几个人纷纷跑了出去，四下里寻找着。

喊声在上官家大院里，此起彼伏，爸——爸——

老爷——老爷——

这些跑出去寻找爷爷的人，给这异样的气氛推波助澜，站在屋子里的父亲明显感觉出什么，但他不知道发生了什么，很诧异地看着奶奶，疑惑不解地问："妈，我爸咋了？"

奶奶茫然地站在那儿，被父亲突然一问，打了一个激灵，她只轻轻地颤抖一下，就对众人一挥手，说："别找了，我知道他在哪儿！"

众人四下站着，一个个面面相觑，谁都不吱声了。

父亲突然感觉到自己就像是个做错了事的孩子，手足无措地站在那里。

他反复地回想自己从进家门到目前的情景，检查自己究竟是哪个环节出现了纰漏，惹得爷爷愤然离去？认真回忆以后，他觉得自己没有什么地方得罪他老人家，十年没进家门，老爷子却悄悄地走了。走了说明什么？一是说明儿子不该回来，二是说明儿子回来的不是时候。

父亲茫然自己到底是不应该回来，还是自己回来的不是时候？可是，父亲又突然觉得这不可能，什么样的情况才是儿子不该回来？或者是回来的不是时候？显然是不可能的，那么老爷子为什么会在这个节骨眼上离开，把这一家人，连同这喜极而泣的场面统统抛掉。

父亲觉着爷爷这样做，还不如搂头盖顶给自己一顿耳光让人好接受。

他痛苦地看着奶奶，悄声问道："妈，我爸他到底怎么了？他是不是在怨恨我？"

奶奶意味深长地看了看父亲，然后无力地摇了摇头，样子十分疲惫。

大家把目光全都对准了奶奶，好像奶奶的脸上写着这一切秘密的答案。

奶奶在众人的搀扶下落了座，大姑姑给奶奶端过一杯茶水，放在奶奶的手上，父亲突然感觉到自己轻声说："妈，有啥话您就说吧，别让子厚着急了，他刚进家门，连水都没来得及喝上一口。"

奶奶的表情让在场的人感到了恐慌，她一只手又开始在脸上抹了一把泪水，另一只手在饭桌上用力地拍了两下，神情很是激动，大声地责怪父亲说："你父亲怎么会不怪你，你身为长子，给这个家，给你的兄弟姊妹做的是什么样的榜样！"

父亲惭愧地看着奶奶。

奶奶看着父亲的脸，意味深长地说："八一五光复那年，你爸他看见那些在外打仗的壮士们都陆续地返回家园，就见天地盼着你回来，他每天跑到桃花渡边翘首盼望，希望在那些船上走下来的勇士中间发现你。一拨一拨的人下了船，一个又一个的被家人高高兴兴地领回家去，可那船上就是没有你。你爸他任凭谁劝，谁拽，都不回来，他从早上天不亮的第一班船回来，一直到天黑的最后一班船离去，一连气在那里足足等了五天。谁知道，谁知道这五天的时间，从希望到失望，等得多么辛苦？多么的漫长？那简直比五年还要长，什么叫一夜白了头啊，你父亲就是在那几天的时间里，头发都等白了。等到家人把他从渡口上背回来的时候，他已经疲惫的不成样子了，倒在炕上足足睡了三天三夜才醒来，醒来的时候第一句话就是：‘子厚他回不来了！回不来了！’然后就像个孩子似的哇哇大哭，谁见过你父亲在人面前掉过一滴眼泪，他可是个顶天立地的男子汉哪，可那天他哭得天昏地转，泪流成河啊！”

奶奶又摸了一把眼泪说：“子厚啊，不是当父母的埋怨你，这兵荒马乱的年月，你是死是活给家里捎个信儿，哪怕二指宽的字条也行啊，可是你偏偏没有，你说，你心里还有这个家吗？你爹他能不生气吗？”

奶奶一声接着一声，一声硬过一声，说尽天下父母望眼欲穿，说得儿女肝肠寸断，声音不大，却铿锵有力，苍劲如同一把把铁锤锻打着父亲的神经。

父亲心中波澜起伏，深感歉疚。

可怜天下父母心。

可见这么些年自己在外面，年迈的父母无时无刻不担心自己的安危，而自己……

他觉得此时自己的体内忽然注进了一种奇异的东西，膨胀了他的血管，一股前所未有的情感渗透他的肌肉拂过骨骼凝聚于双眼，一颗滚烫滚烫的泪滴滴到胸前，滚落到脚下的青石地面上，掷地有声。

父亲从来不知道，家人在那个时候，是如何焦急地盼望他回来，在他心里，却偶尔想象得到，奶奶该是望眼欲穿，但是他万万没有想到的是，那个平时对他冷若冰霜不苟言笑的爷爷，竟也是如此地记挂着他的安危，他的心突然被融化了，临来之时的那些勇气、胆量气魄、豪言壮语、胸怀大志，顿时逃逸得无影无踪，什么共产主义奋斗目标、无产阶级革命的远大思想、解放全人类事业、个人发展前途，一切的一切在这一刻，统统退到角落里。

现在，他只是个漂流在外的游子，一个忘记回家的游子，一个令父母操碎了心的不孝之子。

他惴惴不安地等候奶奶的谴责与发落。

看着奶奶把眼泪一遍一遍地擦干，又一遍一遍地流了出来。这时候，二太太走过来，伏在奶奶的肩头极尽温柔地说："大姐，子厚回来了，您该打的打了，该骂的也骂了，难不成还把他轰出去你才甘心吗？我看咱把他领到老爷跟前，让他给老爷赔个罪，认个不是，老爷的气也就消了，哪有当父母的不心疼孩子的？其实，他是看着子厚回来高兴，也许又是偷偷跑到一边哭去了。"

奶奶听了这话，站起来，连连说："对对对，看我都糊涂了。"

她说着，拉着父亲的手，很坚定地说："跟我来！"

肆虐了一个傍晚的狂风暴雨暂时止住了脚步，暴雨过后的天气并没放晴，淅淅沥沥的小雨接续上来。奶奶和父亲在众人的簇拥下走出了正房的小餐厅，下了台阶，走过大院，又拐过前院的右侧月亮门，不一会儿，在黄桃儿的小院里停了下来。

暴雨洗涤过的小院，漆黑一片，只有正房的门半掩半开，顺着门缝，一缕缕夹带着兰花香味儿的烟草味道从里面飘过来。木格窗正中间的一块玻璃上，映照着一个小亮点，一明一暗，鬼火一般地闪烁，伴着这幽灵一般的鬼火，一阵阵西神梅的香味儿越来越浓烈，渺渺地飞远了，不一会儿，一阵剧烈的咳嗽声从里面传来。

奶奶一挥手，众人都悄没声地站着。

父亲起先疑惑奶奶怎么会把他带到这里，现在又不知道此时的爷爷为什么躲在这里。

奶奶似乎明白了父亲心中的疑虑，她用手在父亲的手背上用力地拍了两下说："那天，你父亲被人从渡口背到家里就生了一场大病，请了多少大夫都瞧不出啥病，后来把算命的先生请到咱们家来了，他一听你父亲得病的前前后后，却说，你们别看了，他是什么药也治不了的病，也不是神符鬼咒所能降伏的，他这是心病，郁结在心所致，要是有人能打开他的心扉，他的病就会不治自愈。我把张先生送走以后，就见天地陪着他，和他唠唠家常，劝解着，就这样他渐渐地好起来，但是身体好起来，心情还是郁闷。那一年的秋后，苏子河上发了一场大水，大水淹没了良田，摧毁了房屋，但是大水却送来了一个温情女子，她叫黄桃儿。

“那女子是你父亲指挥家人在苏子河上救下来的，刚救起的时候，已经昏迷不醒，我带着人日夜守候，终于把她从地狱门口给拽回来。女子在咱家将养了许多日子，本想等她再好些的时候，把她送回家去，谁知出了变故。她临走的那天，突然跪倒在我的面前，说救命之恩无以回报，这辈子为婢为奴为妾都不离开上官家了，她要终生侍候你父亲和我。你父亲虽然喜欢那女子，却执意推辞，我看那女子像个善良人家的女人，又看你父亲一直郁郁寡欢，生怕他窝出病来，就将她收为三房，就这样做了你的三姨妈。

“黄桃儿到得咱家，勤快热心、待人和善，样样都好，你父亲老了老了又有了意中人，脸上也渐渐有了笑意。可我又有些担心，因为我让人打听她的家宅，无论是抚宁县还是林县，都没有她嘴里说的那个黄家庄，连几个黄姓大屯都打听了，也没有黄桃儿这个人。后来，两年过去了，也没见她给上官家带来什么麻烦，我也就渐渐放心了，可就是前不久，林县孙家带人来咱家要人，说咱家的三太太是孙家跑出来的七姨太。那一天，孙家人硬是要把人带走，真相大白后，你父亲是百般不舍啊，可是没有办法，人情代替不了法理，她手上没有孙家的休书，咱家就留她不了。你父亲只好和她依依惜别，可她宁死不从，一头碰死在你父亲面前，你父亲哪受得了这样的打击，从此一蹶不振，直至今天。今天，他看见你平安回来，他既是高兴又是愤怒，愤怒你这些年心里没有装着家，没有装着父母。”

奶奶说到这里，看了一眼父亲。

父亲也想说他在抗日战场上九死一生，很难顾及这边，但是这话又显然说不出，他只好愧疚地看了奶奶一眼。

奶奶又说："这一点你是狡辩不了的，你父亲的怨恨也正是在这里。"

说到这里，她长长地叹了一口气，说了句，"我们都老了，经不起大灾大难、大喜大悲。"

父亲还能说什么，他仰起苍白的脸庞，失神地把目光投向漆黑的夜空，眼睛里不再有怨恨，也不再有鄙夷。他在一片物我两忘的境界里看见了一个漆黑的夜晚，看见了隆重的乌云下的一个孑然而立的老人。

这时，房门响了，爷爷从房间里出来，站到父亲跟前，他把大手扶到父亲的肩膀上，然后重重地按了一下说："回来就好！"

22.

一家子都在沉浸在久别重逢的喜悦中，谁也没注意到罗山红的变化。

有一刻，罗山红痴呆呆地被四叔按到门边的椅子上坐下，问她什么话都不回答，给她倒水也不喝，四叔急得团团乱转也拿她没办法。

她清醒后的第一件事，就是听见了父亲的声音，这个声音实在是太熟悉了，可以说是早已经渗透在血液里，铭刻在心间。

一开始的时候，她简直怀疑自己的耳朵，从知道父亲不在人世以后，她的这双耳朵简直就错乱了，耳边不但时常响起父亲的说话声，而且就连他特有的喘息声和睡觉时所发出的鼾声，都经常响起，常常萦绕，挥之不去。

尽管如此，她还是认真地倾听这声音，和这声音同时响起的感叹声、啜泣声，还有奶奶那近乎悲壮的讲述声。一切看起来都是那么的真实，真实得她不得不触摸梦境。她以为是在梦里，她觉着眼前这事是只有出现在梦中的，这事实真实得虚幻，让人难以想象，一个人在那样的炮火连天、遍地焦土残骸中奇迹般的生还，这不是说书讲古，编造子虚乌有的神话还能是什么？

但是，这梦境一说，很快就被否定，被否定的原因是自己悄悄地用右手狠狠地掐了左手，得到的结果是很疼很痛。

她不由得抬眼向声音响起的地方望去，这一望，让她大吃一惊。

她看到了一张端端正正的国字脸，两道剑眉，两只眼睛闪着莹绿而又温和的光芒，棱角分明的阔口露出一排白皙的牙齿，只是脸上的胡须好几天没刮过了，给人一种马瘦毛长的感觉，还有，他脸上的那一道疤，是那么明显、那么苍劲，这一定是大青顶子上鬼子的炮弹给留下来的。但是，无论是怎样，这样的一张面孔是长在她心里的，即便他改头换面，单从他的声音，他的一个眼神，她也能从千军万马中发现他，在芸芸众生找到他，因为他的每一个细节，都深深地印在了她心里。

她心里一颤，感觉一腔子的热血一下子就蹿到脑袋顶上，然后涨得脑袋嗡嗡作响，好一会儿，她才恢复意识。

他还活着。他真的还活着。

这是她乱成一锅粥的脑子里，唯一能清晰理出的头绪。

她样贪婪地看着他，听着他与人说话，听他说过的每一个音节，静静地、用心去聆听，用整个生命去感受。

看他的胳膊在桌面上不住地摆动，看他和老人谈话时，脸上不经意间流露出和我四叔一样的笑容……父亲的每一个动作她都极其贪婪地看着，她真不知道那个血雨腥风中走过的男人，竟也这般熟通人间烟火，洞察亲人冷暖，暴露自己的真情。

她看着他，像是一个失去家园的孤儿，在千里之外的异地他乡，找到了唯一的亲人，于是便有了想畅快淋漓地大哭一场的感觉。一开始，她还是极其小心地控制自己的情绪，可越是看见父亲那令她熟悉而又亲切的笑脸，她就越是控制不住自己，萦绕在她头脑中的那些有些模糊的情景立即就真真切切地浮现在眼前：那片流金溢彩的大青顶子，那铺满了林间小路上的皑皑白雪，还有那激情和呻吟的风暴中两个在雪地上滚动的身子，以及那荡漾着枯黄、嫩绿的树枝编成的草帽圈和遍地流淌着的潮湿的阳光……

罗山红的这些反应，更明显地让四叔感到，她湿漉漉的睫毛上像刷了蜂蜜，根根粗壮交叉着碰成一线，眼泪随即在眼睑间燕尾般剪出来，不消一会儿就蓄满眼窝，然后感情饱满，水分充沛，就像是决堤的河水，像一泉溢出来清鸿，盈盈地闪着绿油油的光芒，跨越防线，无所顾忌地倾巢而出。

她一双冰冷的小手在四叔的手里，被温暖地攥着，让四叔明显地感到她的颤抖与不安。

父亲随着奶奶等一行人走出正房去寻找爷爷的时候，人们的注意力都在爷爷那里，没有人注意到她。当爷爷在一行人的簇拥下回到小餐厅的时候，奶奶首先进门，看到了焦急的四叔和哭得天昏地暗的罗山红。

罗山红旁若无人地掩面抽泣，那样子像极了一个受尽委屈而又无处述说的孩子，让人很是纳闷。

奶奶焦急地问："这孩子，这是怎么了？刚才还好好的？"

一家人这才揉了揉眼睛，定格在泪眼滂沱的罗山红身上。

罗山红被奶奶这样一问，罗山红再也控制不了自己的情绪，哭声更大了，简直是嚎，像是受了伤的困兽。

身子不住地抖动着。

她不是不想控制自己的感情，只是这个时候，她说什么也控制不住了。

四叔焦急地看着奶奶，说："我一回来就觉着她不对劲儿，正想问问，她到底怎么了，可她啥话也不说，就是一个劲儿地哭。"

奶奶对着围上来想问个究竟的家人一摆手，大家退回去了，各自回到座位上，等候走在后面的爷爷和正在讲话的父亲进门。

爷爷和父亲站在院子里，正被父亲的战斗生活感染着，从他的只言片语中感受儿子离开上官大院后的生活窘迫和斗争险恶。这一切都是他想象不出来的，他不时地发出一两声沉重的叹息。听见父亲说到大青顶子上险些丧命，直到抗战胜利一直在医院里养伤的时候，爷爷又把大手在父亲的身上重重地拍了两下，然后一声长叹说："回来就好，回来就好。"把脸扭向一边。

看到九死一生回来的儿子，爷爷心如刀绞。

"听说你参加了共产党？"好一会儿，爷爷才瓮声瓮气地问。

"是的，父亲。"

父亲不知道爷爷怎么这么快就知道了这一切，他有一点激动地说："我总算找到了可以领导我为之奋斗一生的政党，我会大有作为的。"

"听说共产党'共产共妻'？你也要和他们一起'共产共妻'吗？"爷爷的表情有点严肃了。

父亲听了这样的话，有点啼笑皆非："这都是什么呀，什么'共产共妻'？您老这都是听谁说的呀？"

"你可不要错打了算盘，这样的政党就像当年的红毛子，闹腾得再火爆，也不会有好下场！"爷爷把共产党当成了太平天国，他总觉着我的父亲还是个没见过世面的雏儿，八成是被人给洗脑了。于是，他的话开始严厉起来。

父亲说："共产党是劳苦大众的政党，至于说共产，那就是消灭一切剥削阶级，把那些劳动果实都分给受苦受难的阶级弟兄。所说'共妻'一事，纯属无稽之谈！共产党主张恋爱自由，婚姻自由。"

爷爷还想再说点什么，这时候，管家徐贵走了过来，他轻声地说："老爷，大少爷刚刚回来，边吃饭边聊吧，太太那边都等着哪。"

爷爷一听这话，他赶紧转过头，把话题转到这边说："对对对，告诉厨房，多加几道好菜。"

父亲却被徐贵叫的"大少爷"这三个字狠狠地扎了一下，他现在已经是一个彻彻底底的革命者了。他被革命的激情燃烧正炽，十分痛恨自己的出身，尤其是讨厌自己这个地主阶级家庭里大少爷的名分，这就像是给他在革命的征途上设立的障碍，或者是阻碍他勇往直前的绊马索。光溜水滑的革命身躯有一道隐藏着的疤痕，而且这道疤痕时时刻刻地提醒他，刺激他。

但是叫他大少爷的是上官家的老管家徐贵，父亲就不好说什么了，要是换了别人，父亲也许会恼的。这位为上官家兢兢业业几十年的老无产者，至今还在这地主大院里为奴，可悲的是他自己还没意识到这一点。

但是，无论怎么说，这样的人还是值得他尊敬的，于是他笑着对他说："您老这样大的年纪了，按辈分该是我的叔叔，今后别叫我大少爷了，叫我子厚或者上官子厚都可以。"

徐贵听了这样的话，吓得连忙摆了摆手说："这哪行？"说着用眼睛偷偷地瞟了爷爷一眼，看看爷爷有没有对此生气。因为上官家最重视的就是长幼尊卑，这样没了章法礼教，爷爷是最不能容忍的。

爷爷对此没什么表情，因为爷爷并不知道他的大儿子葫芦里究竟卖的什么药，他也就不好表示什么。爷爷的这种没态度，实际上是等于表态，徐贵感觉他用沉默代替了发言。于是徐贵更加小心地说："那哪行啊我的大少爷！什么时候也不能忘了长幼尊卑啊。"

"要说长幼尊卑，您老是长辈，我该尊称您才是。"

"不敢，不敢。您是上官家的大少爷，我只是一个侍候您的佣人，这是祖上立下的规矩，破不得的。"

"以后在我这里没有主子、佣人的说法，在我眼里大家都一样，都是平等的，都是亲人，兄弟姐妹。"

徐贵还想说点什么，他张了张嘴，这时候爷爷清了一下嗓子，徐贵就不敢言语了。

父亲也就没再把这个关于身份问题的问题继续和他讨论下去。

父亲和爷爷脚前脚后进的房门，一进门就见奶奶围着四叔和一个女人，焦急地问话，而那个女人像受了多大委屈似的哭得梨花带雨。

父亲刚进上官家大门的时候，没有在意四叔伸手去扶谁，大宅院里女眷多得他认不过来，更何况他近十年没有进家门，家里多几个女眷也是正常的。

在这举家欢庆的日子，有一位以泪洗面的女士，父亲就不得不多看一眼，不得不关切起来。这一看不要紧，父亲简直就像响爆的天，头顶上炸出一个响雷一般，让他战栗，从心里颤抖。

他即便再有想象力，再是编故事的奇才，他也编造不出这样神奇的场面。

罗山红，这个让他魂牵梦绕的女人，一个让他爱得死去活来的女人，让他发了疯去寻找的女人，此刻正坐在自己的家里，泪眼朦胧地望着他。

这真是给了他一个天大的惊喜。喜的是，她还活着。惊的是，她怎么能进得了上官家的大门，怎么说服二老双亲与柯莲和平相处？那一刻，父亲的神经错乱着，他一步跨上前，抓住她的手激动地说："山红是你吗？真的是你吗？你让我找得好辛苦……"

23.

他迫不及待地奔到罗山红面前，两双手紧紧地握在一起，欢欢喜喜并惊奇地叫道："山红！山红！"他说不下去了，嘴唇颤抖着，眼泪快要夺眶而出。

他想说，你怎么找到这里？可最后，眼泪滴落下来的时候，嘴里说出来的却是那句他最想说的那句：你还活着。

你还活着。

这样的话，在和平年代会被认为是诅咒，即便是那时候的上官大院里，也会被当作诅咒来听的，可是他们怎么会理解在炮火连天的战场上走下来的战友之间的问候，那就是：你还活着？

活着对于他们简直就是一种奢望。

罗山红不停地点着头，尽量控制着自己的情绪，她看着父亲，泪眼模糊地点点头。

两个人的反应与问话，让上官家人诧异了，奶奶首先突破了这种纳闷，她很直截了当地问："你们……你们认识？"

父亲听见奶奶这种问话，就觉着奇怪，我们怎能不认识，她不是千里迢迢寻我而来，难道家里还有啥疑问？于是，他极其兴奋而又大大咧咧地说："认识、认识，岂止是认识……"

父亲下面的话一定是：我们岂止认识，我们早已经成了亲，就差给您生孙子了……

可是他发现对面的罗山红看着他，轻轻地摇摇头，示意他别往下说。他不明白原因，但还是张了张嘴，把下面的话硬是给生生地咽下了。

还是罗山红首先稳定了自己的情绪，因为她知道自己现在是上官子子卿的爱人，而不是上官子厚的恋人。

为了不使风雨飘摇的上官家大乱，这一点必须让上官子厚明白。

现在她不能让事态继续发展，为了兄弟和睦，为了父母安心，为了上官大院的安宁，这是她必须要做的。想到这里，她定了定神，以极快的速度，擦去脸上的泪水，站起来，对爷爷、奶奶和在场所有好奇的人说："是的，我们早就认识，很多年前，关英杰，就是这位上官子厚受了伤，就在我家养的伤。"她怕他刚才和父亲见面时的反应令大家往深了想，又加上一句，"他还救过我的命。"

家里人长出了一口气，打消了先前的疑虑和许多种设想，不但感到欣喜，而且对这种比书上写的还要巧合的情节感到惊奇，他们感染着、唏嘘着。尤其是四叔，他看见罗山红先前的表现，把心快要揪到嗓子眼了，他隐隐地觉着他们——他和她会有一点故事。罗山红的这几句话立即让他的感觉发生变化，他明白了他和她有救命之恩，千里巧遇，久别重逢，难怪两个人见面都怪怪的。

可是，父亲听了这样的话，却愣在那里。

罗山红看着父亲，她有千言万语想对他说，但是她知道，永远没有机会说了，也许连自己为什么千里迢迢来到这里？为什么成了上官大院里的四少奶奶，以及自己还想问一问，他是怎么从大青顶子上面逃出来的，有没有再回到樱桃沟或者是小杨沟找过她……一切的一切都会成为彼此之间的永久性的疑问存在着，永远地成为悬案了。

在众目睽睽之下，罗山红的哭声戛然而止。

她扬起苍白的脸，失神地把目光投向某处，稍微定了定神，面色不改，显得异常平静地对父亲说：“英杰大哥，我现在是上官家的四少奶奶，你的四弟娶了我，我现在是你的四弟妹。”

父亲听了这样的话，傻了。

父亲的脑袋就像是一辆开得飞快的跑车，猛然发现前面有路障，一个紧急刹车，惯性驱使原地旋转，然后极不情愿地停下来，地上摩擦出一道深深的车辙印。

他的嘴角痛苦地抽搐着，眼睛死死地盯着罗山红，想问问这是为什么？可是，眼前的事实让他无论如何也张不开这个嘴，下面的话也仿佛是从牙缝里挤出来的。

他愣怔了好半天，慢慢地说：“四弟妹……好，好，四弟妹。”

他看了一眼和家里人同样为这场巧遇而兴奋着的四叔，立即他什么都明白了。

他一下子就坐到了身边的椅子上，心像急速提起的水桶断了缰绳，一落千丈，黑黑洞洞的。

没有人能够看见，这个像山峦一样雄壮的汉子，是怎样的睚劈眦裂的表情，也没有人知道，这个身经百战的男人，会不会一个人，在长时间无声无息的状态里是否倾泻过滔滔泪水。

这痛，是痛在心里。

泪也是流在心里。

万籁俱寂。夏末，古楼镇的雨夜只剩下夜风在街巷里洞箫一般呜咽回旋。

大姑姑上官早霞却从父亲和罗山红的身上看出点门道来，她觉着这两个人哭天抹泪、欢喜无常，绝对不是简简单单的认识，或者是简单交往过。以她的经验，他和她之间一定还有着非同凡响的故事，只是两个人没有把它公开，或者说，这样的场合是没有办法公开罢了。

大姑姑可不想生出什么是非来，她走过来，打着圆场说："既然是老相识这就好了，一家人叙旧的日子长着哩，来，子厚，咱先吃饭。四儿，山红身子不舒服，你先扶她回去休息吧！"

就这样，一对儿经历过血与火洗礼的恋人的劫后余生，在众人的嬉笑声中，在错综复杂的人际关系下，彼此只能悲哀地被作路人。

彼与此，今后的生死存亡或者是生老病死都没有任何关系了。

这一点他们心中都很明白也很纠结。当父亲想明白了这一切时，一路的疲惫，加之如此的悲欢离合使他再也撑不住了，身子向后面重重地倒去，醒来后，重新坐在桌前。

一只碗和一双筷子放在他的手里，爷爷对着徐贵说："不是告诉厨房加几个好菜吗？"

徐贵说："这就得，马上就上来了。"

父亲在怅然若失的情况下，被大姑姑碰了一下手臂，他打了一个激灵，快速整理情绪。他知道自己此行来的目的，他怎么会让这些儿女情长的琐事扰乱自己，虽然这事关系到他一生的幸福。可那和解放全人类的事业相比较，又算得了什么。

他怎么能让这一切破坏了自己革命到底的决心。

情绪刚刚稳定下来，听见了爷爷对徐贵说的话，父亲阻拦说："这就好、这就好，比起我这些年在外面吃的，不知道要强上多少倍。"

父亲的一席话又勾起奶奶的心疼来，奶奶又开始抹起眼泪。爷爷用筷子指点着桌上的酱猪肘子对奶奶说："我说老太婆，儿子回来是件高兴的事，咋哭起来没完了？吃菜、快给儿子夹菜。"

奶奶听了爷爷的话，连连说对，说："看我这是咋的了，咋又哭上了？"

一直没说话的三叔上官子华没有参与这场喜悦，他以一个旁观者的姿态，冷静地欣赏着或者说是评判着这一切，他极其平静而又富有着哲学家的思想的话语让人感到一种凄切。

他用一种评论家的口吻说：“这叫喜极而泣，也是表达高兴的一种方式。”

自从马婧影死后，他就这是这样，都快变成哲学家了，要么从不说话，要么就不阴不阳地讲话。家里人早已经习惯他这样，所以他的话可以不予理会便是。

父亲强装笑颜，一边招呼大家吃饭，一边身手给奶奶盛饭，给爷爷倒酒。每一件事做的都那么细心而又体贴，似乎在弥补长久以来缺失的亲情，又似乎在心里用这唯一地能为父母所做的一点点小事，来弥补心里对这个家乃至父母的罪恶感。

那天晚上，爷爷那高兴的样子竟然像个孩子。

上官家总算又听见笑声了。

久违了的笑声。父亲却喝了个酩酊大醉。

24.

罗山红随着四叔走了，连头都没有回一下。

其实，她很想回头，很想看一眼我那位被这突然而来的惊喜与悲哀打得头破血流的父亲。

她走得很慢、很慢。有几次，她刚迈出腿的时候，想跑回去，扑到父亲的怀里，把这么些年的思念、悲哀、痛苦和磨难一并向他倾诉。但是，她始终没有这样做。她是四叔明媒正娶的太太，上官家的四少奶奶，她不能太伤了四叔的心，虽然她早与父亲鸾凤和鸣，生有一子，但总归是桑间濮上之和，既然昨天已回不去了，那只好向着明天走吧。

她一步、一步地走着，每一个脚窝都浸着血。那是从心里流出来的鲜红的血，锥心的痛楚油然而生。

整整一个晚上，她极其安静地躺在炕上，压抑着自己的情绪。但是，心里依旧像平时一样，对父亲的思念，像阳光一样，挣扎着从云缝里射出来。那个被黑云遮掩着的太阳，极其痛苦，那些穿破重云射出来的阳光令她战栗不安。

也就是那个让她惊恐、压抑、痛苦、流血的夜晚即将过去的时候，黎明将至，她为上官家，为我那位面色铁青地守了她一夜的四叔，诞下了一个男孩儿，一个像剥皮的死猫一样的绛紫色的男孩。

罗山红连看都没有看那孩子一眼，她的心死了。

一个美丽的女人就是一朵美丽的花，在她生长的全部过程中，只有一次全部开放的经历，那是一瞬间完成的。在此之前，她还没有长熟，在此之后，她将枯萎，一个人的美丽绝对只有一个瞬间。这就够了，一次就够了。她将满足并将永远拥有这珍贵的一次。

看见罗山红慢慢地走出他的视线，父亲竟然感觉心像一下子被掏空了，他木木地坐在那里，听见雨滴打在窗外丁香树上啪啪地响，有一阵，他感觉很冷，是从心里往外的寒冷。

本来，他的心有一刻像温暖的池塘，池塘里游动着戏水野鸭，池塘上飞动着点水的雨燕。

但是，这一刻，他的心慢慢地冷了，而且令他浑身发抖。

在罗山红站起来一回身的瞬间，父亲发现她已经是大腹便便，那时候的他，竟有些大惊失色。他记得大青顶子出事之前，罗山红曾悄悄地告诉他，自己怀孕了。

可眼下……哦，她又怀孕了，她怀的是我亲兄弟的孩子。

一个问题又浮现在他的脑海，他立即就问自己，那个孩子哪去了？是生下来了，还是没出生夭折了？

父亲带着满腹狐疑望着这个曾经是自己的最爱，现在却莫名其妙地成了四弟媳的女人，在现任丈夫的护卫下渐渐地离开上官家正房，向畅新园走去。

他不由得思绪万千。

奶奶发现他有些愣怔，就权当他看见四叔夫妻恩爱，勾着他想起了新婚之夜就被冷落的新娘子。

奶奶的心突然就被什么狠狠地扎了一下似的，疼了。

25.

父亲整整醉了一天一夜。

第二天的晚饭过后，奶奶随着父亲去了丁香苑。

这个刚刚被徐贵派人整理过的小院落，在雨中清清爽爽，满院子开败了丁香花的丁香树，在风中摇曳着，向它的真正主人轻轻地问候或者是在述说着什么。

丁香树下，奶奶无限悲哀地对父亲说：“妈对不住你，没能帮你照顾好她。”

奶奶顾全父亲的面子，隐瞒了柯莲的罪孽。

进了正房，父亲看到，北墙上，挂着柯莲的一张素描的遗像。她面目清秀，眼神幽怨地看着他，父亲的心又重重地痛了一下。

苏子河大水过后，奶奶从老箱底里找出一张柯莲的自画像，她为了上官家的颜面，让人把它郑重地挂在那里，终日享受着香火的洗礼。

父亲对着那张遗像看了很久，才轻轻地对自己说：“我对不起她。”

奶奶听了这话，想分辩说是她也对不起你，来减轻儿子的负疚感，但话到嘴边却换成了另一句：“苏子河爆孽了，把她收了去。还有许多人。”

父亲走出了房门，他长久地站在雨夜里，望着像鬼蜮一般摇曳的丁香树，隐隐约约地看见一条青白纤细的身影就掩映在里面，满眼的幽怨，气如游丝的声音在空中徘徊，又好像是从天际传来，子厚，你能告诉我，你究竟……话未说完，一道白光闪过，清丽的面容顿时变得青面獠牙，随即又恢复了黑暗，子厚急忙向前跑去，却一头撞在丁香树上，树上的残值落叶飘零着，扑向大地。

他仿佛听到了从遥远的地方奔来风的脚步声。

晃似梦中，一会是罗山红的泪眼，一会是柯莲的幽怨，一会是酒精后的头痛欲裂。他靠在丁香树上，轻轻地对奶奶说："妈，您先回去休息吧，我想一个人待一会儿。"

奶奶说："节哀顺变吧，别一个人待太久。"

父亲无力地点了点头。

奶奶一个人回去了。留下了一个百思不得其解的父亲。

父亲这次回到上官大院，始料不及的是遇到罗山红，导致他心性大乱。他现在不能不需要一个安静的地方，整理一下自己的情绪，努力地克制自己，忘记眼前所发生的一切。因为他所要做的不但是关乎上官大院和自己父母生死攸关的大事，还牵扯到自己能不能有决心，彻彻底底站到无产阶级立场上，去和那些受苦受难的劳苦大众一起，把这个不合理的世界彻底粉碎。

他再也不能让任何事干扰他，他这样告诫自己。

抗战胜利后，父亲就随大军南征北战，随着土改工作队工作，他亲眼看见那些地主劣绅被打倒，亲自发动农会打土豪分田地的斗争，也深深地知道这其中的利害。像上官大院这种大地主庄园，一定会是被打倒的对象。他也亲眼看到贫雇农家庭食不果腹衣不遮体的生活状态，和上官家的奢华靡费的生活所形成的鲜明对比，他要亲自消灭这种不平等，他要把土地、粮食还有房屋都归还给农民，把上官家的财产分给那些穷苦的人们,因为本来就应该是他们的,劳动人民才是这个社会的真正主人。

但是，对于上官家的长子，父母眼中的贤孝典范，这一切做起来是多么艰难和无奈啊。

26.

父亲是在一种十分宁静而又祥和的气氛下与爷爷长谈的，他讲到了压迫与剥削，把这个不合理的社会，以及毛泽东主席对中国社会各个阶级的分析，与共产党的主张，还有解放军兵临城下的局面，都一并讲给了爷爷听。

奇怪的是，爷爷听了这些，不但没有恼怒，反而沉默了。

沉默良久，爷爷才若有所思地说：“我看到了这个社会的不合理性，也看到人与人的不平等，但是造成这一切的并不是我上官家，也不是我上官元谦个人，我不知道你们共产党究竟有没有能力将这一切推翻，因为从我听到的和经历过的，我知道，都是一个朝代推翻另一个朝代，取而代之的又是一个新的不平等，满清的遗老换成了民国的新贵，周而复始，这样的打打杀杀究竟有何意义？”

父亲说：“共产党就是要彻彻底底地消灭这些不平等，要建立一个崭新的民主共和国，和以往的改朝换代不一样，这是让劳苦大众当家做主，让人民自己说了算。不但如此，我们还会解放全人类，解放全世界受苦受难的无产阶级，这一点，您不用怀疑共产党的能力与决心。”

爷爷心情十分沉痛，如杜鹃泣血一般，他叹息着说：“想我上官氏一门，历代热血男儿奔赴沙场，你大伯上官元奎讨袁有功，却死在了乱枪之中。你三叔元吉、四叔元鹏，驱逐倭寇，血洒疆场，功名在册。你和子良都是从抗日战场上，披着硝烟回到上官大院，对于这样的一门忠烈，难道共产党也容不下？”

父亲看着他，像看着一只从战场上战败了的武士，那样颓废，他觉着这就是无产阶级强大阵容下的一个垂死挣扎的跳梁小丑，必定会被这滚滚而来的红潮荡涤。

他对爷爷的话有些反感，反唇相讥地说：“人民是不会忘记那些功臣的，他们的丰功伟绩将永载史册，万古长青……”

爷爷没有理会父亲的话，他陷入更深一层的深思，剥削与压迫一词，让他想起了我那位瘦干弱小的曾祖父，那个每天清晨带着儿子和长工一起下地干活，晚上收工回来，就把油灯捻拨的小一点，再小一点。然后，亲自坐到油灯下修补用坏的农具的老人。春耕、秋收，他让长工、短工吃干饭，自己和家人一起喝粥，他是那么省吃俭用地积攒家财；他又想起了自己为了振兴家业九死一生的走内蒙古，遭遇刘拐子。这一切都历历在目，他想，这都是错了？这怎么就成了压迫与剥削？打死他，他也想不通。

想不通的还有，祖祖辈辈疲于奔命，为子孙后代挣下的家业到了他的手里却成了罪孽，让他不由得心狠狠地痛了。

爷爷长叹了一口气，直叹得暗无天日岁月无悔。

他无限惆怅地对父亲说："上官家靠勤俭治家，你爷爷活着的时候，常说的一句话就是，人就得勤俭，第一是勤，第二是俭。你知道吗，他爱这片土地甚至胜过爱自己的儿女，常说的话就是用'地比天大，粮比金贵'，他、他一生勤劳节俭……"他再也说不下去了。

那时，他经常看见曾祖父，在初秋的季节里，一个人在落日前的田野上长长久久徘徊。

正是庄稼灌浆的季节，田野里四青六黄，层次分明，那哔哔啵啵勃胀着的庄稼，在馥郁熏风的抚弄下站不住，东摇过来，西摆过去。老人站在那里仿佛能听得见麦子肆虐生长时拔节的声音，也听得见小豆夹爆裂的声音……听见这些声音时，他就知道他心里一定有一种莫名的感动。

他还经常看见曾祖父一个人在这样的余晖里，慢慢地行走在田埂上。那时，似乎没有人能够体会得到他身体里那种的冲动。

后来，他才渐渐地理解，老人是多么爱这片土地啊!

就在爷爷二十二岁时，曾祖父得了一种怪病瘫在炕上，才结束了长达几十年的亲自躬耕的田间劳作。

爷爷想不起我的曾祖父得的什么病，只知道他全身瘫痪却脑袋清楚，且嘴皮子利落。平时最爱和人们唠家常，每逢提及上官家的家祖，便周身亢奋，脸涨得红红的，咧着仅剩下两颗牙齿的嘴，面袋子般的一撇，嚷出的声音像一只被掐住脖子的公鸭，说："那是上八代的荣耀，家祖上官文魁做过大明朝的二品大员！"

他还知道老人这话是说给下人们听的，也是说给上官家子孙们听的。

下人们听了这话，就顺着他的话音，把上官家祖祖辈辈的祖宗都给倒腾出来，一个个伸着大拇指，赞许一番，引得他哈哈大笑一回，因为他一高兴，就会对下人们松些，该偷懒的偷会儿懒，跑腿去街里办急事的，这时候也可以抽口烟，等他把笑容慢慢地收拢，然后对他们挥挥手说，去吧！去吧！下人们这才慢慢地散去了。

爷爷还知道，曾祖父就这点嗜好，好吹嘘祖宗八代的荣耀，好像那些祖宗们依然还在位，在很远的地方依旧做着官，官荫像当年一样地笼罩着现如今的上官大院和家族。

这些陈芝麻烂谷子的话被曾祖父说得絮烦了，连目不识丁的梁老歪都能默诵出来，所以每当他犯了这个瘾，红头涨脸地请出那二品大员或者道台、举人等一系列的祖宗，这些下人顺嘴就能接上，说得有名有姓。

其实，当年曾祖父的这些话，除了我的爷爷上官元谦，上官家的后代子孙们谁还愿意听？试想他们听了这样的话，焉能不个个眼皮悄悄地往上翻，他们潜意识里大概以为老头儿这是吹牛败火，只是不敢明着和他顶撞罢了。

我爷爷却从来不这么想，因为他亲眼见证过老人祭祖时候的那种虔诚，和祖宗们留下来的蛛丝马迹。比如曾祖父当年曾从地窖的木头箱子里面，拿出来过一个小木匣，那是一个雕刻的十分精致的木匣，烘漆铜锁，打开里面，竟是躺着一个云头笏板。这云头笏版可不是一般的物件，那是古代时候大臣上朝面君，用来记录皇上的旨意和命令的，也是大臣用来书写向天子上奏的章疏内容的，可见一般人家是拿不出这样的物件的。

爷爷曾听说书的讲过，这笏板也是分等级的，三品以上的官员的笏板，前拙后直，三品以下官员的笏板前拙后屈，曾祖父拿出来的那块笏板就是前拙后直的，可见老人不是凭空吹嘘，他之所以那样紧张地说出家祖上官文魁一事，无非怕大家不相信上官家竟有那般辉煌的历史，激励上官家子孙奋力向上罢了。

当我听说曾祖父生前的那些琐事的时候，令我百思不解的是，我那位瘦小虚弱且做事抠门的曾祖父，竟会明白精忠报国一事。他不计任何回报地把他的三个儿子都送到了军队去从了军。而且他的口头禅竟然就是：先有国，后有家。

这难道是每一介草民都能有的胸襟吗？

就是这样先有国后有家的上官氏一门，现如今也成了反面教材、斗争的对象。爷爷更是云里雾里的想不明白。

爷爷三十岁的那一年，正在抚宁县县城里筹划开一个老货铺子，曾祖父差人把他从县城里面找回来,他不知道家里发生了什么事,刚一回来，他就站到父亲的病榻前。

他感觉久病的曾祖父，今天的气色比往日好了许多。

老人倒在病榻上，脸像纸一样地黄，抿上嘴，不说话，用柴棒一样的手指了指旁边的椅子。

爷爷顺从他的意思坐在那里。

家丁徐二端来一盆热水和一条毛巾放在病榻旁，站定，从身上的褡裢里取出几件剃头家什。

老人要理发了。

他看见徐二放下随身带来的一应家什，从褡裢里面小心翼翼地取出剃刀，把磨剃刀的皮带钩挂在炕前的椅子上，拉起另一端，把皮带抻得老直，右手拿起剃刀在皮带上来回地蹭了几下，完了，又用手指试了试刀口锋利不锋利，然后坐到病榻边，拿过一只枕头垫在腿上，把手伸向倒在炕上的老人，环住他的胳肢窝，慢慢用力，一点一点把他抱在自己的腿窝里，安置好，取过围布，咬掉围布上的线头，替老太爷把围布系到脖子上，然后拿起剃头刀子在老人的头上很认真地剃起来。

徐二做着这一切，很顺利，也很在行，丝毫不用别人帮忙。

一股浓烈的麝香味儿从里间传出来，还有一股什么东西腐烂的味道，炕上的火盆噼噼啪啪地响了几下，冒出一股焦糊味儿。曾祖父被烟味呛得轻轻地咳嗽了两声，徐二立刻就停住了手。

爷爷爬上炕去把火盆抱起来，放到外头。

一大片头发从徐二的手下流了下来，落在地上。他剃得很认真，很小心，每一刀都像执着的垦荒者，刮得很彻底，刮得可以望见可以抵达的尽头。

头发已经完全剃光了，一根都不剩，老人硕大的头颅暴露在那里，像一只无所畏惧的蘑菇。

他心里有一种不祥的预感。

徐二把老人重新放回原位，曾祖父躺定之后，挥了挥手。

徐二退下，丫环彩珠走过来清理散落在地上的头发。

炕上的曾祖父又咳了两声，这咳嗽声是那样的软弱无力，好像只在嘴里震动，丝毫没有惊动嗓子和气管。老人蜡黄的脸上感觉只有嘴唇还算有一点生命迹象，它上下张了两下，大口喘息着说："叫柳妈来吧。"

声音干瘪、无力，丝毫没有丁点润色。

不一会儿，一个干瘪瘦弱的年轻女仆走进来，她就是柳妈。

柳妈是个干净人，别看瘦弱，身形像干柴，看着她你会感觉她像一棵吊在屋檐下的干白菜。但她周身上下从里到外，都是那么整洁、清爽，好像从没落过一个水点儿，从你身边一过，你就能闻到她身上的那股淡淡的薄荷味儿，这种味道像她的人一样清爽、透亮。

柳妈进得屋来，像是事先知道老人这会儿就要找她，她手里托着一个托盘，上面放着一个叠得十分整齐的小布包。

爷爷莫名其妙地看着曾祖父的吩咐，突然感觉自己这次回来，老人好像没有什么大事与自己商量，就是专门请他欣赏这些佣人是如何地受用。

柳妈极其小心地打开白色包裹，爷爷的心里才开始越发地没有了底，他知道这个柳妈是府上专门给老人做装老衣裳的女佣，曾奶奶病故那一年就是她为老太太装的老。

难道……他赶紧打住自己的心思，不敢也不想再想下去了。

他茫然地看看大家，似乎刚刚明白大家做着一切，全都是为了一个人即将上路做的准备，他不愿意想，也不愿意就这么接受这个事实，他轻声，带有些许责备的声音叫了声："父亲！"

曾祖父没有理会他的叫声，依旧固执地对柳妈说了句："穿吧！"

柳妈得了指令，不由分说地一挥手，也不去看看爷爷执拗、憋屈的样子。

两个年龄稍长一点的男佣走进门来，他们脱鞋上炕，一边一个，把曾祖父架起来，摆了一个坐的姿势。因为他根本就不可能自己坐起来，他软塌塌的身子连坐着的力气都丧失殆尽。

这时柳妈也脱鞋上炕，她用膝盖顶住老人的后腰，自己半蹲半跪地坐到老人的身后，借着两个男佣架着他的空档，脱去他身上的衣服，然后麻利地给老人换上装老衣服。

爷爷茫然地站在那里，眼睁睁地看着他们为曾祖父一件、一件扒去身上的衣服，腿上的裤子，连内裤都毫不留情。又看见他们一件、一件，为老太爷套上那些没有纽扣只用带子系上的衣服，觉着他们的这种做法分明不是给一个活人穿装老衣服，他们权当是老太爷已经故去了，那种沉着、冷静、固执的一种行为，全不带有一点感情色彩，似乎已经忘记了他们手下的老太爷是主宰他们的上帝，是挥一挥手就能让他们死无葬身之地的活阎王。他们又似乎在报复老太爷曾经对他们严厉地责骂，重重地体罚过。这一刻，他们只记着老太爷此时归他们摆布，归他们说了算，就算是他的儿子此时也只能眼睁睁地看着，丝毫没有办法。这是他们在自己的一生里唯一一次能让老太爷一家听他们指挥，归他们领导的一次机会。

柳妈从里到外地给老人穿衣，一件、一件，直到最后一件穿到老太爷的身上，她才把两只新的棉布鞋给老太爷穿上，又绑上绑腿。她做这一切的时候还嘴里振振有词，告诉老太爷衣服、鞋子都是做大了的，让老太爷放心地穿吧。爷爷知道，她这样说为的是能让自己顺利地帮老太爷把装老衣服穿上，若不如此，以她们的行规，这装老衣服很难穿上的。

柳妈做完这一切，很平静地跳到地下。对那两个男佣说："请老太爷归位吧！"

柳妈自己首先挑帘进了里屋，顺着柳妈挑帘的空档，爷爷看到里屋地上正冲着门，灵床都摆放好了，他心里奇怪，怎么自己就去了抚宁县几天，家里就发生了这么大的事？

两个男佣过来，把老人抬到里间早已布置好的灵床上。口含珠、绊马索，一样一样，爷爷只能静静地看着柳妈他们做完这一切，完全没有能力也没有勇气来阻止这一切的发生、发展，就像他不能阻止老人去阎罗殿里报到的决心一样。

爷爷曾听说过一些常年吃斋念佛、行善积德的人在大限来临之际有清楚的预感，曾祖父还真是这样的？

看着灵床上的老人正满心坚定地走向死亡，不和任何人商量，也不由得任何人阻拦。他默默地想，这个给予他生命的父亲，难道真的就要去了？

所有人都退下了，他走到父亲跟前，刚刚还清醒的曾祖父，突然连呼吸都粗糙带涩，爷爷突然感觉得到他的耳廓开始变凉。

27.

正像曾祖父知道自己的末日来临一样，我的祖父上官元谦也看到了上官家不可避免地迎来寿终正寝的末日。这种感觉从我那虎啸龙翔、飞扬跋扈，什么都不怕的二叔变成了一只惊弓之鸟开始，他知道山动了、地摇了，天地抖擞，未来将迎来一场史无前例的大变革。

他不知道这种变革会变成啥样，但他知道，他的稳固泰山——铁桶一般的甲壳虫生活，将一去不复返了。尽管他内心极其挣扎，在僵硬的空气浊浪中，困难地挣扎，甚至有一刻，他紧咬牙关脸色铁青真想对父亲说：想要分我的家，痴心妄想！我不管你什么主义、什么党，我就知道我的财产是我祖辈辛勤耕作，口挪肚攒节省下来的，没有一分一厘是剥削，是压迫的，我上官大院里养了那么多的人，有几个是我上官家的至亲，还不都是穷苦的乡亲们？但是，他始终没有像对待二叔那样来对父亲。

这时，一声响亮的新生儿的啼哭破晓而至，他让爷爷感到，一个新生命的诞生，无论是谁也阻挡不了的，上官家先人换后人，英雄代代辈出，也许只是换一种形式存在着，它不会灭亡的！

爷爷继续说着："历史的大潮谁也阻挡不了，该来的终须来，该走的也必须走，我们上官家在古楼镇上这一亩三分地上，始终站立潮头，现在我老了，该换你了，将来你老的时候也必将有人代替。只是我想问的是，我把这偌大的家业交给你，分给那些泥腿子，你对你的兄弟姐妹将如何处置？上官家现有的人员如何安排？"

父亲说："你和妈，我会安置好的。至于二娘，她是少数民族，自会受到优待。共产党讲的是婚姻自由，一夫一妻，何去何从要她们自由选择，还有我那些没成人的弟弟妹妹，一定会长在红旗下，受到良好的教育。子华、子卿、子强和子英，他们有手有脚，要自食其力。"

爷爷说："上官家已经走向衰败，子卿烧了后山的产业，抚宁县的商铺几乎全部卖掉赔给了陆县长，沈阳、锦州还有长春的商号，已由子良卖掉，款项他带走了，至于他在香港还是在美国我就不知道了。现在上官家现存的只有抚宁县一个商号，可以充公，再有就是土地、房屋，我是想藏也藏不住的，你该分给谁就分给谁，我限你三天时间，三天后如果处理不掉，我还回来当家做主。"

父亲想不到爷爷竟然在一天一夜之间把什么都看淡了，这种看破红尘的态度让他在惊喜之中又感到了一种前所未有的沉重。他毫无胜利感，一缕头发从前额上垂下来，心一点一点地往下沉。

父亲沙哑着嗓子地说：“好,就三天。”然后又问,“爸,这三天你……”父亲抬起头，看着爷爷那一张刀刻一般冷峻的脸上，在经过一夜的痛苦折磨后，变得灰暗无比，脸上的肌肉，像是被人扯着，一上一下地抖动。

父亲的心突然一颤，他隐隐约约感到，那个看似强大的爷爷，其实内心很柔软很可怜。

面对第一缕曙光射进窗棂的时候，爷爷快步走出房门，在这漫无边涯的空旷之中，面东而立，似乎进入了一个悠长的境界，默默地长久注视远方，如同一尊凝固的雕像，在天地之间嵌进了一个怅然的写意。

他身后的不远处，站立着一个鹤发斑驳的老者，这是跟随他三十多年忠实的伙伴——徐贵。

爷爷对徐贵说：“给我和太太备好车，告诉家人我们要去林县的老姑奶奶家，走亲戚，我想念他们了。”

徐贵上前探了一步说：“老爷，这个时候您不该离开上官家，您亲自主持，这对于您今后是大有好处的。”

爷爷很缓慢地回了一下头说：“我不能眼睁睁地看着我祖辈积攒下的家业毁在我手里。”

这时，奶奶焦急地来到爷爷面前说：“四儿媳妇刚刚生下一个男孩儿，咱上官家有后了，可就是不知咋回事，这孩子生下来就抽风，老爷赶紧派个人去请大夫来吧！”

爷爷连眼皮都没抬一下，他整理着自己的袖子，手微微有些颤抖着。他说：“眼眶都没了，我要眼珠子干啥？今后上官家人生死有命，富贵在天，看他们自己的造化吧！”

奶奶听了这话，心焦急地像一个热锅上的蚂蚁一般，但又不知道发生了什么，嘴里叨咕：“这可怎么是好，这可怎么是好哟？”

爷爷没有理会奶奶，只对徐贵说："你把房契地契找出来，再把丁香苑丁香树下的八抬筐大洋都起出来，交给子厚，今后的上官家由他说了算！"

然后他又大声地对奶奶说："打扮整齐点，咱到老妹子那里串门去！"

奶奶和爷爷还没有走出上官大院，一直在畅新园里忙活的柳妈过来报告爷爷奶奶说："刚刚生下来的小少爷已经没了。"

奶奶听了这话，欲哭无泪怔在那里，还是爷爷一手扶住了她。把奶奶搀扶到车上。马车孤独地消失在晚风里。

28.

父亲绝没有想到爷爷这么快就被他说动了，爷爷的首肯，使他的这次行动顺利了许多，带着一夜未合的双眼，无比清醒的头脑，和高涨的情绪，他快速地来到了南园子的农会。

这里的农会是很早就秘密建立起来的，为首的叫张锁子，一个二十几岁的红脸汉子，还有疤瘌头媳妇，再有就是梁春和他二叔梁大炮。可谓是老中青三结合。

早已等候在这里的张海林见到父亲，迫不及待地问："怎么样？"

父亲说："老人家很支持这里的土改运动，他要把这些年剥削来的一切财产都亲手分给劳苦大众，但是，我怕他在场，会影响我们的工作，会影响农民的情绪，我就让他回避了。"

张锁子高兴地说："太好了，有上官家支持，我们的工作就好做了。"

张海林思想了一下，对在场的几位坐地户说："上官家是这里的望族，又很有震慑力，我怕大家一时半晌地抹不开情面，局面打不开，我们的时间不多，能不能尽快地动员群众，就看你们的了。"

刘彩珍是个快言快语脚下生风的女人，说话就像是开机关枪，办事风风火火，昨夜听说这里要提前搞土改，她连夜就走了半趟街，把群众的情绪搅动得异常高涨。她说："放心吧，这里的农民十分拥护把他们由穷人变成富人的做法，只要你一声令下，保管让上官大院像遭了贼一样，片瓦不留。"

她说完这话，突然觉得有些过了，偷眼悄悄地溜了父亲一眼。

父亲表情还是那么冷峻，让人看不出他是高兴还是痛苦。

这次提前把上官家给分了，怎么说都是犯纪律的事，说好了他这是打土豪分田地，说不好他这就是帮助自己的爹逃避土改运动，这件事不但要做得好，而且还得做得快，既要不露声色又要干净彻底。不用说，难度都是可想而知的。压力不但来自爷爷只给三天的时间，时间不是问题，只要是能光明正大地去做事，三天的时间他能把整个抚宁县都给分了，这里面既要躲着国民党反动派，还要提防共产党解放军。

此时抚宁县的地下共产党的县委书记，就是县府财政局的严志伟，严氏豆腐坊的大少爷，严世奎的大儿子。这个和上官家斗了一辈子的严家，要是听说父亲在解放军进攻抚宁县之前就把家产给分光了，那个严志伟还不带着人秘密就把我爷爷、奶奶给镇压了才怪。

父亲十分沉重地对张锁子说："这件事非同小可，既要发动群众，又要提防抚宁县的国民党反动派前来捣乱。要快，要隐秘。我这就回家把房屋地契都找出来，咱们制定一个分配计划，免得到时候像抢大户一样乱抢一气，多了、少了都有怨言，咱们争取做到公平，要讲原则、讲道理，不徇私情。"

张海林接着说："对，要组织民兵保护好现场，以免哄抢，在曹家屯那次，准备工作没有做好，结果打得头破血流，土改变成了殴斗这样就不好了。"

张锁子说："别人倒还好办，咱这里有民兵有骨干，只是上官大院里有二十几个炮手和二十几杆枪，这些炮手个个都是神枪手，还有那个最难缠的炮头卢大柱，是上官家忠实的走狗，他要是当横，咱就难办多了。"

在一旁一直没有说话的梁春说："这个也不怕，他听老爷的，老爷不在他就听徐贵的，只要是徐贵配合就没问题。"

父亲接过话说："这个不难，父亲把一切都交代给徐贵了，我想他不会违背家父的意愿去做的。"

梁大炮把一只自制的大纸烟卷子叼在嘴上，吧嗒一口，一股烟雾如浊浪冲天而去。他说："既然是这样咱现在就行动吧，该干啥的干啥，都准备齐了，就把骨干叫到上官大院开会，研究怎么分配上官家的这些浮财。"

"好！"张锁子说："嫂子你去通知骨干，梁春去组织民兵，二叔你和他俩到上官家去，等事情有了眉目，你就在村头的老榆树下敲钟，我们就到上官家开会。"

大家答应一声就各自忙去了。

父亲带着张海林和梁喜斌一道来到上官家，上官大院里的人此时已经炸了窝了，佣人们得到了要分家产给佃户的消息，纷纷抢夺家里的浮财往外跑，正被父亲带人撞在大门口。

张海林一见，局面要控制不住，赶紧掏出枪，像一堵墙立在台阶上，大声说："你们手里的东西已经不属于上官家的了，谁想私自拿走，就是违法，和共产党过不去，现在你们把它放在那里，等候处理。"

上官家的那些家丁和佣人都蔫蔫地站在那里，极不情愿地撒开抱在怀里、背在身上的宝贝。

父亲见状，对他们说："大家不要慌乱，你们在上官家辛辛苦苦工作十几年，有的已经二十几年了，你们是被地主阶级剥削的劳苦大众，也有权利得到自己的那一份，你们只需等在自己的屋子里，等到真正分配的时候会叫到个人的名字，到时候你们来领。"

这些人听了这话，就悄悄地散去了。

这时候，徐贵抱着一摞子地契房契走过来，他身后跟着十几个抬着银元的炮手。

徐贵说："大、大……"他想起了昨夜与父亲的对话，知道此时再叫大少爷恐怕不合适了，他大了一阵也没大出来，只好干在那里。

父亲见状明白了他的意思，回头对张海林说："这是全部的地契房契，你接过来，老梁你去敲钟，让锁子他们进来开会。"

父亲的话音还没落，就见一伙人从二太太的院子里斜冲过来，为首的是五叔上官子强，后面跟着二太太莎琳娜、六叔上官子英，还有七叔八叔和两个未成年的小姑姑，都是莎琳娜的亲生骨肉。

二太太和六叔是来拦着五叔的，五叔手里举着院子园丁干活的大铁锨，一副气势汹汹的样子，他绝望地叫喊道："谁敢来分上官家，我就劈了他！"紧跟在后面的莎琳娜和六叔上官子英与他争夺手里的铁锨，被他甩得东倒西歪。

莎琳娜边哭边喊："我的祖宗，你要干啥？要害死你妈呀？"

五叔跳上上官府的台阶，堵住大门，用手指着父亲的脸，声嘶力竭地叫骂道："好你个上官子厚，你可真有老大的样子！你这不忠、不孝、不仁、不义的败家子，外面逍遥了十多年，进得家门你就要分老爷子的家产，你不认亲兄弟，帮着那些泥腿子抄家，分田地，你算什么东西！好狗还知道护家，你这胳膊肘却向外拐，你安的什么心？是不是把你的弟弟妹妹都弄死，你好来独吞这些财产！"

父亲大喝一声："你胡说什么！"

赶过来的南园子民兵冲进院子里，立即就将五叔控制起来，六叔赶上前，趁机双手夺过铁锨。

五叔还在跳骂，六叔拿着铁锨，扶着早已经魂不附体的莎琳娜，一步三回头地看着五叔往回走。

正在这时，走着走着的莎琳娜突然停下了脚步，猛然回过头，眼睛里射出一股无所畏惧的光芒，那样子就像是一个濒临死亡的人被打了强心剂一般，本来瘫软的身姿突然之间站直了、有力了，而且拳头攥得咔咔直响。

在场的人包括还在胡闹的五叔上官子强一起安静了。

二太太莎琳娜此时高昂着她那高贵而又美丽的头颅，认真地看了父亲一眼，从那眼光中，上官家的佣人都能看出，这个女人原来是个聪明强势的人。

她看着父亲，眼睛险些瞪出血，嘴里悲怆地说："这个家已经散了，你父母躲出去了，你二弟跑了，你的三弟出家当和尚去了，丢下我不管了。如今我身无分文没有丁点财产，那么现在我来问你，我算不算劳苦大众的一员，如果不算，你们准备怎么处理我？"

父亲走下台阶，走到她和他的两个弟弟身边，很认真地说："咱们上官家没有散，上官家把财产分出去就是劳苦大众的一员，是我们团结的对象。我父母也不是把你丢下不管了，他们去林县走亲戚，三天后就回来，至于你，共产党对于婚姻的政策是婚姻自由，且一夫一妻制，对于你们这种旧式婚姻，也采取自由政策，尤其你是少数民族，我们党对少数民族采取优厚待遇，你想留便留，想走就走。关于你的孩子们，可以按着他们自己的意愿做。"

莎琳娜听了这话，把脸扭向一边，像是早就考虑好了，又像是下了很大决心似地，背对着父亲说："既然这样，我回草原！"

她的话一说出口，立即引起一片喧哗，茫茫的大草原离此地最少千余里，外面兵荒马乱，她一个妇道人家怎么去？但是，看见她那固执、刚毅，不容劝说的表情，大家知道此事已经没有挽回余地了。

父亲看见她的去意已决，只好说："这样也好，路上不安全，我会派人护送你去。"

"用不着。"莎琳娜目光冷冷，斩钉截铁地说。

六叔上官子英说："妈，我和你一起回草原。"

莎琳娜的几个还不太懂事的孩子，此时哪个愿意离开母亲，一个个都跑到莎琳娜身边，一起叫嚷着："妈，我跟你去！我也去！我也去。"哭喊声、吵闹声让人看着揪心。

父亲强压着自己激动不安的情绪，看着这些弟弟、妹妹和他们的亲娘生死离别一般的场面，心里也是五味杂陈，痛苦不已。

正在这时，刚刚安静下来的五叔上官子强突然大闹，在他这不算太长的生命里，他只看过别人的生死离别，眼前到了自家这里，他突然感到了恐慌，然后暴怒，他歇斯底里地喊道："妈，咱不走，咱们凭什么走，咱不去那兔子不拉屎的地方，他们谁爱走谁走？咱就留在这里和他们死磕！"

莎琳娜没有回头去看他这个离了万贯家财就不能生存的寄生虫儿子，毅然决然地带着她的那些孩子们走出了上官大院。

五叔见状，突然大哭，哭得地动山摇。

哭着哭着就骂父亲和六叔上官子英，骂着骂着，就把上官家的这些哥们全都骂了。什么老大二虎吧唧，把家里的财产给别人，老二胆小如鼠听见风声抱头鼠窜，老三不是爷们，自己一个人到庙里躲清静，老四缩头乌龟，心里只有老婆没有别人，老六整个一个外巴秧子，根本就不是上官家的种……

听他的话语里，上官家就他一个明白人，别人都是提不起来的阿斗。

他骂天骂地骂祖宗，事实上他这个四体不勤五谷不分，离开上官家那些财产，就无法存活的家伙，因为极度地害怕才奋力反抗，而这种无味的反抗只能导致自己产生更大的恐惧。最后，直骂得上官家暗无天日、日月无光，让人感觉整个上官大院正一点一点地往下沉。

父亲没有理睬五叔的叫骂，只叫几个民兵看着他，自己带着农会的干部和骨干到上官家的正房开会。

整个一上午，上官家的财产就被分割完成，按照程序，下午整个南园子的苦难兄弟，就可按着名单，到上官家领到自己祖祖辈辈做梦都梦不到的东西了。

下午，南园子满屯子的百姓都被搅动了，大家涌到那个平时只能蹑手蹑脚进门，从不敢光明正大在这里瞅人的上官大院，就像阿里巴巴发现藏宝库一样，被眼前堆积如山的金银财宝和锦缎细软刺激得眼睛发胀，他们徜徉在绸山丝海中，想搬啥就搬啥，稀罕啥就拿啥。祖祖辈辈都没见过这么好的东西啊，上辈子做了什么善事，才能一辈子赶上这样的好生活？他们搬浮财，分大洋，得地契，最后连桌椅板凳都一样一样地搬走了，让人感觉那些桌子腿、凳子腿都跟着喜气洋洋的。

分家的第二天傍晚，上官家的万贯家财才算彻底地分配光了，偌大的一个上官大院立即就成了一个人烟散尽的战场，空空荡荡。

父亲正站在上官家的账房里翻看旧账，看看有没有纰漏。张海林从外面跑进来，他是下午时候被县委派来的交通员叫走的。

他进门就急急地对父亲说："队伍要攻城了，上级指示我们在城里组织好民兵队伍，准备里应外合夺取胜利。"

父亲问："什么时间攻城？"

张海林说："大概三天以后，到时候等通知。现在我们返回县城，在张家铁匠铺，等县委严书记。"

父亲说了句好，就放下了手里的旧账本，对刘彩珍说："把这个连同一切纸制品都烧了吧。"

刘彩珍这才抱着一大堆上官家的老账本，向后院走去。

张海林又问："你这里都完事了吗？"

父亲说："基本完事，房子、土地还有上官家的浮财都分配完成，大院暂时交给农会管理，上官家余下的人都必须搬出去，住靠苏子河边一处房子，是老羊倌的。老羊倌分到三间好的，这个就留给我父母住吧！"

"这样对老人是不是有点残忍了？"张海林问。

"他们一辈子都作威作福，现在让他们尝尝苦日子，再说，他们都是戴罪之身，越是破落越不惹人注意。"

张海林说："这也对。那好，跟锁子告别一下，咱往县城赶。"

张海林的话音没落，负责打扫的梁春前来报告说，在黄桃儿住的那个小院里仓房，发现了十几件貂皮大衣。那是开春的时候，奶奶收集各房陈旧的貂皮大衣，准备清洗翻新的，由于黄桃儿小院没人居住，这些大氅清洗过后就放在那里，农会的人过来分财产，慌忙之中竟然忘了那间上了锁的小仓房。

梁春问：“怎么处理？”

张海林说：“烧掉吧。”

梁春好像没听清，问：“啥？”

张海林说：“烧掉。大氅就这十几件，给谁，不给谁，为这事闹不团结就不划算了，这事别声张，悄悄地烧掉一了百了。”

梁春抬眼看了看父亲，没有看出异议。只好嘟囔着去做了。边走边说：“败家玩意！”

父亲听了这话，打了一个激灵，但很快就稳住了，他对梁春喊：“别走了私啊！”

梁春站下，悄悄骂道：“妈的，把我看成啥了，你个败家子？”

29.

爷爷是在父亲走后的第二天回来的。

他自己赶着马车回来的，马车刚一进古楼镇，梁春和张锁子就等在上官大院——现在的农会门口。

爷爷刚刚下车，张锁子就走过来，对爷爷大声说：“这里已经是南园子农会了，你的家现在苏子河边。”说着，手往梁老歪那三间草房一指。

爷爷明白了，那个承载着上官家祖祖辈辈兴旺发达的上官大院，已经不属于自己了，河边那三间比牲口棚大不了多少的茅草房，今后就是自己与老伴生老病死的栖息地了。

他看着那个和他趾高气扬的愣头小子，爷爷眼睛眯成一条细缝，心里狠狠地想，要是在前几日你敢这样对我，马鞭子早就抽过去了，现在不行了，不行了，天是人家的了，地是人家的了，咱今后就得夹着尾巴做人了。

他把马车赶到梁家小宅，从车上扶下一夜了白头的奶奶，两个人相互搀扶着踉踉跄跄地往里走。

爷爷像一个头次做贼的小偷，回头向不远处看了看，悄悄地对奶奶说："回头把你这身行头给换下来吧，咱现在的身份，再穿成这样和这房屋也不配套，还要遭人恨了。"

奶奶顺从地点了点头。

解放军攻下抚宁县是在父亲走后的第八天。

抚宁县解放了，古楼镇解放了，南园子也解放了。

古楼镇欢迎解放军进镇的人群里，有人看见了那整齐的黄军装的队伍里的一抹亮色，那就是一伙儿拿着红绿小旗的十几个女兵，那些红扑扑嫩得能掐出水的脸蛋上，都带着喜气洋洋的笑意，松垮肥大的黄军装穿在她们身上并不显得臃肿，腰间系着皮带反倒把腰身给衬托出来，羡慕得古楼镇那些大姑娘小媳妇们眼珠子都绿了，纷纷说，瞧瞧人家，活得那叫个滋润，挺脱儿。连这里的男人都不如她们那样扬眉吐气的。

尤其最抢眼也最让她们羡慕的，是走在最前面的那个姑娘，细眉秀目、脸蛋粉嫩，扎着两条羊角辫，嗓音脆脆的，喊出话来像个小花旦。

她边走边对男兵那边喊："新兵团来一个！"

被叫作新兵团的那一边也不示弱，高声地唱着一首《解放区的天是晴朗的天》。唱完后，新兵团又有人探头对女兵这边喊道："宣传队，来一个！"一大群男兵跟着起哄似的高喊："对，来一个。"

一阵噼噼啪啪的掌声后，那个像小花旦似的女兵高声回应道："姐妹们，咱也别被他们吓着，咱来一首《南泥湾》。"于是她起了个头，女兵们跟着唱起来了。"花篮的花儿香，听我来唱一唱……唱呀一唱"

古楼镇的这些人们看得眼花缭乱。

还是卢大柱眼尖，他一眼就看出，那个领头的女兵，不就是上官大院里原先跟着老太太后来又跟着大少奶奶的丫鬟丁香吗？这个让他既喜欢又得不到的女人，不是和大少奶奶一起让大水给冲走了吗？

他揉揉眼睛又看，还是没错，那鼻子、那眉眼，还有那腰身，对，就是丁香。

卢大柱看丁香，那真是剥了皮认识骨头，烧了骨头认得灰。

这个丁香呀，她还活着，而且活得比以前更滋润了，说话的嗓音比原先亮了，走路也不像原先那样低着头不敢看人。你看看现在，她整个人都鲜活起来了。

卢大柱挤出人群，向丁香招了招手，张嘴时还忘不打哈哈逗闷子，他把现在这个阳光灿烂的丁香，当成了原先的那个没心没肺的小丫头一样叫道："嘿，丁香，丁香，咋越活越精神了？"可那女兵却装作没看见似的，连眼角眉梢都没往他这边撇一下，继续唱着、笑着。

看到丁香的不屑一顾的气势，卢大柱一辈子争强斗狠说上句，现在臊得险些找个地缝钻进去。

不错，这个宣传队领头的那个女兵就是上官家大少奶奶的丫鬟丁香。

苏子河发大水的那天，丁香亲眼看到了柯莲求死的决心，也看到了她毅然跳下废井的场面，直到如今那场面还历历在目，让她不寒而栗。当她看到那条如巨蟒一样怒吼着、肆虐的苏子河，和比苏子河还狂暴的上官人家，转眼之间就把一条鲜活的生命给吞噬了，她心寒了、绝望了，扯开嗓子高声哭喊，可是呼啸的北风刮走了她飘在雨中的哭泣，也刮走了她那颗温暖而又孱弱的心。

大水来了之后，她跑出了上官家大院，眼看着大水就要吞噬她的整个身体，情急之中求生的本能让她快速爬到一户人家的房顶，再后来，她在房顶孤零零地坐了一天，被一个外地来的商船救起，她又随着船上的商人到达了关内。

那时候柯莲与她的阴阳两世，生命如此之脆弱让她胆战心寒。

就在她极度痛苦和绝望之中，她遇到了一场不大不小的战斗。解放军的一个小分队遭遇了国民党的一小股流窜队伍，两支部队在梅源镇的小巷里噼噼啪啪地打起枪来，丁香正在梅源镇的商业街上毫无目标地瞎逛，战斗打响前的一刹那，一个女兵跑过来把她拉到商铺内，为此，那个女兵还身中一枪，险些丧命。

丁香随着女兵来到队伍躲藏的商铺内，看着这些人与那些人枪对枪打起来，一直看到这一伙人把那一伙人打跑、打散，才安静下来。

看着那个为了救她而受伤的女兵，她决定留下照顾她，报答她的救命之恩。至此，她参加了解放军，走上了革命的道路。

她这才知道什么叫作人生和人为什么活着。在此之前，她一直就是一只活在井里的蛤蟆，绝望而又孤独，看到的只是锅盖那么大的一小片天。

解放军攻打抚宁县的时候，丁香早已经参加这支部队的文艺宣传队，爱蹦爱跳的她很快就成为了这支队伍里的骨干。

随大军进驻古楼镇的时候，她还是有点心慌意乱，她害怕见到熟人，害怕见到上官大院里的那些老老少少。还是那个救过她的女兵看出她的心思，告诉她，咱现在是一名解放军的战士了，不但要活得坚强、勇敢，还要活得雨露滋润、 阳光灿烂，咱们是为了解放全天下穷苦的姐妹而活着，咱首先要活给她们看，让她们看看，咱女人事事都不比男人差，咱也和男人一样，打天下、做主人。

至此，丁香才感觉到了一种前所未有的力量在身体里长出来。

解放军进驻古楼镇，密匝匝地住到了上官大院。丁香熟门熟路地到处窜，宣传队的女队长好容易在东跨院的丁香苑里找到她。此时的丁香正在对着那株丁香树发呆，女队长大声喊道："张翠华！"

"到！"丁香转过身给女队长敬了一个军礼。

女队长高声宣布："解放军进驻古楼镇，下一步各地的土改工作就要开始了，上级指示，宣传队抽出骨干，参加这里的土改。张翠华，你对南园子最熟悉，就跟着刘水根这个工作队吧！"

"是，保证完成任务。"

30.

第二天，南园子的土改工作开始了，可是让刚刚到这里工作的工作队犯了难，这里的地主没有了，地主上官元谦已经提前亲自把土地和财产都分给了农民，现在他们家住进了比全村子最穷的人家还破的房子里。

可是，南园子怎么能没有地主哪？过几天就要开公审大会了呀，这里的群众发动不起来，那可是工作态度问题，这问题可就大了。

刘水根问丁香怎么办，丁香说：“按理说上官家是这里最大的地主，但是他们把财产都分了，现在比穷人还穷，咱们总不能把穿着破烂衣裳，拄着劈柴棒子的老农民形象的破落地主推上台来斗争吧，再说他现在也是穷苦人了，斗争这样的地主，群众也发动不起来呀。”

有人抢过话说：“地主主动分财产给农户，这说明他有进步的表现，更说明他是一个可以改造好的，也可以成为无产阶级里的一员的，这样的地主是不能斗争的。”

但是，队长刘水根却持不同意见，因为临近土改时，县委的严书记早就叮咛过，古楼镇的最大地主就是上官家，对上官家不能手软，要不徇私情，坚决镇压。

对于这里的上官家到底还算不算地主的问题，工作队争论来争论去，最后决定先开个群众大会，激发一下群众的斗志， 看看群众是怎样认为的。如果群众认为上官家罪大恶极，别说他们现在成了穷人，即便是逃到国外，咱也要把他们揪回来。

工作队很快召集南园子的父老乡亲在晒场那边开会。

大槐树下挂着一小段铁轨，树荫下摆上一溜桌椅板凳，土改工作队的队员和这里的农会干部都坐在这里，下面坐的是黑压压的南园子百姓。爷爷、奶奶当然都被叫来，但他们暂时不是被看押起来，他们是和南园子的老百姓坐在一起的，是随时都有可能被批斗的危险人物。

工作队长刘水根首先讲话，他把现如今的大好形势，和各地的农民对土改工作的热情与支持都说了一遍。最后他说，南园子的父老乡亲之所以这些年生活在水深火热之中，就是受到地主阶级的压迫、剥削。

他又把外地的地主阶级怎样剥削劳动人民，又怎样骑在人民头上作威作福的例子，举例出来，来启发南园子的百姓思想觉悟，来提醒南园子人是怎样活在上官家的阴影里。

可是南园子乡亲听了他举出的那些例子，就对照着往上官家身上比，这么一比，就感觉他们往日的生活是那样的幸福，他们没有卖儿、卖女，他们是争着抢着要到上官大院里工作的，因为上官家的下人吃穿不比主子差；他们没有饿肚子，上官家逢灾年免租免息，还让人扛着粮食到最穷的人家，以免揭不开锅饿死人；上官家不但让他们活得起，更让他们死得起，上官家不但收养了二十几个孤寡老人，他们还给南园子最穷的李老快他爹送去了一副薄皮棺材。谢天谢地，他们感谢老天爷给他们安排了这样的地主，更感谢这些年来上官家对他们的照顾和帮助。

刘水根字字血声声泪的启发，却让南园子的乡亲们闷闷不语，不但如此，还满怀感激地看着昔日的老地主——我的爷爷、奶奶。

这时，下面有人举起拳头喊道，打倒地主！打倒封建剥削！可这些口号没有收到意想不到的结果，南园子的乡亲们没有一个跟着喊的。

刘水根气的嘴都歪了，他对南园子提前搞土改有些不满意了，他觉着这里的农会真是多此一举，让他的工作不好开展，让他被动了。

他对张锁子没好气地说：“这里的工作这样可不行，群众发动不起来，到时候，古楼镇的公审大会咱要是剃了光头，你、我，都是吃不了兜着走的。”

张锁子为难地说：“要不咱就选个地主吧？”

刘水根怀疑地问：“选地主？怎么选？”

“就是，就是举手表决呗，谁得票多谁就是。”

“荒唐！地主就是地主，哪有选出来的道理。”

“那，那你说咋办？”张锁子也没了主意。

刘水根想了一会儿，却没有想出更好的办法。这时不远处刘彩珍悄悄走到他的身后，对他说："你看，咱找个在地主家干活的下人，让他把这些年受苦受难的经历讲出来。地主阶级即便再好，也有心不顺的时候，让他把挨打受骂的事情讲一遍，苦大仇深的情绪不就上来了吗？"说着，她特地看了一下丁香。

丁香知道这个刘彩珍在打她的注意，她虽然是上官大院里的丫鬟，她和奶奶情同母女，与柯莲情同姐妹，这些年她家里的生老病死上官家也没少接济，她怎么能愿意出这个头，再说了，工作会上她已经表示上官家是有功的，现在再声讨上官家就有点出尔反尔了。想到这里，她对刘水根说："我不合适，怎么说我都是工作队的成员，怕是没有说服力。要找就找个一直生活在地主家的人。"她说这话的时候，眼睛看着台下，她在第一排就发现了小忧，悄悄用手指了指，递个眼神给刘水根，示意她比较合适。

她说："这个女人不到十岁就卖给了上官家，让她讲讲吧！"

刘水根听完这话，如获至宝地把大手在桌子上猛地拍了一下，说："现在我们请苦大仇深的地主丫鬟，给我们讲一讲她的亲身经历！"

南园子百姓被这样的话给说愣了，都东张西望地看着，相互揣度着这个人是谁。

刘水根跟着喊："现在请齐小忧上台来。"

说着他带头鼓起掌，工作队的队员和农会干部们一起跟着鼓掌。

小忧就这样被人家起着哄似地给弄起来了。

不错，她是不到十岁就进的上官大院，那是大旱那一年，他们齐家险些揭不开锅，是爷爷派人给送的粮食，他们才算平安度过荒年的。也就是那一年，她的父母硬要把她送到上官大院，那是她父母心疼她，给她找个长期饭票而已。

当时爷爷奶奶说什么也不答应，可耐不住齐家磕头作揖地往上官家送，爷爷没办法，就把三十块现大洋给了他们，把小忧领了过来。

小忧站起来的一瞬间，还看了一下我爷爷奶奶一眼。她不远处的爷爷奶奶不露声色地坐在那里。

她这一看不打紧，吓得腿肚子都有点转筋了。原来爷爷奶奶虽然不在上官大院里了，但是他们的余威还在，从小进府的小忧从心里实实在在地怕着他们。

张锁子和刘彩珍见小忧慢吞吞地站起来，连脸都憋红了，还是一句话说不出来，两个人就都走了过来，刘彩珍说："小忧，不要怕，说一说，你在地主家里是怎么挨打受骂的？"

"没，没有啊！"小忧的声音小到连自己都听不清了。

张锁子启发地说："你在地主家这么些年，即便上官家这老两口子对你不错，可他们家还得有可恶的人吧？讲出来吧，我们给你做主，我们不会放过一个阶级敌人的！"

这时，台上的丁香也大声喊道："小忧，说说吧！"

刘水根像得到了一根救命的稻草，亲自下到台下，把小忧接到台上，立即上面下面，像起哄一样掌声雷动。

小忧站到那儿，窘得快要哭出来了，她可没有丁香那些心眼儿和主意，她还是个没见过世面的女孩子。

她东张西望，想那些叔叔、大爷快点帮忙，帮助说说她小忧没有受苦受难，千万不能让这些人给她逼出苦难来。可是她前看后看就是没人帮她这个忙，不但如此，那些人还幸灾乐祸地看热闹。

刘水根看着她，眨着南方人特有的一双狡狯的小眼睛，十分亲切但都不容反抗地说："齐小忧同志，请你把你想说的都说出来吧，由我们大家给你做主，不要怕！"

小忧哪里不怕，她怕得要死，她战战兢兢地站在那里，还想看我奶奶一眼，她觉着我奶奶的眼睛在那里一直盯着她，看她怎样胡说八道。

她想什么都不说，想回去，想和大伙坐在那里看着别人说。可是不行，全场上上下下几百号人都看着她，她必须说。

她更知道，上官家是万万不能得罪的，别看老爷太太现在穿得跟个要饭的似的，那是做给这些人看的，上官家明有大少爷在共产党这边做着大官，暗有二少爷在国民党那里也做着大官，前后左右都能逢源，谁来了他们都吃不了亏。她一个小黄刺薅敢和老家雀斗？那不是拿着鸡蛋碰石头。多亏自己是个聪明人，看破这些，要不险些让人当枪使。

可是，她转念一想，如果不说，那个工作队长的眼珠子死盯着自己，快要瞪冒了，跟他们对抗也一定不会有好下场，为了自己，为了自己的家，也要死活豁出去了。

她脑子飞快地转动，想在上官大院里找个替罪羊，于是想来想去，就想到了罗山红。整个上官大院里，她最不怕的就是她。那么，现在只好舍弃她来保自己和老爷、太太和自己一家了。

想到这里，她稳了稳情绪，张了张嘴，像是下了很大的决心似的说："上官大院里别人都好，就是，就是那个四少奶奶最坏！"

整个会场都震惊了，人们面面相觑。

四少奶奶在上官大院里，他们在院外，她们也想知道，这个曾经轰动一时的乌鸦变凤凰的四少奶奶，到底都做了什么孽。

刘水根听到这些，立即兴奋了，他对小忧说："这就好，能主动揭发地主阶级的罪恶，说明你的思想是进步的。"随后他又启发她说："齐小忧同志，请你详细说一说，这个地主婆是怎么虐待你的？别怕，人民会给你当家做主的。"

他的话刚落，台上、台下爆发出一阵莫名其妙的掌声。

小忧话刚一出口时，还有点后悔，觉着自己的良心被狗吃了。工作队长的一句话立即让她明白，她这不是逗人玩哪，这是来真格的了，现在她必须狠下心来，把她说成个罪人，即便是假话现在也得当真话说了。于是她就瞎编了一套，甚至把自己怎么欺负罗山红的那一套都反着说出来，最终，说得群情激昂，口号喊声和挥舞的拳头，都乱成了一片。

刘水根一见时机成熟，立即高声断喝："把罪大恶极的地主婆罗山红带上来！”那伙儿工作队和南园子民兵一起到南园子后街的上官家老宅，把躲在娘家在坐月子的罗山红给反绑着抓了来。

这一抓可不要紧，他们发现了一个最大的问题，南园子不是没有地主啊，南园子的地主原来在后街，原先大家把矛头都对准了破了产的上官家，现在看起来那是错误的，真正的地主正躲在豪宅里面享清福哪！

刘水根一听汇报，情绪立即就像打了鸡血一样的兴奋，他对民兵高喊：“把地主老财罗青山给抓过来！”

于是，哗啦啦的一群人涌向了上官府老宅，不由分说把罗青山按倒，五花大绑，然后又给他戴上了纸糊的高帽子，把他拉向了会场。

31.

要说也是父亲大意，他只顾着上官大院这头，把罗山红和他全家都给忘记了。也是他没能和罗山红说上话，不知道罗家的近况，要不然罗家也不会遭此大难。

等父亲随着南下的大军返回抚宁县的时候，才知道，罗家随着罗山红一起来到南园子找他。那时候，罗青山已经被公审大会给就地正法了，罗山红得到这一消息，从关押她的砖窑里冲出来，几个看守的民兵和赶上来的群众都没能截住她。她一去，从此就再也没有了消息。

公审大会的那天晚上，罗山红和她的父母以及古楼镇周边村子的那些大大小小的地主，都被关押到马家坡打谷场的仓房里。

从公审大会回来，爷爷、奶奶的心情就十分沉重。

他们没有庆幸父亲提早就为他们做好了未雨绸缪的工作，使他们本该遭的罪，现在却归了无辜的罗家。

奶奶抹着眼泪自言自语地叨咕说：“这都是命啊，你说他们千里迢迢来到咱这地界儿，咋就碰上四儿这个讨债鬼？你说，咱要是不逼迫罗家，他们也不会把山红嫁到上官家来，那样，咱的老宅子也就不会送给他们了，你说，你说，咱这是做的啥孽啊？”

爷爷一直蹲在墙角里抽闷烟，把个巴掌大的小屋子都抽成了小庙了。

他的头疼病又犯了，几十年赖以生存的兰花烟末没了，现在每吧嗒一口，都是愁闷和揪心的疼痛。

一阵猛烈的咳嗽后，他抖动着手里半截子烟灰的纸烟，对奶奶说：“你去马家坡看看他们吧，看这架势，他们也没有几天的时间了，这是咱的孽啊！”

奶奶想起那天大会的场面有点不寒而栗了。

公审大会之前，解放军的那些女兵都化好了装，演了一出《白毛女》，奶奶看着那些看戏的人都抹着眼泪，就半心半意地想，都哭啥？杀人偿命欠债还钱是天经地义的事，要你女儿去地主家里干活，那是给她找了一条活路，多少人想来还来不了哪，咋还像进监狱一样让人难过，难道地主家吃人肉不成？当她看到黄世仁的老婆拿簪子扎喜儿，又犯了嘀咕，她想，咋动不动就扎人，有话就好好说呗，那样大的闺女了，还能听不懂话吗？

看完这场戏，奶奶就觉得心里堵得慌，堵得是啥她也不清楚，反正不怎么痛快。还没等奶奶把这种不快压下去，就听见台上的大喇叭里有人高喊：“打到封建地主！”

刺耳的高音喇叭把奶奶吓了一跳，就见台下也有人领头挥着拳头高喊：“打倒封建地主！”

古楼镇几十个村子的百姓就一起跟着举起了拳头，一下一下，就像是古战场上兵勇手里的扎枪，举上去落下来，让人看了心里发紧。

这些人喊着喊着，仇恨就有了落脚点，于是，几十个村子的地主都被戴着纸糊的高帽子推上来，这些人胸前还背着白纸糊的大牌牌，上面写着个人的名字，名字上都用红色的粗条子打着叉叉。奶奶认得这些人，茂源粮店的王老板、古楼镇水云阁戏院的贾老板……县教育局的李局长也在这里，他们家在古楼镇也有几百垧地，难怪被揪到这里批斗。

看着这位平时吊着嗓子说话的李局长，奶奶就想起了那个把皮鞋擦得锃亮的警察刘局长，这个解放军攻进抚宁县之前就反戈的刘局长立了大功，要不也一定会在这里像小鸡一样被人缚着。

这些人都曾经是上官家的朋友啊，在四儿海外归来和婚礼上，这些人穿得多么光鲜，脸上的笑容多么得意啊。现在，现在怎么都成了被打倒的对象了？难道整个天都被翻过来了？

她开始庆幸先分了家给那些泥腿子，又开始感激我的父亲，她的大儿子是多么高瞻远瞩远见卓识啊，要不自己和老头子还不和他们一样，被五花大绑着押了上台，让人们批斗。

奶奶看见罗山红和她爹罗青山，被一根牛绳牵了上来，她的心一下子就被揪起来，她悄悄抬起身子，向场外看，看看那天罗山红被抓后就到处找父亲解救的四叔回来没有。奶奶看得脖子都酸了，还是没有四叔和父亲的影子，她心里埋怨这个办事不利的四儿子，都啥时候了，咋还不着急回来？再晚恐怕就没得救了！

喇叭筒里的口号像是生了很大的气，喊着："消灭封建剥削！打倒地主富农！"

喊着喊着，下头跟着喊的人也生起气来。

他们的怒气在心里越拱越高。他们被周围人的理直气壮给震了，也都越来越理直气壮。剥削、压迫、封建不再是外来的新字眼，它们开始有了意义。

几十声口号喊过，他们已经怒发冲冠，正气凛然。原来这就是血海深仇。原来他们是有仇可报，有冤可申。他们祖祖辈辈太悲苦了，都得从一声比一声高亢，一声比一声嘶哑的口号喊出去。

这阵势让奶奶感到了罗家的末日，也感到了罗山红的末日。她惶恐地闭上了眼睛，觉得台上被批斗的就是她自己。

口号声过后，一个一个村子的群众代表发言，他们是被选出来最穷最苦的代表，个个怀着满腔愤怒，讲述自己是如何遭地主的欺负，如何被地主剥削，如何卖儿卖女。

通过这些讲述，群众的情绪就更加激愤，有一阵子台上的那些干部和台下荷枪实弹的解放军险些控制不了局面，那些愤怒的群众纷纷冲上台来，对着那些地主老财拳打脚踢起来。

看到这里，奶奶就知道，这些人是没得救了，罗家也是没得救了。

奶奶听了爷爷的话，点了点头，说：“看看家里还有啥，给做点吃食给罗家人带去，就是死也得让他们做个饱死鬼啊！”

说着，她问爷爷：“你不去啊？”

爷爷从咳嗽中停了下来，头都没抬起来就挥了挥手说：“我太扎眼，就不去了，别再给罗家添乱了。”

奶奶刚出篱笆小门，就见卢大柱和一群撒尿和泥的小孩儿玩老虎棒子，奶奶走过去问：“这么没正事？”

卢大柱见识奶奶，嘻嘻地笑了说：“我就会看家护院，现在连大户都没了，我能干啥？”

奶奶长叹了一声，眯着眼睛看着远处正在下落的夕阳，有点惋惜地说：“白学了一身的功夫。”

这时，就见一个熟悉的身影朝着这边走来，奶奶不用细看就知道是丁香，她装作没看见就转头朝相反的方向走去，身后传来丁香和卢大柱的对话。

“学了一身的功夫不当狗就不知道怎么活了？”

“啥？”

“当兵去。”

“当兵，解放军要咱？”

“怎么不要，解放军正在南下，解放全中国，村头正在征兵，还不快去！”

奶奶清晰地听见了卢大柱嗖嗖嗖一路小跑的声音。

32.

奶奶是在落日前赶到马家坡的，三里半地走得她满头大汗。她绝没有想到，当她来到马家坡打谷场最西边的小仓房时，她见到了最揪心的场面，也听到了最让她震惊的一段对话。

公审大会结束之后，这些罪大恶极的地主、恶霸、反革命，被定在月底枪决。可是解放军南下的任务紧急，决定提前执行。第一批执行枪决的名单里就有罗青山。

罗山红虽然被关押，但她还不算是罪大恶极，她只是个地主的儿媳妇，想必也没有多少罪恶，况且齐小忧也没有说出她怎么坏，她揭发的都是女人之间的小恩小怨。工作队考虑，这样的人如果也被镇压，很难服众，人民政府的威力就有点被削弱了的感觉了。于是，她被定为劳改对象，关押一段就被送出去劳动改造。

罗青山和死刑犯关在一起，看押他的人法外开恩，允许她和女儿见最后一面，于是就把他带到最西边的那一间最小的仓房里，和女儿诀别。

父女相见，感慨万分。

罗山红泪眼纷纷，她哽咽着叫了声爹爹，就扑到罗青山的怀里，一肚子的悲愤都化作了泪雨，把罗青山的前胸都哭湿了一大片。

父女生死诀别，罗青山没有过度的悲伤，这个久经战场的老兵把全天下最英勇无畏、最伟大温柔的父亲形象，展现在女儿面前。

他扶起女儿，用手抚摸着那曾经光滑如水现如今已经蓬乱如草的头发，没有半点忧伤，也没有半点感慨，很平静地说："日本人炮轰北大营的时候，爹就该死，可是老天没让我死成，它把我那些热血沸腾的弟兄们收了去，这是老天对我还寄予厚望，它是让我打小日本。小日本赶跑了，我的任务完成了，可是老天还是没有收我，我就知道，我得护着你把咱的大英雄的后人给送回来，大英雄战死沙场，他的儿子不能在外面飘着，要认祖归宗、落叶归根啊！这不，咱就来了。虽然顺儿没找到亲人，没能进得了上官府，但是，孩子毕竟受到上官家的庇护，才平平安安、快快乐乐地生活着。现在，上天有眼，没让上官子厚血洒疆场，他又活蹦乱跳地回来了，咱不愧对大英雄了，顺儿也该顺理成章地认他爹了，我的任务也就完成了。现在，爹该干的事情都干了，也没啥遗憾的了，死了也不算少亡，够本了。”

罗山红听着父亲的话，眼泪流干了，嗓子哭哑了，她摇着爹爹的手臂说：“爹呀，是我害了你呀！你说，如果不是我当初跟子厚好，不是我生了他的孩子，咱咋能跑到这千里之外来送死啊？就咱那家境，爹的血性，说不定爹能当上共产党的官哪！爹也是抗日英雄啊，你打日本接济八路，爹这些年为革命也没少做事呀，这些人咋就不念旧情啊，是不是爹没把这些跟人家说呀？”

说到这里，罗山红立即感觉这是唯一能救爹爹一命的稻草，她擦干眼泪，对罗青山说：“爹，你等着，我去喊人，我要告诉他们爹是抗日英雄，是共产党八路军的朋友，看看他们还敢不敢枪毙咱！”

罗青山一把拉过女儿，说了：“没用，我把这些都跟他们说了。”

“他们说啥？”

“说咱那不是共产党的抗日队伍，顶多能算有抗日倾向的土匪。”

“他们咋能这样说？咱一不抢大户，二不杀人越货，咋能算土匪？”

“他们说要是有人能证明这些也中，可咱到哪里去找证人啊？一千多里咋去啊？谁给咱的事放在心上？再说，大青顶子上的勇士们哪有活着的呀？”

“有啊，子厚，子厚不是活着回来啊，他要是给咱作证，爹不是就死不了了。”

“可是子厚在哪里啊，这个时候，他咋不露面啊？”

这时候，站在门外听了许久的奶奶破门而进。

三个人见面都很吃惊，罗山红喊了一句：“妈？你咋来了？”

奶奶顾不得什么，就对他们说：“四儿打听过了，说子厚随大军南下了，一时半晌回不来。”

罗山红抓着奶奶的胳膊急切地问：“那子卿哪？他到哪儿去了？”

奶奶拍了一下大腿说：“子卿为了救你们，追他哥去了。”

罗家父女俩听了这话，把心里刚刚涌上来对父亲和四叔的怨给化解了。又被着不幸的消息给震惊着，心沉沉地往下坠。

奶奶面对着罗家父女，心里的那种愧疚与感激无法用语言表达出来。

她心想，上官家这是做的啥事啊，当初如此对待恩人，逼着人家把女儿嫁给子卿，还不容人家反驳，却不知人家是咱的大儿媳啊，这张冠李戴有悖伦常的事情上官家也做得出？再说，这罗家是有功于上官家的，这么些年不但培养上官家的儿子、照顾儿子，他们却还一直在含辛茹苦地照顾着上官家的孙子啊！想到这里，奶奶再也控制不住自己的感情，她哇的一声大哭起来瘫坐在罗青山的面前说：“亲家，上官家真是有罪啊！我们先是有眼无珠，错待了恩人，后是没心没肺让亲家替上官家担了罪，上官家真是罪孽深重啊，上官家的儿孙要是还有一点良心，就一定要报罗家的大恩大德。”

罗青山见状连忙拉起奶奶，劝说道：“亲家母，可不敢这么说，怎么说上官家都是无心之过，上官家怎么能是无情无义之人？”

可怜我的孙儿啊……

那一天里，奶奶似乎把一辈子的眼泪都给哭出来了。

回到家里，她第一时间就是和爷爷一起，把顺儿——那个可怜的孩子，也就是我，从罗家给接回来，从此，我才光明正大地成了上官家人。就在我走进上官家低矮的茅舍后，新的情况又出现了。据说与上官家一直有着宿怨的严家对上官家的成分提出了异议。恰好严志伟书记又插手古楼镇的土改工作。这位书记把上官家的成分问题摆在了桌面上，在他居高临下的几经指导下，把已经家产散尽的上官家顺理成章地被划到富人堆里。爷爷竟被戴上了地主分子的帽子。但网开一面，免于死罪。可沾上了上官家血统的我却从此背上了剥削阶级家庭出身的沉重包袱。

33.

第二天拂晓，几辆大卡车来到马家坡的打谷场，一个个死刑犯被押上了汽车，身边站满了荷枪实弹的解放军战士，一个戴着口罩的执行者，将机枪口对准了犯人。

汽车往镇外的荒地开去，这里自古以来就是处决犯人的地方，日本鬼子、国民党都在这里处决过犯人。

这一夜，罗山红一直没睡，她睁着眼睛到天亮，她是亲眼看到自己的父亲被推上汽车的，他本来走得好好的，可是后面的手却一直推他，把他推得踉踉跄跄的。她看见老人的眼圈是黑的，头发蓬乱着，人显得那样脏，临上汽车的一刹那，他觉着父亲还往她这边看了一眼。

她想冲出去，叫一声爹，最后叫一声爹，可是，她拍打坏了房门，换来的只是看押她的战士的一声呵斥。

她绝望地趴在门缝里，极其贪婪地看着爹爹。

汽车开走了，从汽车停到打谷场，到汽车开走的这一段时间，整个天地之间都是静悄悄的，仿佛全天下的人和那些动物、植物，都停止了运动，静悄悄地看着这里的一切。

太阳升起来的时候，罗山红听到枪声，不是一声，是许多声，声声清脆、声声透亮。罗山红还在想，哪一枪是打在爹爹身上的？爹爹疼不疼？倒在地上凉不凉？想着、想着，她就晕倒了。

罗山红是被人拽起来时才清醒的，她醒来时的眼睛把看押她的人吓了一跳，这些人要送她到一个偏远的地方改造。

他们看到的是一双又黑又大的眼睛，但是这双黑眼睛里咋一闪一闪地亮着鬼火？

还没等来押她的人把她送上汽车，罗山红就挣脱了架着她两只胳膊的两个战士，嗷地一声，冲了出去。

两个战士一惊，随即叫道：“不好了，有人逃跑了！”

十几个人冲了过来，想把她截住，可是那些人怎么是她的对手，三下两下，那些人就成了她手下败将，眼瞅着她就冲出了打谷场。人们无法想象，那么瘦弱的罗山红怎么会有那么多的力气，后来，人们明白了，罗山红疯了。

后面的枪声响了，子弹在她的耳边嗖嗖地飞过，罗山红箭一般的向对面的山岗上跑去，把十几个追赶他的人远远地甩在了后面。

罗山红跑了，没有人能说得清楚，那天她是怎么跑的，又是怎么能从十几个荷枪实弹的解放军面前跑的。有人说她疯了，她跑得恁快，连训练有素的战士都追不上。

上官家人听了这话，默默催泪，全体无语。

关于罗山红去处有了好几个版本，有人说她跑回了清泉，在大青顶子上有人看见过她，说她正和那些山猫、野兔作伴。有人说她还在抚宁县，只不过是上了北山，变成了一只美丽的杜鹃鸟，夜夜泣血，日日鸣唱。还有人说，她被一个采药老人救起，后来成为解放军的一名军医……总之，这些传说一直在民间传颂着，但都是没离开过大山，因为她是大山的女儿。

图书在版编目（CIP）数据

丁香有梦 / 金秋 著 .—北京：东方出版社，2014.8
ISBN 978-7-5060-7617-3

Ⅰ. ①丁… Ⅱ. ①金… Ⅲ. ①长篇小说—中国—当代 Ⅳ. ① I247.5

中国版本图书馆 CIP 数据核字 (2014) 第 161261 号

丁香有梦
(DINGXIANG YOUMENG)

作　　者：金　秋
策 划 人：张　杰
产品经理：傅　愈
责任编辑：姬　利　傅　愈
责任审校：童　瑜
封面设计：罗　洪
统　　筹：吴玉萍
责任营销：王莉莉 010-64258071
出　　版：东方出版社
发　　行：人民东方出版传媒有限公司
地　　址：北京市东城区朝阳门内大街 166 号
邮政编码：100706
印　　刷：北京京都六环印刷厂
版　　次：2014 年 10 月第 1 版
印　　次：2014 年 10 月第 1 次印刷
印　　数：1—5000 册
开　　本：880 毫米 × 1230 毫米　1/32
印　　张：12.125
字　　数：325 千字
书　　号：ISBN 978-7-5060-7617-3
定　　价：32.00 元
发行电话：（010）64218117　64218115　64218112

策 划 人：张　杰
产品经理：傅　愈
责任编辑：姬　利　傅　愈
责任审校：童　瑜
统　　筹：吴玉萍
封面设计：罗　洪
责任营销：王莉莉 010-64258071
投稿信箱：tougao@rmdf.cn

上架建议：文学/小说

淘宝店铺热搜： 东方出版社 http://dfyxcbs.tmall.com

微博、博客热搜：东方文化观察

ISBN 978-7-5060-7617-3

9 787506 076173 >

定价：32.00 元